Vogel/Wodraschke   Hauskrankenpflege

Herausgegeben von A. Vogel und G. Wodraschke
in Zusammenarbeit mit dem Deutschen Caritasverband –
Referat Ambulante Gesundheitshilfe

Hauskrankenpflege

Grundwissen und Anleitung zur Selbsthilfe
Ein Leitfaden für Kurse in häuslicher Pflege

Alfred Vogel und Georg Wodraschke

unter Mitarbeit von Ingeburg Barden

mit Beiträgen von Ursula Ellersiek
und Gerda Mössner

TRIAS THIEME HIPPOKRATES ENKE

Text- und Umschlagzeichnungen
Friedrich Hartmann, Nagold

Mitarbeiter für die 1.–6. Auflage:
H. Recktenwald, R. Rösler †, W. Roßmanith,
Sr. B. Schwelling, G. Skowronski.

1.–3. Polnische Auflage

Die Deutsche Bibliothek – CIP-Einheitsaufnahme

Hauskrankenpflege : Grundwissen und Anleitung zur Selbsthilfe ; ein Leitfaden für Kurse in häuslicher Pflege / Alfred Vogel und Georg Wodraschke. Unter Mitarb. von Ingeburg Barden ... [Hrsg. in Zusammenarbeit mit dem Deutschen Caritasverband, Referat Ambulante Gesundheitshilfe]. – 7. Aufl. – Stuttgart : TRIAS – Thieme Hippokrates Enke, 1994
NE: Vogel, Alfred [Hrsg.]; Barden, Ingeburg

Wichtiger Hinweis: Wie jede Wissenschaft ist die Medizin ständigen Entwicklungen unterworfen. Forschung und klinische Erfahrung erweitern unsere Erkenntnisse, insbesondere was Behandlung und medikamentöse Therapie anbelangt. Soweit in diesem Werk eine Dosierung oder eine Applikation erwähnt wird, darf der Leser zwar darauf vertrauen, daß Autoren, Herausgeber und Verlag große Sorgfalt darauf verwandt haben, daß diese Angabe dem Wissensstand bei Fertigstellung des Werkes entspricht.
Für Angaben über Dosierungsanweisungen und Applikationsformen kann vom Verlag jedoch keine Gewähr übernommen werden. Jeder Benutzer ist angehalten, durch sorgfältige Prüfung der Beipackzettel der verwendeten Präparate und gegebenenfalls nach Konsultation eines Spezialisten festzustellen, ob die dort gegebene Empfehlung für Dosierungen oder die Beachtung von Kontraindikationen gegenüber der Angabe in diesem Buch abweicht. Eine solche Prüfung ist besonders wichtig bei selten verwendeten Präparaten oder solchen, die neu auf den Markt gebracht worden sind. Jede Dosierung oder Applikation erfolgt auf eigene Gefahr des Benutzers. Autoren und Verlag appellieren an jeden Benutzer, ihm etwa auffallende Ungenauigkeiten dem Verlag mitzuteilen.

Rüdigerstraße 14,
70469 Stuttgart
Printed in Germany
Satz: Gulde-Druck GmbH, Tübingen (Linotype System 6 [300 LTC])
Druck: Druckhaus Götz GmbH, Ludwigsburg

ISBN 3-89373-262-4 3 4 5 6

Anschriften der Autoren:

Prof. Dr. Alfred Vogel
Bachmaettle 7
79252 Stegen

Prof. Dr. Georg Wodraschke
Maienbrunnenstr. 54
79241 Ihringen

Ingeburg Barden
Kaiserstuhlstr. 34
79232 Hugstetten

Ursula Ellersiek
Diakonissenanstalt Sarepta
33546 Bielefeld-Bethel

Gerda Mössner
Schlippehof 9
79110 Freiburg

Zu diesem Buch

Vorwort zur 1. Auflage

Unsere Gesellschaft wird vielfach als materialistisch, egoistisch und rücksichtslos bezeichnet. Gleichwohl ist in der Öffentlichkeit eine große Bereitschaft vorhanden, den Menschen zu helfen. Dieser Wunsch kann leider oft nicht verwirklicht werden, weil das notwendige Wissen und Können für eine solche Hilfe teilweise oder ganz fehlen. Besonders kraß wird dieses Mißverhältnis überall dort empfunden, wo kranke und behinderte Menschen unter einer ungenügenden oder mangelhaften Hilfe und Pflege zu leiden haben. Um diesen Mangel zu beheben, wurde für den Bereich der Hauskrankenpflege das vorliegende Arbeitsprogramm geschaffen.

Hauskrankenpflege wird hier als umfassender Dienst am kranken Menschen verstanden. In diesem Sinne will das Buch dem Leser das erforderliche Wissen, für bestimmte Pflegesituationen aufbereitet, anbieten und ihm bestimmte Pflegetechniken ausführlich darstellen und exakt vermitteln. Darüber hinaus wird das hier angebotene Wissen und Können an wieder wichtig gewordenen Verhaltenstugenden wie Aufmerksamkeit, Zuverlässigkeit und Anteilnahme orientiert. Auf diese Weise läßt sich einer vordergründigen und damit letztlich inhumanen »Pflege« entgegenwirken. Eine so verstandene Krankenpflege ist geeignet, häufig vorkommende, oft aber unzulänglich durchgeführte Pflege im häuslichen Bereich bei Kranken, Alten und Behinderten zu verändern und zu verbessern.

Die zwölf in sich abgeschlossenen Programme wurden als Arbeitsmaterial für Kurse in Hauskrankenpflege entwickelt. Dabei konnten die Herausgeber auf Ansätze zur Aktivierung der Hauskrankenpflege für breite Bevölkerungskreise zurückgreifen, wie sie besonders von
Frau *M. Belstler*, Freiburg,
Herrn Prof. Dr. *R. Lange*, Bamberg, und
Herrn Dr. *E. Reisch*, Freiburg,
ab den fünfziger Jahren vorlagen. In mehrjähriger Arbeit mit Mitarbeitern des Deutschen Caritasverbandes entstand das vorliegende Buch, das sich gleichermaßen für die Arbeit in Gruppen wie für das Selbststudium eignet. Für Korrektur und Verbesserungsvorschläge danken wir vor allem Herrn Prof. Dr. *G. Mössner*, Deutsche Klinik für Diagnostik, Wiesbaden.

Freiburg, 1974 — Die Herausgeber

Vorwort zur 7. Auflage

Kranke Menschen zu Hause pflegen, war immer schon ein selbstverständliches Motiv caritativen Handelns in den Familien. Dieses Pflegen war bestimmt durch ein hohes Maß an menschlicher Zuwendung, selbstloser Einsatzbereitschaft und überliefertem Wissen und Können. Vor allem die gesellschaftlichen Veränderungen in den 70er Jahren forderten ein Überdenken des bisherigen pflegerischen Handelns heraus. Deshalb konnte die Herausgabe des Buches »Hauskrankenpflege« damals eine gewisse Vorreiterrolle einnehmen, da sie das Pflegen zu Hause systematisierte und standardisierte und zugleich ein Modell zur Organisation und Multiplikation von Pflegewissen und Pflegehandeln anbot. Wie sehr dieses Angebot von der Öffentlichkeit angenommen wurde, zeigte die rasche Verbreitung des Buches im In- und Ausland.

Dieser Erfolg ist nicht zuletzt den vielen didaktisch qualifizierten Kursleiterinnen und Kursleitern zu verdanken, die mit großem Engagement außerhalb ihrer Dienstzeit »Kurse in häuslicher Krankenpflege« durchführten und dadurch den Pflegestandard im familiären Bereich anheben konnten. Auf diese Weise gelang es, flächendeckende Systeme der häuslichen Pflege aufzubauen und zu gestalten.

Die 7. Auflage ergab sich aus der Notwendigkeit, die veränderte Familiensituation stärker zu berücksichtigen und die zwischenmenschlichen Beziehungen am Krankenbett mehr zu betonen. Insbesondere wurde darauf geachtet, den individuell gearteten Lebensweisen des Kranken zu entsprechen und die Bedingungen des pflegenden Angehörigen mehr in den Blick zu nehmen. Diese Intentionen verdeutlichen ein qualitativ vertieftes Pflegeverständnis, das bis in die Kapitelüberschriften des Buches sichtbar wird.

Dank gilt wieder dem Deutschen Caritasverband, der durch vielfältige Hilfestellung die Manuskriptbearbeitung ermöglichte.

Stegen/Ihringen, 1994

ALFRED VOGEL
GEORG WODRASCHKE

Zu Hause pflegen

Kranksein bedeutet für alle Familienangehörigen oft Erschrecken und Ratlosigkeit. Die Gefühle schwanken zwischen Verunsicherung und Hoffnung. Trotz der Aufregungen und Sorgen kann es dennoch gelingen, dem Kranken und sich selbst zu helfen, wenn man Wissen und Techniken der häuslichen Krankenpflege kennt und bereit ist, diese anzuwenden.

Das bedeutet vor allem

- den veränderten Lebensweisen des **Kranken** zu entsprechen,
- die Bedingungen des pflegenden **Angehörigen** zu berücksichtigen,
- die **Familienangehörigen** und **Nachbarn** in die Pflege einzubeziehen,
- über Hilfsangebote der sozialen Dienste informiert zu sein und
- die räumlichen Bedingungen der Wohnung entsprechend zu verändern.

In unserer Gesellschaft geht die Tendenz mehr und mehr dahin, den Kranken zu Hause zu pflegen. Der Kostendruck im Gesundheitswesen und nicht zuletzt der Wunsch des Kranken nach häuslicher Pflege sind hierfür entscheidende Gründe. Gerade zu Hause bestehen gute Chancen, zwischen Kranken und Pflegenden eine tragfähige und dauerhafte menschliche Beziehung aufzubauen und zu intensivieren.

1

Den Lebensraum des Kranken gestalten

Die eigene Wohnung: ein Ort der Pflege

Der Standort des Bettes im Zimmer

Die Ausgestaltung des häuslichen Krankenzimmers

Das Wohnklima des Raumes

Das Zimmer des Kranken: ein Ort zwischenmenschlicher Beziehungen

Kommunikation am Krankenbett

Kontakte durch Massenmedien

Die eigene Wohnung: ein Ort der Pflege

Seit alters her war die Familienwohnung für jung und alt, insbesondere in Krisenzeiten, ein Ort der Sicherheit und Geborgenheit. In der Regel findet der Mensch im Zuhause Platz und Raum, wohin er sich zurückziehen kann.

Die Zuordnung von Räumlichkeiten gewährleistet das reibungslose Zusammenleben der Familienmitglieder. Durch unvorhergesehene Situationen, z. B. durch längere Krankheit oder Behinderung, kann dieses jedoch radikal infrage gestellt werden.

Das Zimmer des Kranken sollte auf jeden Fall seiner Lebenssituation entsprechen. Es ist in der Zeit der Pflege sein alleiniger Lebensraum geworden: er ißt, schläft, verrichtet seine Ausscheidungen, er gestaltet seine »Freizeit«, er empfängt Besuche. Dies alles geschieht auf kleinstem Raum oft über viele Wochen und Monate hinweg, während sich der im Leben stehende Mensch nur stundenweise in einem Zimmer aufhält.

Beispiel

Der Sozialdienst des Krankenhauses einer Kleinstadt ruft am Morgen bei Frau Sigholz an und teilt ihr mit, daß ihre Schwiegermutter, die bisher im eigenen Haushalt lebte, nicht weiter als Patientin im Krankenhaus verweilen kann, sondern übermorgen als »Pflegefall« nach Hause entlassen werden wird. Er bittet darum, die Angehörige abzuholen und für eine häusliche Unterbringung und Pflege zu sorgen. Er verweist auf die Möglichkeit einer Mithilfe durch die örtliche Sozialstation. Die Nachricht kommt für Frau Sigholz überraschend, so daß sie sich zunächst sehr hilflos fühlt. Ihre Reaktionen:

- Wie werden mein Mann und die Kinder reagieren? Wie werden wir weiterleben?
- Was bedeutet dies für meine Schwiegermutter?
- Kann ich sie allein pflegen?
- Wo bringe ich die Schwiegermutter unter?

Damit Sie besser die räumlichen Bedingungen der häuslichen Krankenpflege nachvollziehen können, wird nachstehend modellhaft der Grundriß einer Familienwohnung vorgestellt.

Aufgabe

Sichten Sie Anlage und Aufteilung der Wohnung und überlegen Sie, welcher Raum für eine häusliche Pflege am geeignetsten erscheint. Kreuzen Sie den Raum an und berücksichtigen Sie, daß dabei die Belange

- des kranken Menschen,
- der Pflegeperson,
- der Angehörigen und Besucher

gewährleistet sind.

Überprüfen Sie Ihre Entscheidungen nach weiteren Gesichtspunkten:

- Nähe des Zimmers zu Bad/WC
- Entfernung zu Wirtschafts- und Wohnräumen
- Himmelsrichtung, Heizung, Lüftung, Lichteinfall
- Rufnähe.

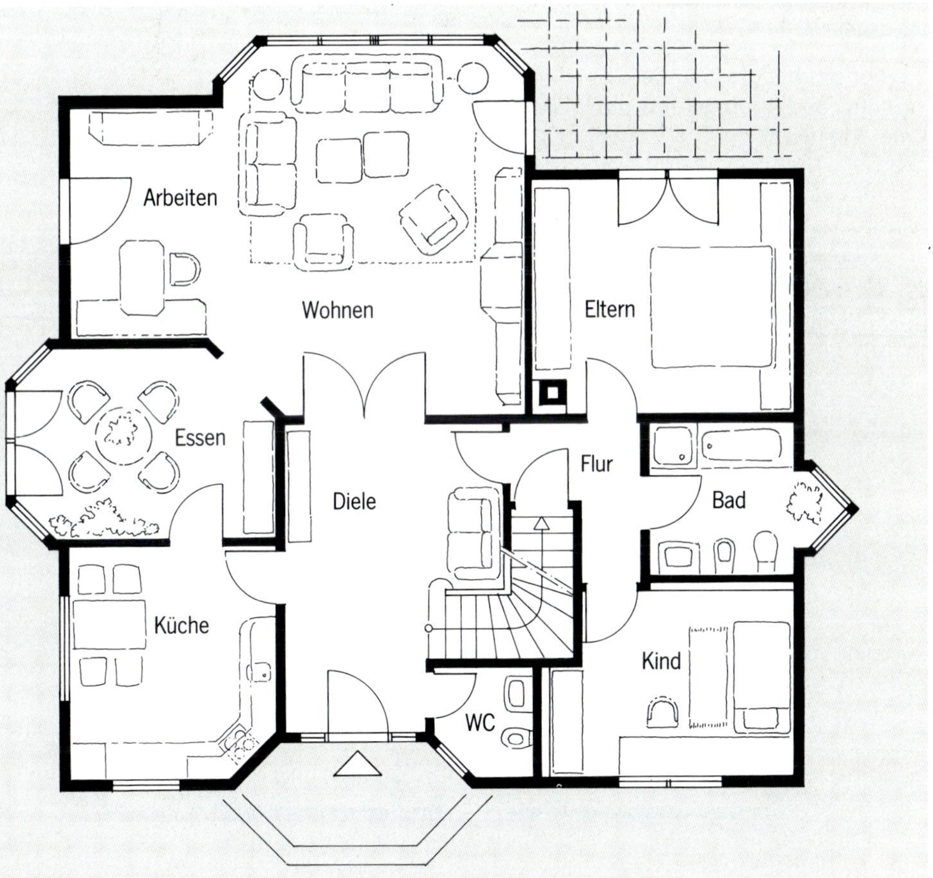

Ergebnis

Eine ideale Lösung, die alle Anforderungen erfüllt, wird es in den seltensten Fällen geben. Es empfiehlt sich aber, bei der Wahl und Umgestaltung der Wohnung folgende Gesichtspunkte zu berücksichtigen: Lage, Heizung, Lüftung, Reinigung, Lichteinfall.

Das Problem der Unterbringung verschärft sich, wenn der Pflegebedürftige in einer kleinen Wohnung oder in einem Reihenhaus (mit mehreren Etagen) gepflegt werden soll.

Folgende Fragen können sich unter anderem ergeben:

- Treppen über ein oder zwei Stockwerke
- Küche, Bad, Wohnräume auf verschiedenen Ebenen
- Schwierigkeiten, den Kranken zu hören.

Beachte

Bei der Wahl eines Krankenzimmers kann es zu einseitigen Entscheidungen kommen:

- entweder werden nur die Belange des Kranken oder
- die Forderungen der Pflegenden oder
- die Ansprüche der Familienangehörigen berücksichtigt.

Jede dieser einseitigen Entscheidungen ist bedenklich. Vielmehr sollte es zu einem Ausgleich der Interessen und Wünsche aller kommen und die Entscheidungen gemeinsam getroffen werden.

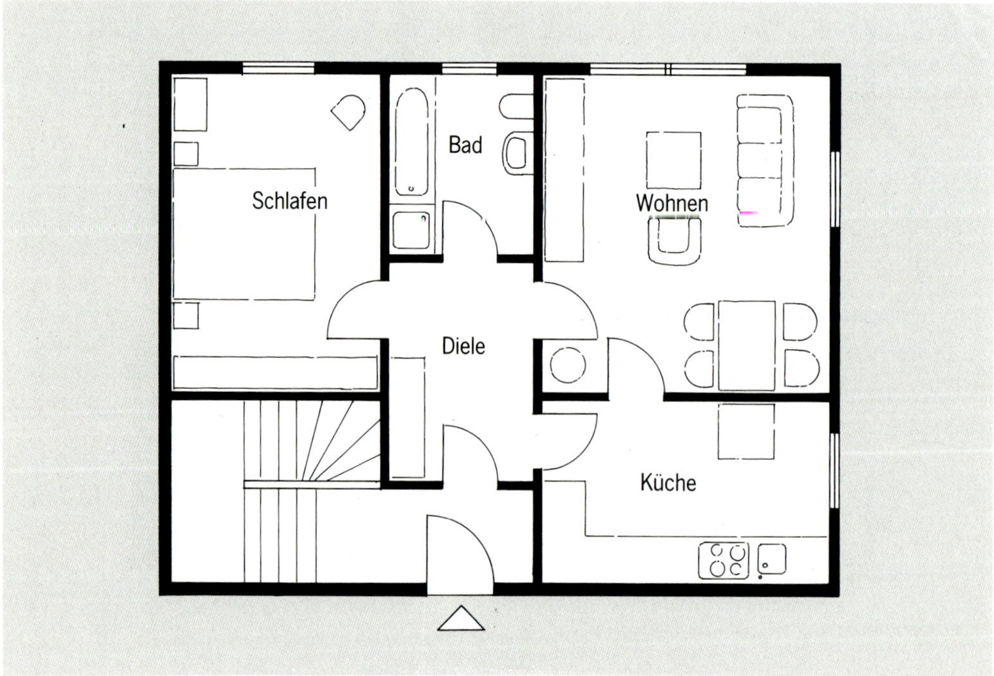

Der Standort des Bettes im Zimmer

Ist die Wahl des Krankenzimmers innerhalb der Familienwohnung getroffen, muß unter anderem entschieden werden, wohin das Bett des Kranken gestellt werden soll; denn danach richtet sich weithin die Ausgestaltung und Einrichtung des Zimmers.

Aufgabe

Es bestehen mehrere Möglichkeiten, das Bett für den Kranken aufzustellen. Entscheiden Sie sich, welches Einzelbett (ohne Räder) für den Kranken am günstigsten im Raum steht.

Denken Sie daran, daß

- Zugluft vermieden werden muß,
- der Kranke den Eintretenden sehen soll,
- der Kranke einen Blick durchs Fenster haben soll,
- der Kranke das Gefühl der Geborgenheit (Eckstellung des Bettes) haben möchte,
- man in der Regel an die rechte Seite des Kranken herantritt.

Kennzeichnen Sie die Stelle, an der nach Ihrer Meinung das Bett am günstigsten steht. Überprüfen Sie nachfolgend Ihre getroffene Wahl.

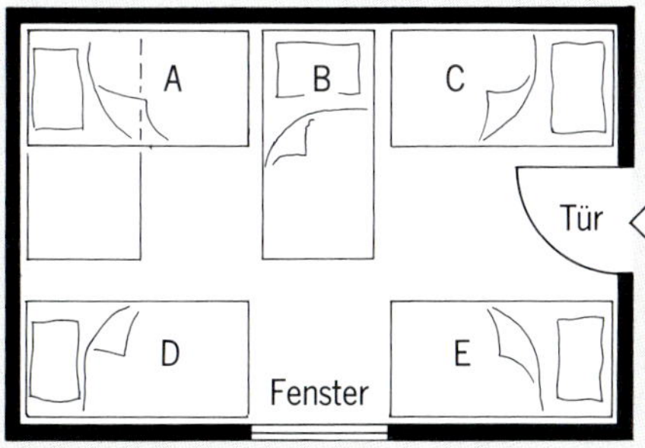

Berücksichtigen Sie bei der Lösung des Problems die zusätzlichen Informationen.

Für den **Kranken** ist es von Vorteil, wenn er von seinem Bett aus durch das Fenster die Natur (Bäume, Vögel, Wolken) wahrnehmen kann. Außerdem wird der Raum für ihn nach außen erweitert. Der Kranke verliert das Gefühl der Enge. Durch den Blick zur Tür erkennt er Personen bereits beim Betreten des Zimmers und kann sich auf die veränderte Situation besser einstellen. Durch die Eckstellung des Bettes erlebt der Kranke zudem das Gefühl der Geborgenheit und erfährt einen gewissen Schutz, z. B. vor dem Herausfallen aus dem Bett.

Für die **Pflegeperson** ist es vorteilhaft, von der Seite an den Kranken heranzutreten, an der sie gewöhnlich pflegt (z. B. rechte Seite beim Rechtshänder). Manche Pflegesituationen erfordern einen beidseitigen Zugang zum Bett um den Kranken besser pflegen zu können.

Allerdings ist zu erwägen, ob nicht die Geborgenheit (Stellung des Bettes in der Ecke) wichtiger ist als die beidseitige Zugänglichkeit zum Bett. Um sowohl die beidseitige Zugänglichkeit als auch das Gefühl der Geborgenheit zu vermitteln, kann das Bett mit Rädern fahrbar gemacht werden. Auf diese Weise sind Geborgenheit für den Kranken und beidseitige Zugänglichkeit für die Pflegepersonen gewährleistet. Überall dort, wo ein Bett nicht fahrbar gemacht werden kann und eine beidseitige Zugänglichkeit erforderlich wird, kann dem Patienten mit Seitengittern (siehe Seite 35) das Gefühl der Sicherheit gegeben werden. Die Verwendung von Seitengittern wirft aber rechtliche Probleme auf (siehe Seite 254).

Ergebnis

Standort	Beurteilung	Begründung: Vorteile	Begründung: Nachteile
A	Am günstigsten	Zugfrei Blick durchs Fenster Blick zur Tür Geborgenheit	Nur von einer Seite zugänglich
B	Günstig	Zugfrei Blick zur Tür Blick zum Fenster Zugang von beiden Seiten	Mangelnder Schutz (wenn keine Bett-Seitengitter vorgesehen sind) Blendgefahr durch helles Tageslicht
C	Bedingt günstig	Zugfrei Blick zum Fenster Geborgenheit	Erschwerter Blick zur Tür Nur von einer Seite zugänglich
D	Ungünstig	Geborgenheit	Erschwerter Blick zur Tür Kein Blick zum Fenster Nicht zugfrei Nur von einer Seite zugänglich
E	Bedingt günstig	Zugfrei Blick zur Tür Geborgenheit	Kein Blick zum Fenster Nur von einer Seite zugänglich

Beachte

Eine besondere Situation ergibt sich bei einem Schlaganfallpatienten. Bei der halbseitigen Lähmung fällt es dem Kranken schwer, mit Gegenständen und Personen Augenkontakt aufzunehmen. Deshalb ist es wichtig

- den Kranken immer wieder zu ermuntern, seinen Kopf zur geschädigten Seite zu drehen und
- Gegenstände seines Interesses (Fernsehgerät, Besucherstuhl) auf die geschädigte Seite des Patienten zu stellen.

Der Nachttisch steht auf der geschädigten Seite des Patienten, damit dieser mit der gesunden Hand über seine Körpermitte reichen muß, um z. B. ein Glas Wasser oder ein Taschentuch zu holen.

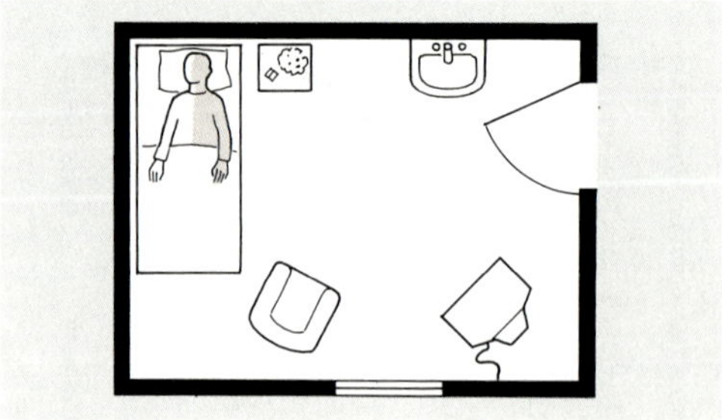

Die Ausgestaltung des häuslichen Krankenzimmers

Es wird immer wieder notwendig, Wohn- oder Schlafzimmer der eigenen Wohnung für die Pflege eines Kranken für längere Zeit umzugestalten. Oft ergeben sich hierbei Schwierigkeiten, da die Einrichtung des Zimmers nicht den Erfordernissen der häuslichen Krankenpflege entspricht. Die Anforderungen an die Einrichtung des Krankenzimmers ergeben sich sowohl aus den Wünschen des Kranken und den Vorstellungen der Pflegeperson.

Aufgabe

Mit welchen Gegenständen würden Sie als *Pflegeperson* das Zimmer des Kranken einrichten?

Welche Gegenstände würden Sie als *Kranker* zur Einrichtung Ihres Zimmers auswählen?

Kreuzen Sie an.

Gegenstände	Sichtweise als Kranker	Sichtweise als Pflegeperson
Bett		
Couch		
Teppich		
Blumen		
Nachttisch		
Schrank		
Stuhl/Sessel		
Tisch		
Bettvorleger		
Bücherregal		
Bilder, Fotos		
Symbole, z. B. Kreuz		
Beleuchtung		
Spiegel		
Radio-/Fernsehapparat		
Klingel/Rufanlage		
Waschbecken/Dusche		
Sicht- und Sonnenschutz		
Bettisch		
Fußbank (Schemel)		
Telefon		

Ergebnis

Aus der Sicht des Kranken werden Sie vielleicht alle Gegenstände als sinnvoll und erforderlich vorgeschlagen haben, denn sie fördern Wohlbefinden und Atmosphäre. Aus der Sicht der Pflegeperson ist eine Mindestausstattung bestehend aus Bett, Nachttisch, Schrank, Stuhl/Sessel, Tisch, Beleuchtung, Klingel und Sichtschutz unbedingt erforderlich.

Zur Mindestausstattung des häuslichen Krankenzimmers gehören:

Bett
Das Bett ist einer Couch (Liege) stets vorzuziehen. Nach Möglichkeit sollte das Bett zu einem Krankenbett umgestaltet werden (siehe Seite 35).

Nachttisch
Er dient der Aufnahme von persönlichen Dingen und ist zur Aufbewahrung der Urinflaschen und/oder des Steckbeckens unentbehrlich.

Die Zuordnung des Nachttisches zum Bett richtet sich nach der Art der Behinderung, den Wünschen des Kranken und den Gewohnheiten der Pflegeperson.

Stuhl/Sessel
Zur Bettablage und als Sitzgelegenheit für Besucher gehört in jedes Zimmer ein Stuhl und/oder ein Sessel. Dabei sollte darauf geachtet werden, daß die Pflegeperson oder der Besucher in Augenhöhe einander gegenübersitzen.

Tisch
Der Tisch bietet mit seiner Tischplatte eine ideale Ablagefläche. Er soll für die Pflegeperson gut erreichbar sein.

Lampen
Die Lichtquellen sollen blendfrei sein. Bei einer Leselampe ist auf genügende Lichtstärke zu achten.

Klingel
Eine Glocke oder eine elektrische Klingel, mit der sich der Kranke bemerkbar machen kann, gehören zur unerläßlichen Ausstattung. Ein Haustelefon oder eine automatische Rufanlage wären erwünscht. Zu erwägen wäre auch, sich einem Hausnotruf-Dienst anzuschließen.

Beachte
Der Einsatz von technischen Hilfsmitteln (z. B. Krankenlifter, Toilettenstuhl, Rollstuhl) hat zur Folge, daß weniger Einrichtungsgegenstände als gewünscht im Zimmer des Kranken aufgestellt werden können.

Weitere Gegenstände sind erwünscht:
Richtet man das Zimmer für den Kranken nur mit diesen Gegenständen ein, bleibt es unpersönlich und kahl. Es bestehen jedoch vielfältige Möglichkeiten, die **Atmosphäre** des Raumes zusätzlich wohnlicher zu gestalten.

Teppiche
Teppiche oder Bettvorleger, die nicht rutschen, sollen im Krankenzimmer verbleiben; bei inkontinenten Kranken kann eine waschbare Badematte den Bettvorleger ersetzen.

Teppiche können im Zimmer belassen werden, sofern keine Infektionsgefahr besteht. Bei Infektionskrankheiten sollte der Kranke in einem Zimmer liegen, dessen Boden feucht gewischt und desinfiziert werden kann.

Wandschmuck
Bilder, Erinnerungsfotos, Reiseandenken, Kreuz, Wandteppiche tragen zu einer persönlichen und wohnlichen Atmosphäre bei.

Blumen
Grünpflanzen und nichtduftende Blumen können im Zimmer des Kranken verbleiben.

Starkduftende Blumen sollen nachts aus dem Zimmer gebracht werden.

Blumen, die Allergien hervorrufen, z. B. Primeln, gehören nicht in ein Krankenzimmer.

Vorhänge
Sie geben dem Raum eine warme Atmosphäre. Sie dämpfen auch das für den Kranken oft störende und grelle Tageslicht und stellen einen Sichtschutz dar.

Beachte
Noch vor einigen Jahren war es üblich, alle »unnützen« Gegenstände aus dem Krankenzimmer zu verbannen. Dadurch entstand im Krankenzimmer manchmal eine nüchterne und unpersönliche Atmosphäre.

Die Berücksichtigung der hygienischen Gesichtspunkte ist aber nur eine der Forderungen nach der sinnvollen Gestaltung des Krankenzimmers.

Rücksicht ist auch zu nehmen auf die Anhänglichkeit des Kranken an Bilder, Fotos, Erinnerungsstücke. Sie lenken den Kranken ab und sind eine Anknüpfungsmöglichkeit für Gespräche mit dem Besucher.

Im Krankenzimmer ist also eine gesunde und persönliche Atmosphäre zu schaffen.

Das Wohnklima des Raumes

Darüber hinaus sollten bei der Auswahl und der Gestaltung des Krankenzimmers bestimmte Kriterien bedacht werden, um dem Kranken ein gesundheitsförderndes Wohnklima zu schaffen. Insbesondere werden dafür folgende Gesichtspunkte maßgebend:

Gesichtspunkte	Eigenschaften	Informationen
Lage	sonnig	Berücksichtigung der Himmelsrichtung: Am besten eignet sich ein Zimmer auf der Südostseite, durch dessen Fenster im Sommer die Sonnenstrahlen nicht direkt einfallen können, im Winter dagegen der Einfall der Sonnenstrahlen möglich ist.
	lärmgeschützt	Lage innerhalb der Wohnung: Unter allen Umständen sollte dafür gesorgt werden, daß möglichst wenig Lärmbelästigung für den Kranken eintritt (Verkehrslärm, Spiellärm der Kinder; Telefon, Türglocke). Andererseits soll die Nähe zu Wirtschaftsräumen (Küche, Bad) berücksichtigt werden, damit der Kranke stets in Hör- und Rufweite zur Pflegeperson steht (Klingel bereitstellen).
Heizung	gleichbleibend warm	Die Zimmertemperatur soll 18–20 °C betragen. Jedoch ist bei Zentralheizung auf gleichmäßige Luftfeuchtigkeit zu achten (Wasserbehälter). Im Winter sollen feuchte Tücher ins Krankenzimmer, nahe bei Heizung oder beim Ofen, gehängt werden. Bei Kohleheizung ist die direkte Beheizung eines Zimmers wegen der Temperaturschwankungen und Staubentwicklung zu vermeiden. Statt dessen sollte ein Elektroofen mit Thermostatsteuerung benützt werden.
Lüftung	regelmäßig, frisch	Durch regelmäßiges Lüften wird für frische Luft im Krankenzimmer gesorgt. Beim Lüften ist jegliche Zugluft für den Kranken zu vermeiden.
Reinigung	sauber	Das Zimmer ist täglich zu reinigen. Boden und Einrichtungsgegenstände sind regelmäßig feucht zu wischen (wertvolle Möbel mit Antistatiktüchern). Teppich und Teppichboden reinigt man mit dem Staubsauger, um Staubentwicklung zu vermeiden. Bei ansteckenden Krankheiten ist zusätzlich ein Desinfektionsmittel erforderlich.
Beleuchtung	blendfrei	Die Beleuchtung hat blendfrei und der Sehkraft des Kranken angemessen zu sein. Der Kranke sollte die Möglichkeit haben, auch am Abend zu lesen; für die Lektüre ist ihm ein Leselicht bereitzustellen, wobei besonders auf Standfestigkeit, Sicherheit und Lichtstärke der Leuchte zu achten ist.
	gedämpft	Bei Schwerkranken, Kindern und alten Menschen ist in vielen Fällen auch während der Nacht eine gedämpfte Beleuchtung des Zimmers notwendig, um Gefühle der Angst zu vermeiden und die Orientierung zu erleichtern (Sparleuchten).

Aufgabe

Nachstehend können Sie zu Fragen der Lüftung, Heizung und Reinigung Stellung nehmen. Denken Sie an Ihre eigene Wohnsituation. Überlegen Sie, was Sie tun müssen, um die genannten Probleme zu lösen. Tragen Sie Ihre Vorschläge in die vorgesehenen Zeilen ein und vergleichen Sie diese mit den Lösungsvorschlägen.

Lüftung		**Heizung**		**Reinigung**	
Probleme	*Empfehlungen*	*Probleme*	*Empfehlungen*	*Probleme*	*Empfehlungen*
Verbrauchte Luft	______	Regulierung der Heizung	______	Tägliche Raumpflege	______
Kochdunst	______	Trockene Luft	______	Möbel, Gegenstände	______
Geruch durch Ausscheidungen	______	Nicht beheizbares Zimmer	______		

Ergebnis

Lüftung		**Heizung**		**Reinigung**	
Probleme	*Lösungen*	*Probleme*	*Lösungen*	*Probleme*	*Lösungen*
Verbrauchte Luft	Fenster öffnen	Regulierung der Heizung	Temperaturregler	Tägliche Raumpflege	Feucht wischen oder staubsaugen
Kochdunst	Küchentür schließen	Trockene Luft	Luftbefeuchter	Möbel, Gegenstände	Feucht abwaschen, feucht abwischen (mit Antistatiktuch)
Geruch durch Ausscheidungen	Lüften	Nicht beheizbares Zimmer	Elektroofen		

Das Zimmer des Kranken: ein Ort zwischenmenschlicher Beziehungen

Kommunikation am Krankenbett

Eine akute schwere Krankheit oder eine Erkrankung über längere Zeit bedeutet für den Kranken in den meisten Fällen einen tiefen Einschnitt in sein Leben, denn die persönlichen Kontakte zur Mitwelt sowie die Kontakte zur Außenwelt werden natürlicherweise verringert: Der Langzeitkranke steht in Gefahr, zu vereinsamen. Allzuoft wird von Angehörigen nur das körperliche Leiden, nicht aber die mögliche seelische Vereinsamung des Kranken wahrgenommen. Im persönlichen, direkten »In-Beziehung-Treten« mit einem Menschen (= Kommunikation) über Sprache, Gestik, Mimik und Körperkontakt (siehe Seite 28, 50 ff., 264 f.) entstehen Vertrauen und Hoffnung. In einem Gespräch am Krankenbett kann es z. B. möglich werden, daß der Kranke seine Ängste und Zweifel äußert sowie seine Wünsche, Hoffnungen und Freude verbal oder nonverbal mitteilt. So besteht die Chance, beim anderen Menschen Verständnis und Hilfe zu finden. Gesprächspartner können ehemalige Berufskollegen, Bekannte, Nachbarn, neben Familienangehörigen und Freunden, aber auch der Hausarzt oder der Seelsorger der Gemeinde sein. Solche Kontakte wird man vor allem bei Langzeitkranken und Schwerkranken fördern, wenn sie fähig und bereit sind, durch Sprache, Gestik oder Mimik Kontakt aufzunehmen und zwischenmenschliche Beziehungen aufrechtzuerhalten.

Dabei ist bei Gesprächen darauf zu achten, daß der Kranke nicht nur mit Ja/Nein antworten, sondern ausführlicher berichten bzw. erzählen kann.

Beispiel

Entscheidungsfragen, die Gespräche erschweren	**Impulse**, die Gespräche erleichtern
Hast du gut geschlafen?	Erzähl' mir, wie du heute nacht geschlafen hast
Hast du heute nacht geträumt?	Was hast du heute nacht geträumt?
Hast du schon gegessen?	Was hast du heute gegessen?
Hast du heute nachmittag ferngesehen?	Was meinst du zu dem Film, der heute nachmittag gesendet wurde?

Weitere Gesprächsimpulse können sein:

- »Welche Erfahrungen hast du in deinem Alter dazu gemacht?«
- »Wie war das früher?«
- »Was hast du am eigenen Leib erlebt?«
- »Wie fühlst du dich, wenn ich ...?«
- »Was hältst du davon, wenn ich ...?«

Es ist also wichtig, daß der Kranke seine Gefühle und Gedanken äußern, seine Erinnerungen erzählen und sich »freireden« kann. Oft ist es für den Kranken bedeutsam, **daß** gesprochen wird. Dadurch erleben sich die Gesprächspartner auf gemeinsamen bzw. unterschiedlichen Erfahrungs- und Erinnerungsebenen. Ihre Vorstellungen und Interessen können ausgetauscht und Beziehungen intensiver werden:

- der **Kranke** kann sich mit seinem Leid auseinandersetzen, er fühlt sich als Mensch verstanden und angenommen, er wird in seinem Selbstwertgefühl gestärkt und kann möglicherweise Zuversicht fassen;
- die **Pflegeperson** bzw. der Besucher kann dadurch die ihm sonst nicht zugänglichen Meinungen und Urteile des Kranken erfahren;
- die Pflegeperson bzw. der Besucher hat die Chance, zu erspüren, in welcher seelischen Verfassung sich der Kranke befindet.

Selbst wenn die Pflegeperson meint, der Kranke müsse sich im gut ausgestatteten und sorgfältig hergerichteten Pflegebett wohlfühlen (und der Kranke alles dankbar annimmt), dann ist die Situation für den Kranken dennoch oft unzureichend. Er wird bald den Besuch von Bekannten und Nachbarn, die Unterhaltung mit ihnen, aber auch die Nachrichten über das Alltagsgeschehen vermissen. Der Mangel an solchen Kontakten kann sein Wohlbefinden sehr beeinträchtigen. Es gehört mit zu den Aufgaben der Pflegeperson, die Anbahnung und den Aufbau von Kontakten mit der Umwelt zu fördern. Nicht immer ist es möglich, persönliche Gespräche zu führen, da vielleicht

- der geeignete Gesprächspartner fehlt oder
- der Zustand des Kranken solche Gespräche nicht zuläßt.

In diesen Fällen können Medien einen gewissen Ersatz für persönliche Gespräche bilden.

Kontakte durch Massenmedien

Beispiel

Ein Gelähmter, der früher regen Anteil am Gemeindeleben nahm und gern Gottesdienste oder Pfarrabende besuchte, ist seit längerer und auf unbestimmte Zeit bettlägerig. Durch seine Erkrankung hat er keine Möglichkeit mehr, den für sein bisheriges Leben so wichtigen Bereich zu pflegen. Aus Rücksicht auf den Kranken vermied es die Pflegeperson bisher, ihm das Rundfunk- oder Fernsehgerät einzuschalten, obwohl gerade durch Übertragungen von Gottesdiensten, Lesungen und Nachrichten eine Verbindung zu seinem bisherigen Leben hergestellt werden könnte.

Es ist leicht einzusehen, daß für ihn dadurch ein wichtiger Lebensbestandteil weggefallen ist. Und wer denkt schon daran, den Kranken nach seinen Wünschen zu fragen und darüber hinaus ihn noch andere Sendungen zum Hören oder Sehen vorzuschlagen oder eine Schallplatte aufzulegen, auch dann, wenn er nicht von sich aus den Wunsch dazu äußert.

Diese Isolierung kann teilweise durch Massenmedien überwunden werden, indem man dem Kranken Möglichkeiten gibt, durch Presse, Rundfunk und Fernsehen das Zeitgeschehen zu verfolgen und sich mit Gesprächspartnern darüber auszutauschen. Aber auch an Unterhaltung und Ablenkung ist zu denken. So bieten z. B. andere Medien wie Bücher, Zeitungen, Zeitschriften, Illustrierte, Tonbänder und Schallplatten ebenfalls eine Fülle von Anregungen. Gerade vom Langzeitkranken werden auch Angebote zum Malen, Basteln, Kneten oder Flechten dankbar angenommen, dadurch eine Stärkung seines Lebenswillens und eine Aktivierung seiner Kräfte bewirkt.

In dem oben genannten Beispiel wurde dargestellt, wie sinnvoll und notwendig es wäre, dem Langzeitkranken Rundfunk- oder Fernsehsendungen anzubieten. Umfang und Intensität von solchen Kontakten hängen in der Regel vom Krankheitszustand des Betroffenen ab. Man wird deshalb im Einzelfall prüfen, ob das Sehen und Hören von Rundfunk- und Fernsehsendungen gefördert oder eingeschränkt werden soll.

Fördernde Maßnahmen	Einschränkende Maßnahmen
Hier kann man den Wunsch des Kranken nach bestimmten Sendungen berücksichtigen	In anderen Fällen wird man das Hören und Sehen von Sendungen vermindern
oder	**oder**
als Pflegeperson beim Kranken Interesse an Programmen von Rundfunk und Fernsehen wecken.	gänzlich unterbinden.

Fördernde oder einschränkende Maßnahmen sind abhängig vom jeweiligen Zustand des Kranken (akut krank – schwerkrank – langzeitkrank). Erst wenn man seinen Zustand berücksichtigt, wird man eine sinnvolle Entscheidung darüber treffen können, ob

- das Gerät ein- oder ausgeschaltet wird,
- der Umgang mit Medien eingeschränkt oder gefördert werden soll,
- der Kranke selbst bestimmen kann.

Auch die Print-Medien bieten vielfältige Information und Unterhaltung für den Kranken und alten Menschen an. Es gibt jedoch viele Menschen, die trotz Brille ein größeres Schriftbild wünschen oder brauchen. Hier können »Großdruckbücher« helfen. Sie zeichnen sich durch größere Schrift sowie größere Abstände zwischen den Buchstaben und den Zeilen aus. Viele Buchhandlungen führen solche Großdruckbücher.

Beispiel

Schriftprobe aus einem Großdruckbuch

Der alte Geheimrat rät dem Patienten: »Sie haben Schmerzen in der linken Seite? Da gibt's nur eins: kalte Abreibungen.«

»Aber, Herr Geheimrat, neulich haben Sie mir doch jede Abkühlung verboten.«

»Neulich, neulich ... Mein Lieber, Sie ahnen nicht, welche Fortschritte die Wissenschaft seitdem gemacht hat!«

Sie werden erkannt haben, daß die Kontakte des Langzeitkranken verschiedener und zugleich vielfältiger Art sein können. Individuell angemessene Entscheidungen zu treffen, den Kontakt mit der Umwelt zu fördern oder einzuschränken, beginnt bereits im Sichten und Auswählen von bestimmten Programmen, Büchern, Zeitungen, Zeitschriften, Illustrierten und Bildern.

Aufgabe

Nachstehender Auszug aus einer Fernsehprogrammzeitschrift bringt eine Fülle von Information und Unterhaltung, aus der der Kranke, aber auch die Pflegeperson auswählen können. Vielleicht wird die Programmwahl beider Personen unterschiedlich ausfallen.

Folgende Fragen können für Sie bei der Auswahl von Fernsehsendungen wichtig werden:

- Welche Sendungen werden aus Ihrer Sicht vom Kranken ausgewählt?
- Welche Sendungen würden Sie für den Kranken auswählen?

Wählen Sie die entsprechenden Sendungen aus und kreuzen Sie diese in den Programmübersichten an.

	Auswahl aus der Sicht:	
tagsüber	Kranker	Pflege-person
8.43 Programmvorschau		
8.45 Gefährdete Paradiese Reihe. Nationalpark Hochharz Nä: So. 3. Teil: Bayerischer Wald		
9.15 Zur Zeit Aus Kirche und Gesellschaft		
9.30 Kath. Gottesdienst aus St. Severin in Erfurt		
10.15 Matinee Nordafrikanische Impressionen **Der wahre Schleier ist das Schweigen** Die Autorinnen Fatema Mernissi und Naswar es Saadawi treten für die Rechte der Frauen im Islam ein. **Die Tunisreise** (VPS 10.45) der Maler Klee, Macke und Moilliet im Jahr 1914. Film von Peter Obrist **Pointe vor 12** (VPS 11.50) Geschwätz. Berbergeschichte		
11.55 Anders fernsehen 3sat		
12.00 Das Sonntagskonzert ꝏ Der Klang der frühen Jahre: 1967		
12.45 heute		
12.47 Sonntagstreff Leute mit Schlagzeilen		
13.15 Damals Vor vierzig Jahren. Kunst '52		
13.30 Siebenstein Die Vogelscheuche (Wh.) Nä. So. 4. Folge: Der Unglücksrabe		
13.55 Hier und Jetzt 5. und letzter Teil: Brüderchen und Schwesterchen		
14.20 Juliana 3. und letzte Folge (Wh. von 1989) deutsch / spanisch ꝏ Auch am Mittwoch, 16.30 Uhr Ab nächsten Sonntag, 14.15 Uhr: Karfunkel, 17 neue Folgen		
14.50 Liebe statt Valium? Berichte von der Medica '92 Mit einer Diskussion: Medikamentensucht — vom Arzt verordnet? Moderation: Hans Mohl Lesen Sie dazu bitte Seite 14		
15.35 Die Eroberung des inneren Amerika Szenen der spanischen Mystik		
16.20 Die 1000 Tode des Yvan Chiffre Das abenteuerliche Leben des Film-Doubles (Wh. von 1976) Film von Edgar von Heeringen **Siehe auch rechts**		
17.05 Aktion 240 Eine Bilanz der guten Taten und Der große Preis (VPS 17.09)		
17.10 heute		
17.15 Die Sport-Reportage **Fußball** 2. Bundesliga: Oldenburg — Hannover / Osnabrück — Stuttgart / Leipzig — Mannheim / **Handball** Länderspiel Deutschland — Schweden in Koblenz / **Rhythmische Sportgymnastik** in Brüssel		
18.15 Mein Freund — der Baum Über ungewöhnliche Beziehungen Moderation: Karin Boyd Reihe Von Bäumen und Menschen **Siehe auch rechts** Weitere Sendung: um 19.30 Uhr		
18.57 Programm-Service		

	Auswahl aus der Sicht:	
abends	Kranker	Pflege-person
19.00 heute		
19.10 Bonn direkt Moderation: Peter Ellgaard		
19.30 Neue Bäume braucht das Land Für die Zukunft pflanzen Film von Bernhard von Dadelsen Reihe Von Bäumen und Menschen **Siehe auch rechts** Nächste Sendung: Dienstag, 14.05		
20.15 Lockende Versuchung Originaltitel: Friendly Persuasion US-Spielfilm von 1956 (Wh.) Jesse .... Gary Cooper Elisa .... Dorothy McGuire Josua .... Anthony Perkins Daniel .... Richard Eyer Mathilde .... Phyllis Love Tom Jordan ... Robert Middleton Eric Jordan .... Mark Richman Regie: William Wyler Eine Kopie dieses Glaubensdramas machte 1988 US-Präsident Ronald Reagan dem damaligen Kremlchef Gorbatschow zum Geschenk. **Siehe auch rechts** Lesen Sie dazu bitte Seite 61		
22.25 heute		
22.35 Sport am Sonntag		
22.40 Der blaue Boll Drama von Ernst Barlach Aufgezeichnet im Herbst 1992 in den Münchner Kammerspielen Reihe „Die aktuelle Inszenierung" Gutsbesitzer Boll ... Claus Eberth Seine Frau .... Carla Hagen Grete Grüntal .. Sibylle Canonica Ihr Mann .... Horst Kotterba Otto Prunkhorst .... Jörg Hube Schuster Holtfreter . Peter Herzog Elias .... Romuald Pekny Inszenierung: Hans Lietzau Diese Inszenierung ist das Vermächtnis des großen Berliner Theatermannes Hans Lietzau, der Ende 1991 im Alter von 78 Jahren starb. **Siehe auch rechts**		
1.00 heute (VPS 1.15)		
1.05 Verhängnisvolle Freundschaft (VPS 1.20) Originaltitel: L'adoption Französ. Spielfilm von 1978 (Wh.) Catherine ..... Geraldine Chaplin Jacques .... Jacques Perrin Etienne .... Patrick Norbert Regie: Marc Grunebaum Der verfolgte, psychisch kranke 17jährige Etienne versteckt sich im Landhaus des Malers Jacques und seiner Frau Catherine. Er verliebt sich in Catherine und zerstört die Ehe seiner Gönner. **94 Min.** Sendeschluß: 2.55 Uhr		

Ergebnis

Bei der Sichtung der von Ihnen ausgewählten Sendungen wird sich vielleicht ergeben, daß Alter und Geschlecht, aber auch die jeweiligen Lebensauffassungen, das eigene Anspruchsniveau und das Bedürfnis nach Information und Unterhaltung maßgebend waren. Diese unterschiedliche Bewertung verbietet deshalb eine vorschnelle Beurteilung der Programmwahl und eine eventuelle Bevormundung des Kranken.

Beachte
Informieren Sie sich über Literatur im örtlichen Buchhandel, bei den Wohlfahrtsverbänden und Kirchengemeinden. Nehmen Sie für alte und sehbehinderte Kranke Kontakt mit der regionalen Hörbibliothek für Blinde auf.

Informieren Sie sich im aktuellen Rundfunk- und Fernsehprogramm über spezielle Sendungen für alte und kranke Menschen, z. B. Magazinsendungen für alte Menschen, Krankengottesdienste, Morgenandachten, Besinnungsstunden.

Zusammenfassung

Den Lebensraum des kranken Menschen persönlich zu gestalten, bedeutet vor allem

- die eigene Wohnung als Ort der Pflege von allen an der Pflege Beteiligten zu akzeptieren,
- für einen angemessenen Standort des Bettes im Krankenzimmer zu sorgen, der den Bedürfnissen des Kranken entspricht und die Arbeitsbedingungen der pflegenden Angehörigen erleichtert,
- die Ausgestaltung des Krankenzimmers so vorzunehmen, daß sowohl die ausgewählten Einrichtungsgegenstände als auch die Atmosphäre des Zimmers für den Kranken förderlich sind,
- ein Wohnklima zu ermöglichen, das Behaglichkeit schafft und damit das Wohlbefinden des Kranken stärkt,
- zwischenmenschliche Beziehungen am Krankenbett so zu gestalten, daß persönliche Begegnung über Gespräch und Meinungsaustausch stattfinden kann,
- über Massenmedien wie Bücher, Zeitschriften, Zeitungen, Rundfunk und Fernsehen Kommunikation mit der Außenwelt aufrechtzuerhalten.

2

Im Pflegebett sich wohlfühlen

Versteht man unter Pflege das »In-Beziehung-Treten« von Menschen in einer besonderen Situation, so gewinnt das Tun eine Qualität, deren besonderes Merkmal die gegenseitige Verantwortung ist. Für die Pflegeperson bedeutet dies die verstehende und liebende Zuwendung zum hilfsbedürftigen Kranken, für den Kranken die Annahme und seine mögliche Mitwirkung bei den Pflegemaßnahmen. Wird nach diesem Verständnis von beiden beteiligten Personen »gearbeitet«, dann wird vor allem ein Wohlbefinden des Kranken begründet. Dieses Sichwohlfühlen wird wesentlich bewirkt durch die Auswahl und Gestaltung des Krankenbettes und das Pflegehandeln am Kranken.

Das Bett für den Kranken

In der Regel finden wir in den Wohnungen Betten in unterschiedlicher Ausführung vor: Einzelbett, Doppelbett, Schrankbett, Liegen, Couchen u. a. Als Einrichtungsgegenstände entsprechen diese den Bedürfnissen des gesunden Menschen nach Erholung und Regeneration. Sie vermitteln auch Geborgenheit und Wärme.

Für die Pflege von alten, kranken und behinderten Menschen sind solche »Normalbetten« oft wenig geeignet, in bestimmten Fällen können sie sogar zu Gefährdungen führen. Um den besonderen Ansprüchen der Pflege zu entsprechen, sind diese nach pflegepraktischen Gesichtspunkten konstruiert worden. Sie werden von Sanitätsgeschäften und Krankenkassen als Pflegebetten angeboten bzw. zur Verfügung gestellt.

Die Funktionalität des Pflegebettes vermittelt dem Liegenden die für seine Pflege notwendige Sicherheit. Ebenso wichtig ist es, ihm die gewohnte Geborgenheit weitestgehend zu erhalten. Auch der Pflegeperson werden dadurch die pflegerischen Tätigkeiten erleichtert: sie kann vor allem rückenschonend arbeiten (siehe Seite 139).

Das Pflegebett

Das Pflegebett hat im Gegensatz zum Normalbett den Vorzug, daß es sowohl auf die Bedürfnisse des Kranken als auch der Pflegeperson eingestellt werden kann.

Das Pflegebett unterscheidet sich vom Normalbett durch

- die Höhe der Liegefläche (ca. 65 cm vom Boden oder höhenverstellbar),
- die Unterteilung und Verstellbarkeit der Liegefläche,
- die Beweglichkeit (Rollfähigkeit) und
- die Möglichkeit, Hilfsmittel anzubringen.

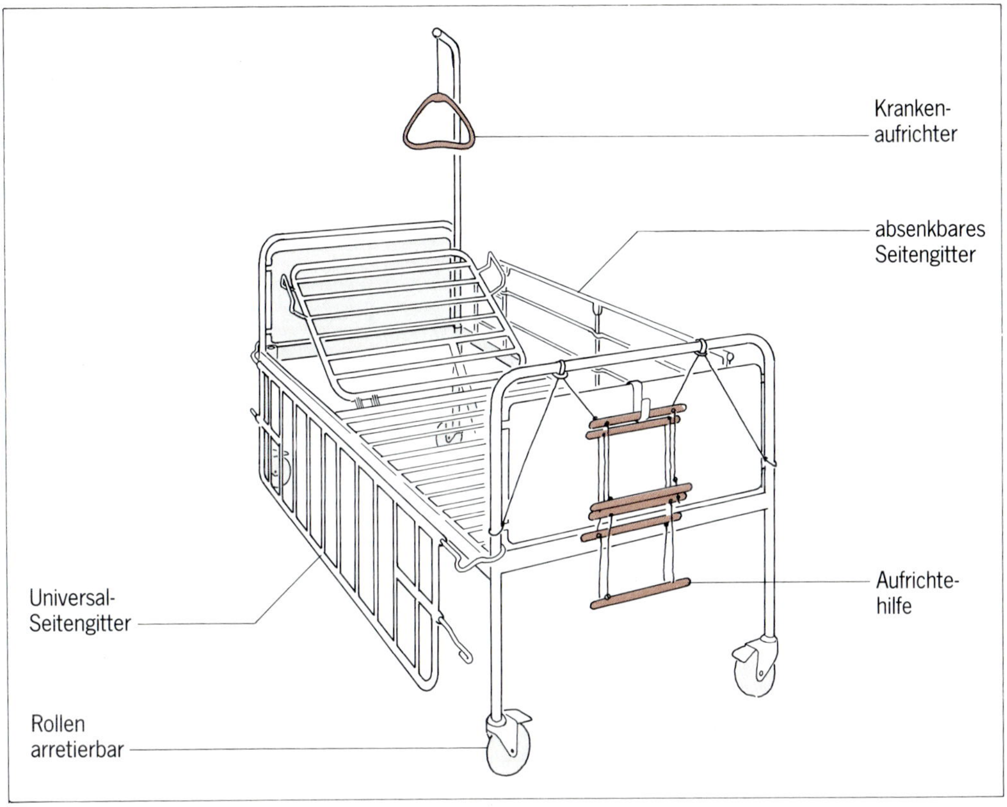
Kranken-
aufrichter
absenkbares
Seitengitter
Aufrichte-
hilfe
Universal-
Seitengitter
Rollen
arretierbar

Arten des Pflegebettes

Das Angebot von Pflegebetten ist vielfältig. Deshalb ist es möglich, auch für die häusliche Kranken- und Altenpflege zweckmäßige und für besondere therapeutische Maßnahmen spezielle Pflegebetten zu wählen.

Für die kurzfristige Pflege bieten Sozialstationen und Krankenkassen auch leichttransportierbare Pflegebetten zur Miete an, die wenig Platz beim Transport einnehmen und nach Bedarf weiter ausgebaut werden können.

Für eine länger währende Pflege werden durch die Industrie angeboten

- höhenverstellbare Betten (a),
- Pflegebetten mit stufenloser Höherstellung und elektrisch betriebener Liegeflächenverstellung (b).

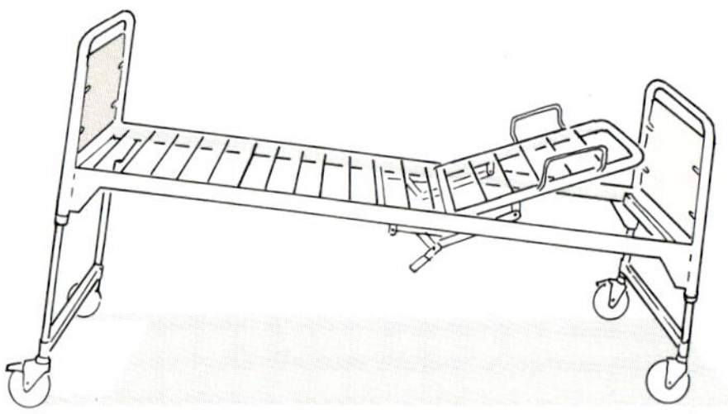

a

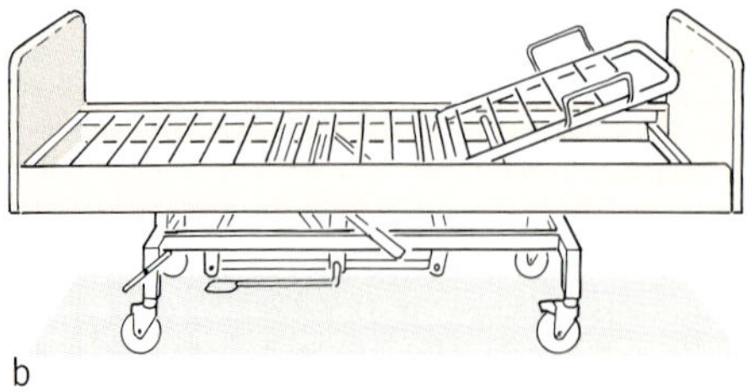

b

Die Pflegebetten und die abgebildeten Einrichtungsgegenstände sind technisch anspruchsvoll und geschmackvoll ausgestattet; sie müssen allerdings auf eigene Kosten erworben werden.

Die abgebildeten und weiteren Hilfsmittel werden im Sanitätsfachhandel in verschiedenen Modellen angeboten.

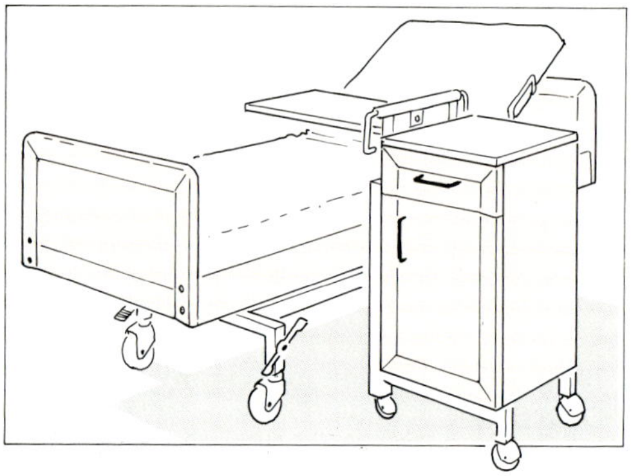

- das »improvisierte« Pflegebett
  Kann kurzfristig kein Pflegebett bereitgestellt werden, ist es möglich, zu improvisieren. Als Übergangslösung werden auch Normalbetten durch verschiedene Hilfsmittel pflegegerecht gemacht durch:
  Einsatz von Erhöhungsblöcken (bis zu einer Höhe von 65 cm),
  anschraubbare Räder,
  verstellbare Rückenstütze,
  am Matratzenrahmen befestigte Aufrichtehilfe (Bettleiter),
  mobile Fußstütze,
  Krankenaufrichter,
  Einlegen einer zusätzlichen Matratze.

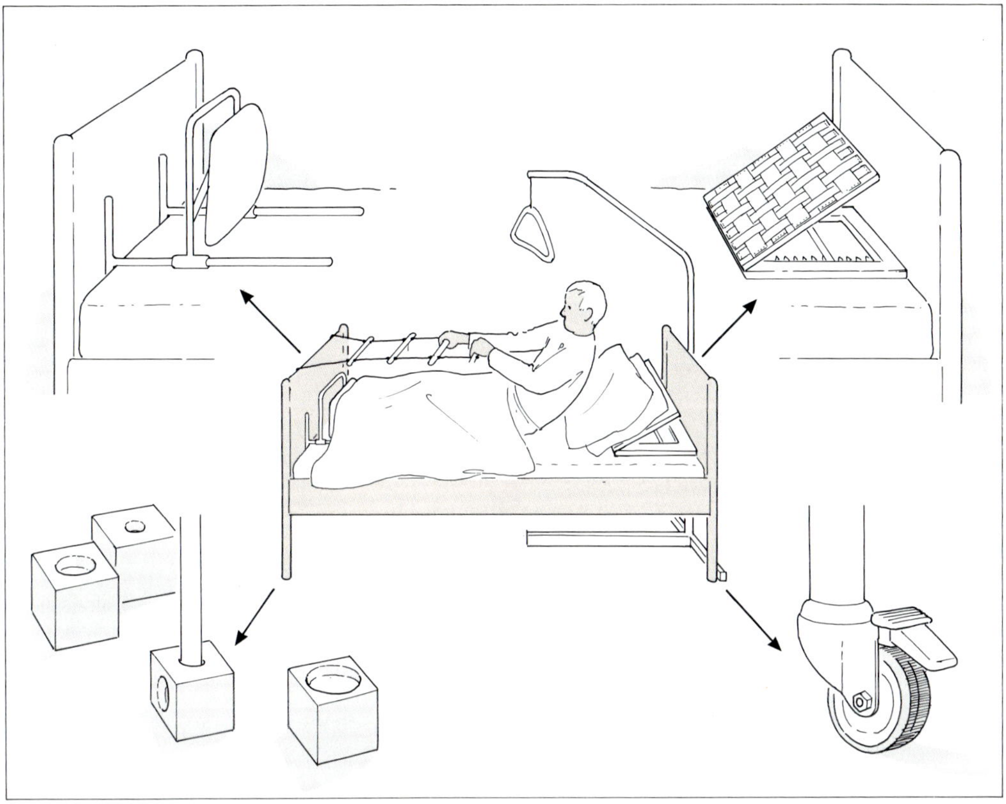

Beachte

Es ist darauf zu achten, daß die Sicherheit des Kranken und die Stabilität des Pflegebettes durch den Einsatz dieser Hilfsmittel gewährleistet bleiben. Die Improvisation darf zu keiner »gefährlichen Pflege« führen.

Ausstattung des Pflegebettes

Das »sachgemäße« Ausstatten des Pflegebettes vermittelt dem kranken und alten Menschen Sicherheit und fördert sein Wohlbefinden.

Ausstattungsgegenstände des Pflegebettes

Die Pflegesituation zu Hause macht es u. U. erforderlich, daß für den Kranken ein Pflegebett zur Verfügung steht. Dies unterscheidet sich vom gewöhnlichen, das normalerweise in der Familie verwendet wird. Die normale Ausstattung des Pflegebettes wird in nachstehender Zeichnung aufgezeigt.

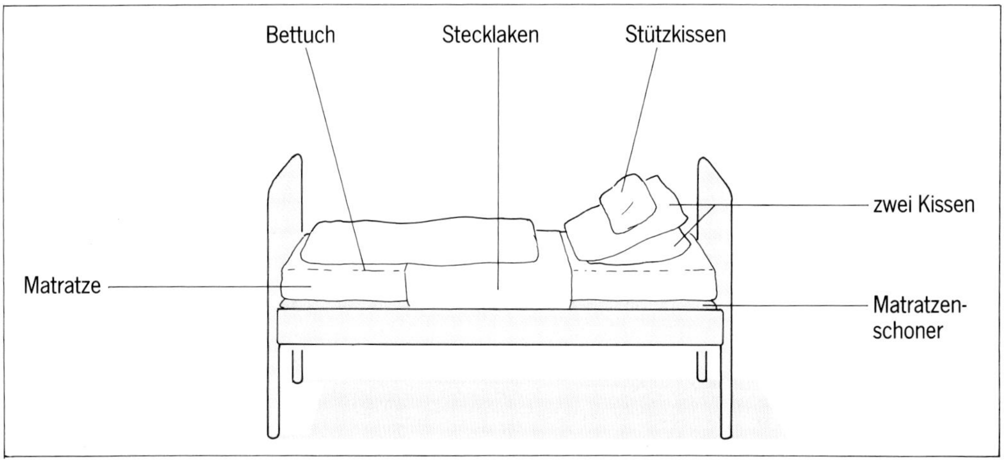

Diese Normalausstattung des Pflegebettes wird gewählt, wenn der Kranke seine Ausscheidungen kontrollieren, regelmäßig die Toilette aufsuchen oder den Toilettenstuhl benutzen kann.

Ist der Kranke auf das Steckbecken oder die Urinflasche angewiesen oder ist die Funktion seiner Harnblase und/oder seines Darms gestört (Urin-/Stuhlinkontinenz), dann ist das Pflegebett zusätzlich mit

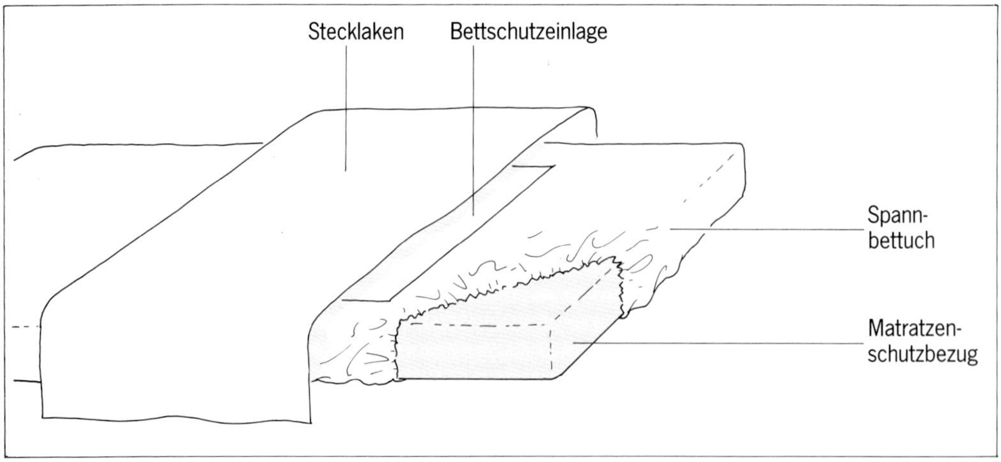

einem Matratzenschutzbezug und mit Bettschutzeinlagen auszustatten.

Die zusätzliche Ausstattung eines Pflegebettes (siehe Seite 38 unten) besteht aus:

Matratzenschutz
Er schützt einerseits die Matratze oder das Bettuch vor Verschmutzung, andererseits gibt er dem Bettlägerigen in seiner ihn oft persönlich stark belastenden Situation die notwendige Sicherheit (z. B. bei Inkontinenz). Der Fachhandel bietet zahlreiche Materialvarianten an, wobei ein *Matratzenschutzbezug* aus weichem, knisterfreiem Material gewählt werden soll.

Bettschutzeinlage
Als *Bettschutzeinlage* können Sie unter anderem alternativ verwenden:

- das ein- oder beidseitig mit Frottee oder Flanell beschichtete Gummituch, möglichst atmungsaktiv, d. h. weich und feuchtigkeitsundurchlässig;
- das einfache Gummituch in Verbindung mit einem Stecklaken oder einer Unterlage. Dieses muß das Gummituch völlig bedecken;
- eine Krankenunterlage als wiederverwendbare, waschbare Saugunterlage aus drei Schichten bestehend mit und ohne seitliche Einstecklaschen: textile Oberseite, aufnahmefähige Saugschicht als Zwischenschicht und eine feuchtigkeitsundurchlässige Unterseite;

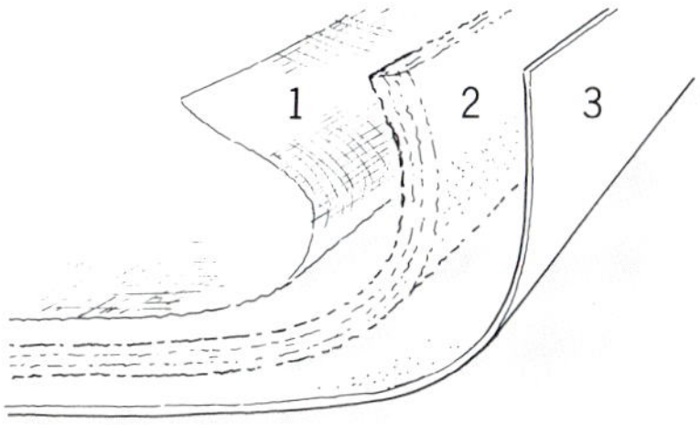

- eine Krankenunterlage als Einmal-Saugunterlage aus drei Schichten bestehend: aufnahmefähige Saugschicht (Flocken oder Lagenzellstoff als Zwischenschicht) und eine feuchtigkeitsundurchlässige Unterseite.

Beachte
Matratzenschutzbezug und Bettschutzeinlage müssen sauber, trocken und faltenfrei in das Pflegebett gelegt werden, um ein Wundliegen im Gesäßbereich des Kranken zu verhüten.

Bettwäsche
Es versteht sich von selbst, daß die Bettwäsche bei einem im Bett liegenden Kranken öfter gewechselt werden muß. Auch gibt frischgewaschene Bettwäsche dem Kranken ein Gefühl des Wohlbefindens. Spannbetttücher eignen sich als Matratzenüberzug besser als ein Bettlaken, weil sie nicht so leicht verrutschen und dadurch weniger Falten bilden.

Vielleicht wird nicht jede Pflegeperson sogleich die Notwendigkeit einer solchen Ausstattung einsehen, da sie mehr Arbeit bereitet und zusätzliche Kosten verursacht. Wichtig ist aber, daß

- sich der Kranke in einem gut ausgestatteten Bett wohler fühlen kann als in einem normalen Bett und
- die Ausstattung eines Krankenbettes die Pflegeperson entlasten kann.

Aufgabe

Gehen Sie abschließend die einzelnen Gliederungspunkte des Strukturnetzes durch. Denken Sie dabei an Ihr Bett zu Hause und vergleichen Sie, welche Gegenstände bei einem Pflegebett zusätzlich zu nennen sind. Begründen Sie die Notwendigkeit der zusätzlichen Ausstattungsgegenstände.

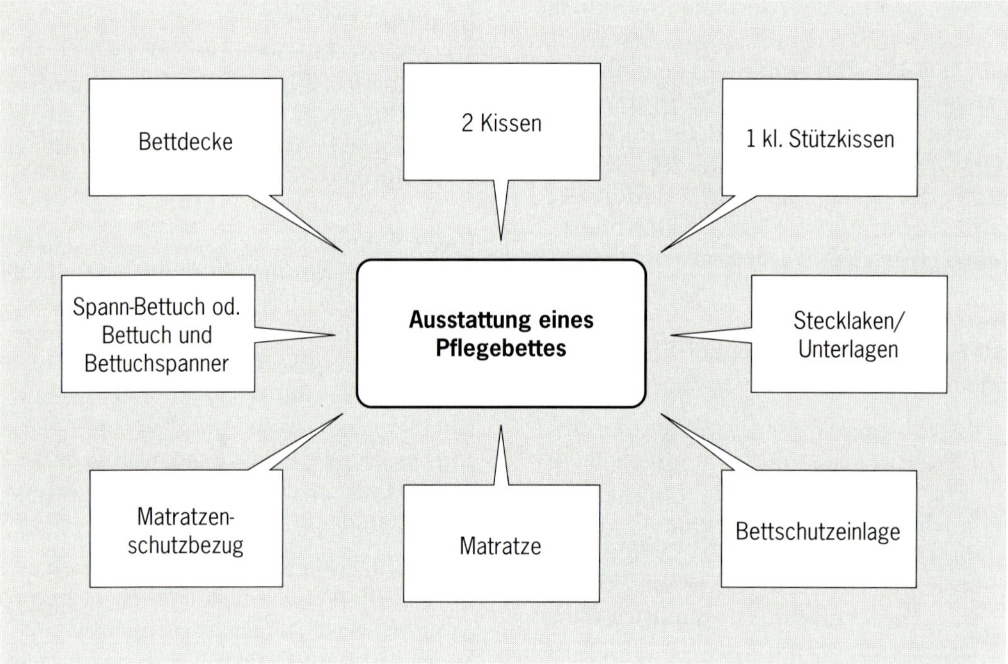

Zusätzliche Ausstattungsgegenstände	Notwendigkeit der Ausstattung
1. Matratzenschutzbezug	
2. Bettschutzeinlage	
3. Stecklaken	
4. Zweites Kissen	
5. Kleines Stützkissen	

Vergleichen Sie Ihre Angaben mit den Lösungen auf der nächsten Seite.

Ergebnis

Zusätzliche Ausstattungsgegenstände	Notwendigkeit der Ausstattung
1. Matratzenschutz	– Sicherheit des Betroffenen bei starker Inkontinenz – Schutz der Matratze
2. Bettschutzeinlagen	– Sicherheit des Betroffenen – Schutz von Bett und Matratze
3. Stecklaken	– Schutz des Bettuches und Fixierung des Bettuchs
4. Zweites Kissen	– Stützung von Rücken und Kopf
5. Kleines Stützkissen	– Stützung von Kopf und Nacken

Das Herrichten des Pflegebettes

In fast jedem Haushalt wird die Situation eintreten, daß ein Pflegebett für den kranken Angehörigen herzurichten ist.

Beispiel

Frau Sigholz hat sich zusammen mit ihrem Mann zur Pflege ihrer Schwiegermutter entschieden. Bei der Übernahme der Pflege ergab sich auch die Notwendigkeit, das Bett für die Pflege der Kranken herzurichten. Zum Glück hatte sie einen Hauskrankenpflegekurs besucht und dort das Herrichten eines Pflegebettes kennengelernt. Sie wurde über die Notwendigkeit einer besonderen Ausstattung des Pflegebettes informiert. Dabei erkannte sie, wie die einzelnen Gegenstände die Qualität der Pflege beeinflussen. Sie lernte beim Herrichten des Krankenbettes, daß ihr Handeln in eine Abfolge von Handlungsschritten gegliedert und eine bestimmte Reihenfolge zu beachten ist. Das Bett ist so herzurichten, daß der Kranke sich darin wohlfühlen kann.

Das sorgfältige Herrichten eines Krankenbettes will gelernt sein. Nachstehend finden Sie ein sogenanntes Handlungsschema, das den vollständigen Ablauf einer Handlung in Einzelschritte gliedert. Der Vorteil dieser Darstellung liegt darin, daß

- die Handlung übersichtlich aufgezeigt wird,
- die Elemente der Handlung präzise beschrieben werden und
- dadurch jederzeit für die Pflege abrufbar und wieder auffindbar sind.

Aufgabe

Gehen Sie nun den Handlungsablauf Schritt für Schritt durch und versuchen Sie, sich immer vorzustellen, was der jeweilige Schritt tatsächlich bedeutet. Lesen Sie danach die ausführliche Beschreibung der Handlungsschritte durch. Anschließend führen Sie die Handlungsschritte am Bett exakt aus.

Handlungsschritte

Bettdecke und Kissen beziehen

▼

- Matratzenschutzbezug
- Spannbettuch
- Bettschutzeinlage
- Stecklaken/Unterlage griffbereit zurechtlegen

▼

Pflegebett überprüfen:
- Bremsen feststellen
- Kopf- und Fußteil absenken

▼

Matratzenschutzbezug

über Matratze ziehen, glattstreichen, seitlich ggf. auch an Kopf- und Fußende einstecken

▼

Spannbettuch

über Matratze ziehen, glattstreichen, ggf. seitlich einstecken

▼

Bettschutzeinlage (beschichtet)

einlegen, glattstreichen, seitlich einstecken

▼

alle Kissen

gründlich aufschütteln und einlegen

▼

Bettdecke

über das Bett legen, glätten, seitlich und am Fußende einfalten

Rückenschonendes Arbeiten wird unterstützt durch die jeweils richtige Ausgangsstellung. So werden die Pflegepersonen bei allen Pflegehandlungen zum Aufrichten, Anheben und Höher legen eine Grätschstellung einnehmen und sich mit den Knien am Bettrahmen abstützen.

Vorbereitung

- Bettdecke, zwei Kopfkissen, kl. Stützkissen beziehen,
- Matratzenschutzbezug, Spannbettuch, Bettschutzeinlage und Stecklaken griffbereit zurechtlegen.

Abfolge der Handlung

- Die Pflegeperson tritt an das Pflegebett,
- sie überprüft die Funktionalität des Pflegebettes und
- überzeugt sich, daß die Matratze, falls unterteilt, mit durchgehendem Bezug nach oben in das Bett eingelegt ist.
- Sie entfaltet den Matratzenschonbezug,
- spannt ihn um die vier Ecken der Matratze,
- streift ihn glatt und
- steckt ihn seitlich, wenn nötig auch an Kopf- und Fußende, unter die Matratze ein.
- Das Spannbettuch wird in gleicher Weise um die Matratze gespannt.
- Sie entfaltet die Bettschutzeinlage.
- Diese legt sie so über die Matratze, daß diese vor der Teilung der Matratze (zweigeteilt) abschließt,
- sie streift glatt und
- steckt sie seitlich ein.
- Werden eine unbeschichtete Bettschutz-Folie oder ein Gummituch verwendet, dann müssen sie durch ein Stecklaken völlig bedeckt werden bzw. unter dem Bettuch liegen.
- Die Pflegeperson überzeugt sich, daß die Schichtenfolge *faltenfrei* durchgeführt ist.

Aufschütteln und Einlegen der Kissen

- Zum Auflockern der Federn wird das Kissen an beiden gegenüberliegenden Ecken gefaßt, und die Federn werden aus den Ecken herausgeschüttelt; dabei kommt es darauf an, viel Luft in die Federn zu bringen. Das gleiche geschieht mit dem zweiten Kopfkissen und beim kleinen Stützkissen.
- Die Federn der einzelnen Kissen werden nach unten geschüttelt.
- Das untere Kissen wird so eingelegt, daß das Kreuz des Kranken nicht hohl liegt;
- das obere Kissen wird so eingelegt, daß Kopf und Nacken des Kranken unterstützt werden.
- Beim Einlegen ist darauf zu achten, daß die Knopfleisten der Kissen, falls vorhanden, seitlich gelegt werden.
- Das kleine Kissen stützt vornehmlich den Kopf des Kranken.
- Bettdecke wird aufgelegt.

Bisher wurde das Pflegebett in seiner Funktion und Ausstattung vorgestellt. Es wurde als Gegenstand zur Durchführung der Pflege beschrieben. Es darf nicht übersehen werden, daß auch emotionale Gesichtspunkte zu beachten sind. Selbst eine sorgfältige Ausstattung des Pflegebettes kann dem Kranken die An- und Aussprache nicht ersetzen. Der kranke Mensch wird sich im Pflegebett erst dann wohlfühlen, wenn er nicht vom Leben ausgeschlossen wird; denn dann wären Rückzug und Vereinsamung die Folgen.

Beachte
Wenn Sie ein Krankenbett herrichten, achten Sie vor allem auf

- die richtige Reihenfolge der Ausstattung,
- faltenfreies Einstecken von Spannbetttuch, Bettschutzeinlage und Stecklaken,
- sorgfältiges Einlegen der Kopfkissen,
- die Verwendung einer leichten, ausreichend langen und warmen Bettdecke.

Beim Herrichten des Pflegebettes kann die Pflegeperson sich gefährden, wenn sie nicht rückenschonend arbeitet, d. h. beim Einstecken der Laken nicht in die Hocke geht. Auch der Kranke kann gefährdet werden, wenn z. B. eine schwere Bettdecke längere Zeit seine Fußspitzen belastet. Dies kann zu einer Überstreckung des Fußes und zur Ausbildung eines sogenannten Spitzfußes (siehe Seite 103) führen.

Liegen und Sitzen im Bett

Sich im Pflegebett wohlfühlen

Der gesunde Mensch verändert ständig Tag und Nacht seine Körperhaltung, um sich wohlzufühlen. Er ändert dauernd seine Haltung und Bewegung: durch Laufen, Gehen, Stehen, Sitzen und Liegen. Selbst auf einer bequemen Couch oder in einem Sessel verändert er oft seine Sitzhaltung: er lehnt sich zurück, er stützt sich auf, er schlägt die Beine übereinander, er beugt sich vor, er rutscht hin und her. Auch beim Einschlafen kann jeder bei sich selbst individuelle Gewohnheiten beobachten, z. B. sich auf Rücken, Bauch oder Seite legen, Beine anwinkeln, Arme und Hände hinter dem Nacken verschränken, u. ä. Selbst im Schlaf verändert der gesunde Mensch vielfach seine Lage. Diese Haltungen werden teils unbewußt, teils bewußt ausgeführt, um sich entspannen, erholen und wohlfühlen zu können.

Natürlich hat auch der Kranke ähnliche Bedürfnisse nach körperlicher Entspannung, nach Erholung und Wohlbefinden. Kranke, pflegebedürftige und behinderte Menschen, die an das Bett »gefesselt« sind, können diese Bedürfnisse und Wünsche nur eingeschränkt befriedigen. Gründe dafür können sein: reduzierte Beweglichkeit, Ängstlichkeit, Gleichgültigkeit, Apathie oder Empfindungsstörungen. Diese Menschen sind deshalb auf Hilfe, Unterstützung und Ermutigung anderer angewiesen. Dazu gehören

- den im Bett Liegenden zu ermutigen, seine individuelle Lage zu finden oder einzunehmen und
- ihm gegebenenfalls durch Hilfsmittel zu einem angenehmen Sitzen und Liegen zu verhelfen.

Dadurch können seine Selbständigkeit und Unabhängigkeit erhalten und gefördert werden.

Dies verdeutlicht, daß die Bewältigung der täglichen Verrichtungen hohe Anforderungen an den Kranken stellt und er diese als besonders schwierig und belastend empfinden kann. Der Kranke ist dann oft versucht, diesen Belastungen auszuweichen und die täglichen Verrichtungen von anderen durchführen zu lassen. Dies fördert Abhängigkeit und Hilfsbedürftigkeit und schwächt Selbstvertrauen und Selbsthilfekräfte. Um dieser Entwicklung entgegenzuwirken, ermutigt die Pflegeperson den Kranken zum Selbsttun und macht das Sitzen und Liegen für den Kranken erträglich und angenehm. Dieses Wohlbefinden kann zusätzlich durch den Einsatz von ausgewählten Hilfsmitteln verbessert werden.

Hilfen für das Sitzen und Liegen im Bett

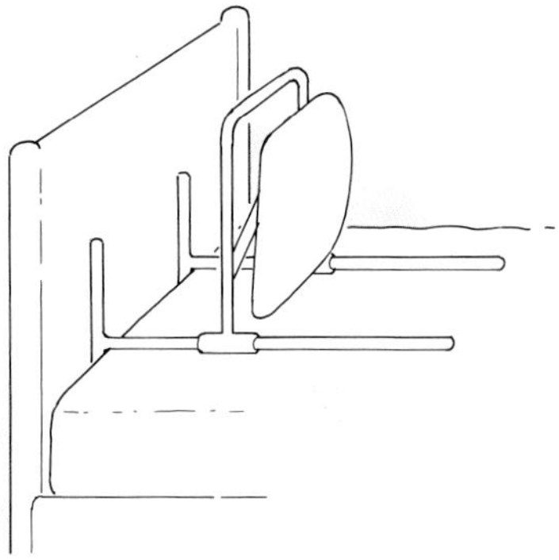

Die *Rückenstütze* (siehe Seite 37) oder das verstellbare Kopfteil des Pflegebettes (siehe Seite 35) dienen zur erhöhten Lagerung des Oberkörpers und erleichtern das aufrechte Sitzen des Kranken. Diese ist notwendig bei der Körperpflege, bei Mahlzeiten, beim Lesen und Fernsehen sowie beim Empfang von Besuchern.

Neben dem 2. Kissen kann auch ein kleines *Stützkissen* oder eine *Nackenrolle* das aufrechte Sitzen und das Abstützen des Kopfes verbessern.

Die *Fußstütze* dient zur Verkürzung des Bettes und verhindert das Herunterrutschen des Kranken im Bett. Ohne eine Fußstütze käme es beim Liegen zu einem unangenehmen Abknicken der Wirbelsäule sowie zu einem Überstrecken des Nackens und Kopfes. Das Sitzen des Kranken kann erleichtert werden, wenn der Abstand zwischen Bettende und Fußstütze vergrößert wird. Bewegliche Fußstützen haben den weiteren Vorteil, daß die Fuß-, Bein- und Rückenmuskulatur trainiert werden können. Ein fester Schaumstoffblock kann eine Fußstütze ersetzen.

Der *Krankenaufrichter* kann entweder in Form einer Strickleiter am Fußende oder am Ende eines Aufrichtebügels über dem Kopfende das Aufrichten des Kranken unterstützen. Er erleichtert nicht nur das Aufrichten, sondern aktiviert den Kranken durch Selbsttun und fördert seine Eigenständigkeit (siehe Seite 35).

Ein *Bett-Tisch* kann dazu beitragen, daß

der Kranke seine täglichen Aktivitäten vor allem im Sitzen durchführen kann. Im Fachhandel werden verschiedene Modelle mit unterschiedlichen Funktionen angeboten, um Mahlzeiten einzunehmen, zu lesen, zu schreiben, zu malen, zu zeichnen, zu stricken oder zu sticken. Als Tischmodelle werden angeboten z. B. flach zusammenklappbare, beliebig schräg verstellbare Bett-Tische, Bett-Nachttische mit klappbarer und höhenverstellbarer Bett-Tischplatte oder kombinierte Arbeitstische.

Diese Hilfen ermöglichen dem im Bett liegenden oder sitzenden Kranken, seine alltäglichen Verrichtungen individuell zu gestalten und sogar über Post oder Telefon eigenständig Verbindungen zur Außenwelt zu halten.

Aufgabe

Beschreiben Sie die Schwierigkeiten des kranken Menschen bei nachstehenden Tätigkeiten, wenn er diese im Bett liegend oder sitzend ausführen muß.

Ausgewählte Tätigkeiten des täglichen Lebens	Schwierigkeiten
sich waschen	
sich frisieren	
sich rasieren	
essen, trinken	
lesen	
fernsehen	
Besuche empfangen	

Ergebnis

Ausgewählte Tätigkeiten des täglichen Lebens	Schwierigkeiten
sich waschen	Bereitstellen der Waschschüssel, Verschütten des Wassers, Erreichbarkeit der Waschutensilien
sich frisieren	den Spiegel halten, Kamm und Bürste selbst führen
sich rasieren	Gefahr sich zu verletzen, sich gründlich zu rasieren
essen, trinken	verschlucken, verschütten, Mahlzeiten nicht überblicken
lesen	das Buch über längere Zeit halten, erschwertes Umblättern
fernsehen	Nackensteife bei längerem Sehen, Blickwinkel
Besuche empfangen	Blickkontakt eingeengt, erschwertes Sprechen, bewußtes Erleben der Asymmetrie zwischen liegendem Kranken und sitzendem Besucher

Zusammenfassung

- Das Pflegebett erfüllt auch in der Hauskrankenpflege mehrere Funktionen. Es soll eine optimale Pflege ermöglichen und gleichzeitig für den Kranken ein Ort der Geborgenheit sein.
- Konstruktion und Aufbau des Pflegebettes unterscheiden sich von einem sogenannten Normalbett durch die Höhe und Verstellbarkeit der Liegefläche, die Rollfähigkeit und die Möglichkeit, Hilfsmittel anzubringen.
- Als Übergangslösung kann ein Normalbett durch Improvisationen zu einem Pflegebett umgestaltet werden; doch muß die Sicherheit des Kranken stets gewährleistet sein.
- Zu einer guten Pflege und einem Wohlbefinden des Kranken tragen wesentlich auch das Ausstatten und das Herrichten des Pflegebettes bei.
- Zum Sich-Wohlfühlen-Können gehört zudem, daß der Kranke auch im Liegen und Sitzen sein Leben möglichst eigenständig gestalten kann.

3

Den kranken Menschen beobachten

Wahrnehmung und Beobachtung des kranken Menschen

Stufen der Beobachtung

Einschätzen der Beobachtung

Beobachtung der Haut

Aufbau und Aufgaben der Haut

Farbe – Beschaffenheit – Spannungszustand

Beobachtung der Ausscheidungen

Überwinden von Widerständen

Beobachtung ausgewählter Ausscheidungen

Wahrnehmung und Beobachtung des kranken Menschen

Jeder Mensch nimmt sich selbst und die Welt individuell und unterschiedlich intensiv wahr. Man spricht von *Selbstwahrnehmung,* die auch sein Verhalten beeinflussen kann. Umgekehrt ist auch jeder Mensch eingebunden in die Wahrnehmung anderer, man spricht von *Fremdwahrnehmung.* Wahrnehmung ist also ein Aufmerksamwerden und Aufnehmen von Reizen der Eigenwelt, z. B. das Wahrnehmen von Durst, Schmerz, Freude, Trauer, aber auch der Außenwelt, z. B. das Sehen von Farben, das Hören von Geräuschen, das Riechen von Düften, das Spüren von Nässe und Kälte. Der Mensch ist in seiner Selbstwahrnehmung manchmal eingeschränkt und bedarf der Wahrnehmung eines anderen. Der kranke Mensch ist in vielen Fällen darauf angewiesen, daß andere Menschen seine Selbstwahrnehmung bestätigen oder ergänzen, z. B.

- Juckreiz am Rücken → Pflegeperson erkennt Hautrötung,
- Empfinden von Kälte → Pflegeperson stellt durchfeuchtete Leibwäsche fest.

Äußerungen des Kranken können ein Handeln der Pflegeperson auslösen. Es ist aber auch möglich, daß eine Wahrnehmung der Pflegeperson Anlaß zu eigener Selbstwahrnehmung des Kranken gibt, z. B. die Pflegeperson stellt die Blässe des Kranken fest → der Kranke bestätigt, schlecht geschlafen zu haben.

Die Handlungsweise der Pflegeperson hat den Charakter des Feststellens und Bestätigens von Veränderungen und wird Krankenbeobachtung genannt. Diese hat das Ziel, planmäßig bestimmte Zustände und Vorgänge des Kranken, aber auch Pflegesituationen exakt festzustellen und zu überprüfen. Diese Beobachtungsfähigkeit der Pflegeperson kann gefördert werden:

- durch das Interesse an der Person des Kranken
- durch ausreichende Zeit für die Pflege
- durch innere Ruhe und Ausgeglichenheit.

Sie kann aber auch beeinträchtigt werden:

- durch Interesselosigkeit
- durch eigene Probleme
- durch Zeitmangel
- durch Überforderung und Überlastung.

Die Forderung an die Pflegeperson, bei jeder Verrichtung am Kranken oder bei jedem Gespräch mit Hilfe all ihrer Sinne zu beobachten und Veränderungen am Kranken wahrzunehmen, stellt eine hohe Anforderung dar und ist in der Praxis nicht leicht bzw. nicht immer erfüllbar. Im Interesse des Kranken ist dennoch zu fordern, daß die Pflegeperson ihre Sinne gezielt einsetzt, um Veränderungen im Aussehen und Verhalten feststellen zu können. Diese Fähigkeit zur Krankenbeobachtung kann erlernt werden.

Stufen der Beobachtung

1. Stufe
Ein erster Schritt dazu ist es, alle Sinnesorgane wie Auge, Ohr, Tastsinn und Nase zu aktivieren und zu sensibilisieren. So kann man z. B.

mit dem Auge:	die Haut	→	sehen,
mit dem Ohr:	den Atemrhythmus	→	hören,
mit dem Tastsinn:	den Puls	→	fühlen,
mit der Nase:	Ausdünstung	→	riechen,
mit der Zunge:	Nahrung	→	schmecken.

2. Stufe
Diese Wahrnehmungen sind auf dem eigenen Erfahrungshintergrund zu vergleichen und unter Umständen als Veränderungen festzustellen.

3. Stufe
Die festgestellten Veränderungen sind in der Hauskrankenpflege unter Einsatz von Hilfsmitteln von der Pflegeperson und letztlich vom Arzt zu überprüfen.

Beispiel

Ein Kind kehrt müde und abgeschlagen aus der Schule heim und klagt über Kopfschmerzen. Während des Gesprächs fallen der Mutter die eigentümlich glänzenden Augen, das gerötete Gesicht ihres Kindes sowie sein müdes Aussehen auf. Ihr kommt dabei der Verdacht, das Kind könne eventuell Fieber haben. Sie stellt fest, daß Stirn und Hände heiß sind. Sie mißt mit einem Thermometer die Körpertemperatur, um ihre ersten Wahrnehmungen zu überprüfen. Es stellt sich dabei heraus, daß das Kind hohes Fieber hat.

Das Beispiel verdeutlicht, wie man von der diffusen Wahrnehmung zu einer gezielten Feststellung und ihrer Überprüfung kommen kann. Vom Hören, Sehen und Fühlen kommt die Mutter über das Feststellen zum Messen und Notieren der Körpertemperatur und zum angemessenen Handeln.

Aufgabe

Verfolgen Sie in der nachstehenden Darstellung den Vorgang der Krankenbeobachtung.

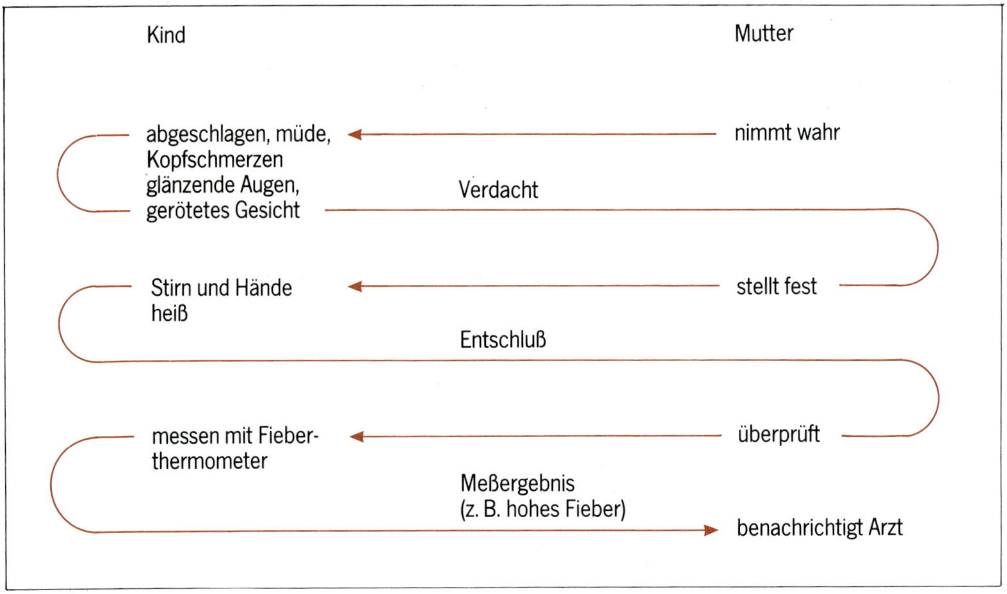

Beachte

Jede Krankenbeobachtung verläuft in 3 Stufen:

1. wahrnehmen,
2. feststellen,
3. überprüfen (messen und kontrollieren).

Seine Sinne gebrauchen heißt: Wahrnehmen. Krankenbeobachtung bedeutet: Mit allen Sinnen wach sein für Veränderungen am Kranken.

Nicht immer wird die Krankenbeobachtung eine solche Abfolge erlauben. Vielmehr wird das Handeln der Pflegenden durch ihre aktuelle Situation, durch ihre persönliche Einstellung und durch ihre Erfahrung, aber auch durch den Zustand des Kranken bestimmt sein.

Die Krankenbeobachtung bleibt unvollständig, wenn sie nicht durch grundlegende Kenntnisse über die Körperfunktionen ergänzt wird. So ist das Fieber des Kindes nicht die Erkrankung selbst, sondern ist nur ein Anzeichen einer Erkrankung (Krankheitszeichen). Krankheitszeichen sind immer nur Hinweise auf eine mögliche Erkrankung. Die Entscheidung darüber, ob eine Erkrankung tatsächlich vorliegt oder nicht, fällt in die Zuständigkeit des Arztes. Er stellt die Diagnose.

Dabei ist der Arzt auf die Information durch den Kranken (Selbstwahrnehmung) und auf die Beobachtungen der Pflegeperson (Fremdwahrnehmung) angewiesen. Krankenbeobachtung wird sich nicht auf einen Teilbereich des Menschen, z. B. auf die

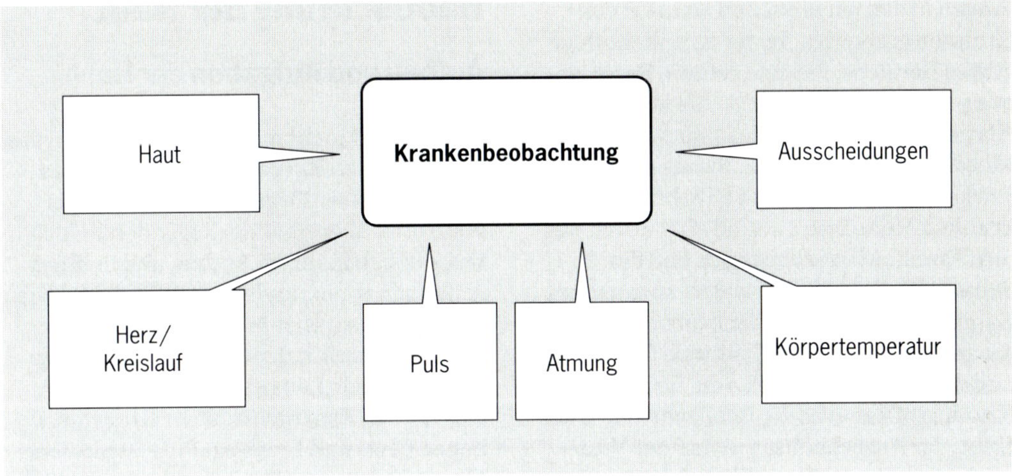

Farbe seiner Haut, beschränken, sondern sie wird stets mehrere Bereiche einbeziehen.

An dieser Stelle sollen einige wichtige Beobachtungsbereiche des kranken Menschen ausgewählt und dargestellt werden:

Die Pflege eines Kranken orientiert sich an seiner Person, die ganzheitlich bestimmt ist. Für die Krankenbeobachtung bedeutet diese Aussage, daß die einzelnen Beobachtungen nicht nebeneinander, sondern immer auch in ihren Wechselwirkungen zueinander gesehen werden müssen.
Für die Krankenbeobachtung gilt deshalb: Der Mensch ist mehr als die Summe seiner Einzelteile. Nach diesem Verständnis bezieht Krankenbeobachtung neben den beobachteten körperlichen Zuständen wesentlich auch situative Gegebenheiten, soziale Bezüge, seelische Empfindungen und das Fragen nach dem Sinn von Schmerz und Leid mit ein.

Einschätzen der Beobachtung

Aufgabe

Gehen Sie dem folgenden Gedankengang nach:

Ein Mensch macht auf Sie einen traurigen Eindruck. Wie kommt man zu dieser Einschätzung?

Welche Beobachtungen führen zu diesem Gesamteindruck?

Sind diese Beobachtungen ausreichend, um dessen Traurigkeit zu erklären?

Es könnte sein, daß z. B. ein traurig erscheinender Mensch den Verlust einer körperlichen Fähigkeit durchlebt und in seinem Eigenwert getroffen ist. Solche Befindlichkeiten lassen sich nicht allein durch Beobachtung feststellen, sondern auch durch Intuition (erahnendes Erfassen) erschließen.

Die Krankenbeobachtung muß also zunächst gezielt ein Beobachtungsfeld in den Blick nehmen und dann diese Feststellungen in den persönlichen Kontext des Kranken einbinden. In der Krankenpflege gibt es Bereiche, die eine genaue Beschreibung und Erklärung nicht zulassen, z. B. Körperhaltung, Gesichtsausdruck, Gestik, Mimik und Bewegungen. Sie lassen wohl Rückschlüsse auf die Befindlichkeit des kranken Menschen zu, sind aber durch weitere Krankenbeobachtungen und die Selbstmitteilung des Kranken zu ergänzen. Es gibt aber auch Krankenbeobachtungen, die gezielt körperliche Zustände feststellen und diese überprüfen. Für die häusliche Krankenpflege sind die Beobachtungen der Haut, der Ausscheidungen und der Vitalzeichen von besonderer Wichtigkeit.

Beobachtung der Haut

Aufbau und Aufgaben der Haut

Die Haut ist nicht nur das größte Organ des menschlichen Körpers, sie ist auch eines der wichtigsten Organe. Sie besteht aus mehreren übereinanderliegenden Schichten, die sich in ihrem Aufbau und in ihren Aufgaben voneinander unterscheiden. Die Oberhaut begrenzt den Körper mit ihrer Hornschicht. Mit der Oberhaut ist die darunterliegende Lederhaut verbunden. Im elastischen Fasergeflecht der Lederhaut liegen Blut- und Lymphgefäße, zahlreiche Nervenfasern, die Haarwurzeln sowie Talg- und Schweißdrüsen. An die Lederhaut schließt sich die Unterhaut mit viel oder wenig eingelagerten Fettzellen an.

Die Haut erfüllt lebenswichtige Aufgaben:

- Sie verhindert, daß schädliche Stoffe, Bakterien, Viren und andere Krankheitserreger in den Körper eindringen.
- Sie scheidet mit dem Schweiß Stoffwechselschlacken aus.
- Sie kann Nährstoffe und Medikamente aufnehmen.
- Sie reguliert den Wärmehaushalt.
- In der Haut liegen die feinen Nervenendigungen für das Empfinden von Druck, Schmerz, Nässe, Kälte und Wärme.

Farbe – Beschaffenheit – Spannungszustand der Haut

Die gesunde Haut ist gut durchblutet, geschmeidig und elastisch, fühlt sich warm und trocken an und sieht beim Mitteleuropäer blaß-rosa aus. Die Hautfarbe wird vor allem durch eingelagerte Pigmente in den Zellen der oberen Hautschicht bestimmt. Beeinflußt wird sie aber auch von der

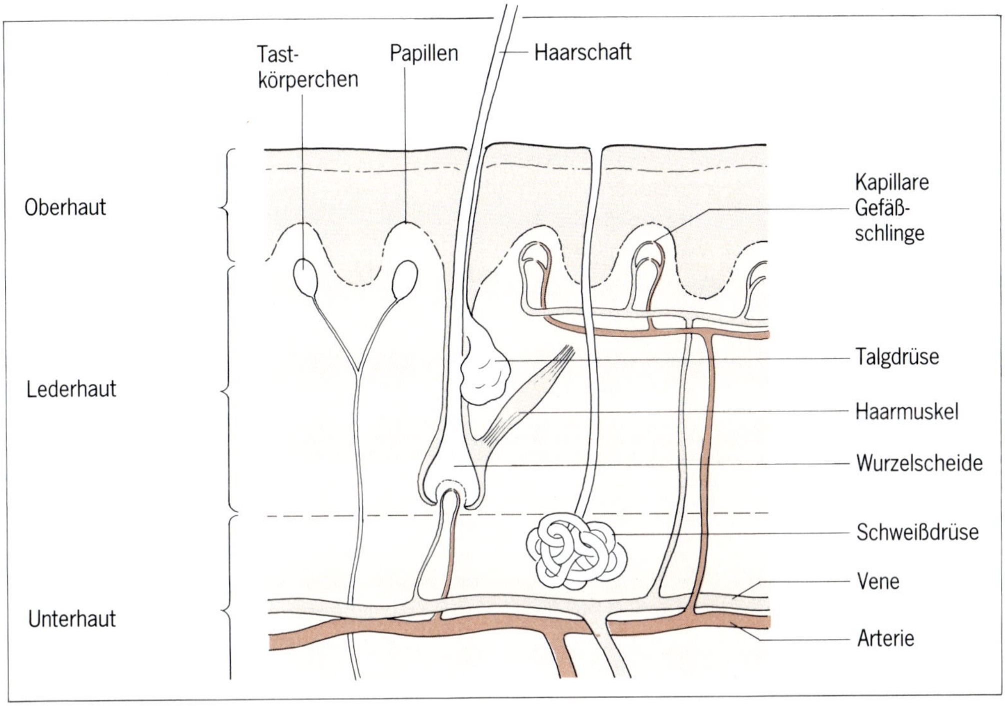

Durchblutung und durch die Dicke der Hornhaut.

Der Farbton der Haut ist normalerweise ziemlich gleichmäßig über den Körper verteilt. Zu Abweichungen dieser gleichmäßigen Pigmentierung kommt es durch Sonneneinwirkung und mechanische oder chemische Reize sowie durch Krankheiten. Auch Sommersprossen, Muttermale und die sogenannten Altersflecken (kleine bis linsengroße braune Flecken, die bei älteren Menschen an Hals und Handrücken auftreten) sind Abweichungen der gleichmäßigen Hautpigmentierung.

In der Übersicht werden Veränderungen der Hautfarbe und ihre Ursachen dargestellt:

Veränderungen der Haut	Ursachen der Veränderungen
Rotfärbung	vermehrte Durchblutung
Blässe	mangelnde Durchblutung
Blaufärbung der Lippen, Ohrläppchen, Fingerspitzen, -nägel	Sauerstoffmangel im Blut. Erste Anzeichen zeigen sich an Lippen und Nägeln.
Gelbfärbung	Ansammlung des Gallenfarbstoffs.

Nicht immer sind Veränderungen der Hautfarbe durch eine Krankheit verursacht. So können Anstrengung, Erregung, Schreck und Freude das Aussehen eines Menschen ändern. Bei einem Bettlägerigen können auch erhöhte oder zu niedrige Raumtemperatur, Überwärmung durch Bettdecke oder Heizkissen Veränderungen der Hautfarbe herbeiführen.

Die geschmeidige und elastische Hautoberfläche kann durch natürliche Alterungsprozesse oder durch bestimmte Krankheiten ihre Spannung und Elastizität verlieren. So zeigen sich viele Infektionskrankheiten (Röteln, Masern) in Hautausschlägen. Erkrankungen mit hohem Flüssigkeitsverlust (wie Durchfall, Erbrechen), mangelnde Flüssigkeitszufuhr oder Fehlernährung führen zur Austrocknung der Haut. Dies kann durch Anheben der Hautoberfläche festgestellt werden: Angehobene Haut bleibt »stehen« und bildet sich nur langsam zurück. Eine vermehrte Einlagerung von Flüssigkeit erhöht den Spannungszustand der Haut. Bei übermäßiger Flüssigkeitseinlagerung in der Haut spricht man von Hautödemen. Dies kann durch Druck auf die Hautoberfläche beobachtet werden: Die Eindellung der Haut bildet sich nur langsam zurück.

Beobachtung der Ausscheidungen

Überwinden von Widerständen

Körperausscheidungen sind Urin und Stuhl, aber auch Erbrochenes und ausgehusteter Auswurf (Sputum), Ausfluß und Schweiß. Sie zählen zwar großteils zu den täglichen und zugleich in unserem Kulturraum intimsten Erscheinungen des Lebens. Trotzdem empfindet man Ausscheidungen gegenüber Ablehnung oder Ekel, die eine gezielte Beobachtung der Ausscheidung erschweren. Obwohl es die meisten Menschen Überwindung kostet, mit Körperausscheidungen anderer umzugehen, sind Beobachtungen von Urin, Stuhl, Sputum und Erbrochenem für den Arzt und damit für den Kranken notwendig. Tritt z. B. Erbrechen plötzlich auf, kann das Verhalten der Pflegeperson so beeinträchtigt werden, daß sie zunächst unfähig ist, zu beobachten und zu helfen.

Beispiel

Eine Krankenschwester kommt zu einem Langzeitkranken. Während des Umbettens erbricht der Kranke plötzlich. Ihre erste Reaktion darauf ist ein Gefühl des Ekels. Als sie aber sieht, wie der Kranke sich quält,

- reicht sie ihm die Nierenschale,
- dreht sie den Kopf des Kranken zur Seite oder richtet ihn auf,
- spricht ihm beruhigend zu,
- fordert ihn zum Durchatmen auf und
- läßt ihn seinen Mund ausspülen.

Durch die praktische Hilfe wird die Pflegeperson in dieses für beide unangenehme Geschehen so einbezogen, daß sie ihr anfängliches Ekelgefühl zurückdrängen und den Kranken beobachten kann. Jetzt registriert und vergleicht sie auch Aussehen, Geruch und Menge des Erbrochenen. Später macht sie noch Notizen für den Arzt.

Das Beispiel zeigt,

- wie eine in der Krankenpflege erfahrene Person durch Ekel zunächst blockiert wurde,
- wie sie ihren Ekel überwinden konnte, indem sie die Not des Kranken sah und sein Angewiesensein auf ihre Hilfe erkannt hat,
- wie sie den Entschluß gefaßt hat, die Abneigung gegenüber Geruch und Aussehen des Erbrochenen zu überwinden und
- wie die Pflegeperson trotz des immer noch vorhandenen Ekelgefühls zum Handeln fähig ist.

Beobachtung ausgewählter Ausscheidungen

Erbrochenes

Ist man fähig, Erschrecken und Ekelgefühl zu überwinden und Hilfe zu leisten, wird man eher in der Lage sein, beim Erbrechen gezielter zu beobachten:

- Aussehen des Erbrochenen
- Häufigkeit und Menge
- Art des Erbrechens
- Geruch des Erbrochenen.

Aussehen
Das Erbrochene setzt sich zusammen aus der aufgenommenen zum Teil verdauten Nahrung sowie aus Schleim und Verdauungssäften. Eventuell kann auch Galle oder Blut beigemengt sein. Verbunden mit Übelkeitsgefühlen, vermehrter Speichelabsonderung und unregelmäßiger Atmung wird das Erbrechen eingeleitet.

Farbe des Erbrochenen	Ursache der Färbung
farblos	keine Nahrung und Verdauung
gelb/grünlich	Gallensaft
rot/bräunlich/schwarz	Blut

Weitere Farbveränderungen sind auch durch eingenommene Speisen und Medikamente möglich.

Häufigkeit und Menge des Erbrochenen
Die Pflegeperson sollte beobachten,

- ob der Kranke einmal oder mehrmals erbrochen hat,
- ob der Kranke nüchtern oder nach der Mahlzeit oder nach bestimmten Speisen erbrochen hat,
- ob der Kranke nach der Einnahme von Medikamenten erbrochen hat,
- ob der Kranke vor dem Erbrechen an Leibschmerzen oder Bauchkrämpfen litt,
- ob der Kranke nach einer Aufregung erbrochen hat,
- ob dem Kranken vor dem Erbrechen übel war oder ob er unerwartet erbrach.

Außerdem ist die Art zu beobachten, *wie* der Kranke erbrochen hat: ob im Schwall, hervorgewürgt oder in Stößen.
Je weiter der Verdauungsvorgang fortgeschritten ist, desto unangenehmer (säuerlich, faulig) wird das Erbrochene von dem Kranken oder der Pflegeperson wahrgenommen.

Auswurf (Sputum)

Das Sputum ist ein Schleim aus den Bronchien oder eine Absonderung aus dem Rachen bzw. der Nase. Der gesunde Mensch sondert nur wenig Schleim ab, der kaum wahrgenommen wird. Kranke und alte Menschen haben unter Umständen eine verstärkte Schleimbildung (z. B. bei bestimmten Erkrankungen der Bronchien), die dazu führt, daß mehr Sputum ausgeworfen wird. Das Sputum kann bei bestimmten Erkrankungen schleimig – fadenziehend – zäh sein und Beimengungen von Blut und Eiter enthalten. Auch beim Sputum ist vor allen Dingen auf das Aussehen zu achten.
Das Sputum ist im allgemeinen geruchlos.

Beachte
Die Pflegeperson sollte gegebenenfalls den Kranken auffordern,

- das Sputum abzuhusten, nicht hinunterzuschlucken,
- das Sputum in ein Zellstofftuch (Papier-Taschentuch, Küchenkrepprolle) oder in einen Becher mit Desinfektionslösung oder in einen Einweg-Becher zu spucken.

Farbe des Auswurfs	Ursache der Färbung
farblos/glasig	normale Sekretion
gelblich/grünlich	Eiter
rostbraun	geringe Beimengung von Blut
rot	Riß von Blutgefäßen.

Urin

Der Urin wird in den Nieren gebildet und über die Harnorgane ausgeschieden. Er enthält wasserlösliche Abbauprodukte des Stoffwechsels. Der gesunde Mensch scheidet täglich etwa 1–2 Liter Urin aus. Die Menge des Urins hängt von der aufgenommenen Flüssigkeit ab. Starkes Schwitzen oder beschleunigtes Atmen vermindern die Urinausscheidung.

Aussehen
Die Farbe des Urins kann beim gesunden Menschen von hellgelb bis dunkelgelb wechseln. Je geringer die Urinmenge, desto intensiver die Farbe. Bei reichlicher Harnproduktion ist der Urin hell. Diese Farbunterschiede sind normal. Beim Gesunden ist der frisch abgegebene Urin meist klar und je nach Konzentration hell bis dunkelgelb. Bei einer Eintrübung ist auf eine Krankheit zu schließen.

Beschaffenheit des Urins und Häufigkeit des Wasserlassens
Die Hauptmenge des Urins wird während des Tages ausgeschieden. Krankhafte Veränderungen sind z. B. ständiger Harndrang, häufiges nächtliches Wasserlassen, unkontrolliertes Wasserlassen. In der Regel beobachtet der Kranke selbst den Vorgang des Urinlassens. Die Pflegeperson wird den Kranken in besonderen Fällen auffordern, das Wasserlassen regelmäßig zu beobachten und eventuelle Veränderungen sogleich zu berichten. Der Geruch beim normalen Urin ist eher unauffällig; ist er aber bereits bei der Ausscheidung übelriechend, dann ist dem Arzt Mitteilung zu machen.

Beachte
Durch Einnehmen von Medikamenten oder Nahrungsmitteln mit besonderen Farbstoffen (rote Bete, Farbfruchtsäfte) können ebenfalls farbliche Veränderungen des Urins entstehen.

Farbe des Urins	Ursache der Färbung
bierbraun (mit gelbem Schaum)	Gallenfarbstoff
fleischwasserfarbig bis rotbraun	Blut
weiße Ausflockung	Eiweißschleim.

Stuhl

Zur Krankenbeobachtung gehört auch das Beobachten des Stuhls. Dieser ist das Ausscheidungsprodukt des Darms. Er besteht bis zu 70% aus Wasser und etwa 30% unverdaulicher Nahrung (Ballaststoffe). Außerdem sind Salze, Bakterien und Schleim im Stuhl enthalten.

Aussehen
Die Farbe des Stuhls wird überwiegend durch den Gallenfarbstoff bestimmt, der den Stuhl mittel- bis dunkelbraun einfärbt. Verfärbungen können durch Nahrungsmittel und Medikamente oder durch krankhafte Vorgänge im Verdauungsbereich auftreten.

Farbe des Stuhls	Ursache der Färbung
gelblich	z. B. Genuß von Milch
grünlich	z. B. Genuß von Spinat
rotbraun	z. B. Genuß von rote Bete
schwarz	Einnahme von Kohle, eisenhaltigen Medikamenten
grauweiß (lehmfarbig)	Fehlen von Gallenfarbstoffen
schwarz (teerfarbig)	Blutungen im oberen Verdauungstrakt
rot (blutig)	Beimengung von Blut

Beschaffenheit des Stuhls und Häufigkeit des Stuhlgangs
Der normale Stuhl ist geformt. Der Stuhlgang erfolgt in der Regel täglich oder alle zwei Tage ein- bis zweimal. Verändern sich die Beschaffenheit des Stuhls oder die Regelmäßigkeit des Stuhlgangs, steht dies häufig im Zusammenhang mit der Nahrung (zu wenig Ballaststoffe, zu wenig Flüssigkeit) oder mit Bewegungsarmut. Liegen diese Umstände nicht vor, so können Störungen im Verdauungsvorgang vermutet werden.

Formen dieser Störungen sind Durchfall oder Verstopfung:

- Treten täglich mehrere dünnflüssige, unter Umständen schmerzhafte Darmentleerungen auf, spricht man von *Durchfall.*
- Tritt über mehrere Tage keine Darmentleerung auf, so besteht eine *Verstopfung.*

Nicht immer muß dabei auf eine ernsthafte Erkrankung geschlossen werden. Durchfall und Verstopfung können aber auch alarmierende Krankheitszeichen sein. In diesen Fällen sollte der Arzt benachrichtigt werden. Dies vor allem dann, wenn

- Durchfall auftritt in Verbindung mit Fieber, Erbrechen, Beimengung von Schleim und Blut,
- Verstopfung auftritt in Verbindung mit stark geblähtem Bauch, krampfartigen Schmerzen, Erbrechen.

Schweiß

Hauptbestandteil des Schweißes sind Wasser (99%) und Mineralstoffe (vor allem Kochsalz). Er wird von den Schweißdrüsen der Haut ausgeschieden. Durch Schwitzen wird die Körpertemperatur mitreguliert. Täglich gibt der Mensch über die Haut etwa 0,4 Liter Schweiß ab. Dieser Vorgang vollzieht sich oft unbemerkt, da der Schweiß beim Austritt auf die Oberfläche sehr schnell verdunstet. Der individuelle Schweißgeruch wird beeinflußt durch die Trinkmenge, durch die Menge von Harnbestandteilen (Harnstoff, Fettsäuren) und durch Bakterien an schlecht belüfteten Körperstellen. Streß, Angst und Anstrengung können die Schweißbildung vermehren. Bei Fieber, besonders beim Fieberabfall kommt es zu einer vermehrten Absonderung von warmem, großperligem Schweiß. Kalter und kleinperliger Schweiß ist ein Alarmzeichen; dieser deutet auf eine beginnende Kreislaufschwäche, einen Schock oder eine Ohnmacht hin.

Beachte
Alle Beobachtungen über die Veränderungen bei den Ausscheidungen sollen gewissenhaft notiert und dem Arzt zur Kenntnis gebracht werden. Bei Beobachtung von Blut im Stuhl muß sofort ein Arzt aufgesucht bzw. benachrichtigt werden. Urin- und Stuhlproben für die ärztliche Diagnose sind kühl aufzubewahren.

Zusammenfassung

- Die Beobachtung des kranken Menschen nimmt auch in der Hauskrankenpflege eine zentrale Stellung ein. Sie wird durch die Pflegeperson vorgenommen und führt zur Benachrichtigung des Hausarztes, evtl. auch der Sozialstation.
- Die Krankenbeobachtung verläuft von der Aktivierung der Sinnesorgane über Wahrnehmung von Veränderungen am Kranken bis hin zur Überprüfung der Feststellungen durch die Pflegeperson.
- Für die ambulante Pflege sind vor allem die Beobachtungen der Haut, der Ausscheidungen und der Vitalzeichen wichtig.
- Bei der Beobachtung der Haut werden vor allem Farbe, Beschaffenheit, Spannungszustände und Hautveränderungen wahrgenommen.
- Die Beobachtung der Ausscheidungen erstreckt sich auf Erbrochenes, Auswurf, Urin, Stuhl und Schweiß.
- Besonders bei der Beobachtung der Ausscheidungen können störende Ekelgefühle aufkommen, die die Qualität der Beobachtung beeinflussen.

4

Vitalzeichen überprüfen

Herz und Kreislauf

Körperkreislauf
Lungenkreislauf

Puls fühlen und zählen

Pulsfrequenz
Pulsrhythmus
Pulsqualität
Pulszählen

Atmung beobachten

Atmungsarten
Atemfrequenz
Atemqualität
Atemrhythmus

Körpertemperatur messen

Fieberthermometer
Normale, erhöhte Temperatur und Fieber
Meßdauer
Meßarten
Umgang mit den Fieberthermometern

Puls und Atmung geben über wichtige Lebensvorgänge wie Herztätigkeit und Atmung Aufschluß. Diese spielen auch bei der Krankenbeobachtung, insbesondere bei der Pflege von Langzeitkranken eine wichtige Rolle. Deshalb sollte die Pflegeperson in der Lage sein, die Veränderungen bei Kreislauf und Atmung festzustellen, den Puls zu kontrollieren und die Körpertemperatur zu messen. Diese Tätigkeiten sind relativ leicht und objektiv von der Pflegeperson zu erfassen; zugleich geben sie als äußerlich beobachtbare Vorgänge Hinweise auf wichtige Lebensvorgänge, nämlich auf die Funktionen von Herz, Blutkreislauf und Lunge.

Herz und Kreislauf

Das Herz ist ein etwa faustgroßer Hohlmuskel, der aus dem linken Vorhof und der linken Kammer, aus dem rechten Vorhof und der rechten Kammer besteht. Die linke und rechte Herzhälfte sind durch eine Scheidewand voneinander getrennt. Wie ein Motor hält das Herz über zwei nebeneinander gelegenen Druck- und Saugpumpen den Blutstrom im Körper in Gang.

Durch Kontraktion des Herzmuskels wird der Blutstrom in Bewegung gehalten. Herzklappen sorgen dafür, daß das Blut nur in eine Richtung fließen kann. Die kräftig entwickelte linke Muskelwand des Herzens »stößt« das Blut in den *großen Kreislauf* (Körperkreislauf) des Körpers. Die etwas schwächere Muskulatur der rechten Herzseite »stößt« das Blut in den *kleinen Kreislauf* der Lungen (Lungenkreislauf). In einer Minute pumpt das Herz eines in Ruhe

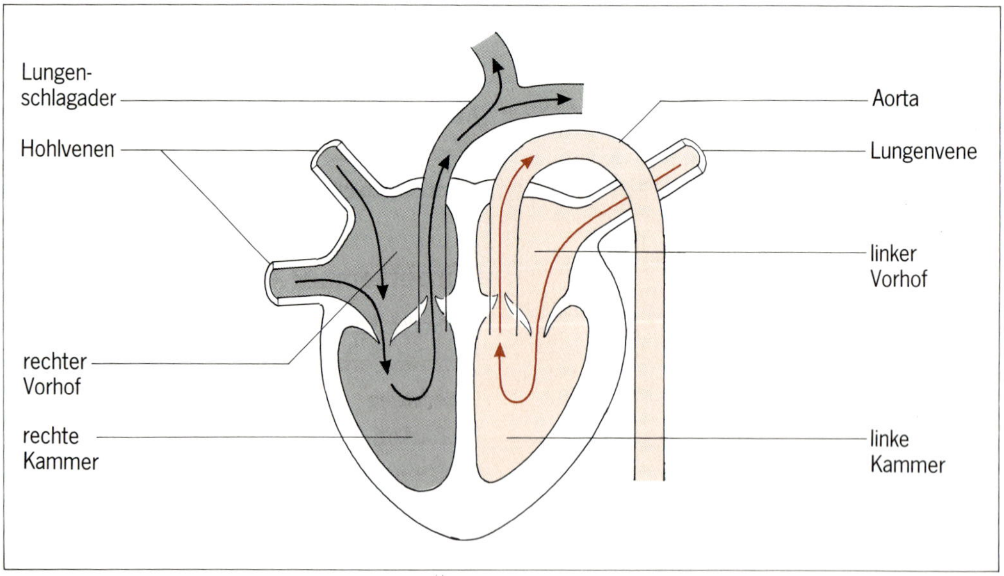

befindlichen Menschen etwa drei bis vier Liter. Bei körperlicher Anstrengung kreist in einer Minute bis zu 6mal soviel Blut durch den Körper, also 24 Liter. Das Herz eines erwachsenen Menschen muß das Blut in den Venen von den Zehen bis zum Herzen ca. 1,50 m »bergauf« transportieren.

Körperkreislauf

Der Kreislauf ist das wichtigste Transportsystem des Körpers. Seine Aufgabe besteht darin,

- über das Blut Nährstoffe, Vitamine und Sauerstoff zu den Körperzellen zu transportieren,
- von dort durch das Blut Schlackenstoffe und Kohlendioxyd (CO_2) zurückzuführen,
- Hormone und Abwehrstoffe und die in den Zellen erzeugte Wärme zu verteilen.

Das Blut durchströmt den Körper in einem geschlossenen Gefäßsystem, das aus Arterien (Schlagadern), Venen (Hohladern) und Kapillaren (Haargefäßen) besteht.

Arterien führen das Blut vom Herzen weg. Sie haben *muskulöse Gefäßwände* und sind besonders elastisch gebaut.

Venen bringen das Blut vom Körper zum Herzen. Im Vergleich zu den Arterien sind sie dünnwandiger. Zur Verbesserung des Bluttransportes sind sie mit *Klappen* ausgestattet.

Kapillaren sind die feinsten Verzweigungen der Blutgefäße: bei den Arterien nennt man sie Arteriolen, bei den Venen Venolen. Sie bilden den Übergang von Arterien und Venen: da sie so fein wie Haare sind, heißen sie auch *Haargefäße*.

Der in den Blutgefäßen bestehende Druck wird *Blutdruck* genannt: er ist die Kraft, die

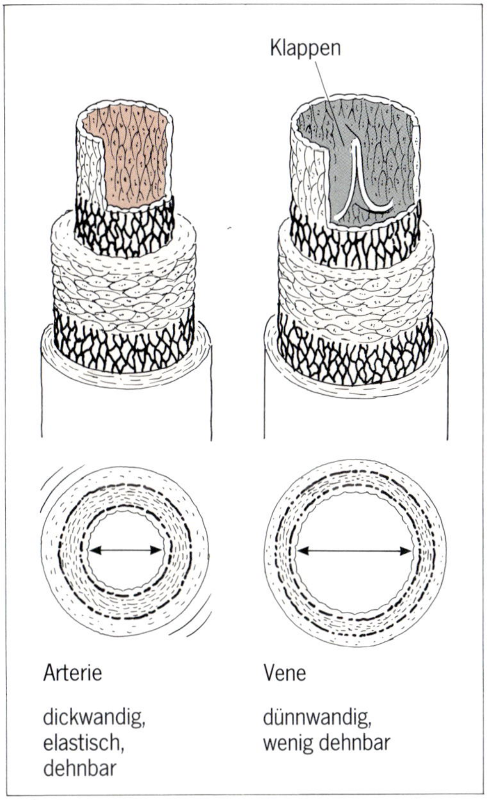

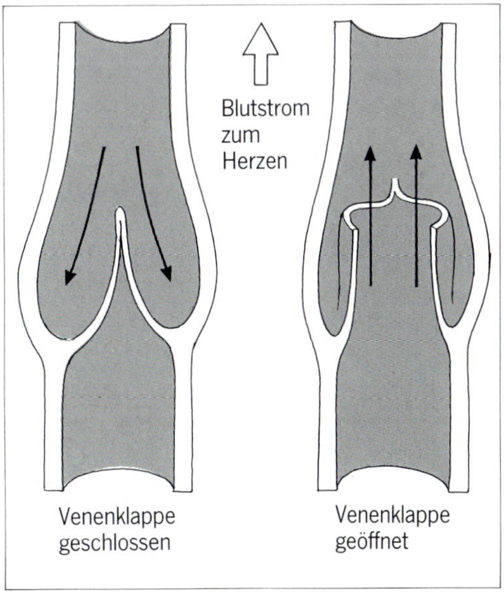

das Blut auf die Gefäßwand ausübt. Er beeinflußt die Blutzirkulation. Der Blutdruck ist abhängig von der Herzleistung und von dem Gefäßwiderstand. Während der Kontraktion der Herzkammern steigt der Druck in den Gefäßen (Systole). Beim Erschlaffen der Herzmuskulatur fällt der Druck in den Gefäßen ab (Diastole). Je höher der Blutdruck, desto schwerer wird es für das Herz, gegen den ständigen Widerstand anzupumpen.

Von der Aorta (Körperschlagader), die aus der linken Herzkammer führt, zweigen starke Arterien (Schlagadern) ab, aus deren Verzweigungen und Verästelungen alle Gewebe, Organe und Zellen des Körpers, z. B. Herzmuskel, Kopf, Nieren, Leber, Magen, Darm, Beine und Arme mit Sauerstoff und Nährstoffen versorgt werden. Ohne diese können die Zellen nicht leben und arbeiten.

Die Arterien verzweigen sich zu immer feineren bis zu den haardünnen Gefäßen, den Arteriolen. Diese haarfeinen Gefäße verbinden die Arterien und Venen. Die Gefäßwand der Arteriolen besteht aus einer durchlässigen Zellschicht, die in Flüssigkeit gelöste Nährstoffe und Sauerstoff gegen Schlackenstoffe im Gewebe austauscht. Das Blut gelangt durch die Venolen und allmählich dicker werdenden Venen zurück zum rechten Vorhof des Herzens.

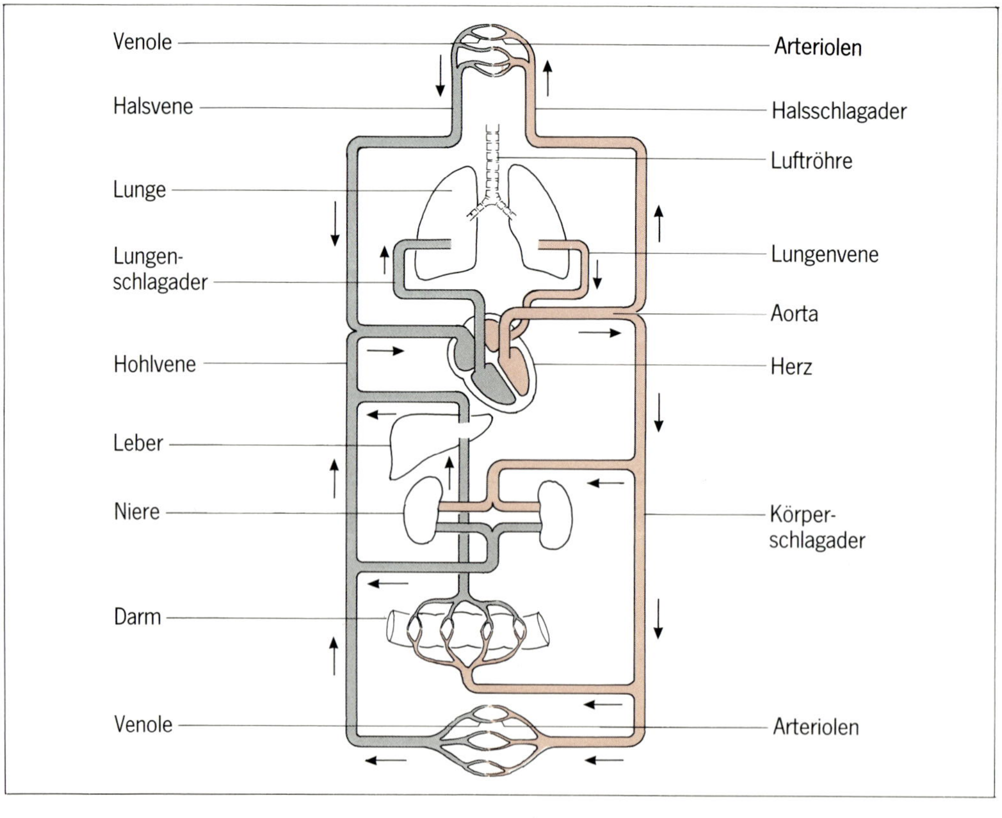

Beachte

Im Körperkreislauf fließt

durch Arterien
mit Sauerstoff und Nährstoffen angereichertes Blut
weg vom Herzen

durch Venen
mit Schlacken und Kohlendioxyd angereichertes Blut
zurück zum Herzen

Aufgabe

Verfolgen Sie auf der nebenstehenden Abbildung den Kreislauf des Blutes vom Herzen über die Organe zu den Kapillaren und den Weg zurück zum Herzen.

Lungenkreislauf

Die rechte Herzkammer pumpt das Blut durch die Lungenschlagader in die Lunge. Dort teilt sich die Lungenschlagader in immer feiner werdende Haargefäße auf. Sie »umspinnen« die Lungenbläschen, aus denen Sauerstoff aufgenommen und in die Kohlendioxyd abgegeben wird. Durch die Venolen und immer größer werdenden

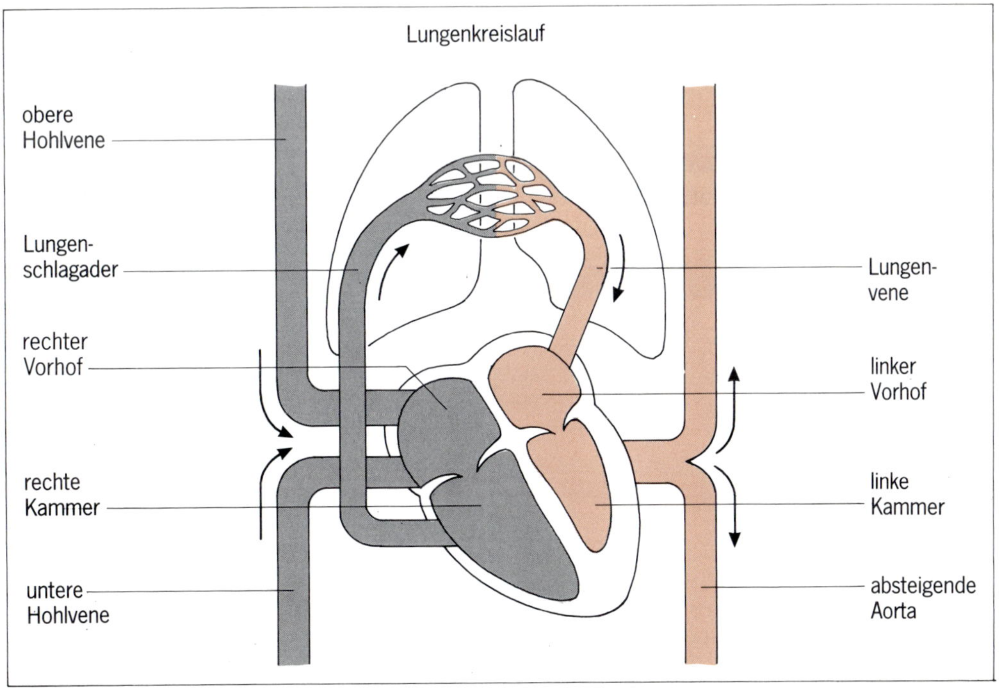

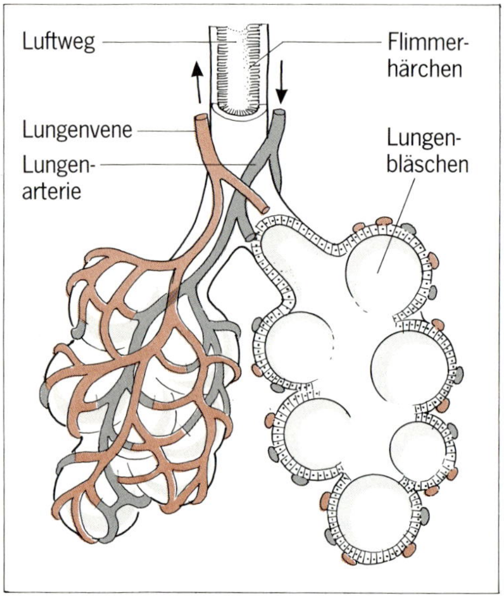

Venen fließt das mit Sauerstoff angereicherte Blut zum linken Vorhof des Herzens zurück.

Aufgabe

Verfolgen Sie auf den beiden vorangegangenen Abbildungen den Kreislauf des Blutes vom Herzen zur Lunge, den Gasaustausch in den Lungenbläschen und den Weg des Blutes zurück zum Herzen.

Puls fühlen und zählen

Beim Pulsfühlen sind drei Merkmale zu beachten: Pulsfrequenz, Pulsrhythmus und Pulsqualität.

Pulsfrequenz

Der Pulsschlag entsteht dadurch, daß bei jeder Kontraktion der Herzkammern das Blut in die Arterien gepumpt wird. Die Menge des zirkulierenden Blutes, die Antriebskraft des Herzens und die Elastizität der Blutgefäße bilden die Druckwelle des Blutes. Der Anstoß dieser Blutwelle in den Blutgefäßen ist als Puls fühlbar. Der Puls gibt uns Auskunft über die Anzahl der Kammerkontraktionen des Herzens. Die Anzahl der Pulsschläge innerhalb einer Minute nennt man Pulsfrequenz.

Der Puls beim Erwachsenen beträgt in der Regel 60 bis 80 Schläge pro Minute, beim älteren Menschen ca. 80 bis 85 Schläge pro Minute, beim Schulkind 90 bis 100 Schläge pro Minute, beim Kleinkind bzw. Säugling 120 bis 140 Schläge pro Minute.

Vielleicht haben Sie schon festgestellt, daß Ihre Herztätigkeit durch körperliche Anstrengung (Treppensteigen, schnelles Laufen, schwere Arbeit), Ruhezustand (Schlaf) oder seelische Ereignisse (Freude, Schreck, Angst, Aufregung) beeinflußt wird. Entsprechend unterschiedlich ist der Puls.

Die Schlagfolge des Herzens wird aber auch durch Krankheit beeinflußt.

Verlangsamter Puls:
weniger als 60 Kammerkontraktionen in der Minute, z. B. bei Herzerkrankungen, nach der Einnahme von bestimmten Herzmedikamenten.

Beschleunigter Puls:
mehr als 100 Kammerkontraktionen pro Minute, z. B. bei Fieber, Herzerkrankungen, plötzlich auftretendem Blutverlust.

Pulsrhythmus

Die Pulswelle verläuft normalerweise in regelmäßigen Abständen. Eine unregelmäßige Schlagfolge wird als *Arrhythmie* bezeichnet und kann auf eine Erkrankung des Herzens hinweisen.

Beispiel

● ● ● ●	normale Abfolge der Pulsschläge
● ● ● ●	verlangsamte Abfolge der Pulsschläge
●●●●●●●	beschleunigte Abfolge der Pulsschläge
●● ●●● ●●	unregelmäßige Abfolge der Pulsschläge
•●••●•●●••	unregelmäßige Qualität (Stärke) der Pulsschläge

Pulsqualität

Beim gesunden Menschen folgen die Pulsschläge in regelmäßigen Zeitabständen und in gleicher Stärke. Unter Pulsqualität wird die Beschaffenheit des Pulses verstanden. Sie drückt aus, ob der Puls gut fühlbar, weniger gut fühlbar ist oder eine ungleiche Stärke der einzelnen Pulsschläge vorliegt.

Der Puls ist überall dort ertastbar, wo Arterien oberflächlich verlaufen und mit leichtem Druck auf den darunterliegenden Knochen gedrückt werden können.

Solche Körperstellen sind u. a.

- am Handgelenk → die Speichenschlagader,
- am Hals → die Halsschlagader,
- an der Schläfe → die Schläfenschlagader.

Die nachstehenden Zeichnungen zeigen Ihnen deutlich diese Stellen auf, an denen der Pulsschlag erfühlt werden kann.

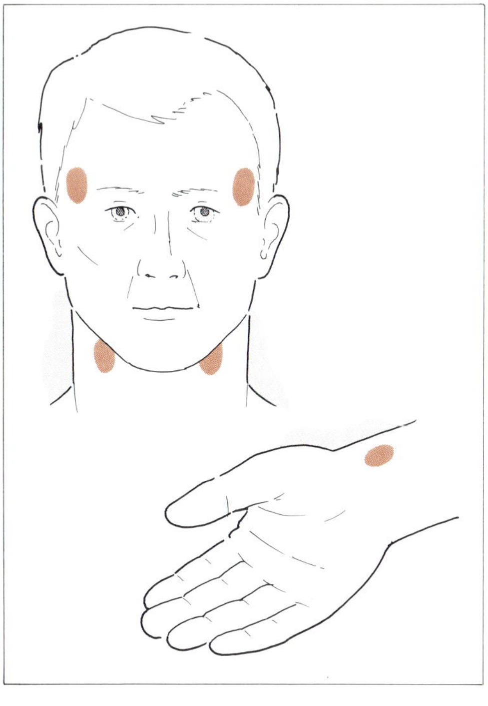

Beispiel

Eine Leiterin für »Kurse in häuslicher Krankenpflege« berichtet: In einem Kurs stellte ich folgende Frage: wer war schon im Krankenhaus? (Antwort: alle). Wem wurde schon der Puls gemessen? (Antwort: alle). Anschließend ließ ich die Kursteilnehmer ihren Puls messen. Das Ergebnis war, daß fast alle mit dem Daumen maßen und eine falsche Zählweise anwandten.

Puls zählen

Die Pflegeperson hält in der einen Hand eine Uhr mit Sekundenzeiger, mit der anderen Hand fühlt sie den Puls und zählt die Pulsschläge in nachstehender Abfolge:

Ausgangslage
Der Unterarm des Kranken ist entspannt gelagert, z. B. auf der Bettdecke oder auf dem Tisch.

Vorgang
- Die Pflegeperson erfühlt den Puls des Kranken mit den Fingern der rechten Hand;
- dazu legt sie die Fingerkuppen von Zeige-, Mittel- und Ringfinger in die Grube zwischen Speiche und Sehnenstrang und ertastet die pulsierende Schlagader. Der Daumen berührt die »Tast- und Zählfinger« nicht;
- dann drückt sie die Fingerkuppen leicht in Richtung Speiche und fühlt die Pulswelle.

Zählen des Pulses
- Die Pflegeperson schaut auf ihre Uhr und wartet, bis der Sekundenzeiger auf 12 steht;
- sie beginnt zu zählen: 0-1-2-3 usw. bis der Sekundenzeiger wieder die 12 erreicht hat (1 Minute).
- Die Zahl, die sie bei dieser Zeigerstellung zählt, ist die Zahl der Pulsschläge in einer Minute.
- Diese Zahl wird auf dem Krankenblatt notiert.

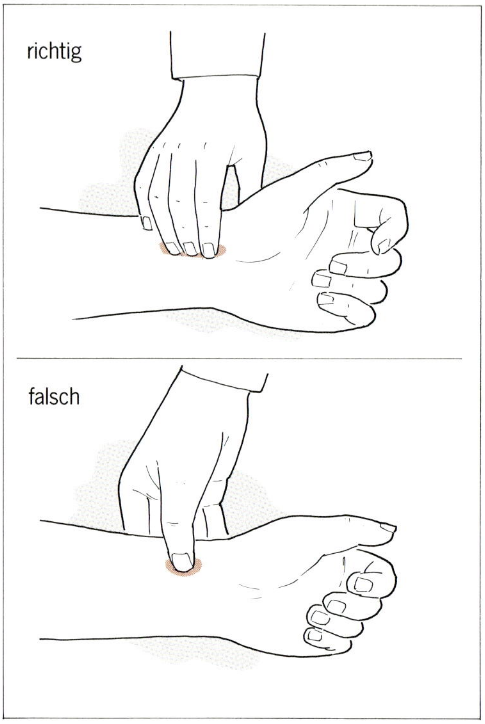

Beachte
Daumen nicht an »Tast- und Zählfinger« legen.

Wenn Sie beim Pulszählen bereits Erfahrung haben, genügt es, wenn Sie

- nur ½ Minute zählen und diese Zahl mit 2 malnehmen oder
- nur ¼ Minute zählen und diese Zahl mit 4 malnehmen.

Bei Herzkranken wird immer eine volle Minute ausgezählt!

Das Pulszählen muß erlernt und geübt werden. Dies kann am besten durch praktische Übungen geschehen. Falls Sie bisher noch niemals an sich oder anderen den Puls gemessen haben, sollten Sie dies unter Berücksichtigung der gemachten Vorschläge bei Ihren Familienangehörigen unbedingt proben. Es empfiehlt sich aber, diese selbsterworbene Technik von einer Fachkraft (Arzt, Pflegekraft) überprüfen zu lassen.

Atmung beobachten

Bei der Behandlung des Lungenkreislaufes haben Sie erfahren, daß durch die Lungenbläschen Sauerstoff in das Blut gelangt. Es ist nun zu fragen, wie Sauerstoff in die Lungen kommt. Dies geschieht durch den Atmungsvorgang, der aus Ein- und Ausatmung besteht.

Beim Einatmen gelangt die Luft über Nase, Rachen, Kehlkopf in die Luftröhre. Dabei wird die eingeatmete Luft durch das Flimmerepithel der Nase gereinigt und durch die Schleimhäute des Nasen-Rachenraumes angefeuchtet und erwärmt. In der Höhe des vierten und fünften Brustwirbels gabelt sich die Luftröhre in zwei Stammbronchien, die sich dann in der rechten und linken Lunge in immer kleiner werdende Verästelungen (Bronchien) aufteilen. Die Bronchien gehen in die Bronchiolen über, die immer enger werden und schließlich in den dünnwandigen Lungenbläschen (Alveolen) enden. Die Lungenbläschen sind von einem Kapillarnetz umgeben. Dort erfolgt die Abgabe von Sauerstoff an das Blut und die Aufnahme von Kohlendioxyd (CO_2). Beim Ausatmen wird das Kohlendioxyd ausgeschieden.

Atmungsarten

Für die Atmung sind nicht allein die Lungen von Bedeutung, sondern auch der Brustkorb und seine Muskulatur. Der rhythmische Wechsel von Ein- und Ausatmung wird durch das Atemzentrum im Gehirn gesteuert. Die Lungen folgen passiv den Bewegungen der Brustwände und des Zwerchfells. Bei der *Einatmung* werden die Rippen gehoben, zugleich senkt sich die

Kuppel des Zwerchfells nach unten, so daß der Brustraum nach allen Seiten erweitert und Luft in die Lunge eingesaugt wird. Beim *Ausatmen* senken sich die Rippen wieder und die Kuppel des Zwerchfells wölbt sich nach oben. Dadurch wird der Brustraum verkleinert und die in den Lungen enthaltene sauerstoffarme und kohlensäurereiche Luft ausgeschieden.

Die normale Atmung ist ruhig und geräuschlos und wechselt regelmäßig ab zwischen Einatmung (Inspiration), Ausatmung (Expiration) und Atempause. Aufgabe der Atmung ist es, über die Luftwege und die Lungen dem Körper genügend Sauerstoff zuzuführen und überflüssiges Kohlendioxyd abzugeben. Die Atmung kann im wesentlichen nach ihrer Häufigkeit, Qualität und ihrem Rhythmus beobachtet werden.

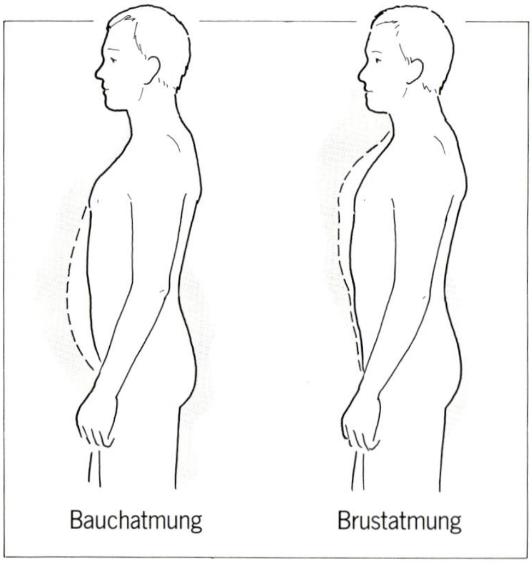

Atemfrequenz

Unter Atemfrequenz versteht man die Häufigkeit der Atemzüge pro Minute.

Aufgabe

Überprüfen Sie nun an sich selbst die Häufigkeit Ihrer Atemzüge innerhalb einer Minute, indem Sie die Hand auf Ihren Bauch legen, Heben und Senken des Bauches gelten als ein Atemzug.

In Ruhe atmet der erwachsene Mensch 12- bis 14mal pro Minute. Bei körperlichen Anstrengungen und emotionalen Einflüssen steigt die Atemfrequenz, während sie im Schlaf absinkt.

Atemqualität

Die Zahl der Atemzüge ist in Verbindung mit der Atemtiefe zu sehen. Wer tief atmet, führt weniger Atemzüge aus. Andererseits gibt es Situationen, bei denen oberflächlicher und häufiger geatmet wird. Geräusche beim Ein- und Ausatmen, z. B. Hecheln, Rasseln, Keuchen, Pfeifen können Hinweise auf krankhafte Vorgänge sein.

Die Atemzüge sollen so gezählt werden, daß es der Kranke nicht bemerkt, da er die Häufigkeit und den Rhythmus willkürlich beeinflussen kann. Die Dauer der Messung beträgt eine Minute. Ein- und Ausatmen gelten als ein Atemzug. Die Häufigkeit der Atemzüge ist im Zusammenhang mit der Atemqualität und dem Atemrhythmus zu sehen.

Die Beobachtungen sind gegebenenfalls für den Arzt zu notieren.

Atemrhythmus

Bei der Atmung werden Häufigkeit der Atemzüge (Atemfrequenz) und Atemtiefe unterschieden. Des weiteren ist auch der Atemrhythmus zu beachten. Normalerweise folgen Einatmung, Ausatmung und eine Atempause in geräuschloser und rhythmischer Regelmäßigkeit ohne Anstrengung.

Der normale Atemrhythmus kann durch krankhafte Vorgänge (Kreislaufschwäche, Kollaps) oder andere Vorgänge (Ohnmacht, Schock) gestört werden. Veränderungen im Atemrhythmus lassen in der Regel auf krankhafte Zustände schließen.

Die nebenstehende Abbildung verdeutlicht unterschiedliche Atemrhythmen.

Cheyne-Stokes-Atmung
Diese beginnt mit kleineren flachen Atemzügen, die in allmählich tiefere, oft keuchende Atemzüge übergehen. Langsam schwellen die Atemzüge wieder ab und verflachen, bis eine Atempause eintritt. Diese Form tritt gelegentlich im Schlaf, bei Erkrankungen des Gehirns und bei Schlaganfall, aber auch beim nahenden Tod auf.

Biot-Atmung
Bei dieser Atmung beobachtet man tiefe, gleichmäßige Atemzüge mit Atempausen, z. B. bei Hirnverletzungen oder Steigerung des Hirndrucks.

Kußmaul-Atmung
Diese Atmung tritt bei Vergiftungszuständen, z. B. bei diabetischem Koma auf.

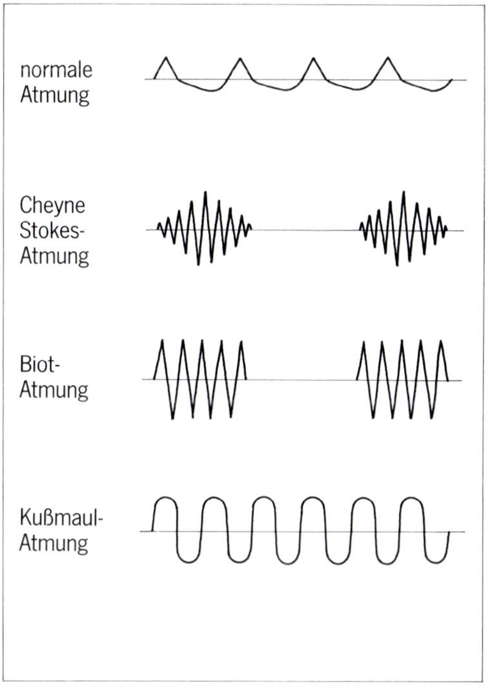

Beachte
Die Atmung kann auch durch Speichel, Erbrochenes, Blut und Schleim behindert werden. Solche Absonderungen oder Fremdkörper können die Atemwege beträchtlich einengen und sogar bis zum Ersticken führen. Bei solchen Beobachtungen ist sofort der Arzt zu informieren.

Körpertemperatur messen

Im Körper wird durch Verbrennung von Nahrungsstoffen Energie (Muskelarbeit) und Wärme (Körpertemperatur) erzeugt (siehe Seite 114ff.).

Durch die Atmung, den Urin und über die Haut verliert der Körper einen Teil dieser Wärme. Dennoch gelingt es, die Körpertemperatur konstant zu halten. Für den Ausgleich zwischen Wärmeproduktion und Wärmeverlust sorgen die Wärmezentren im Gehirn.

Die Körperwärme wird durch das Wärmezentrum im Gehirn zwischen 36 °C und 37 °C gehalten. Dieses Zentrum sorgt also dafür, daß der Körper eine verhältnismäßig gleichbleibende Körpertemperatur beibehält, indem er Wärme erzeugt (z. B. vor Kälte zittern) oder Wärme abgibt (z. B. schwitzen). Wenn Krankheitserreger in den Körper eindringen, versucht dieser sie zu bekämpfen. Dadurch kommt es zu einer vermehrten Wärmebildung, die häufig nicht mehr durch Schwitzen ausgeglichen werden kann. Die Folgen sind erhöhte Temperatur oder Fieber.

Fieberthermometer

Zur Temperaturmessung stehen verschiedene Thermometer zur Verfügung:

- Maximalthermometer
- Prismenthermometer
- Digitalthermometer.

Das Maximalthermometer wird deshalb so bezeichnet, weil nach Erreichung der maximalen Temperatur des Kranken der Quecksilberfaden abreißt. Die Körpertemperatur kann somit exakt abgelesen werden.

Das Prismenthermometer gilt wegen seiner Vollglasverarbeitung als relativ bruchsicher. Es wird besonders bei Kindern sowie bei unruhigen und verwirrten Kranken verwendet. Weitere Vorteile sind der geringere Quecksilberanteil. Das Prismenthermometer ist dem Maximalthermometer vorzuziehen.

Das Digitalthermometer mißt die Körpertemperatur durch einen Fühler (Sensor). Seine Vorteile liegen in der Quecksilberfreiheit, Bruchsicherheit, seiner gut ablesbaren Digitalanzeige (Display) und in der extrem kurzen Meßzeit. Bei dem Digitalthermometer gibt es neben dem normalen preiswerten Digitalthermometer wasserdichte Temperaturmesser, die auch am Ende der Messung einen Signalton geben. Unabhängig von der Art der Thermometer gibt es Schutzfolien und Schutzhüllen, die den hygienischen Umgang sicherstellen und eine Beschädigung des Thermometers, insbesondere seiner Spitze, vermeiden sollen.

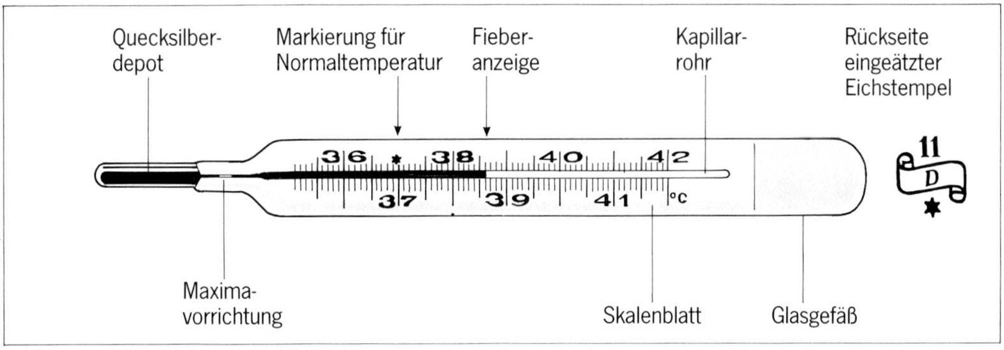
Quecksilber-depot
Markierung für Normaltemperatur
Fieber-anzeige
Kapillar-rohr
Rückseite eingeätzter Eichstempel
36 38 40 42
37 39 41 °C
11 D
Maxima-vorrichtung
Skalenblatt
Glasgefäß

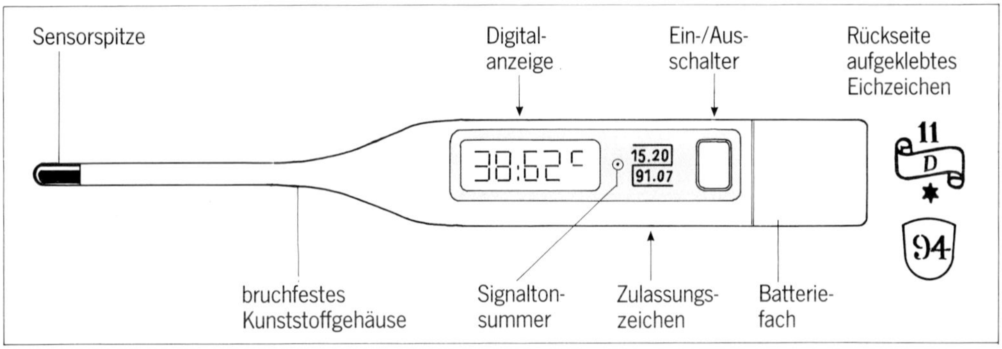
Sensorspitze
Digital-anzeige
Ein-/Aus-schalter
Rückseite aufgeklebtes Eichzeichen
38:62 C
15.20
91.07
11 D
94
bruchfestes Kunststoffgehäuse
Signalton-summer
Zulassungs-zeichen
Batterie-fach

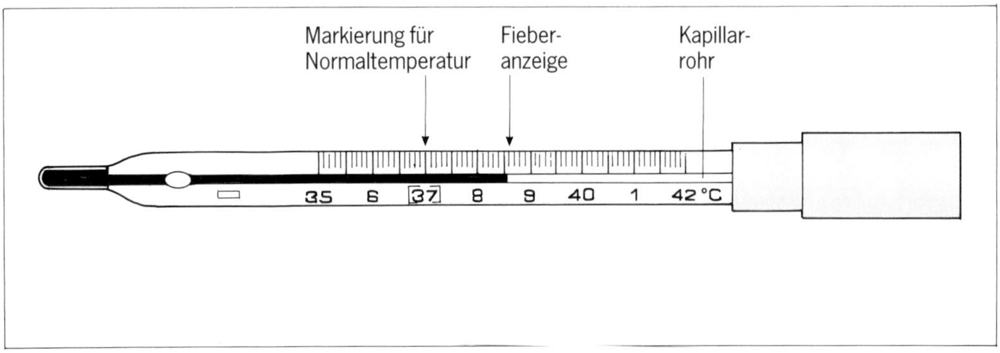
Markierung für Normaltemperatur
Fieber-anzeige
Kapillar-rohr
35 6 37 8 9 40 1 42 °C

Normale Temperatur, erhöhte Temperatur und Fieber

Die für den Körper normale Temperatur liegt zwischen 36 °C und 37 °C. Geringfügige Temperaturschwankungen (bis zu einem Grad) gelten als normal, wobei die tiefste Temperatur in der Regel während des Schlafes in der Mitte der Nacht, die höchste am Spätnachmittag erreicht wird:

- Temperatur unter 36 °C gilt als Untertemperatur,
- Temperatur zwischen 37 °C und 38 °C wird als erhöhte Temperatur bewertet,
- Temperatur über 38 °C als Fieber und
- Temperatur über 39 °C als hohes Fieber bezeichnet (Messung Achselhöhle).

Aufgabe

Nachstehend finden Sie einige Meßwerte der Körpertemperatur von Menschen angegeben. Ordnen Sie die Temperaturwerte den Temperaturarten zu und tragen Sie diese in die entsprechenden Spalten ein:

36,2°; 38,5°; 37,4°; 39,8°; 38,3°; 36,7°; 37,0°; 35,9°; 38,0°C.

Untertemperatur	Normale Temperatur	Erhöhte Temperatur	Fieber	Hohes Fieber

Vergleichen Sie Ihre Eintragungen mit den Angaben unten.

Ergebnis

Untertemperatur	Normale Temperatur	Erhöhte Temperatur	Fieber	Hohes Fieber
35,9°	36,2°	37,4°	38,5°	39,8°
	36,7°	38,0°	38,3°	
	37,0°			

Beachte
Erhöhte Temperatur gilt noch nicht als Fieber.

Meßdauer

Durch Verwendung von modernen Fieberthermometern hat sich die Meßdauer immer mehr verkürzt. Liegt sie beim herkömmlichen Maximalthermometer zwischen drei und zehn Minuten, so ist sie auf 45 Sekunden bei modernen Digitalthermometern zurückgegangen. Eine unterschiedliche Meßdauer ergibt sich je nachdem, ob axillar, oral oder rektal gemessen wird.

Meßarten

In der Krankenpflege kennt man drei Arten, die Körpertemperatur zu messen:

axillare Messung

- exaktes Einlegen in die Achselhöhle,
- die Achselhöhle muß trocken und frei von Kleidungsstücken sein,
- zur Zeit noch gebräuchlichste Meßart, aber oft fehlerhafte Ergebnisse

orale Messung

- Thermometer unter die Zunge einlegen,
- Maximalthermometer nicht bei Kindern und verwirrten Kranken anwenden; Gefahr des Zerbeißens – Quecksilbervergiftung.

rektale Messung

- in Seiten- oder Rückenlage,
- Thermometer anfeuchten (nicht mit warmem Wasser) und mit Drehbewegung in den Darm einführen
- bei Thermometern mit Glaskörper, Gefahr des Abbrechens.

Die Meßdauer beim Maximalthermometer beträgt:

- rektal: 3 bis 5 Minuten,
- oral: 8 bis 10 Minuten,
- axillar: 8 bis 10 Minuten.

Beachte
Beim Maximalthermometer besteht Verletzungsgefahr durch Glas; beim Bruch des Thermometers entsteht Gefahr durch giftige Quecksilberdämpfe.

Aufgabe

Sie haben nun die drei in der Krankenpflege verwendeten Thermometer kennengelernt. Jedes dieser Thermometer hat Vor- und Nachteile. Überlegen Sie, welche Vor- und Nachteile sich aus den Angaben über die axillare, orale und rektale Messung ergeben.

Tragen Sie die Ergebnisse Ihrer Überlegungen in die nachstehende Übersicht ein.

	Axillare Messung	Orale Messung	Rektale Messung
Vorteile	....	....	....
	....	....	....
Nachteile	....	....	....
	....	....	....

Ergebnis

	Axillare Messung	Orale Messung	Rektale Messung
Vorteile	leicht durchführbar	einfach, kurze Meßzeiten, verhältnismäßig genau, geringe Fehlerquellen.	kurze Meßzeiten, genaueste Messung, keine Fehlerquellen.
Nachteile	viele Fehlerquellen, Ungenauigkeit, lange Meßzeiten, falsches Einlegen, bei unruhigen Kranken Gefahr des Herausfallens.	für Kinder und Personen mit Atemnot ungeeignet, Gefahr des Zerbrechens.	unangenehm, Gefahr des Zerbrechens bei unruhigen Kranken, nicht durchführbar bei Enddarmerkrankungen.

Umgang mit dem Fieberthermometer

Vor Gebrauch:
- den Zustand des Thermometers überprüfen nach Schäden,
- falls das Thermometer in einer Desinfektionslösung aufbewahrt wird, Thermometer mit kaltem Wasser abspülen.

Nach Gebrauch:
- Thermometer unter kaltem fließenden Wasser reinigen,
- nach rektaler Messung dieses zunächst mit Watte oder Zellstoff grob reinigen,
- keimfrei machen in einer Desinfektionslösung,
- Thermometer in der Schutzhülle (bei häufigem Gebrauch des Thermometers in einem Standglas mit entsprechender Desinfektionslösung und Watte) aufbewahren.

Zusammenfassung

- Zur Krankenbeobachtung gehört auch die Prüfung der Vitalzeichen: Veränderungen bei Kreislauf und Atmung, Kontrolle des Pulses und Messung der Körpertemperatur.
- Exaktes Pulsfühlen und Pulszählen sollten unter Anleitung gelernt und geübt werden, um zu fehlerfreien Werten zu kommen.
- Bei der Beobachtung der Atmung ist auf Atemfrequenz, Atemqualität und Atemrhythmus zu achten. Das »richtige« Atmen hat Auswirkung auf die Gesundheit des Menschen.
- Bei der Überprüfung der Körpertemperatur sind folgende Aspekte bedeutsam: Meßdauer, Meßarten, Meßzeit, Hygiene und Versorgung.

5

Zweiterkrankungen verhindern

Druckgeschwür

Entstehung
Erkennungsmerkmale
Prophylaxen

Lungenentzündung

Entstehung
Erkennungsmerkmale
Prophylaxen

Thrombose

Entstehung
Prophylaxen
Stützverband

Gelenkversteifungen

Entstehung
Gefährdete Stellen
Prophylaxen

Druckgeschwür

Beispiel

Frau Kurz wird seit längerem von ihrer Schwiegertochter gepflegt: Sie wird täglich gründlich gewaschen und abgetrocknet; vorhandene Falten im Nachthemd werden glatt gestrichen. Eines Tages fallen ihr bei der morgendlichen Körperpflege der Kranken Hautrötungen an den Schulterblättern auf. Sie nimmt diese Rötungen zwar wahr, vermutet aber, daß diese wieder abklingen werden.

Am Abend klagt Frau Kurz über Schmerzen am Rücken und bittet ihre Schwiegertochter nachzusehen. Diese zieht der Kranken vorsichtig das Nachthemd aus und entdeckt zu ihrem Schrecken an deren Schulter zwei helle Blasen. Beunruhigt geht die Schwiegertochter ans Telefon und schildert dem Hausarzt ihre Beobachtungen. Er vermutet, daß es sich hier um ein entstehendes Druckgeschwür handeln könnte und verspricht sofort zu kommen.

Wie konnte mir das passieren, da ich doch meine Schwiegermutter so gründlich und umsichtig gepflegt habe, fragt sich die Schwiegertochter.

Entstehung

Beim liegenden Kranken lastet das Körpergewicht besonders auf bestimmten Körperstellen.

Der Druck des Körpergewichts und der Gegendruck der Matratze verursachen eine verringerte Durchblutung von Haut und Muskeln. Dadurch wird auch das Gewebe zu wenig mit Sauerstoff und Nährstoffen versorgt.

Eine reduzierte Kreislaufzirkulation und eine verstärkte Transpiration (Schwitzen) sowie eine Inkontinenz (siehe Seite 222) und/oder eine unausgewogene Ernährung können die Entwicklung eines Druckgeschwürs verstärken.

Ein Druckgeschwür (Dekubitus, lateinisch: durchliegen, wundliegen) ist die Folge.

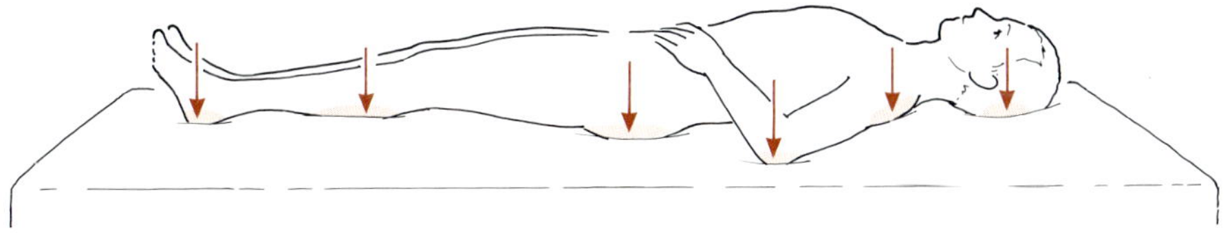

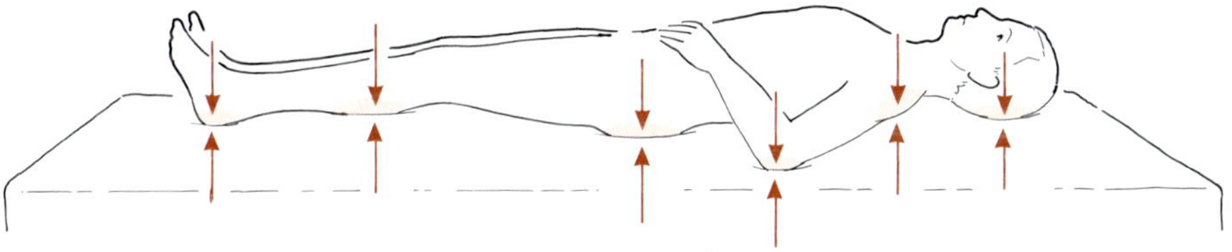

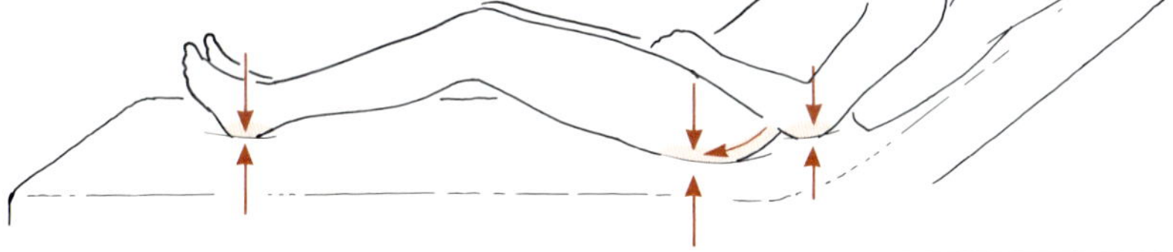

Aufgabe

Betrachten Sie die Körperstellen, mit denen der Kranke auf der Matratze aufliegt. Versuchen Sie mit Hilfe der nachstehenden Aussagen, die mögliche Entstehung eines Dekubitus zu erklären:

- Das Gesäß liegt mit großem Gewicht auf der Matratze auf.
- Dadurch entsteht ein Druck auf die Matratze nach unten.
- Die Matratze bietet Widerstand, es entsteht ein Gegendruck, der nach oben gegen den Körper wirkt.
- Der Druck (nach unten) und der Gegendruck (nach oben) bewirken, daß das Gewebe der aufliegenden Körperstelle zusammengedrückt und dadurch weniger durchblutet und ernährt wird.

Scherkräfte

Beim »Höherziehen« des Kranken oder bei eigenen Bewegungen des Kranken, z. B. Herunterrutschen im Bett, können im aufliegenden Hautgewebe zusätzlich sog. Scherkräfte auftreten:

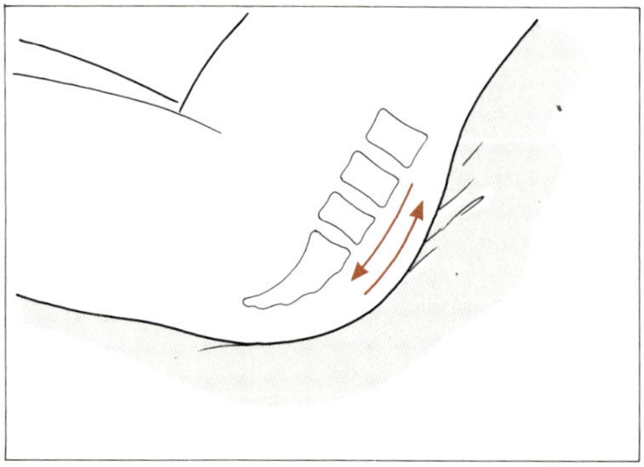

Die normal aufeinander liegenden oberen und unteren Hautschichten verschieben sich, d. h. die Oberhaut verschiebt sich beim Höherziehen oder beim Herunterrutschen des Kranken in Richtung der Bewegung; die Lederhaut und Unterhaut machen diese Verschiebungen aber nicht mit. Bei einer nicht mehr elastischen Haut können dann Verletzungen in der Haut entstehen, die an der Oberfläche zunächst nicht sichtbar sind: Die Blutzufuhr ist unterbrochen, der Gewebestoffwechsel gestört, die Entstehung eines Dekubitus begünstigt.

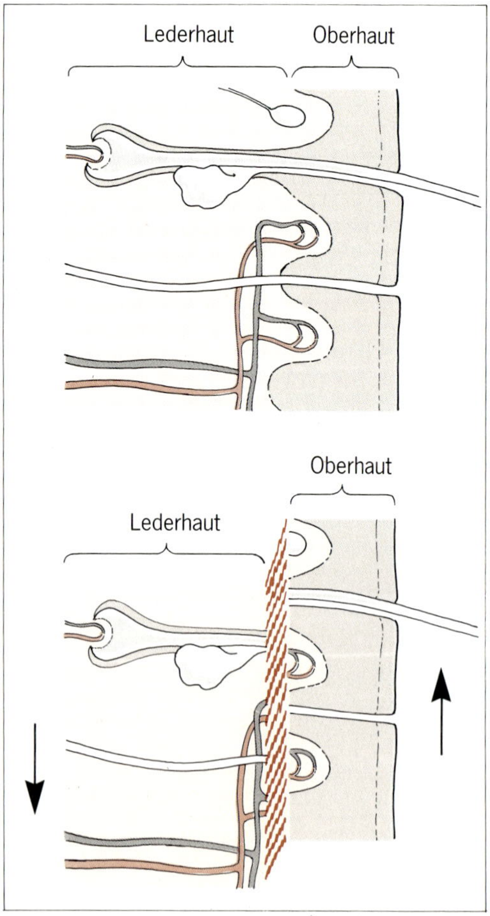

Die Entstehung von Druckgeschwüren wird durch weitere Umstände begünstigt:

- eingeschränkte Bewegungsmöglichkeiten (z. B. bei Lähmungen, bei Schmerzen, Gipsverbänden oder Bandagen),
- besondere Erkrankungen (Herz- und Kreislauferkrankungen, Diabetes),
- starke Abmagerung,
- Übergewicht.

Gefährdete Stellen

Bei Rückenlage sind folgende Körperstellen einem Druck besonders ausgesetzt:

- Hinterkopf,
- Schulterblätter,
- Rücken im Bereich der Brustwirbelsäule,
- Ellenbogen,
- Hüfte,
- Steißbein/Kreuzbein,
- Fersen,
- Zehen.

Bei Seitenlagerung können Körperstellen wie Ohr, Schulter, Ellenbogen, Hüfte, Knie und Knöchel gefährdet werden. Grundsätzlich kann an allen durch Auflagedruck belasteten Körperstellen, die nicht ausreichend durch Muskeln geschützt sind, ein Druckgeschwür entstehen.

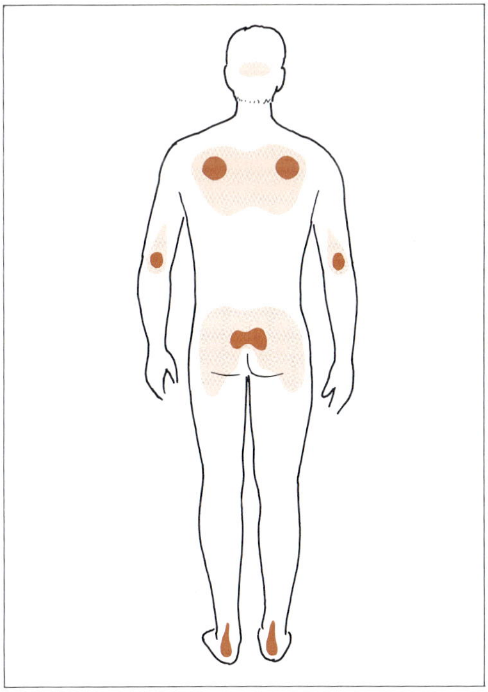

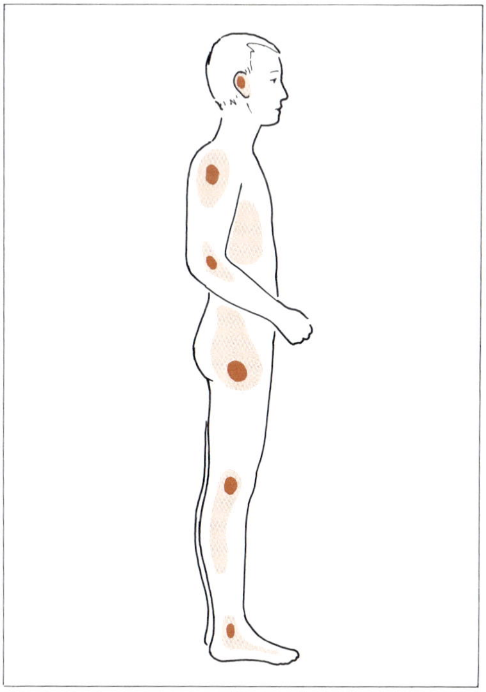

Erkennungsmerkmale

Bei der Beschreibung eines Druckgeschwürs unterscheidet man verschiedene Stadien, die man an bestimmten Merkmalen erkennen kann. Folgende Stadien lassen sich beobachten:

1. Stadium: weißer Aufliegefleck

Die aufliegende Körperstelle wird unzureichend mit Blut versorgt und ernährt. Sie ist erkennbar als weißer Aufliegefleck, der leicht übersehen wird, weil er nach der Druckentlastung durch das einströmende Blut wieder verschwindet. Der Kranke verspürt diese Mangelversorgung zunächst nicht.

2. Stadium: starke Rötung der Haut

Bleibt die mangelhaft durchblutete Körperstelle weiterhin belastet und ist die Haut bereits geschädigt (vgl. Scherkräfte), können sich die Haut und das Gewebe durch das Eindringen von Bakterien entzünden. Dies zeigt sich als roter Fleck mit Schwellungen der Haut, verbunden mit Schmerzen.

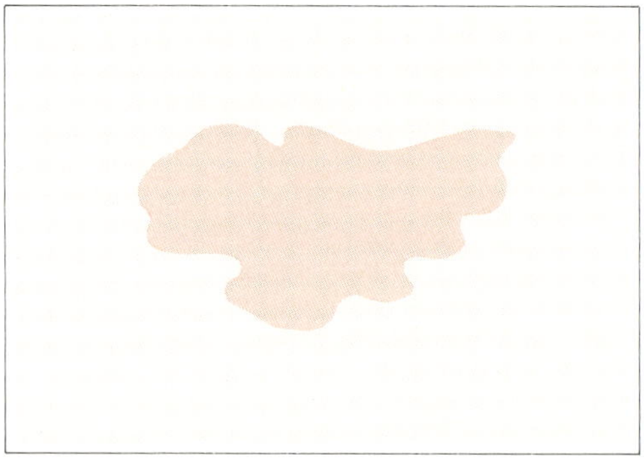

3. Stadium: Blasenbildung

Erfolgt weiterhin keine Druckentlastung, kann es zur Blasenbildung und zu einer Oberhautablösung kommen. Öffnet sich die Blase, besteht verstärkte Infektionsgefahr. Selbst bei konsequenter Druckentlastung, Behandlung und Pflege dauert die Abheilung Wochen.

4. Stadium: Nekrose

Hier ist eine dunkelblau bis schwarz verfärbte Hautschädigung zu sehen. Die Verfärbung entsteht durch geronnenes Blut und abgestorbene Gewebezellen. Bevor eine Abheilung erfolgen kann, muß das abgestorbene Gewebe abgetragen werden. Dieser chirurgische Eingriff wird vom Arzt vorgenommen.

5. Stadium: Geschwürbildung

Wird die Nekrose nicht abgetragen, versucht der Körper das abgestorbene Gewebe abzustoßen. Es entwickelt sich eine tiefe, eiternde Wunde (Geschwür), die bis zum Knochen reichen kann. Als Begleiterscheinung können Fieber, Blutvergiftung oder Knochenentzündungen auftreten.

Aufgabe

Betrachten Sie die Abbildung des Druckgeschwürs im 5. Stadium.

Versuchen Sie sich in die Situation des Kranken zu versetzen: in seine Gedanken und Gefühle.

Welche Gefühle und Gedanken hätten Sie, wenn eine solche Erkrankung an Ihrem Körper auftreten würde?

Ihr Nachdenken wird Ihnen bewußt gemacht haben, daß eine solche Zweiterkrankung für den Kranken sehr schmerzhaft und für die Pflegeperson belastend ist. Auch können bei der Pflegeperson Schuldgefühle wegen vermeintlicher Versäumnisse entstehen, selbst dann, wenn die eigentliche Ursache nicht in einer nachlässigen Pflege, sondern in der gesundheitlichen Verfassung des Kranken liegt. Ganz sicher sind Sie zu der Überzeugung gelangt, daß in der Pflege alles getan werden muß, um zu verhindern, daß es zur Entstehung eines Druckgeschwürs kommt. Solche *vorbeugenden Maßnahmen* werden in der Pflege *Prophylaxen* genannt.

Prophylaxen

Der Gefahr der Entstehung eines Druckgeschwürs kann durch eine Reihe von vorbeugenden Maßnahmen begegnet werden. Das wirksamste Pflegehandeln bei der Dekubitusprophylaxe ist die Druckentlastung. Sie ist am wirksamsten durch den Einsatz von Hilfsmitteln, durch eine gezielte Lagerung und einen regelmäßigen Lagerungswechsel.

Hilfsmittel zur Druckentlastung

Grundsätzlich ist bei der Lagerung des Kranken darauf zu achten, daß

- die gefährdeten Körperstellen möglichst großflächig druckentlastet werden,
- Hilfsmittel zur Lagerung sachkundig ausgewählt und eingesetzt werden,
- die Wirkung des eingesetzten Hilfsmittels gewissenhaft überprüft wird.

Die prophylaktische Pflege beginnt schon bei der *Ausstattung des Pflegebettes*. Entsprechend der Situation überlegt und entscheidet die Pflegeperson, welches bewährte Hilfsmittel sie dazu verwendet.

Lammfell/Schaffell
Lammfelle, die der Sanitätsfachhandel anbietet, unterliegen der Qualitätskontrolle durch das Internationale Wollsekretariat. Nach einem Spezialverfahren wird das Leder so gegerbt, daß Lammfelle bei einer Temperatur bis zu 30 °C gewaschen werden können. Die Wollfaser ist durch ihren mehrschichtigen, spiralen Aufbau sehr elastisch und kann bis zu 30 Prozent ihres Eigengewichts Feuchtigkeit aufnehmen. Je nach Luftfeuchtigkeit wird diese langsam abgegeben. Als besondere Vorteile sind hervorzuheben:

- der Auflagedruck wird durch Woll-Vlies verteilt,
- Reibung und Scherkräfte werden verringert,
- durch den ständigen Temperaturausgleich bleibt die Haut »trocken«; Hitzestau und Schwitzen werden verhindert.

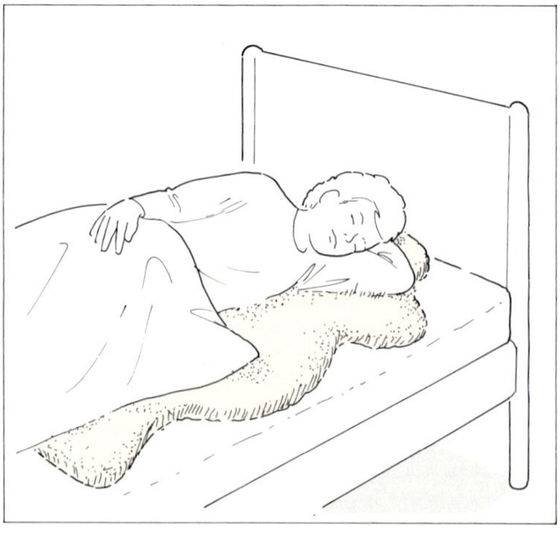

Der direkte Hautkontakt mit dem Lammfell bewirkt auch eine oberflächliche Massage der Haut. Lammfelle sind in der Original-Tierform oder konfektioniert als Betteinlage oder als Auflage für Rollstühle erhältlich.

Anti-Dekubitus-Fell (Kunstfelle)
Die Fellauflagen bestehen aus hochflorigen Kunstfasern mit textiler unbeschichteter Rückseite. Die Qualität der Fellauflage richtet sich nach Flordichte und Florhöhe. Sie werden zur prophylaktischen Weichlagerung angewendet. Der Auflagedruck wird durch das Faser-Vlies verteilt. Feuchtigkeit wird durch die Kunstfasern nicht aufgesaugt, zieht vielmehr in die darunter liegende Unterlage.

Kunstfelle werden in der Pflege eines bettlägerigen Kranken bevorzugt eingesetzt, weil sie waschmaschinenfest sind. Vor dem ersten Gebrauch sind diese zu waschen. Sie können bei allen gebräuchlichen Temperaturen bis zu 95 °C gewaschen werden (keinen Weichspüler zugeben). Um dem Faser-Vlies die Elastizität und die Wirkungseigenschaft zu erhalten, sollte das Kunstfell nach dem Trocknen einige Male kräftig gebürstet werden.

Latex-Kissen
Das Latex-Kissen ist eine Anti-Dekubitus-Betteinlage und besteht aus Schaumgummi zur Weichlagerung. Es ist durch die eingestanzten Löcher atmungsaktiv und hochelastisch. Da der Latex-Schaum lichtempfindlich ist, wird ein weicher Frottee-Bezug erforderlich. Das Latex-Kissen ist maximal bis 30 °C waschbar. Das Trocknen sollte an der Luft erfolgen.

Schaumstoffauflage
Für die Dekubitisprophylaxe sind besonders die Schaumstoffe geeignet, die eine strukturierte Oberfläche haben.

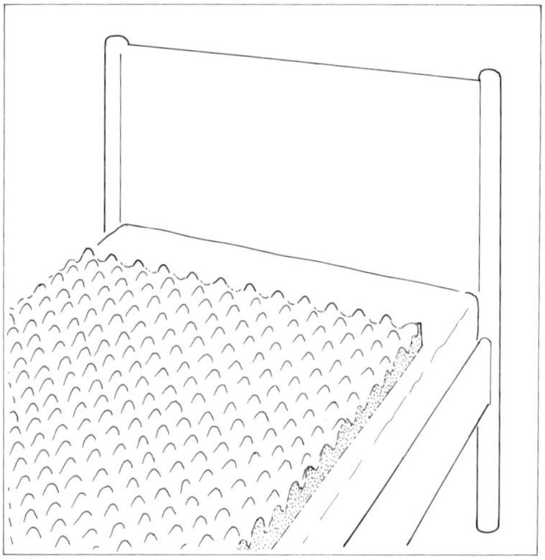

Rhombo-Fill-Produkte®
Das Füllmaterial besteht aus Schaumstoff-Luftzellen-Stäbchen mit rhombischem Kantenschnitt. In und zwischen den einzelnen Schaumstoff-Stäbchen kann die Luft frei zirkulieren. Dadurch ist ein ständiger Temperaturausgleich gewährleistet. Diese Produkte gibt es als Lagerungskissen, Liegehilfen und Matratzenauflagen in verschiedenen Größen. Sie eignen sich besonders zur Weichlagerung.

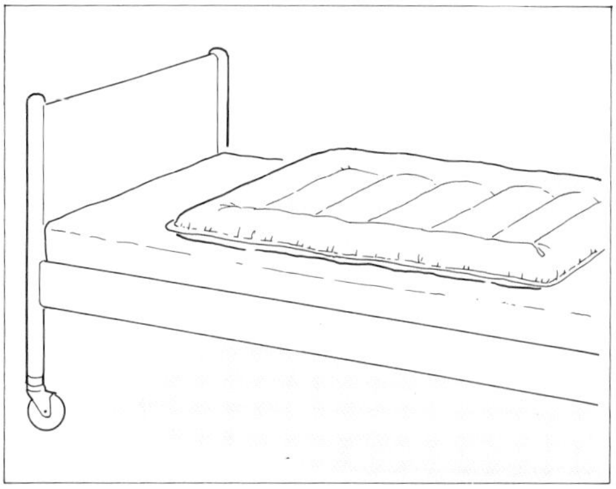

Kubivent-Polster®
Die Sitz- und Liegepolster sind zur Weich- und Hochlagerung geeignet. Einzelne Schaumstoffquader sind in ein flexibles Netz eingespannt. Die Quader können entsprechend der besonderen Risiko-Körperregion des Kranken entnommen werden. Dadurch wird eine Druckentlastung mit Hohllagerung erreicht. Die Luftkanäle bewirken eine gleichmäßige Belüftung.

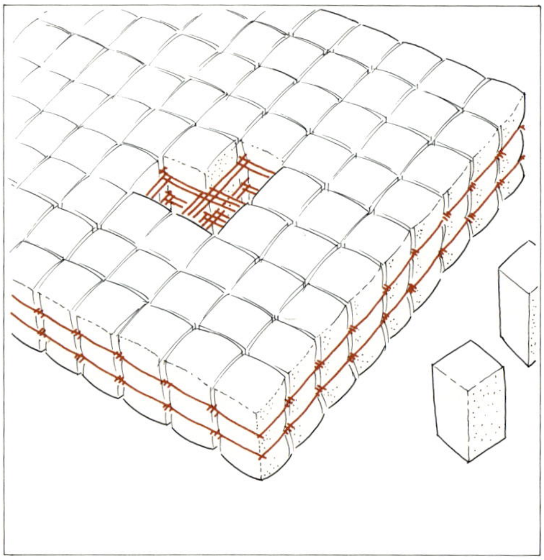

Wechseldruckmatratzen-Auflage
Sie hat Ähnlichkeit mit einer Luftmatratze und ist durch Schläuche mit einem Kompressor verbunden. Dieser bläst die Luftkammern abwechselnd auf und entleert sie. Dadurch wird eine punktuelle Entlastung gefährdeter Körperstellen erzielt.

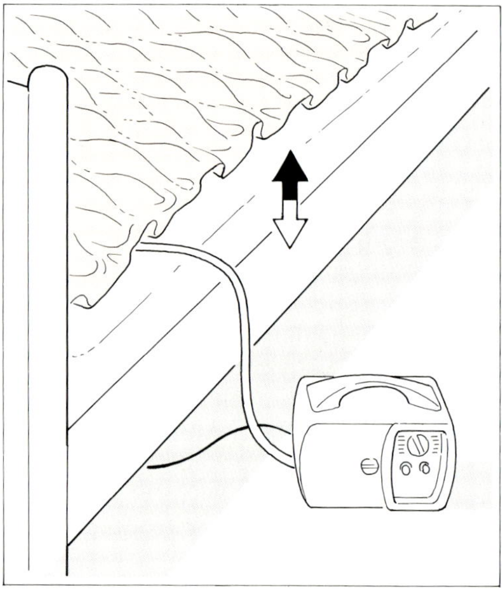

Beachte
Schon beim normalen Liegen des Kranken können Druckstellen entstehen. Knöpfe, Falten, Nähte oder Krümel vergrößern diese Gefährdung. Durch Reiben wird die Entstehung von Hautreizungen und Druckstellen begünstigt. Deshalb vergewissert sich die Pflegeperson immer beim Umbetten, Wäschewechseln, Heben und Höherlegen des Kranken, daß der Kranke gut liegt.

Lagerungswechsel

Bei besonders gefährdeten Kranken muß der Lagerungswechsel gezielt und regelmäßig durchgeführt werden. Je nach dem Grad der Gefährdung des Kranken ist ein Wechsel nach einem festgelegten Plan erforderlich. Eine mögliche Vorgehensweise wird im nachfolgenden »Lagerungsplan« beschrieben. Diese Empfehlung bezieht sich auf einen Kranken, der nicht extrem dekubitisgefährdet ist.

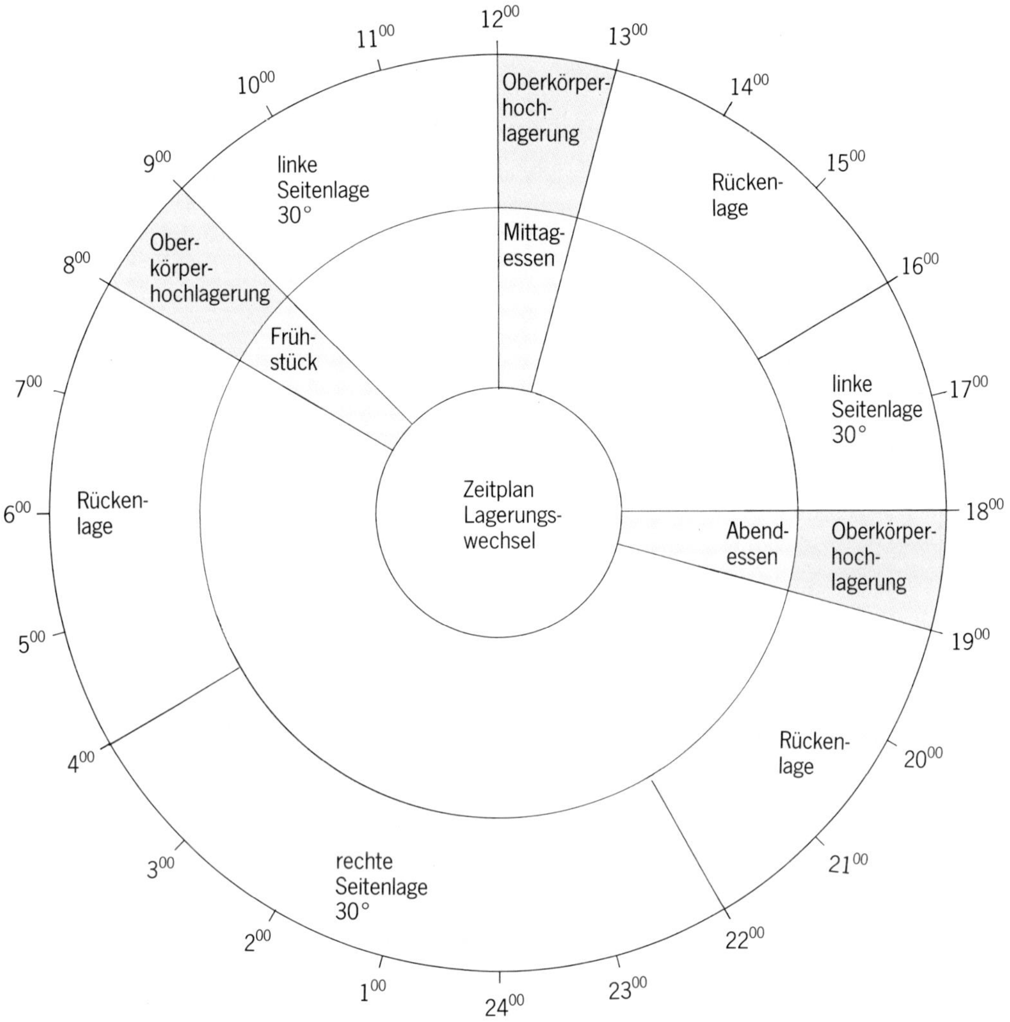

Der *Lagerungswechsel* wird bei diesem Vorschlag in Einklang mit den Mahlzeiten gebracht und ist offen für die Einplanung weiterer Lebensaktivitäten. Auch die Liegegewohnheit eines Kranken sollte berücksichtigt werden, z. B. bei Personen, die vorzugsweise in Bauchlage schlafen. Solche und andere Gewohnheiten sind in den Lagerungsplan zu integrieren.

Je nach Grad der Gefährdung muß ein Umlagern in kürzeren Abständen erfolgen, und zwar so, daß die Erholungsphase für die nicht belasteten Körperteile relativ gleich lang ist. Zur Seitenlagerung eignet sich am besten die 30°-Schräglagerung (siehe Seite 175).

Haut und Hygiene

Eine intensive Pflege der Haut ist täglich, bei Bedarf (einnässen, schwitzen) öfter notwendig. Sie reinigt die Haut, fördert die Durchblutung und macht die Haut dadurch widerstandsfähiger.

Zur täglichen Hautpflege werden empfohlen:

- sorgfältiges Waschen der gefährdeten Stellen,
- gründliches Abtrocknen,
- örtliche Hautmassage mit den Fingerkuppen,
- Pflegemittel wie Lotion, Creme, Vaseline (je nach Beschaffenheit der Haut) verwenden.

Förderung der Hautdurchblutung

Durch die Verminderung der Blutzirkulation wird das Gewebe weniger mit Sauerstoff versorgt. Deshalb soll beim Patienten die Blutzirkulation angeregt bzw. gefördert werden durch

- häufiges Aufrichten und tiefes Atmen,
- isometrische und isotonische Körperübungen (siehe Seite 187 ff. und 96),
- leichte Fingerkuppen-Massagen der gefährdeten Körperstellen,
- verbesserte Durchblutung durch ärztlich verordnete Medikamente.

Ernährung

Durch gezielte Ernährung (siehe auch Seite 108 ff.) können dem Körper notwendige Aufbaustoffe zugeführt werden. Dadurch wird z. B. einer Abmagerung entgegengewirkt und die Widerstandskraft des Körpers gestärkt. Empfohlen werden

- eine eiweiß- und vitaminreiche Kost (Quark, Käse, Fleisch, Gemüse). Sie enthält unter anderem den Hautschutzstoff Vitamin A, das Zellatmungs-Vitamin B_2 und das für den Stoffwechsel und die Zellatmung wichtige Vitamin C,
- eine ausreichende Flüssigkeitszufuhr (Frucht- und Gemüsesäfte),
- eine Reduktionskost bei Übergewicht.

Beachte
Als Vorbeugungsmaßnahmen zur Vermeidung von Dekubitus sind zu empfehlen:

- tägliche Kontrollen der gefährdeten Körperstellen,
- Hautpflege: gründlich waschen, exakt abtrocknen, gefährdete Körperstellen pflegen,
- öfter Lagewechsel vornehmen, Bettlaken glatt und faltenfrei halten, auf trockene Unterlagen achten,
- Lagerungshilfsmittel einsetzen,
- gesundheitsfördernde Ernährung anbieten.

Lungenentzündung

Entstehung

Bei längerem Liegen im Bett kann es zu einer oberflächlichen Atmung und damit zu einer ungenügenden Durchlüftung der tieferliegenden Lungenbezirke kommen. Als Folge einer unzureichenden Atmung sammelt sich Schleim (Sekret) in den Atemwegen und Lungen an und infiziert das Lungengewebe.

Auch Schmerzen im Bauch- oder Brustbereich führen zu einer sogenannten Schonatmung und bewirken, daß der Hustenreflex unterdrückt wird. Auch dadurch kann die Entstehung einer Lungenentzündung begünstigt werden.

Des weiteren können durch Schluckstörungen beim Essen und Trinken (bei Schlaganfall oder Bewußtseinsstörungen) über die Atemwege Nahrung in die Bronchien gelangen und dort eine Entzündung verursachen.

Erkennungsmerkmale

Für die Pflegeperson in der Hauskrankenpflege ist es wichtig, daß sie über die möglichen Erkennungszeichen einer beginnenden Lungenentzündung Bescheid weiß. Solche Erkennungszeichen können sein:

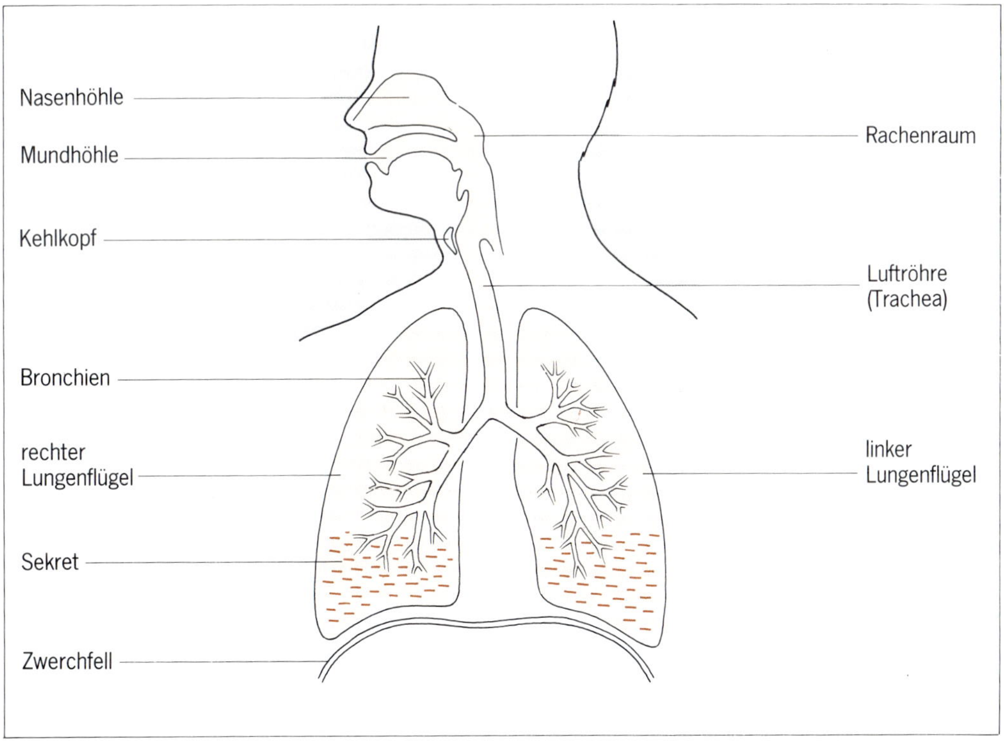

- Mattigkeit, Benommenheit
- trockene Lippen
- flache, beschleunigte Atmung
- Atemnot, stechende Schmerzen in der Brust
- trockener Husten
- Verschleimung und Auswurf
- langsam ansteigendes Fieber und Pulsanstieg
- Schüttelfrost und Schwitzen.

Prophylaxen

Durch gezielte Maßnahmen kann dieser Gefährdung wirksam vorgebeugt werden. Folgende prophylaktische Maßnahmen werden empfohlen:

- Den Kranken während des Tages zu einem mehrmaligen Aufstehen ermuntern und ihn – wenn möglich – zu einem Hin- und Hergehen veranlassen.
- Kranke, die nicht aufstehen können, sollen aufgesetzt werden, um die Atmung zu verbessern. Die Atmung kann durch Heben und Senken der Arme aktiviert werden.
- Die Bettlägerigen sind immer wieder am Tage aufzufordern, bewußt tief durchzuatmen.
- Für eine gute Luftbefeuchtung des Raumes ist zu sorgen, da trockene Schleimhäute die Infektionsanfälligkeit stärken. Das Krankenzimmer sollte daher gut durchlüftet werden; Zugluft ist aber zu vermeiden.
- Der Patient soll zum »Abhusten« aufgefordert werden; eine Oberkörper-Hochlagerung erleichtert dem Kranken dieses Abhusten.
- Das Abhusten von Schleim kann durch eine leichte Klopfmassage verbessert werden: dazu wird der Rücken unterhalb der Schulterblätter aufwärts bis zu den Schultern mit der hohlen Hand vorsichtig abgeklopft. Die Wirbelsäule ist dabei nicht einzubeziehen. Vor Anwendung dieser Prophylaxe ist der Arzt zu befragen.
- Es ist darauf zu achten, daß bei starkem Schwitzen ein wiederholter Wäschewechsel vorgenommen wird. Die Wäsche soll leicht angewärmt sein.

Aufgabe

Als spielerische Varianten der Prophylaxen werden das »Watte-weg-blasen«, das »Kerzen-ausblasen« oder das Bewegen eines Mobile (das in der Nähe des Bettes aufgehängt ist) empfohlen. Überlegen Sie, warum diese Atemübungen durchgeführt werden sollen?

Durch diese Atemübungen soll die Ausatmung verstärkt, die Einatmung intensiviert und die Belüftung der tiefer liegenden Lungenbereiche verbessert werden.

Thrombose

Beim gesunden Menschen wechseln im Laufe eines Tages Zeiten der Ruhe und der Bewegung mehrmals. Sie bewirken auch eine Verlangsamung oder eine Beschleunigung der Blutströmung. Durch Arbeit und Bewegung wird die Verlangsamung, durch Ruhe die Beschleunigung immer wieder aufgehoben.

Die nachstehende Abbildung zeigt den Blutstrom in einer *gesunden* Vene. Die Vene selbst hat kaum Muskulatur. Sie ist vielmehr von Muskeln umgeben (eingebettet); dadurch erhält sie ihre Form, d. h. die Venenklappen schließen vollständig und verhindern ein Zurückfließen des Blutes.

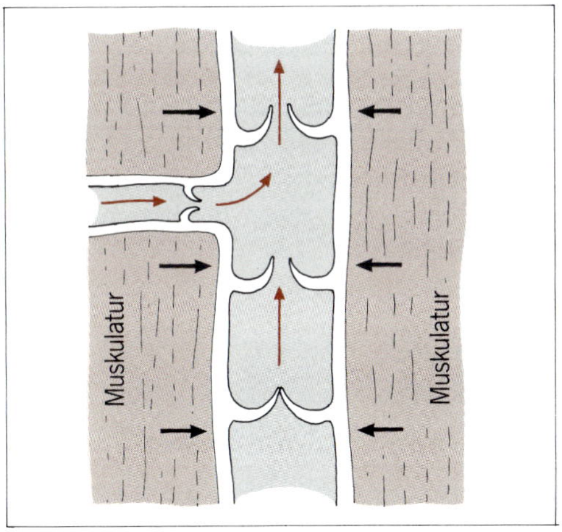

Kontraktionen der Muskulatur unterstützen den Rückstrom des Blutes zum Herzen. Durch die Venen strömt verbrauchtes Blut, beladen mit Schlacken, von den Körperzellen durch die Ausscheidungsorgane zum Herzen.

Entstehung

Bei kranken Menschen, die längere Zeit im Bett liegen müssen, ist dieser natürliche Wechsel von Ruhe und Bewegung nicht mehr gewährleistet. Ruhe und Bettlägerigkeit werden oft zum Dauerzustand. Die Folge ist, daß der Blutstrom sich verlangsamt.

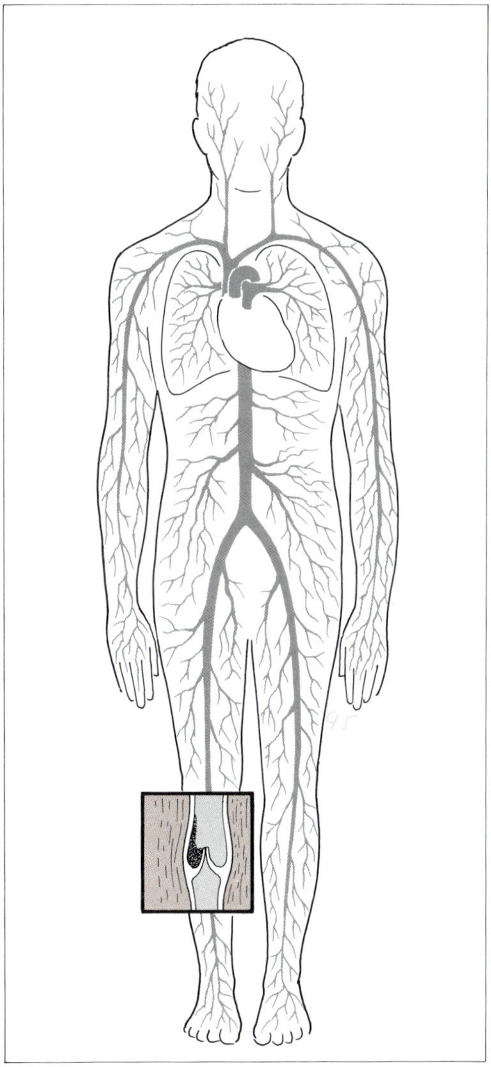

Ausgeweitete Vene

Bei einem Kranken, der längere Zeit im Bett liegt und sich kaum bewegt, erschlafft die Muskulatur, in die die Vene eingebettet ist. Dadurch verliert sie die ihr bisher von außen gegebene Stütze und verändert ihre Form, d. h.

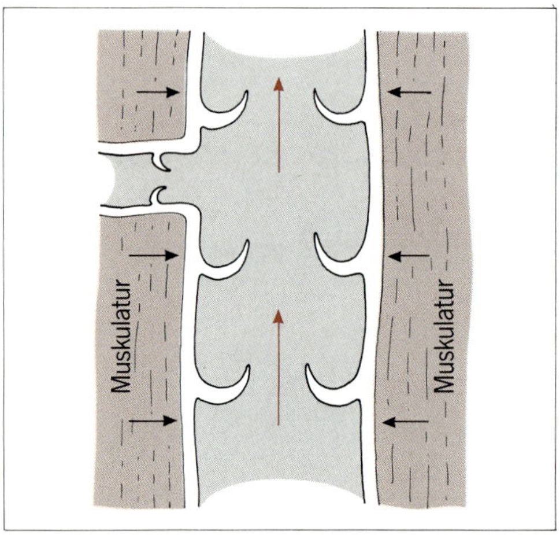

- sie weitet sich aus,
- die Erweiterung der Vene bewirkt zusätzlich eine Verlangsamung der Blutströmung,
- die Venenklappen verhindern nicht mehr ein Zurückströmen des Blutes,
- bei einem verminderten Rückstrom können sich die Schlacken ablagern, die Venenwand reizen und entzünden (Venenentzündung). Bei solchen entzündeten Venenwänden kann ein Blutgerinnsel entstehen.

Ausgebuchtete Vene

Hat die ausgeweitete Vene zusätzlich Ausbuchtungen (Krampfadern), wird die Blutströmung nicht nur verlangsamt, sondern in einzelnen Gefäßabschnitten durch die Ausbuchtungen sogar in entgegengesetzte Richtungen geleitet (Wirbelbildung), d. h.

- eine verstärkte Ablagerung von Schlacken wird möglich und
- die Gefahr einer Entzündung der Venenwand ist größer.

Die Bildung von Blutgerinnseln wird noch mehr begünstigt.

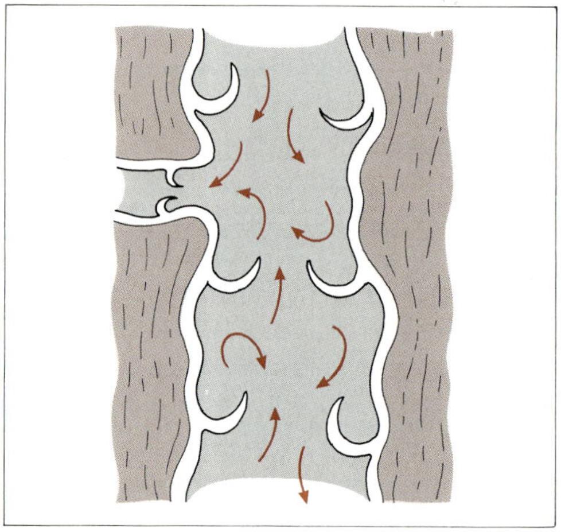

Durch eine Strömungsverlangsamung und weitere Ursachen kann sich an der Venenwand ein Blutgerinnsel (*Thrombus* = Blutpfropf) bilden, das sich an der Venenwand festgesetzt hat.

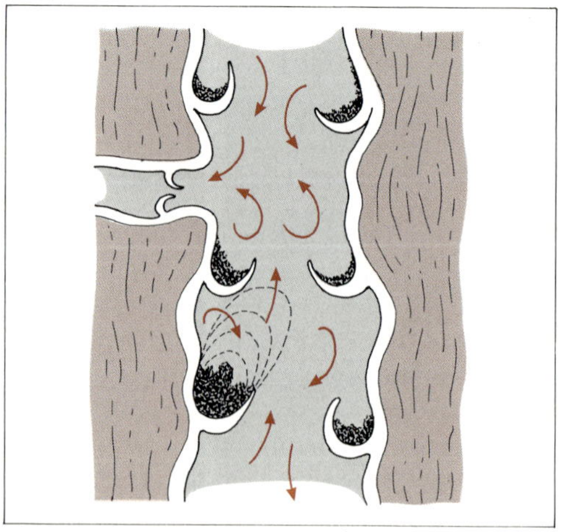

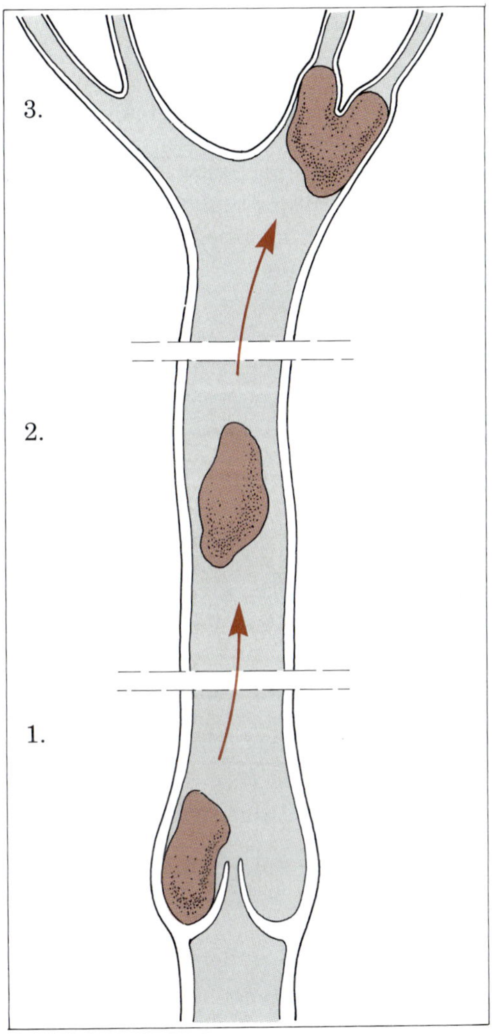

3. Über die Hohlvene gelangt der Embolus mit dem venösen Rückstrom zum rechten Herzen und von dort in die Lungenarterien. Dort bleibt er in den Gefäßverästelungen zwangsläufig stecken und verursacht eine oft lebensbedrohliche Lungenembolie.

2. Z. B. durch plötzlichen Anstieg des Druckes in den Gefäßen kann der Thrombus vollständig oder teilweise abreißen und zum gefährlichen Embolus werden.

1. Ein Thrombus entsteht meist in Zonen verlangsamter Strömungsgeschwindigkeit, z. B. in den Taschen der Venenklappen oder durch Veränderungen der Veneninnenwand. Unter entsprechenden Bedingungen kann der Thrombus zu beachtlicher Größe anwachsen.

Wird ein Thrombus mit dem strömenden Blut abgeschwemmt, nennt man ihn *Embolus*. Gelangt der Embolus in die enger werdenden Gefäßsysteme, z. B. der Lunge, kann dieser ein Blutgefäß verschließen. Man spricht dann von einer *Embolie*. Eine Lungenembolie kann auch heute noch tödlich sein. Jährlich erleiden 25 000 Bundesbürger eine Lungenembolie.

In der Hauskrankenpflege sollte alles getan werden, eine derartige Erkrankung gar nicht erst entstehen zu lassen.

Prophylaxen

Die Entstehung einer Thrombose kann vermieden werden, wenn der Angehörige bei dem gefährdeten Kranken folgende vorbeugende Maßnahmen rechtzeitig durchführt.

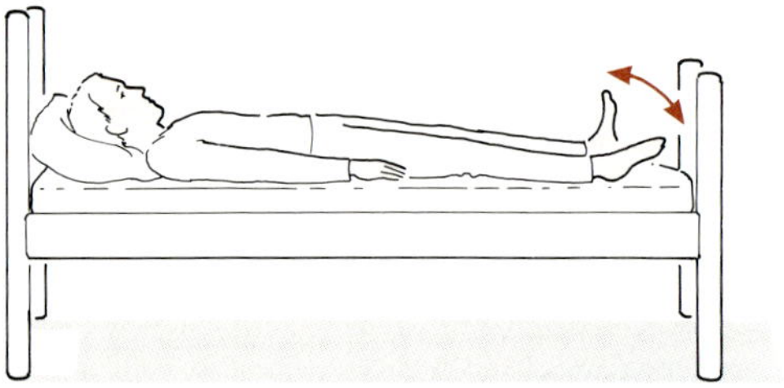

Der Kranke liegt auf dem Rücken und atmet tief. Die Füße werden im Wechsel gestreckt und gebeugt.

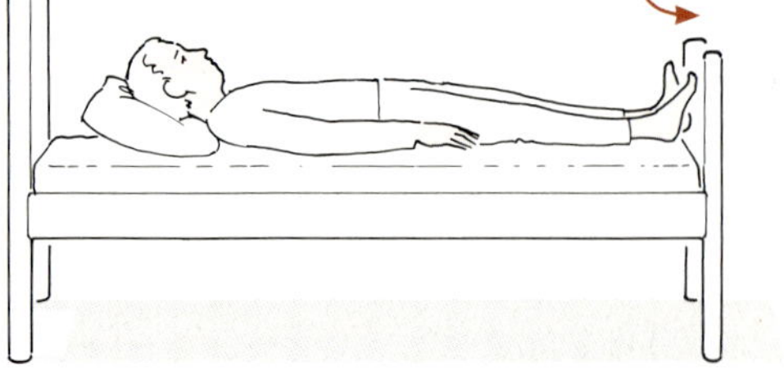

Die Füße werden abwechselnd mit der Ferse und der Fußspitze kräftig gegen das Fußende des Bettes gedrückt.

Bewegungstraining

Anziehen und Strecken der Beine, Drehen des Fußes. Die empfohlenen Übungen können allein oder mit Unterstützung der Pflegeperson durchgeführt werden. Krankengymnastik als therapeutische Maßnahme kann nur auf Anordnung des Arztes durchgeführt werden.

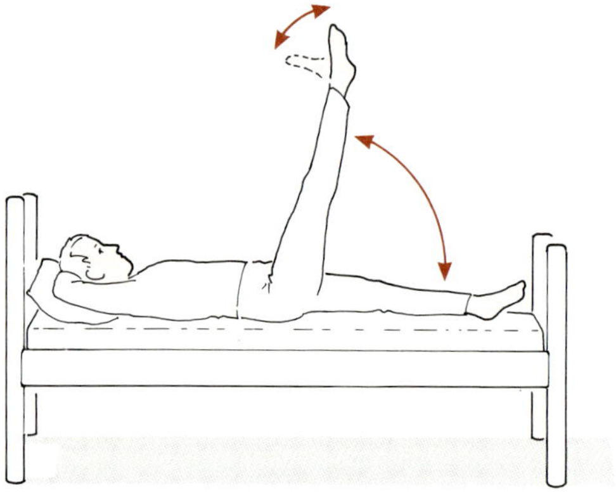

In Rückenlage die Hände hinter dem Kopf verschränkt, zieht der Kranke ein Bein hoch und streckt es. Der Fuß wird dann auf und ab bewegt.

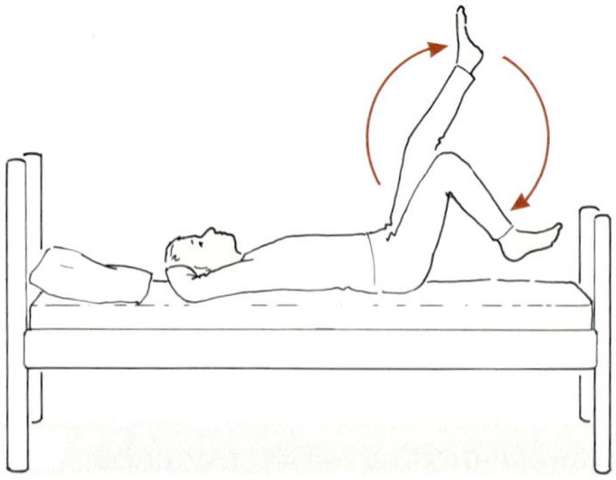

In der oben gezeigten Ausgangsstellung fährt der Kranke »Rad«.

Muskeltraining

Die empfohlenen isometrischen Übungen können allein oder mit Unterstützung der Pflegeperson ausgeführt werden (siehe Seite 187 ff.).

Hochlagerung

Durch das Hochlagern der Beine wird der Rückstrom des Blutes erheblich verbessert (siehe Seite 174).

Kompression

Zusätzlich zum Hochlegen der Beine (entstauende Lagerung) ist die Anwendung von Stützverbänden als wichtige Vorbeugungsmaßnahme zu empfehlen. Eine ähnliche Wirkung wird durch das Tragen von Anti-Thrombose-Strümpfen erzielt. Sie schmiegen sich durch ihre anatomische Paßform dem Bein faltenfrei an und sichern so den Erfolg der Thromboseprophylaxe.

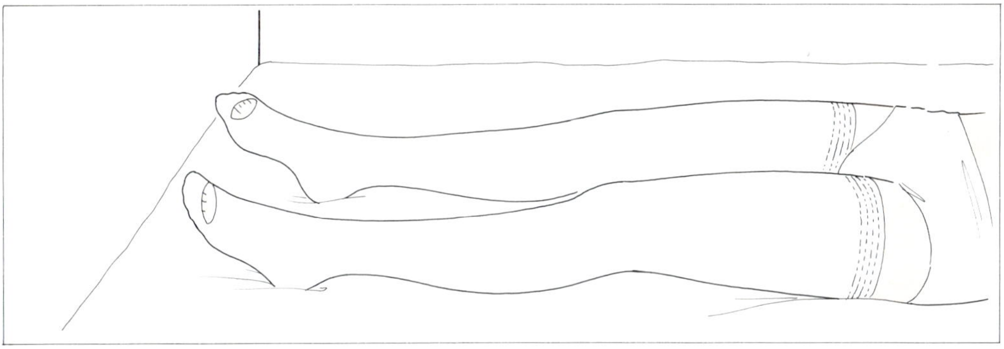

Stützverband

Die Ursache für eine Thrombose ist in den meisten Fällen die Erschlaffung der die Venen umgebenden Muskulatur. Damit geht eine Erweiterung der Venen einher, wodurch die Venenklappen ihre Funktion nicht mehr erfüllen können. Der Blutstrom wird verlangsamt und es kommt zu venösen Rückstauungen. Durch die Wirkung, die ein Stützverband auf das Bein ausübt, werden das Venenvolumen verringert und die Strömungsverhältnisse im Gefäßsystem wieder hergestellt. Der Stützverband gleicht die Stützfunktion der Muskulatur auf die Venen aus.

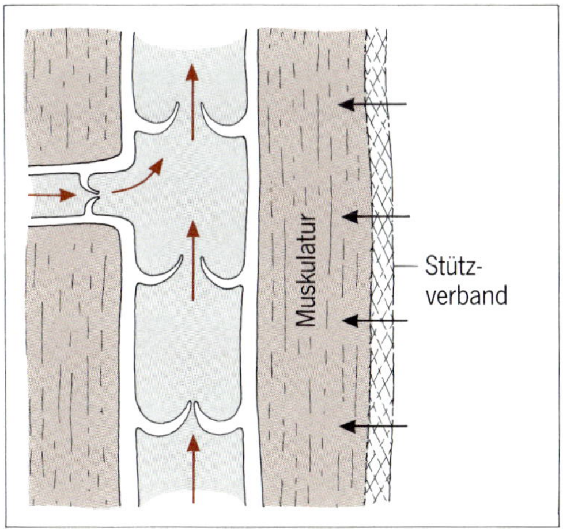

Anlegen eines Stützverbandes

Für den Stützverband werden mindestens zwei elastische Binden von 10 cm Breite benötigt. Unelastische Binden eignen sich nicht für die Stützverbände.

Folgende Technik wird empfohlen:

- Der Stützverband ist vor dem Aufstehen anzulegen bzw. zu erneuern.
  Zum Anlegen des Verbandes ist der Fuß angewinkelt zu lagern oder aufzustellen.
- Die elastische Binde wird so in die Hand genommen, daß der aufgerollte Teil nach oben liegt und nach außen zeigt. Nur so läßt sich die Binde am Bein abrollen.

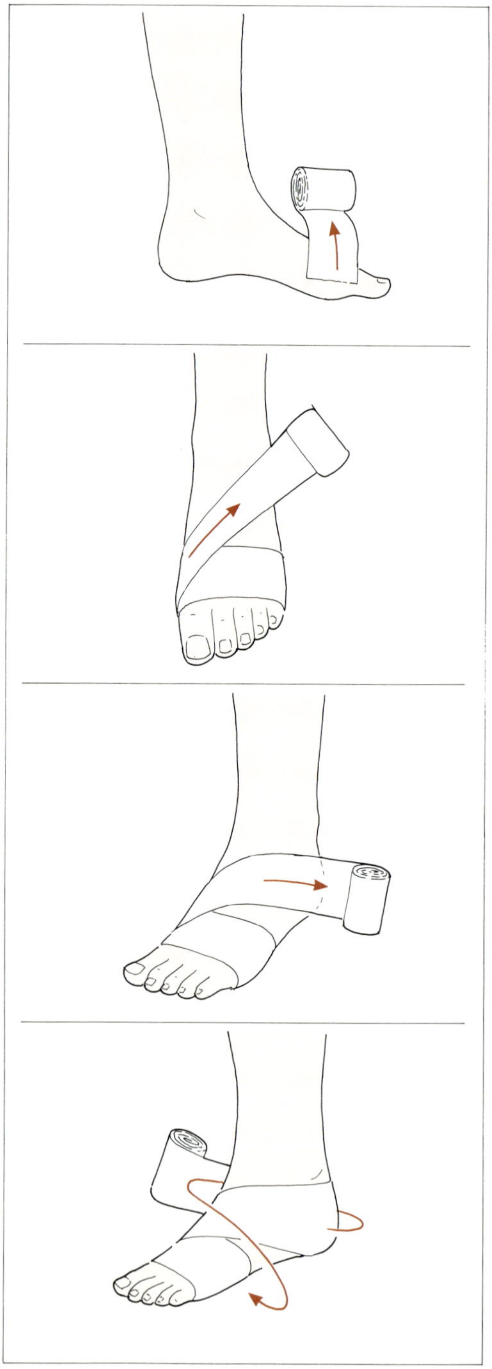

- Der Bindenanfang wird an den Zehengrundgelenken (an der Großzehe beginnend) über den Fußrücken aufgelegt und die Binde nach außen abgerollt.

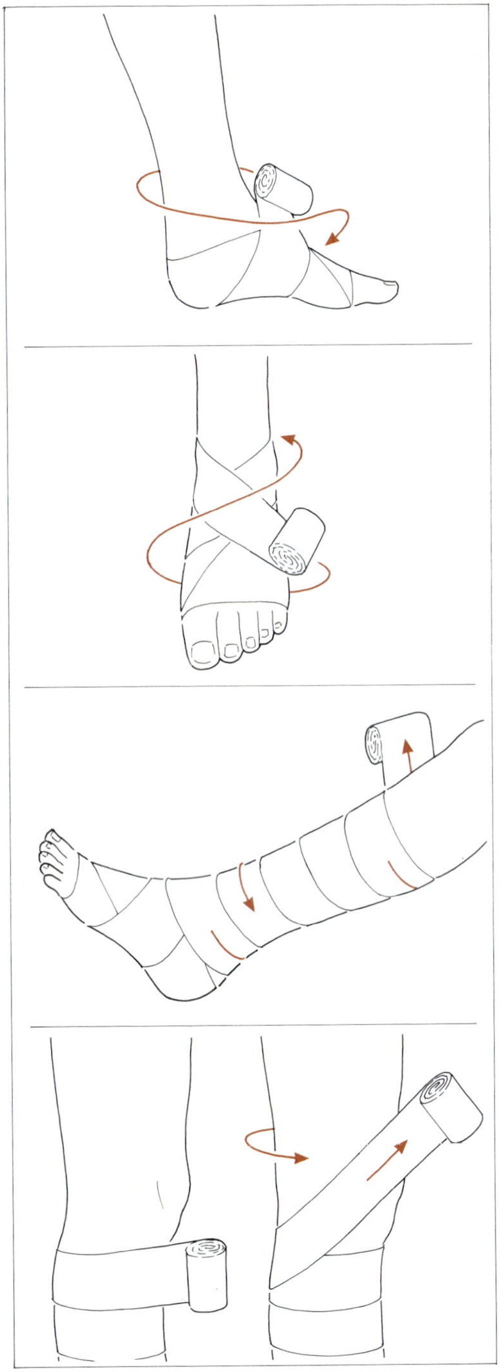

– Nach zwei Runden um den Mittelfuß umschließt die Binde die Ferse und führt über den Innenknöchel zum Fußrücken zurück.

– In ein bis zwei Achtertouren (Fußrücken, Außenkante des Fußes, Fußsohle, Fußwölbung, Fußrücken, Außen- und Innenknöchel) wird der Fuß vollends bedeckt und der Bindenrand der ersten Fersenumwicklung zusätzlich fixiert.

– Nach einer weiteren Runde um den Mittelfuß wird die Binde um den Außenknöchel und Innenknöchel geführt und dann in spiralförmiger Wickelung um den Unterschenkel bis zum Knie abgerollt.

Auch das Kniegelenk wird mit Achtertouren abgedeckt: dazu wird die Binde zunächst hinter der Kniekehle um den Oberschenkel herum geführt und wieder hinter der Kniekehle zurück um den Unterschenkel gebunden.

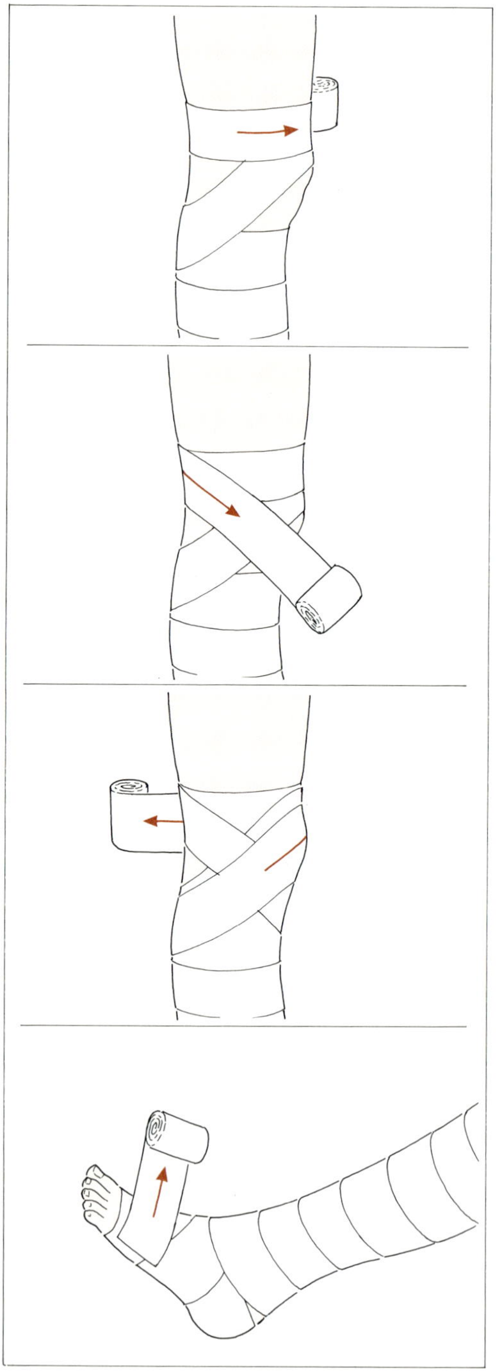

- Mit zwei weiteren Achtertouren wird das Kniegelenk abgedeckt und die Binde in spiralförmiger Wickelung um den Oberschenkel abgerollt.
- Das Ende der Binde wird mit einer Klammer fixiert.

- Die zweite Binde wird gleichartig, jedoch in entgegengesetzter Richtung von außen nach innen am Knöchel angesetzt und führt mit der ersten Tour über die Ferse zum Fußrücken zurück.
- Abschließend wird das Ende der Binde mit Klammern an der Außenseite des Beins fixiert.

Aufgabe

Tragen Sie Ihre Vorschläge zur Verhütung der Thrombose in Spalte III ein.

I	II	III
Sie haben erfahren daß	Deshalb ist es notwendig, daß	Man sollte
• bei Bettlägerigen, die sich wenig bewegen, der Rückstrom des Blutes zum Herzen stark verlangsamt ist,	• der Rückstrom des Blutes beschleunigt wird,	______
• durch eine geschwächte und ausgeweitete Vene der Blutstrom verlangsamt wird,	• eine solche Vene gestützt wird,	______
• eine Stauung entstehen, die die Entwicklung eines Blutpfropfens begünstigen kann.	• eine Stauung verhindert wird, eine Thrombose nicht so schnell entsteht.	______ ______

Überprüfen Sie die Richtigkeit Ihrer Vorschläge.

Ergebnis

I	II	III
Sie haben erfahren daß	Deshalb ist es notwendig, daß	Man sollte
• bei Bettlägerigen, die sich wenig bewegen, der Rückstrom des Blutes zum Herzen stark verlangsamt ist,	• der Rückstrom des Blutes beschleunigt wird,	für Bewegung sorgen,
• durch eine geschwächte und ausgeweitete Vene der Blutstrom verlangsamt wird,	• eine solche Vene gestützt wird,	einen Stützverband anlegen,
• eine Stauung entstehen, die die Entwicklung eines Blutpfropfens begünstigen kann.	• eine Stauung verhindert wird, eine Thrombose nicht so schnell entsteht.	für eine Hochlagerung und Bewegung sorgen.

Gelenkversteifungen

Entstehung

Wer verstehen will, wie Versteifungen zustande kommen, der muß zuerst wissen, worauf die Bewegungen der Gliedmaßen beruhen. Bewegungen werden durch Nerven gesteuert, die das Zusammenspiel von Muskeln, Bändern und Gelenken ermöglichen. Aufgabe der Muskeln ist es hierbei, die Gelenke zu bewegen. Diese arbeiten nach dem Zug- und Gegenzugsystem: Zieht sich z. B. eine Muskelgruppe zusammen, dann wird im Gegenzug die andere Muskelgruppe gedehnt.

Nach diesem Zug- und Gegenzugsystem werden alle Gelenke des Körpers bewegt: Hüftgelenk, Kniegelenk, Fußgelenk. Diesen Vorgang kann man gut an der Funktion des Ellenbogengelenks verdeutlichen.

Die Beugung des Unterarms geschieht durch das Zusammenziehen des Beugemuskels (Bizeps). Zieht sich der Bizeps zusammen, dann wird der Strecker (Trizeps) zugleich gedehnt.

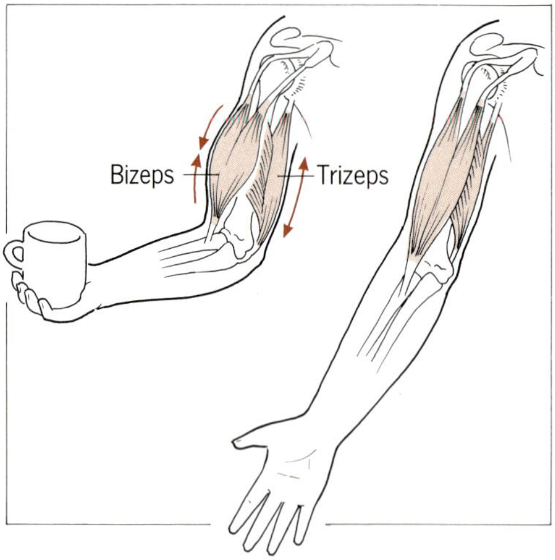

Aufgabe

Erfühlen Sie am Oberarm die Beugung und Streckung der Muskeln und vergleichen Sie Ihre Wahrnehmung mit der links unten dargestellten Abbildung.

Ergebnis

Durch die Streckung des Unterarms wird der Beugemuskel (Bizeps) gedehnt, der Strecker zieht sich zusammen (Trizeps).

Wird dieses Zusammenspiel von Muskeln nicht ständig geübt, so werden die Gelenke funktionsuntüchtig. Bei Bewegungsarmut oder Bewegungslosigkeit, wie z. B. bei bettlägerigen oder bei gelähmten Personen, bilden sich die Muskeln zurück. Dadurch verkürzen sich die Muskeln und schränken die Beweglichkeit der Gelenke ein.

Die Gefahr einer Versteifung besteht, wenn

- die Gliedmaßen des Kranken sich unverändert in einer Streck- oder Beugehaltung befinden,
- normale Bewegungsabläufe eingeschränkt sind und als schmerzhaft empfunden werden.

Gefährdete Stellen

Aufgabe

Ein Kranker wurde längere Zeit nach Ansicht der Pflegeperson gut versorgt. Sie achtete vor allem auf das sachgerechte Herrichten des Bettes. Die Decke wurde »glatt gestrichen«, d. h. die Oberfläche der Decke war glatt und am Fußende eingesteckt. Nach einiger Zeit sollte der Kranke sich auf die Bettkante setzen und auf seine Füße stellen. Dies gelang ihm zum Teil, denn er konnte nur auf den Fußspitzen und -ballen stehen.

Überlegen Sie, welche Ursache diese Beeinträchtigung der Füße haben könnte. Haben Sie ähnliche Erfahrungen gemacht?

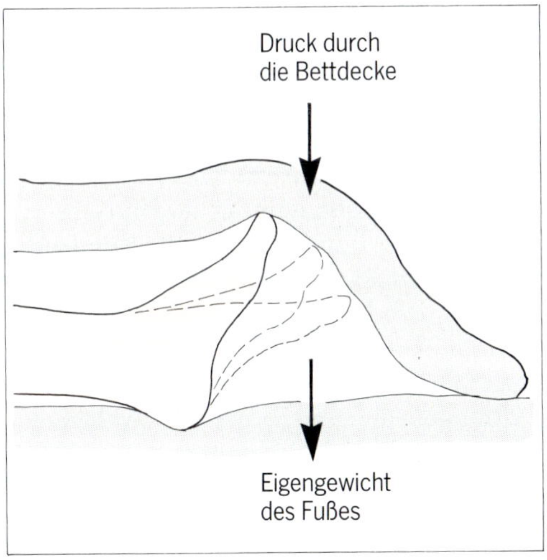

Ergebnis

Es können mehrere Gründe für die Entstehung des sogenannten Spitzfußes maßgebend sein: Aufliegen der Bettdecke, Eigengewicht des Fußes und/oder Inaktivität des Fußgelenks.

Diese Ursachen führen oft zum Muskelschwund und zur Versteifung des Fußes (Sprunggelenk, Zehengelenk). Die Gefahr einer Versteifung von Gelenken besteht auch bei anderen Arten von Bewegungsbehinderungen (Gelenkentzündungen, Multiple Sklerose).

Prophylaxen

Folgende prophylaktische Maßnahmen wirken gegen Gelenkversteifungen (Kontrakturen):

Bewegen der Gelenke

Beugen, Strecken und Drehen, z. B. den Fuß abrollen, mit der Hand greifen, den Arm kreisen.

Isometrische Übungen (siehe Seite 187 ff.)

Wechsel der Lagerung

Schulter:	Spreizstellung des Armes im 30-Grad-Winkel auf Kissen
Ellenbogen:	geringe Hochlagerung des Ober- und Unterarms bilden einen Winkel von 100°
Hand:	Die Hand wird im Wechsel mit dem Handrücken bzw. mit der Handfläche nach oben gelagert.
Hüfte:	gestreckte Lagerung des Oberschenkels
Knie:	Im Wechsel durchgestreckt bzw. gering angewinkelt liegen
Fuß:	Der Fuß steht im rechten Winkel an dem Schaumstoffblock oder der Fußaktiv-Stütze angelehnt.

Gezielter Einsatz von Hilfsmitteln

Durch den gezielten Einsatz von Hilfsmitteln kann der Gefahr einer Versteifung des Gelenks entgegengewirkt werden:

- Bettbügel und Strickleiter gegen eine Versteifung von Schulter-, Ellenbogen- und Handgelenk,
- Fußaktiv-Stütze gegen Spitzfuß, Versteifung des Kniegelenks,
- spezielle Hilfsmittel zum Grifftraining, z. B. Bälle, Handexpander.

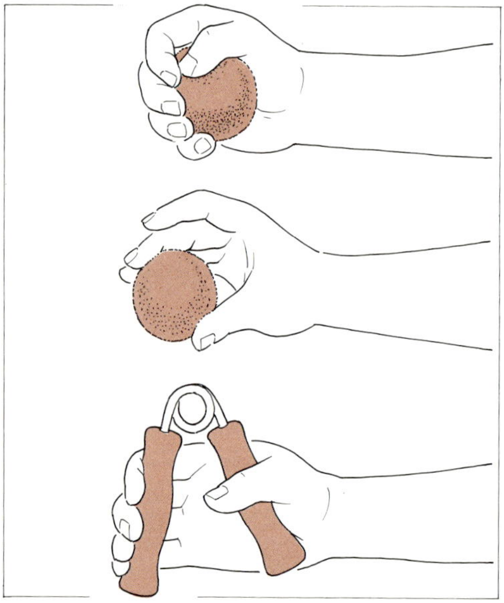

Beachte
Bei dem Einsatz eines Hilfsmittels ist eine einseitige und langandauernde Lagerung zu vermeiden. Eine Knierolle z. B. kann der Streckkontraktur entgegenwirken, aber der andauernde Einsatz kann eine Beugekontraktur begünstigen. Deshalb ist bei der Verwendung von Hilfsmitteln eine besondere Aufmerksamkeit und Überlegung erforderlich.
Bei Kranken nach Schlaganfall sind besondere Aspekte zu berücksichtigen (siehe Seite 168 ff.).

Zusammenfassung

- Aufgabe einer gewissenhaften Pflege ist es, zu verhindern, daß zu einer Ersterkrankung eine weitere Erkrankung auftritt, die unter Umständen gefährlicher sein kann als die Primärerkrankung.
- Die Erkrankung an einem Dekubitus kann für den kranken Menschen sehr schmerzhaft, für die Pflegeperson äußerst belastend sein, da sich die Behandlung oft über Monate erstreckt. Deshalb sind die empfohlenen Vorbeugungsmaßnahmen rechtzeitig und gezielt durchzuführen.
- Die »Bettlungenentzündung« zählt zu den am meisten gefürchteten Zweiterkrankungen. Als Vorbeugungsmaßnahmen gegen diese Krankheit sind unter anderem zu empfehlen: eine gute Durchlüftung der Lungen, eine Entlastung der Bronchien durch Abhusten und ein häufiges Lüften des Krankenzimmers.
- Die Bettlägerigkeit kann bei vielen Kranken eine Verlangsamung des Blutstromes bewirken und dadurch die Entstehung einer Thrombose begünstigen. Durch vorbeugende Maßnahmen wie gesunde Ernährung und Lagerungswechsel, isometrische und isotonische Übungen, aber auch durch das Anlegen von Stützverbänden kann dieser mitunter sehr schweren Erkrankung vorgebeugt werden.
- Gelenkversteifungen als Zweiterkrankung können die Lebensqualität eines Kranken erheblich einschränken. Die Pflegeperson soll deshalb alles tun, um die Beweglichkeit seiner Gelenke zu erhalten. Als Prophylaxen werden empfohlen: Bewegungstraining, Lagerungswechsel, isometrische Übungen und der gezielte Einsatz von geeigneten Hilfsmitteln.

6

Sich gesund ernähren – Medikamente richtig einnehmen

Energiegewinnung durch Nahrung

Die Aufgaben des Wassers im menschlichen Körper

Vollwertiges Essen und Trinken

Energieliefernde Nährstoffe

Energiebedarf des Menschen

Die Messung des Energiegehalts

Die Kost für den alternden und kranken Menschen

Der Nährstoffbedarf des alternden Menschen

Die Kost für den kranken Menschen

Schonkost

Diät

Die Darreichung der Nahrung

Eß- und Trinkhilfen

Essen und Trinken

Heilmittel der Natur

Pflanzliche Heilmittel

Kälte, Wärme und Wasser als Heilbehandlungen

Umgang mit Medikamenten

Arzneimittelformen und ihre Anwendungen

Beachten der Gebrauchsanweisung

Haltbarkeit und Aufbewahrung

Nebenwirkungen von Medikamenten

Hausapotheke

Energiegewinnung durch Nahrung

Eine gesunde Ernährung ist für den kranken Menschen ebenso wichtig wie ein gut vorbereitetes Pflegebett zum Sich-wohlfühlen oder die Berücksichtigung der Prophylaxen oder die richtige Einnahme von Medikamenten.

Auf die Frage »Warum essen wir?« könnten verschiedene Antworten erfolgen, z. B.:

»weil ich Hunger habe«,
»weil ich Lust zu essen habe«,
»Essen und Trinken halten Leib und Seele zusammen«.

Der Mensch nimmt Nahrung zu sich, um seinen Organismus zu erhalten: Kreislauf, Körpertemperatur, Stoffwechsel, Zellaufbau, Abwehr von Krankheiten, zum Gesundwerden und anderes mehr.

Einen ausführlichen Überblick über die Grundlagen der Ernährung gibt C. A. Schlieper in der Neubearbeitung ihres Buches »Ernährung heute«.

Um zu verstehen, was die Nahrung bewirkt, sollte man zuvor die Zusammensetzung des menschlichen Körpers kennen:

In dieser Körpermasse sind enthalten: 60–70% Wasser, 20% Eiweiß, 4–10% Fette, 1% Kohlenhydrate, Vitamine in Spuren.

Es finden sich:

- Wasser in Blut, Lymphe und in allen Zellen,
- Eiweiß in allen Körperzellen (ohne Eiweiß kein Leben),
- Fette vor allem im Unterhautgewebe und Bauchfett,
- Mineralstoffe als Kalzium in den Knochen,
- Eisen in den roten Blutkörperchen,
- Kohlenhydrate vor allem in der Leber und in der Muskulatur,
- Vitamine (A–K) in Spuren, je nach Aufgabe unterschiedlich.

Im eigentlichen geht es bei der Nahrungsaufnahme um *Energiegewinnung*. Der wichtigste energieliefernde Vorgang ist die Wasserbildung im menschlichen Organismus. Bei diesem Vorgang wird 60% Wärmeenergie und 40% chemische Energie frei. Die Wärmeenergie ist zur »Aufrechterhaltung der Körpertemperatur notwendig, die chemische Energie dient der Aufrechterhaltung der Körpervorgänge und der Arbeitsleistungen«.

Körperbestandteile	Mann	Frau
Haut, Muskeln, Nerven usw.	55%	47%
Knochen, Bindegewebe, Blut usw.	32%	28%
Energiereserven (Fettgewebe usw.)	13%	25%

Die Aufgaben des Wassers im menschlichen Körper

Von den 60–70% Wasser des menschlichen Körpers befinden sich rund 70% innerhalb der Zellen. »Die restlichen 30% befinden sich außerhalb der Zellen, und zwar als Blutflüssigkeit in den Blutgefäßen, als Gewebsflüssigkeit (Lymphe) in den Lymphgefäßen und Gewebsspalten zwischen den Zellen«. Wasser dient also als Baustoff des menschlichen Körpers.

Es dient zugleich auch als Lösungs- und Transportmittel. »Wasser ist ein besseres Lösungsmittel als die meisten anderen Flüssigkeiten. Viele kristalline Stoffe, z. B. Kochsalz, lösen sich leicht in Wasser«. Im menschlichen Körper erfolgt ein ständiger »Austausch zwischen Blut, Gewebs- und Zellflüssigkeit. Hierdurch wird der Transport von gelösten Mineralstoffen und Stoffwechselprodukten ermöglicht« (siehe Seite 65 ff.).

Flüssigkeitsaufnahme: Die tägliche Mindesttrinkmenge beträgt 1–1,5 Liter. »Ein gesunder Erwachsener sollte täglich etwa 2,5 Liter Flüssigkeit aufnehmen«. Die Flüssigkeitszufuhr erfolgt durch Getränke, halbfeste und »flüssige Nahrung und durch Wasser, das beim Abbau von Kohlenhydraten, Fett und Eiweiß in den Zellen frei wird«.

Der Flüssigkeitsbedarf eines Menschen wird gesteigert durch trockenes und heißes Klima, körperliche Betätigung, aber auch durch bestimmte Krankheiten und bei Fieber. Beim starken Schwitzen kann der Flüssigkeitsbedarf auf etwa 10 Liter täglich ansteigen, da der Flüssigkeitsverlust ausgeglichen werden muß.

Die Flüssigkeitsausscheidung erfolgt

- »mit dem Harn über die Nieren. Eine Mindestharnmenge von 0,5 Liter ist notwendig, um die Stoffwechsel-Endprodukte und die überschüssigen Mineralstoffe (besonders bei Kochsalz) auszuscheiden«. Die Gesamtharnmenge ist abhängig von der Gesamtflüssigkeitsaufnahme. Überschüssig aufgenommene Flüssigkeit kann die Harnmenge stark ansteigen lassen;
- mit dem Kot durch den Darm. Die Wassermenge, die auf diese Weise ausgeschieden wird, ist gewöhnlich sehr gering. Bei Durchfall ist die Flüssigkeitsmenge im Kot dagegen stark erhöht;
- mit dem Schweiß über die Haut. Die Schweißbildung ist abhängig von der Temperatur/Luftfeuchtigkeit, sie steigt bei trockenem und heißem Klima und bei stärkerer Muskeltätigkeit;
- mit der Atemluft als Wasserdampf über die Lungen. Die so ausgeschiedene Flüssigkeitsmenge steigt mit der Körpertemperatur und dem Atemvolumen und sinkt mit zunehmender Feuchtigkeit der eingeatmeten Luft.

Beachte

Wasserbilanz eines Erwachsenen
(Körpergewicht 70 kg) in 24 Stunden

Wasseraufnahme in l		Wasserausscheidung in l	
Getränke	ca. 1,2	Niere	ca. 1,4
Speisen	ca. 1,0	Darm	ca. 0,1
Oxidationswasser	ca. 0,3	Haut und Lungen	ca. 1,0
Insgesamt	ca. 2,5	Insgesamt	ca. 2,5

Beachte

Folgende Faktoren bedingen den jeweiligen Flüssigkeitsbedarf:
- Grad der körperlichen Betätigung
- Nahrungszusammensetzung
- Kochsalzzufuhr
- Alter
- Krankheit
- Klima

Aufgabe

Erklären Sie, weshalb ein fiebernder Kranker besonders viel Flüssigkeit zu sich nehmen muß!

Ergebnis

Der Wasserverlust muß ausgeglichen werden.

Vollwertiges Essen und Trinken

Eine gesunde, ausgewogene Ernährung, die dem Aufbau des menschlichen Organismus und seiner Funktionsweise entspricht, sollte also Eiweiß, Fett, Kohlenhydrate sowie Mineralstoffe, Vitamine und genügend Flüssigkeit im angemessenen Verhältnis enthalten. Zugleich können durch eine »vollwertige Ernährung« ernährungsbedingte Erkrankungen vermieden sowie die Gesundung und der Erhalt der Leistungsfähigkeit gefördert werden.

Die »Deutsche Gesellschaft für Ernährung (DGE)« hat einen *»Ernährungskreis«* als »Checkliste« für jeden Tag entwickelt. Er gliedert die Lebensmittel in sieben Sektoren auf.

Aufgabe

- Identifizieren Sie die einzelnen Lebensmittel in den Sektoren.
- Bestimmen Sie, wo Ihre Vorlieben liegen.
- Markieren Sie diese im »Ernährungskreis«.

Die DGE gibt zum »Ernährungskreis« folgende Empfehlungen: »Wenn Sie Ihre Lebensmittel in der richtigen Menge aus allen sieben Gruppen auswählen und auf Frische und Abwechslung achten, ernähren Sie sich ausgewogen.

Wählen Sie täglich reichlich Lebensmittel aus den Gruppen 1 bis 5. Essen Sie weniger Lebensmittel aus den Gruppen 6 und 7. Wechseln Sie vor allem bei der Wahl von Lebensmitteln aus der Gruppe 6 konsequent ab.«

Innerhalb dieser 7 Gruppen sind einige Nahrungsmittel für unsere Ernährung sehr wichtig, andere sollten lieber nicht so häufig gegessen werden.

Diese Lebensmittel sind:
++ zu empfehlen/+ mit ›Maß‹ zu empfehlen/
– mit Vorsicht zu ›genießen‹

Fleisch, Fleischwaren, Wurst, Fisch, Eier

++ frisches Fleisch ohne zu hohen Fettgehalt, frischer Fisch

+ Eier, fettarme Fleisch- und Wurstwaren, Fischkonserven, panierter Fisch

– Innereien, fettreiche Fleisch- und Wurstwaren, Räucherwurst und Speck, Zubereitungen mit Mayonnaise

Vorsicht vor ›verstecktem‹ Fett in Zubereitungen und ›verstecktem‹ Salz in vielen Konserven.

Milch, Milchprodukte

++ Frischmilch, Joghurt, Kefir, magerer Speisequark, fettreduzierter Käse

+ fertige Zubereitungen mit Früchten, Sahne, fetter Käse, H-Milch, Milchmixgetränke

– alle stark gezuckerten Fertigzubereitungen (Pudding, Quarkspeisen), Milchreis

Vorsicht vor hohem Zuckerzusatz in vielen Fertigprodukten.

Brot, Backwaren, Reis, Teigwaren, Kartoffeln, Zucker

++ Vollkornbrot, Getreideflocken, Frischkornprodukte, Kartoffeln, Vollreis, Vollkornnudeln

+ Fertigmüslis, Honig, übrige Brotsorten, behandelter Reis, Kartoffelgerichte mit Fett, Rühr- und Obstkuchen

– fette Backwaren, fritierte Kartoffeln, Süßwaren und Kleingebäck, Zucker

Vorsicht vor extrem hohem Gehalt von Salz bzw. Zucker und Fett in allen Arten von Chips und Kleingebäck.

Gemüse

++ Frisches Gemüse, Kräuter, Salate, tiefgefrorenes Gemüse

+ Gemüsekonserven

– eingedickte und fettreiche Gemüsezubereitungen (z. B. in Kantinen, Fertigprodukten)

Vorsicht vor Salzgehalt in Gemüsekonserven.

Obst, Nüsse

++ frisches Obst, naturbelassenes tiefgefrorenes Obst

+ Nüsse, Obstkonserven, Obstzubereitungen

– stark gezuckerte Obstzubereitungen

Vorsicht vor extrem hohem Gehalt an Salz und Fett in gesalzenen Nüssen.

Fette

++ pflanzliche Öle und Fette mit großem Anteil an ungesättigten Fettsäuren

+ Butter

– sonstige tierische Fette, gehärtete Pflanzenfette

Vorsicht vor ›versteckten‹ Fetten in Wurstwaren, Käse, Kleingebäck, Knabbereien.

Getränke

++ Mineralwasser oder normales Trinkwasser, Tee, Milchkaffee, Obstsaft mit Mineralwasser, Gemüsesäfte

+ Milchmixgetränke, Kaffee, alkoholfreies Bier, zuckerarme Limonaden

– alle alkoholhaltigen Getränke, Limonaden (Cola), stark gesüßte Fruchtgetränke (Nektar)

Vorsicht vor ›versteckten‹ Kalorien in alkoholischen Getränken, gesüßten Fruchtsäften und Limonaden.

Aufgabe

Überprüfen Sie bitte gewissenhaft Ihre gestrige Nahrungsaufnahme.
Wissen sie noch, was Sie gestern den ganzen Tag über gegessen haben?
Notieren Sie alles nach Zeit, Art und Menge, auch die kleinen Naschereien nebenher (z. B. beim Fernsehen?). Schreiben Sie Ihre Erhebung auf ein Blatt Papier und vergleichen Sie Ihr Ergebnis mit dem »Ernährungskreis« der DGE. Vergessen Sie dabei auch die Getränke nicht.

Energieliefernde Nährstoffe

Die aufgenommene Nahrung enthält Nährstoffe, die im Verdauungstrakt in verwertbare und unverwertbare Bestandteile aufgespalten werden. Die unverwertbaren Bestandteile werden als Kot (Stuhl) und Urin ausgeschieden.

Die verwertbaren Bestandteile unterteilt man in:

– *Energieliefernde Nährstoffe* (Kohlenhydrate, Fette, Eiweißstoffe), die der Organismus zur Deckung des Energiebedarfs (Brennstoffe) benötigt, d. h. zur Aufrechterhaltung des Stoffwechsels (z. B. Herztätigkeit), Aufrechterhaltung der Körpertemperatur und zur Arbeitsleistung.

  Kohlenhydrate sind enthalten in: Kartoffeln, Brot, Teigwaren, Reis, Hülsenfrüchten, Mehl, Zucker, Honig, Trockenobst, Schokolade.

  Je nach Arbeitsleistung benötigt der Körper 250–400 g/Tag. 1 g = 17 kJ.

  Fette sind enthalten in: Pflanzenölen, Margarine; in tierischer Nahrung wie Butter, Sahne, Schmalz, Speck. Der Körper benötigt 40–70 g/Tag. 1 g = 39 kJ.

  Eiweißstoffe sind Baustoffe des Körpers und dienen zu seiner Erhaltung. Sie sind enthalten in pflanzlichen Produkten wie Getreide, Hülsenfrüchten, Pilzen, Kartoffeln; in tierischen Nahrungsmitteln wie Fisch, Ei, Fleisch, Milch, Käse, Quark, Yoghurt.

  Die Mindestzufuhr beträgt 20 g/Tag, bei einem Körpergewicht von 70 kg 70 g. 1 g = 17 kJ.
  »10 Gramm Eiweiß sind enthalten in: 42 g getrockneten Hülsenfrüchten, 50 g magerem Fleisch oder Fisch, 1½ Hühnereiern mittlerer Größe, 143 g Brot, 300 g Vollmilch, 500 g Kartoffeln.«

– *Nichtenergieliefernde Nährstoffe* (Wasser, Mineralstoffe, Vitamine).

  Wasser ist ein wichtiger Bau- und Nährstoff (siehe Seite 107).

  Vitamine sind Wirk-, Schutz- und Reglerstoffe. Ihr Fehlen in der Nahrung kann schwere Krankheiten hervorrufen. Sie werden mit den Buchstaben des Alphabets bezeichnet. Die wichtigsten sind die von A–E. Sie befinden sich in Obst und Gemüse, wenn sie roh gegessen werden.

  Mineralsalze und Spurenelemente dienen vornehmlich als Wirkstoffe zur Regelung von Körpervorgängen, z. B. Kalium; Kalzium (wichtig für Knochen

Beispiel

Nährstoffe	Kilo-Joule	Kilo-Kalorie	Bedarf pro Tag
Kohlenhydrate	1 g = 17 kJ	= 4,1 Kcal	250–400 g
Fett	1 g = 39 kJ	= 9,3 Kcal	40– 70 g
Eiweiß	1 g = 17 kJ	= 4,1 Kcal	70 g bei 70 kg Körpergewicht

und Zähne); Eisen (wichtig für Blutbildung); Phosphor, Jod, Fluor und viele andere mehr. Ihr Bedarf wird durch eine ausreichende Aufnahme pflanzlicher Nahrung gedeckt.

Ballaststoffe sind die »unverdaulichen Bestandteile der Nahrung«. Sie sind vornehmlich in pflanzlichen Lebensmitteln enthalten (Cellulose, Pektine). »Ihre Aufgabe ist es, die Darmbewegung anzuregen. Eine ballaststoffarme Nahrung führt zur Verstopfung«.

Farb- und Geschmacksstoffe sind ebenfalls Begleitstoffe in der Nahrung. Aufgrund ihrer Farben, z. B. blattgrün, und ihres Geschmacks, z. B. Bitterstoffe, wirken sie appetitanregend.

Gewürze wie Pfeffer, Paprika, Curry regen die Verdauung und den Appetit an und können das Kochsalz ersetzen. Salz ist kein Gewürz.

Beachte

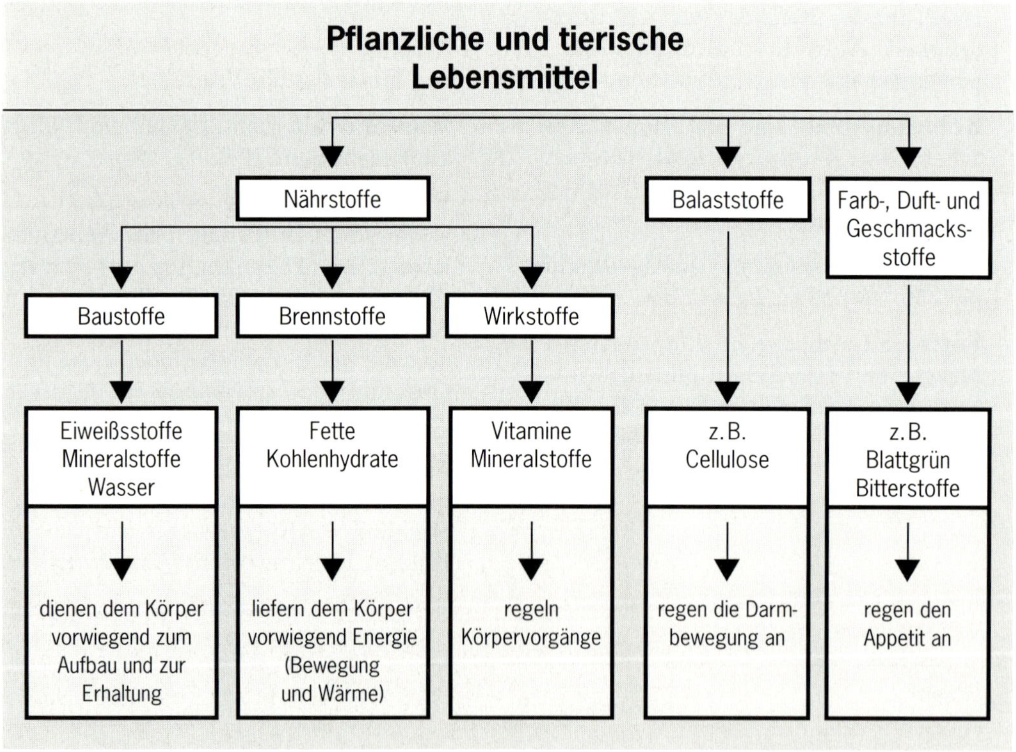

Das deutsche Lebensmittelrecht beschreibt als *Lebensmittel* »alle Stoffe, die dazu bestimmt sind, in unverändertem oder zubereitetem Zustand von Menschen gegessen, gekaut und getrunken zu werden«, soweit sie keine Arzneimittel sind (siehe auch Seite 125). Solche Lebensmittel werden zusätzlich unterteilt in *Nahrungsmittel*

und *Genußmittel*. Nahrungsmittel können pflanzlicher oder tierischer Natur sein und können roh oder verarbeitet gegessen werden. Genußmittel dienen nicht der menschlichen Ernährung. Sie üben eine anregende Wirkung aus, sie haben keinen oder fast keinen Nährwert. Auch Alkohol wird zu den Genußmitteln gerechnet, er hat jedoch einen sehr hohen Energiegehalt.

Innerhalb der Diskussion unter den Ernährungswissenschaftlern haben sich verschiedene Richtungen und Schwerpunkte herausgebildet. Besondere Beachtung verdient hierbei sicherlich die Unterscheidung zwischen »Lebensmittel« und »Nahrungsmittel«, die Prof. Kollath vorgenommen hat. Danach sind »Lebensmittel« noch »lebendig« und als solche für die Gesunderhaltung unentbehrlich. »Nahrungsmittel« sind hingegen mehr oder weniger »tot«. Nach dieser Auffassung ist der Inhalt von Konserven kein Lebensmittel, sondern lediglich ein Nahrungs- bzw. Genußmittel. Diese reichen für die Gesunderhaltung des Menschen nicht aus.

Der Energiebedarf des Menschen

Im Laufe von 24 Stunden wird vom menschlichen Körper eine bestimmte Energiemenge als Gesamtenergie verbraucht. Man bezeichnet sie als Gesamtumsatz.

»Zur Ermittlung des täglichen Gesamtenergiebedarfs eines Menschen unterscheidet man zwei Größen: den Grundumsatz und den Leistungsumsatz«.

Der Grundumsatz
(Ruhe-Nüchtern-Umsatz)
»Als Grundumsatz bezeichnet man die Energiemenge, die ein Mensch
+ bei völliger Ruhe, im Liegen,
+ 12 Stunden nach der letzten Nahrungsaufnahme,
+ leicht bekleidet in einem Raum mit einer Temperatur von 20 °C durchschnittlich benötigt«.

Er wird »bestimmt durch Alter, Geschlecht, Körpergröße, -gewicht und wird außerdem beeinflußt durch Streß, Krankheiten, Medikamente, Klima usw.«

Grundumsatz –
benötigte Energie für einzelne Organe

Gehirn	25%
Magen-Darm-Trakt, Leber, Niere	35%
Skelettmuskeln	20%
Herz	6%
Rest	14%

Der Grundumsatz ist die Energiemenge, die bei den genannten Bedingungen zur Aufrechterhaltung

- von Grundstoffwechsel
- Herztätigkeit, Atmung usw.
- der Körpertemperatur
  benötigt wird.

Der Grundumsatz stellt bei leichter bzw. mittelschwerer körperlicher Belastung den größten Teil des Energieverbrauchs dar.

Der Leistungsumsatz
Bei jeder weiteren Leistung verbraucht der Mensch zusätzlich Energie. »Diese Energiemenge, die über den Grundumsatz hinaus benötigt wird, bezeichnet man als Leistungsumsatz«. Leistungen liegen im Arbeitsbereich und im Freizeitbereich. So unterscheidet man zwischen *Arbeitsumsatz* (leichte, mittelschwere, schwere und schwerste Arbeit) und *Freizeitumsatz* (Sport, Spiele usw.).

Der Leistungsumsatz wird zunächst durch die Muskeltätigkeit bestimmt. »Mit jeder Muskeltätigkeit ist ein zusätzlicher Energiebedarf verbunden. Aber auch durch konzentrierte geistige Tätigkeit (Gehirntätigkeit) kommt es zu einer Steigerung des Leistungsumsatzes«.

Beachte
Da heute meist nur leichte Arbeit verrichtet wird, ist der Energieverbrauch niedriger als früher.
Die Energiezufuhr muß dem tatsächlichen Energiebedarf angepaßt werden.
Ist die Energiezufuhr höher als der Energiebedarf, so kommt es zu Übergewicht und Folgeerkrankungen.

Der Leistungsumsatz wird – neben der Muskeltätigkeit – noch durch die Wärmeregulation und die Verdauungstätigkeit beeinflußt:

Wärmeregulation
»Bei einer Umgebungstemperatur unter 20 °C muß mehr Energie/Wärme aufgewandt werden, um die Körpertemperatur auf ca. 37 °C konstant zu halten.

Eine höhere Umgebungstemperatur bedingt eine verstärkte Schweißbildung und durch die entstehende Verdunstungskälte wiederum eine Senkung der Körpertemperatur. Durch die Verdunstung von 1 l Schweiß werden dem Körper etwa 2400 kJ entzogen«.

Verdauungstätigkeit
»Der Nährstoffgehalt der Lebensmittel kann durchschnittlich nur zu 94% ausgenutzt werden. Durch diese unvollständige Nahrungsverwertung kommt es, bezogen auf die Gesamtenergiezufuhr, zu Energieverlusten von 6%«. Beim Umbau der Nährstoffe in den Zellen, z. B. Eiweiß in Kohlenhydrate, »kommt es zu weiteren Energieverlusten von nochmals 6%«, also insgesamt 12% durch Verdauung und Stoffwechsel.

Beachte
Der Gesamtenergiebedarf des Menschen ist im wesentlichen durch den Grundumsatz bestimmt.

Eine Übersicht über den Gesamtenergiebedarf des Menschen zeigt:

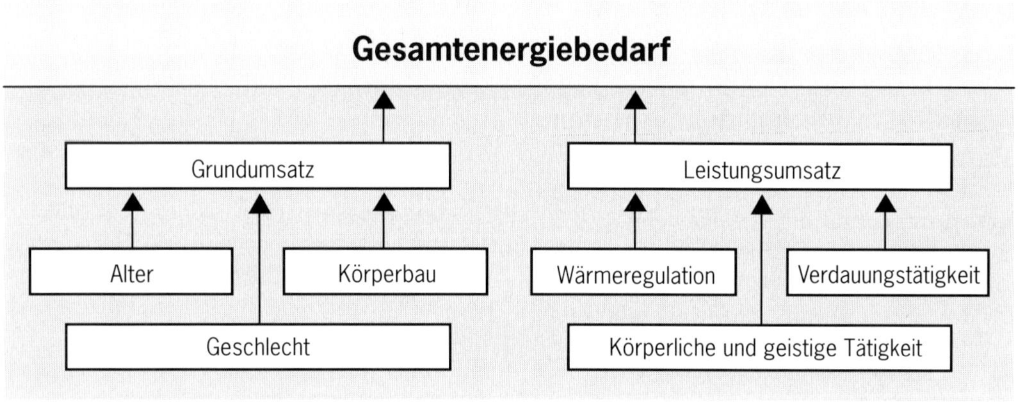

Die Messung des Energiegehalts

Seit einiger Zeit wird der Energiegehalt der Grundnährstoffe in Kilo-Joule (kJ) gemessen, während vor einigen Jahrzehnten noch die Energieeinheit Kilo-Kalorie (kcal) üblich war. Sie wird teilweise heute noch verwendet.

- »Ein Kilojoule ist die Energiemenge, die benötigt wird, um 1 Kilogramm (kg) mit der Kraft von 1 Newton (N) um 1 Meter (m) zu bewegen.«
- »Eine Kilokalorie (kcal) ist die Wärmemenge, welche nötig ist, um die Temperatur von 1 kg chemisch reinen Wassers um 1 °C von 14 auf 15 °C zu erhöhen.«
  Umrechnungen: 1 kcal = 4, 186 kJ; 1 kJ = 0,24 kcal.

Die tägliche Grundnährstoffzufuhr wird aufgrund des Gesamtenergiebedarfs berechnet. Folgende prozentuale Grundnährstoffzufuhr wird allgemein empfohlen:

Gesamtenergiezufuhr	100%
davon Eiweiß	10 bis 15%
Fett	30%
Kohlenhydrate	10 bis 15%

Die Kost für den alternden und kranken Menschen

Der Nährstoffbedarf des alternden Menschen

Neben einer gesunden Lebensweise und ausreichender Bewegung kann sich eine ausgewogene, dem Lebensalter angepaßte Ernährung als prophylaktische Maßnahme gegen vorzeitiges Altern und Zivilisationskrankheiten auswirken. Auf eine angepaßte Ernährung sollte aber nicht erst jenseits des 60. Lebensjahres geachtet werden; vielmehr müßte bereits vom 30. Lebensjahr an eine erste Ernährungsumstellung und vom 50. Lebensjahr eine zweite Umstellung erfolgen. Denn der Energiebedarf sinkt zwischen dem 33. und 55.Lebensjahr um etwa 10%, dem 55. und 75. Lbj. um ca. 15% und jenseits des 75. Lebensjahres nochmals um 10%.

Zwischen dem 33. und nach dem 75. Lebensjahr sinkt der Gesamtenergiebedarf des Menschen um insgesamt 35%. Nur der Fett- und Kohlenhydratbedarf ist gesenkt. Der Eiweiß-, Vitamin- und Mineralstoffbedarf sowie der Flüssigkeitsbedarf sind unverändert.

Aus diesem Grunde soll

- eine vollwertige Ernährung gewählt werden, die bei einer Verringerung des Energiegehaltes (Fett- und Kohlenhydratanteile) eine unverminderte Zufuhr an Eiweiß, Vitaminen und Mineralstoffen (auch Ballaststoffen) sicherstellt.
- auf eine ausreichende Flüssigkeitszufuhr geachtet werden; denn alte Menschen (oft auch Kranke) neigen häufig dazu, von sich aus zu wenig Flüssigkeit zu sich zu nehmen. Oft brauchen alte und kranke Menschen zum regelmäßigen und ausreichenden Trinken Ermunterung. Eine zu geringe Trinkmenge kann bei alten Menschen zur Beeinträchtigung von Körperfunktionen (z. B. Nierenfunktion) bis zu schweren Verwirrtheitszuständen führen. Bei der Auswahl der Getränke ist der alte und kranke Mensch möglichst einzubeziehen.

Die Kost für den kranken Menschen

Beim kranken Menschen ist – entgegen der vielfach gehörten Meinung – nicht der Leistungsumsatz, sondern der Grundumsatz erhöht.

Der tägliche Grundumsatz eines bettlägerigen kranken Menschen beträgt:

- an Kohlenhydraten 400 g
- an Fetten 55 g
- an Eiweißen je Kilogramm Körpergewicht 1–2 g, davon etwa die Hälfte tierische Eiweiße.

Aus den vorangegangenen Ausführungen ergeben sich einige wichtige Aussagen zur Krankenkost:

Diese soll

- möglichst nach den Erfordernissen einer vollwertigen Kost zusammengestellt sein, so daß Eiweiß und Vitamine beim Kochen oder Braten tunlichst nicht verändert oder zerstört werden;
- leicht verdaulich und bekömmlich, aber ballaststoffreich sein. Bei der Wahl der Speisen sollen Wissen und Phantasie erkennbar werden. »Bekömmlich« heißt nicht, auf Ballaststoffe zu verzichten;
- so gestaltet sein, daß sie die Vorlieben des Kranken nach Möglichkeit berücksichtigt;

- dem Krankheitsbild oder der Behinderung angepaßt sein. Doch sollte keine falsche »Rücksicht« genommen werden, z. B. bei Gebißträgern, denen man, um das Kauen zu erleichtern, nur zerkochtes und dann noch passiertes Essen serviert;
- frisch gepreßte Obst- und Gemüsesäfte enthalten;
- mengenmäßig angepaßt sein, wobei sich die richtige Menge nicht unbedingt an der Kalorientabelle orientieren muß. Den Kranken 1× wöchentlich auf die Waage stellen und seinen Zustand beobachten, kann mindestens die gleichen Dienste tun. So ist z. B. bei einem Apoplektiker (Kranker nach Schlaganfall) leicht zu erkennen, ob er sein Gewicht halten kann oder zunimmt.

Schonkost

Für viele Kranke ist eine leicht verdauliche Kost besser geeignet, da einige Nahrungsmittel Beschwerden hervorrufen, z. B. Blähungen, Druck- oder Völlegefühl. Nachstehend genannte Speisen sind schwer verdaulich und deshalb zu vermeiden.

Fleisch:	Schweine- und Hammelfleisch, fettes Rindfleisch,
Fisch:	geräucherte und marinierte Fische,
Eier:	hartgekochte Eier,
Fette:	Schmalz, Talg, Öl,
Obst:	rohes Steinobst, Weintrauben,
Gemüse:	Kraut, Kohl, Hülsenfrüchte, Pilze, Rettich,
Getränke:	hochprozentiger Alkohol.

Diese Kostform will gezielt bestimmte Organe und ihre Funktion schonen. Es empfiehlt sich, panierte und gebratene Speisen zu meiden und auf scharfe Gewürze zu verzichten, Alkohol und Bohnenkaffee nach Rücksprache mit dem Arzt zu sich zu nehmen.

Diät

Die Einhaltung einer bestimmten Diät stellt immer eine einschneidende Maßnahme dar. Sie wird in der Regel vom Arzt verordnet. Er kennt das Zusammenspiel von chemischen Vorgängen und Organgeschehen. Die Zusammenstellung der Diät (Aufstellung eines Diätplans) sollte von einer ernährungswissenschaftlich geschulten Fachkraft (z. B. Diätassistentin) vorgenommen oder unterstützt werden. Die Zubereitung kann nach einem solchen Plan auch von anderen Personen richtig vorgenommen werden.

Voraussetzung für den Erfolg einer Diät ist eine gezielte Zusammenstellung sowie eine konsequent eingehaltene und über eine vorgeschriebene Zeit dauernde Anwendung.

Unter einer Diät muß nicht zwangsläufig eine einseitige Ernährung verstanden werden. Auch will sie nicht einschränken oder gar Entsagung fordern; sie will vielmehr eine besondere und bekömmliche Kost ermöglichen, die gesundheitsfördernd wirkt und somit die Freude am Essen erhält.

Die Darreichung der Nahrung

Bei der Ernährung von kranken Menschen ist es bedeutsam, daß die Mahlzeiten in einer gefälligen Anordnung und mit einer persönlichen Note angeboten werden.

Haben Sie sich schon einmal über ein wenig appetitlich zubereitetes und lieblos hingestelltes Essen geärgert? Oder waren Sie schon einmal erfreut über eine Mahlzeit, die so angerichtet war, daß Ihnen schon beim bloßen Anblick »das Wasser im Munde zusammengelaufen« ist?

Dies zeigt, daß nicht nur Mund, Zähne, Zunge am Essen beteiligt sind, sondern auch die »Augen mitessen«.

Neben der Auswahl und Abstimmung der Speisen auf ihre Bekömmlichkeit hin spielt auch deren Anordnung, farbliche Zusammenstellung und Darbietung für das »Essen mit den Augen« eine wesentliche Rolle. Dazu gehören auch ein liebevoll gedeckter Tisch, eventuell Blumenschmuck und hübsch gefaltete Servietten etc.

Beachte

Denken Sie daran, daß
- Kranke mit »den Augen essen«,
- Abwechslung erwartet wird,
- der Appetitlosigkeit entgegengewirkt werden soll,
- Tageszeit und Häufigkeit eine Rolle spielen können.

Achten Sie deshalb auf
- eine entsprechende Anordnung,
- vielfältige Auswahl,
- Zuspruch und Ermunterung,
- mehrere Mahlzeiten in kleineren Portionen.

Eß- und Trinkhilfen

Es gibt eine Fülle von Eß- und Trinkhilfen, von denen nur eine kleine Anzahl hier gezeigt werden kann.

Einfacher Trinkbecher

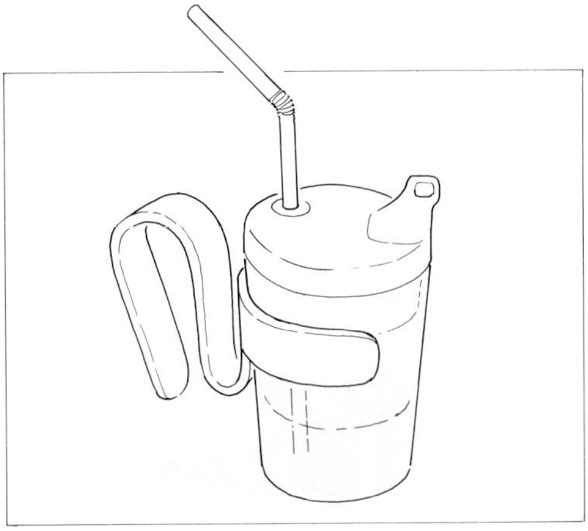

Trinkbecher mit Haltegriff

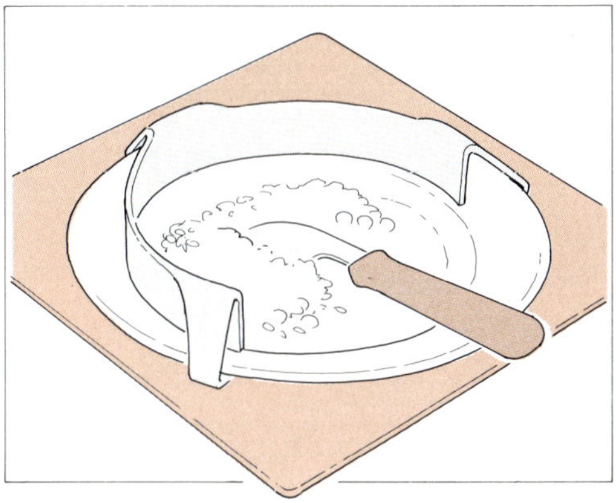

Tellereinsatz

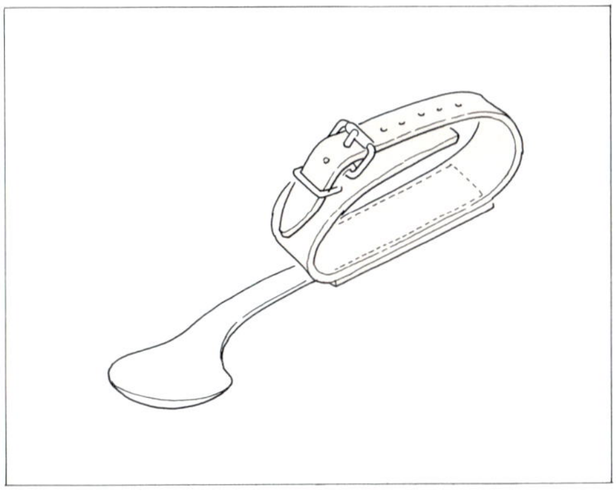

Löffel

Bett-Tisch

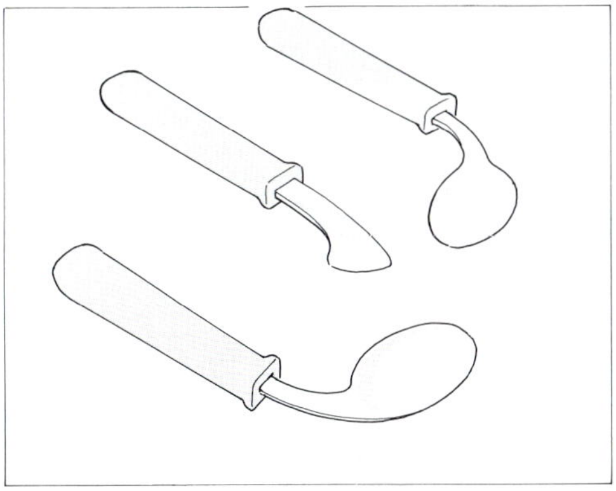

Besteck

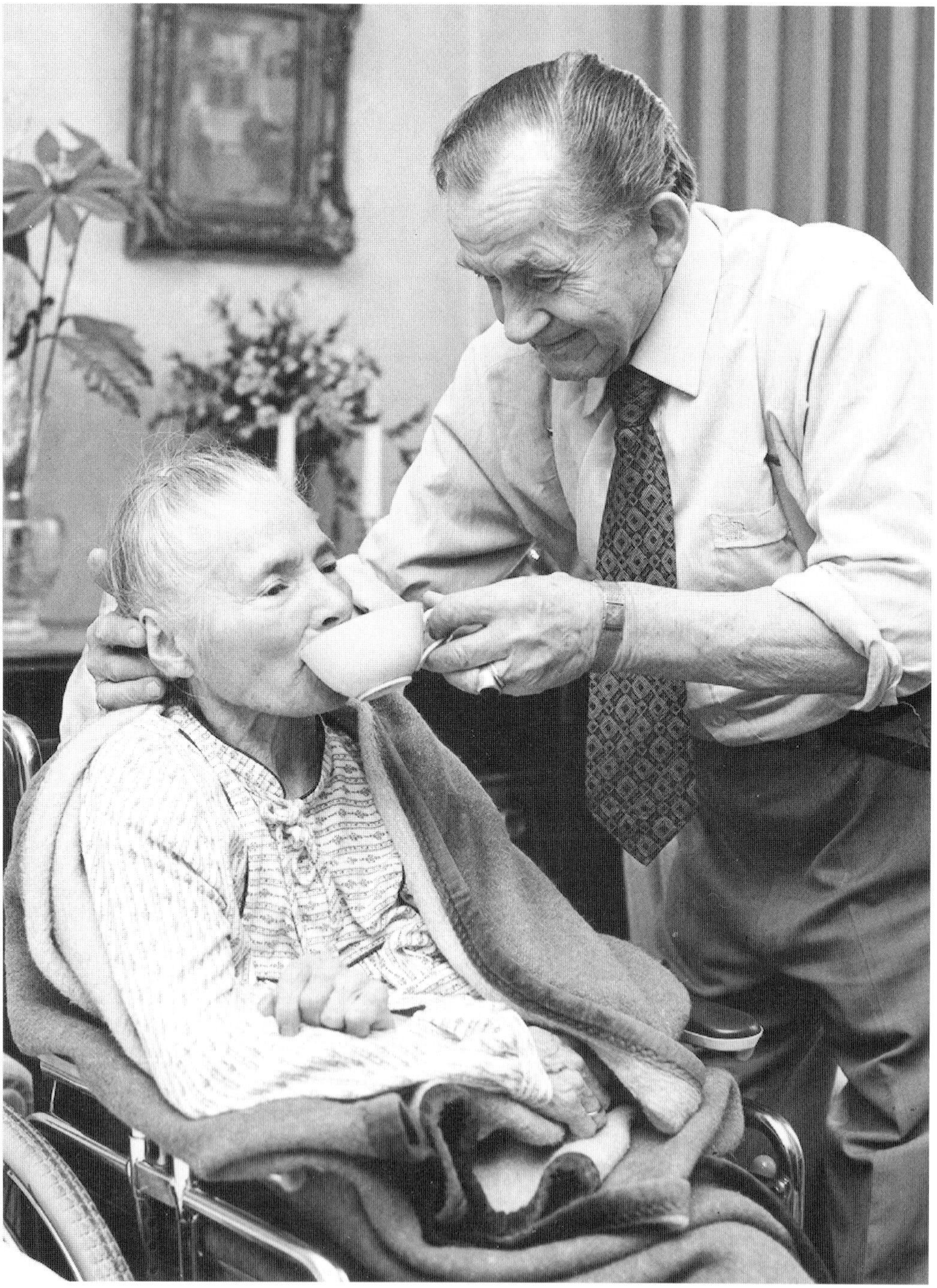

Essen und Trinken

Vor dem Essen sind folgende Maßnahmen zu beachten:

Vorüberlegung: Prüfen Sie, ob der Kranke im Bett essen muß oder für eine halbe Stunde an den Tisch kommen kann.

- Vorbereitung der Pflegeperson:
  saubere Kleidung (frische Schürze),
  Hände waschen,
  genügend Zeit nehmen.
- Vorbereitung im Zimmer:
  Kranken aufsetzen und Hände waschen lassen,
  Bettisch bereitstellen,
  Serviette reichen,
  Getränke bereitstellen,
  Medikamente zurechtlegen.
- Vorbereitung des Essens auf dem Tablett:
  richtiges Geschirr wählen (Eßhilfen),
  vollständiges Besteck auflegen,
  keine gehäuft vollen Teller servieren.

Während des Essens und unmittelbar danach achten Sie auf folgende Maßnahmen und Einstellungen:
- in der Regel vor den Augen des Kranken die Speisen auf Teller oder Schüssel auflegen,
- wenn nötig, Speisen zerkleinern (Fleisch schneiden, Fisch entgräten).
- »Guten Appetit« wünschen,
- Getränke während des Essens anbieten.
- Lob für Selbständigkeit und Mithilfe aussprechen.

Wenn der Kranke nicht selbst essen kann:
- individuelle Essensgewohnheiten berücksichtigen,
- Zeit nehmen beim Darreichen des Essens,
- den Eindruck des »Abfütterns« nicht aufkommen lassen,
- zum Selbstessen ermuntern.

Nach dem Essen achten Sie auf folgendes:
- sich erkundigen, ob das Essen geschmeckt hat,
- Wünsche für kommende Mahlzeiten erfragen (Zusammenstellung, Zubereitung, Lieblingsspeisen, Essenszeiten),
- nicht zu hastiges Abräumen des Geschirrs,
- Hände und evtl. Gesicht des Kranken waschen,
- Wünsche nach Mund- und Zahnpflege berücksichtigen,
- Kranken bequem lagern,
- Zimmer aufräumen und lüften.

Beachte
Essen und Trinken spielen für einen Kranken oft eine bedeutsame Rolle, denn sie sind möglicherweise eine der wenigen Unterbrechungen seines monotonen Tagesablaufs.

Heilmittel der Natur

Pflanzliche Heilmittel

Die Heilkraft der Natur wurde im Altertum bereits erkannt und für die Behandlung kranker Menschen verwendet. Im frühen Mittelalter sammelte die Äbtissin und Heilkundige Hildegard von Bingen (1098–1179) überlieferte Rezepturen, denen eine heilende Wirkung nachgesagt wurde. Heute wird den Heilmitteln, deren Zubereitung aus Heilpflanzen vorgenommen wird, ein hoher Wert zugemessen. Besonders die Heilkräuter finden wieder verstärkte Anwendung in Form von medizinischen

Teezubereitungen

Pflanze	Wirkung
Pfefferminze	gallebildend, entspannt auch die Muskulatur des Magens, krampflösend, appetitanregend
Kamille	krampflösend, entzündungshemmend, wundheilungsfördernd, entspannend, beruhigend
Baldrianwurzel	beruhigend
Holunderblüten Fliederblüten	schweißtreibend
Lindenblüten	schweißtreibend
Melisse	krampflösend, magen- und darmstärkend, nervenberuhigend
Wermut	gallefördernd, appetitanregend
Salbei	entzündungshemmend, abschwellend

Teezubereitungen. Die Zubereitungen aus Heilpflanzen gehören zu den Heilmitteln, die weniger stark wirken. Das heißt jedoch nicht, daß die Anwendung pflanzlicher Heilmittel unbedenklich ist. Verträglichkeit und Nebenwirkungen müssen sorgfältig beobachtet werden. Das Wissen um die Wirkung bestimmter Heilmittel der Natur ist in der Hauskrankenpflege unverzichtbar. Die nachstehende Übersicht enthält die Beschreibung ausgewählter Heilpflanzen. Ihre gezielte Anwendung als Teezubereitungen ist risikoarm.

Dosierung	Anwendung
1–2 Teelöffel pro Tasse, heiß überbrühen, 10 Minuten ziehenlassen	bei Übelkeit und Brechreiz, Magenverstimmungen, mit Melisse ein guter Mischtee; besonders wirksam ist Tee von frischen oder getrockneten Blättern
2 Teelöffel getrocknete Blüten auf 1 Tasse siedendes Wasser	bei Magen- und Darmbeschwerden, Blähungen, Durchfälle, Entzündung im Mund-, Nasen- u. Rachenraum; auch zum Gurgeln bei Halsentzündungen. Verwendung bei Dampfbädern und Inhalationen, Packungen
Kaltauszug: 2 Teelöffel zerkleinerte Wurzeln in ¼ l Wasser 12 Std. ziehen lassen oder 10 g Wurzeln auf ¼ l siedendes Wasser	bei Nervosität, Erschöpfungszuständen, Schlafstörungen. Der Tee ist manchmal der Tinktur überlegen, auch wenn sie schneller zur Hand ist.
1 Eßlöffel auf ¼ l Wasser, abkochen, 1–2 Tassen zum Schwitzen	bei Fieber, Grippe, Erkältungskrankheiten
1 Teelöffel auf ¼ l siedendes Wasser, 10 Minuten ziehen lassen	bei Fieber; nicht mehr als 3 Tassen täglich
1 gehäufter Teelöffel auf ¼ l siedendes Wasser	bei nervösen Magenbeschwerden, Herz, Unpäßlichkeit, Erkältungskrankheiten; zweckmäßig als Mischtee mit Pfefferminztee, besonders wirksam von frischen oder eingefrorenen Blättern
2 Teelöffel auf ¼ l siedendes Wasser	bei Mundgeruch; auch zur Schnupfenvorbeugung; sehr gut als erste Hilfe bei Gallenbeschwerden
1 Teelöffel auf ¼ l siedendes Wasser, ½ Std. ziehen lassen	bei Magen-Darm-Katarrh, Halsschmerzen; bei Halsentzündungen nur zum Gurgeln, ebenso bei Beschwerden in der Mundhöhle

Kälte, Wärme und Wasser als Heilbehandlungen

Den Zustand des Körpers durch gezielte Temperaturanwendungen zu verändern, ist eine häufig genutzte Behandlungsform. Unterschiedliche Arten von Kälte-, Wärme- und Wasseranwendungen zählen zu den physikalischen Maßnahmen: Bäder, Güsse, Umschläge, Wickel, Packungen, Inhalationen u. a. Kälte oder Wärme kann die Wirkung dieser Anwendungen verstärken.

Wärme bewirkt die Erweiterung von Gefäßen, erhöht dadurch die Blutzufuhr im Gewebe und es wird eine bessere Versorgung mit Nährstoffen und Sauerstoff erreicht. Da gleichzeitig auch Schlackenstoffe schneller abtransportiert werden, wird das Gewebe entgiftet, entspannt sich und vorhandene Schmerzen lassen nach. Bei entzündlichen Prozessen mit den Merkmalen der Rötung, Schwellung, Überwärmung kann die Wärmeanwendung jedoch das Gegenteil erreichen und die Beschwerden verstärken.

Kälte entzieht dem Körper Wärme, bewirkt eine Verengung der Gefäße und verringert die Durchblutung des Gewebes. Bei Prellungen, Zerrungen oder Gelenkverletzungen wirken Kälteanwendungen schmerzlindernd und entzündungshemmend.

Hautrötungen bei einem entstehenden Druckgeschwür sind jedoch nicht mit Kälte zu behandeln. Die schlechte Blutversorgung des Gewebes würde dadurch verstärkt und eine zusätzliche Schädigung herbeigeführt.

Bäder, Wickel, Umschläge, Packungen können einerseits die Wärme- oder Kälteträger sein. Andererseits eignen sie sich aber auch für die äußerliche Anwendung von Heilmitteln, z. B. Badezusätze aus Heilkräutern, Meersalz oder Schwefel, Wickel und Umschläge mit warmen oder kalten Teezubereitungen oder medizinischen Lösungen, Packungen mit Heublumen, Kamillenblüten, Heilerde.

In der Behandlung vieler körperlicher Beschwerden und Krankheiten wird den physikalischen Maßnahmen eine heilungsfördernde Wirkung zugeschrieben. Außerdem sind sie Anwendungen, die in der Hauskrankenpflege wegen ihrer unkomplizierten Handhabung gut eingesetzt werden können. Bei akutem Krankheitsgeschehen sollte die Anwendung physikalischer Maßnahmen nur nach Rücksprache mit dem Arzt vorgenommen werden. Diese empfiehlt sich auch vor Anwendungen bei Langzeitkranken und alten Menschen und Kindern.

Umgang mit Medikamenten

Bei der Pflege und Betreuung kranker Menschen ist auch die Beachtung ärztlicher Anordnungen und die Verabreichung von Medikamenten wichtig. Nur richtig angewendete Arzneimittel helfen. Wer mit Medikamenten nicht bestimmungsgemäß umgeht, kann sich oder anderen schaden. Darum gehört zu den notwendigen Kenntnissen auch das Wissen um verschiedene Arzneimittelformen, ihre Anwendung und Aufbewahrung.

Das aus dem Griechischen stammende Wort »Pharmakon« bedeutet Heilmittel, aber gleichzeitig auch Gift. Schon im Altertum war bekannt, daß es in der Natur Stoffe gibt, die Kranken helfen können, jedoch bei falscher Anwendung den Menschen schaden. Das gilt auch heute noch für unsere modernen Pharmaka oder Arzneimittel. Jede Substanz kann bei falscher Verwendung zum Gift werden.

Die pharmazeutische Industrie produziert eine Vielzahl von Medikamenten, die in unterschiedlichen Formen für die innerliche und äußerliche Anwendung angeboten werden.

Arzneimittelformen und ihre Anwendung

Formen	Anwendung
	innerlich:
Ampullen	Sie enthalten flüssige Wirkstoffe, die in die Vene, unter die Haut oder in die Muskeln gespritzt werden. Es gibt auch Arzneimittel in Ampullen, die unverdünnt einzunehmen sind. Diese sind deutlich als Trink-Ampullen gekennzeichnet.
Dragees	Dragees sind Pillen mit einem lackartigen Überzug. Sie werden meistens mit etwas Flüssigkeit geschluckt.
Kapseln	Sie haben eine geschmacksneutrale Hülle aus Stärke oder Gelatine, die dafür sorgt, daß die Wirkstoffe dieses Arzneimittels erst im Magen oder Darm frei werden.
Pulver	Sie werden in Flüssigkeit aufgelöst eingenommen.
Säfte	Säfte sind unverdünnt einzunehmen.
Tabletten	Sie werden mit Flüssigkeit eingenommen, gelutscht, in Wasser aufgelöst oder zerkaut geschluckt.
Tropfen	Tropfen nimmt man ohne Zusatz oder mit Flüssigkeit verdünnt ein.
Zäpfchen	Sie werden ohne Hülle in den Darm eingeführt. Vaginalzäpfchen werden zur örtlichen Behandlung bestimmter Krankheiten in die Scheide eingeführt.
	äußerlich:
Salben und Cremes	Sie werden auf die Haut aufgetragen oder eingerieben.
Gele	Gele sind geleeartige Zubereitungen, die dünn auf die Haut aufgetragen werden und einziehen müssen. Sie ziehen schnell in die Haut ein, ohne fettende Rückstände zu hinterlassen.
Pasten	Sie sind meist dick auf die Haut aufzutragen.
Puder	Puder wird auf die Haut gestäubt und eingerieben; bei Wundbehandlungen nur aufgestäubt.

Beachten der Gebrauchsanweisung

Die Möglichkeit der falschen Anwendung von Medikamenten kann von der gelegentlichen Unachtsamkeit bis zum Mißbrauch reichen. Die Gebrauchsanweisung, die der Hersteller oder Apotheker dem Medikament beigibt, wird leider nicht immer gewissenhaft vom Patienten bzw. von der Pflegeperson gelesen und befolgt.

Beispiele

Auf einer Gebrauchsanweisung steht: Das Dragee ist unzerkaut einzunehmen. Die Absicht ist, die Substanz nicht schon im Magen, sondern erst im Dünndarm wirksam werden zu lassen. Aber der Patient zerkleinert das Dragee, um es besser einnehmen zu können. Das Ergebnis könnte sein, daß die Arznei bereits durch die Magensäfte unwirksam gemacht wird, ehe sie im Dünndarm ihre Wirkung haben kann.

Ein Arzt gibt in einem Rezept eine genaue Dosierung vor: 3×2 Kapseln sind 10 Tage lang einzunehmen. Der Patient nimmt zunächst gewissenhaft die vorgeschriebene Dosis ein. Nach einigen Tagen bessert sich sein Zustand entscheidend. Er glaubt, die Krankheit sei bereits überwunden und setzt das Medikament ab. Tatsächlich sind die meisten Krankheitserreger durch das Medikament vernichtet worden. Einige können aber noch überdauert haben. Hätte der Kranke das Medikament weiter genommen, so wären sie alle vernichtet worden. So aber sind einige Krankheitskeime noch am Leben und können gegen dieses Medikament unempfindlich (d. h. resistent) sein. Vermehren sich die resistenten Krankheitserreger, so kann dies zu erneuten Erkrankungen führen, die nicht mehr mit demselben Medikament geheilt werden können.

Um folgenschwere Wirkungen zu vermeiden, sind die Anordnungen des Arztes gewissenhaft einzuhalten.

Die Dosierung, die der Arzt bestimmt hat, hat Vorrang vor den Angaben der Gebrauchsinformation. Auch wenn die Anweisungen des Arztes klar und eindeutig sind, empfiehlt es sich dennoch, die Gebrauchsinformation auf dem Beipackzettel genau zu lesen, bevor man das Medikament anwendet. In der Gebrauchsinformation findet man genaue Angaben über Zusammensetzung, Wirkung, Anwendungsbereich, Dosierung und wichtige Hinweise auf Gegenanzeigen; deshalb sind die Medikamente immer mit dem Beipackzettel in der Originalverpackung aufzubewahren.

Sehr oft werden Informationen über die Wirkungsweise der Medikamente in medizinischer Fachsprache formuliert und erschweren dem medizinischen Laien das Lesen und Verstehen der Gebrauchsinformation.

Eine Auswahl häufig vorkommender Fachbegriffe ist im folgenden aufgeführt und erklärt:

Beipackzettel-Lexikon

Abszeß
Eiteransammlung

Adenitis
Drüsenentzündung, Kurzbezeichnung für Lymphknotenentzündung

Adenom
gutartige Geschwulst der Drüsen

Agglutination
Zusammenballung von Zellen, z. B. im Blut

Albuminurie
Eiweiß im Urin

Anaemie
Blutarmut

Anurie
fehlende Harnausscheidung

Anus praeter
künstlicher Darmausgang

Apoplexie
Schlaganfall

Arteriosklerose
Verengung der Arterien durch Ablagerungen

Arthritis
Gelenkentzündung

Arthrose
Gelenkdeformation

Basedow'sche Krankheit
Überfunktion der Schilddrüse

Bilirubinurie
Gallenfarbstoff im Urin

Bradykardie
langsame Herztätigkeit

Colitis
Entzündung des Dickdarms

Commotio (cerebri)
Gehirnerschütterung

Conjunktivitis
Bindehautentzündung des Auges

Dermatitis
entzündliche Hauterkrankung

Diabetes mellitus
Zuckerkrankheit

Diarrhoe
Durchfall

Diurese
Harnausscheidung

Endokarditis
Entzündung der Herzinnenhaut

Enzephalitis
Entzündung des Gehirns

Exanthem
breitflächige, entzündliche Hauterscheinungen

Fluor
Ausfluß aus der Scheide

Fraktur
Knochenbruch

Gangrän
absterbendes Gewebe

Gastritis
Magenschleimhautentzündung

Glaukom
Grüner Star; Steigerung des Augeninnendrucks

Haematom
Bluterguß

Haematurie
Blut im Urin

Hepatitis
Leberentzündung

Hernie
Bruch

Herpes zoster
Gürtelrose

Herzinsuffizienz
unzureichende Funktion des Herzens

Hypertonie
hoher Blutdruck

Hypoglykämie
Verminderung des normalen Blutzuckers

Hypotonie
niedriger Blutdruck

Indikation
Umstand, aus dem die Anwendung bestimmter Medikamente oder Behandlungsmethoden angezeigt erscheint

Ikterus
Gelbsucht

Infarkt
durch Verschluß einer Arterie abgestorbener Gewebebezirk

Insuffizienz
ungenügende Leistung

intramuskulär
innerhalb des Muskels

intravenös
innerhalb der Vene

Kachexie
schlechter körperlicher Zustand, Kräfteverfall

Karzinom
Krebs

Katarakt
Grauer Star; Trübung der Augenlinse

Klimakterium
Wechseljahre

Koma
Bewußtlosigkeit

Kontraindikation
Umstand, der die Anwendung einer an sich zweckmäßigen therapeutischen Maßnahme verbietet

Leukämie
bösartige Vermehrung der weißen Blutkörperchen

Lipom
gutartige Fettgeschwulst der Haut

Meningitis
Hirnhautentzündung

Miktion
Harnlassen

Myokarditis
Herzmuskelentzündung

Myom
gutartige Geschwulst des Muskelgewebes

Nekrose
: Absterben von Zellen, örtlicher Gewebstod

Nephritis
: Nierenentzündung

Neuralgie
: Nervenschmerz

Neuritis
: Nervenentzündung

Obstipation
: Verstopfung

Ödem
: krankhafte Ansammlung von Flüssigkeit zwischen den Zellen

Oligurie
: Verminderung der Harnausscheidung

Osteomyelitis
: Knochenmarkentzündung

Osteoporose
: Schwund des festen Knochengewebes

Pankreatitis
: Entzündung der Bauchspeicheldrüse

Perforation
: Durchbruch durch die Haut bzw. in eine Körperhöhle

Phlebitis
: Venenentzündung

Pneumonie
: Lungenentzündung

Polyarthritis
: an mehreren Gelenken auftretende Gelenkentzündung

Pruritus
: Hautjucken, Juckreiz

Pyelitis
: Entzündung des Nierenbeckens

Rhinitis
: Schnupfen

Stomatitis
: Entzündung der Mundschleimhaut

Struma
: Anschwellung der Lymphknoten, Vergrößerung der Schilddrüse, Kropf

Tachykardie
: stark beschleunigte Herztätigkeit

Tumor
: krankhafte Anschwellung eines Organs oder Organteils

Ulcus
: Geschwür

Ulcus cruris
: Unterschenkelgeschwür

Urämie
: Harnvergiftung des Organismus

Urtikaria
: Nesselsucht

vegetativ
: das Nervensystem betreffend, das willentlich nicht beeinflußbar ist

vegetative Dystonie
: nervöse Fehlregulation verschiedener Organe

Zystitis
: Blasenentzündung

Haltbarkeit und Aufbewahrung

Medikamente sind nicht unbegrenzt haltbar. Überalterte Arzneimittel sind wirkungslos oder sogar gesundheitsschädlich. Darum ist es unbedingt notwendig, das zumeist auf der Packung aufgedruckte Verfalldatum zu beachten. Medikamente ohne Verfalldatum können meist über mehrere Jahre lang wirksam bleiben, wenn sie vorschriftsmäßig aufbewahrt werden. Bei diesen Medikamenten ist vor der Anwendung auf äußere Veränderungen zu achten.

Hier einige Merkmale, die zeigen, ob ein Arznei- oder Heilmittel noch brauchbar ist:

- *Dragees* und Tabletten zeigen durch Risse, Sprünge, Flecken oder Zerfall ihre Überalterung an.
- Wenn *Salben* eingetrocknet sind oder sich in ihre Bestandteile zersetzt haben, taugen sie nichts mehr.
- *Tropfen* dürfen nicht trüb werden, andere flüssige Zubereitungen nicht ausgeflockt sein.
- *Pflaster* prüft man auf ihre Klebekraft.
- Sterilisierte Verbandstoffe sind nur steril in ungeöffneter Verpackung.
- *Gummigewebe* nützen nur, solange sie voll elastisch sind.

Beachte

Alle Arzneimittel sind für Kinder unerreichbar aufzubewahren. Am besten eignet sich ein verschließbares Medikamentenfach in der *Hausapotheke*. Medikamente sind kühl, trocken und lichtgeschützt zu lagern.

Die »richtige« Einnahme von Medikamenten kann durch Dosiersysteme für einen Tag oder für eine Woche unterstützt werden.

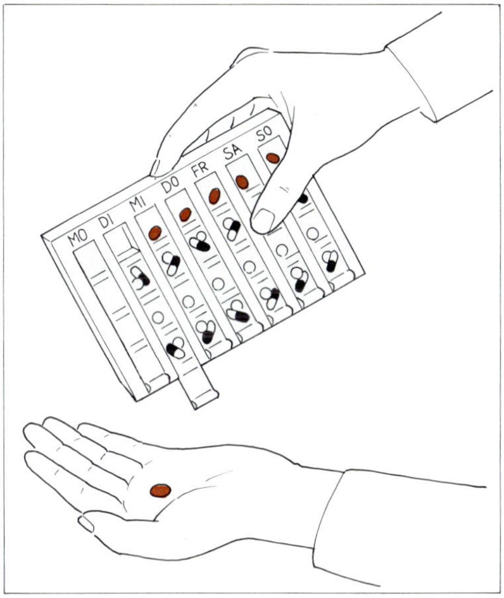

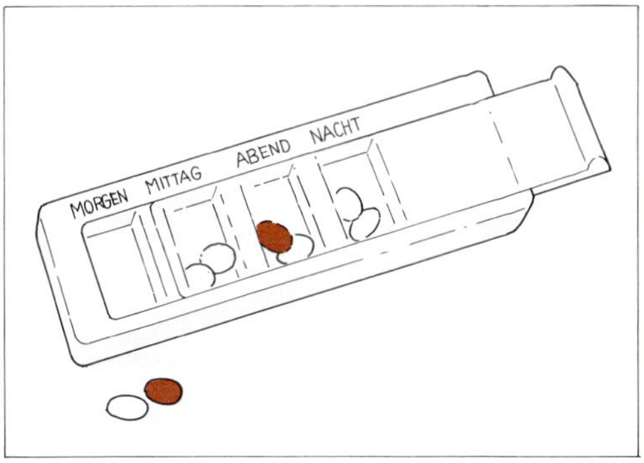

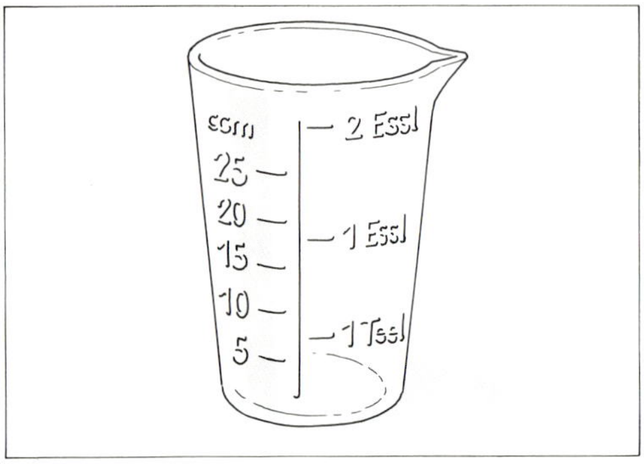

Für manche Arzneimittel gibt es Hinweise zur besonderen Aufbewahrung. Bestimmte Tropfen, Säfte, Insulinpräparate und Salben müssen bei einer Temperatur von 2° bis 10° Celsius aufbewahrt werden.

Aufgabe

In vielen Haushalten werden die unterschiedlichsten Medikamente in einem Schränkchen oder einer Schublade gesammelt. Wie gefährlich diese Vorratshaltung ist, ahnen viele Menschen nicht.

Holen Sie bitte einmal alle Medikamente zusammen und sortieren Sie sie nach folgenden Merkmalen:

ⓐ Medikamente, die Sie oder Ihre Angehörigen zur Zeit auf Anordnung des Arztes einnehmen müssen.

ⓑ Medikamente, die der Arzt Ihnen oder Ihren Familienmitgliedern einmal verschrieben hat, die aber jetzt nicht mehr einzunehmen sind.

ⓒ Medikamente, die Sie rezeptfrei in der Apotheke oder Drogerie gekauft haben.

Ergebnis

ⓐ Diese Medikamente sind für Kinder unzugänglich aufzubewahren.

ⓑ Diese Medikamente werden vom Arzt bei einem bestimmten Anlaß verordnet. Eine Weitergabe an andere Personen oder eine Einnahme bei ähnlichen Situationen ist gefährlich. Daher sollten Sie sich von diesen Medikamenten trennen.

ⓒ Lassen Sie sich von Ihrem Apotheker beraten, welche Präparate zur Selbstmedikation geeignet sind und zur Grundausstattung einer Hausapotheke gehören. Trennen Sie sich von allen anderen Arzneimitteln.

Am sichersten ist es, wenn Sie sich ein- bis zweimal im Jahr Ihre Hausapotheke vornehmen und den Bestand überprüfen. Wenn Sie Zweifel an der Tauglichkeit Ihrer Arzneimittel haben, lassen Sie sich vom Apotheker beraten.

Beachte

Arzneimittel gehören nicht in den Hausmüll. In vielen Städten und Gemeinden sind Sammelstellen für zu vernichtende Medikamente eingerichtet worden. Wo solche ständigen Abgabestellen nicht bereitstehen, gibt es Sammelaktionen zu bestimmten Abgabeterminen. Es ist auch möglich, die zu vernichtenden Medikamente in der Apotheke abzugeben.

Nebenwirkungen von Medikamenten

Jede Arznei hat neben ihrer Hauptwirkung auch immer unerwünschte Nebenwirkungen. Im allgemeinen gilt: je stärker und besser wirksam ein Arzneimittel ist, um so eher ist auch mit unerwünschten Wirkungen zu rechnen. Wird z. B. ein Antibiotikum bei einer Lungenentzündung eingesetzt, werden die krankheitserregenden Bakterien schnell und wirksam vernichtet; die Gefahr der Schädigung der sich im Darm natürlicherweise befindlichen Bakterien kann aber nicht ausgeschlossen werden. Die Folge davon können unangenehme Durchfälle sein. Darum unterliegen auch alle stärker wirkenden Arzneimittel der Verschreibungspflicht. Ein Arzt wird bei der Verordnung eines Medikamentes Risiken und mögliche Behandlungserfolge abwägen. Das bedeutet jedoch nicht, daß alle nicht verschreibungspflichtigen Medikamente ungefährlich sind. Alle Arzneimittel greifen in Lebensvorgänge ein, und ihre Wirkung ist nicht immer übersehbar. Medikamente, die der eine gut verträgt, können bei dem anderen zu unerwarteten Reaktionen führen. Wer nach der Anwendung von Arzneien unangenehme Veränderungen wahrnimmt, sollte ohne Rücksprache mit dem Arzt die Dosis nicht verändern oder Medikamente eigenmächtig absetzen. Dieser muß über die Unverträglichkeiten informiert werden, damit er die richtigen Schlußfolgerungen für die weitere Behandlung ziehen kann.

Als wichtigste Grundregel zur Vermeidung unerwünschter oder gefährlicher Nebenwirkungen gilt: Grundsätzlich keine Medikamente zusammen mit Alkohol einnehmen. Bereits kleine Mengen Alkohol können die Wirkung mancher Arzneimittel vervielfachen oder auch einschränken.

Fast alle *Beruhigungsmittel und Schlafmittel* beeinträchtigen das Reaktions- und Koordinationsvermögen und damit die Verkehrssicherheit. Für Verkehrsteilnehmer können Aufputschmittel, Blutdruckmedikamente, Arzneimittel gegen Allergien ebenfalls gefährlich sein. Wenn mehrere Medikamente gleichzeitig eingenommen werden, kann es zu unerwünschten Wechselwirkungen kommen. Auf Unverträglichkeiten ist dann besonders zu achten.

Der Langzeitkranke, der unter seinen Schmerzen oder unter Schlaflosigkeit leidet, ist in Gefahr, unkontrolliert oder zu häufig schmerzstillende oder schlaffördernde Arzneimittel einzunehmen. Wer sich daran gewöhnt, bei jeder Veränderung des Befindens zur Tablette zu greifen, schadet seiner Gesundheit, strapaziert seinen Geldbeutel und läuft außerdem Gefahr, medikamentenabhängig zu werden.

Beachte
Oft greifen Menschen bei Schmerzen zur Selbsthilfe und nehmen eines der vielen rezeptfreien Medikamente. Rezeptfreiheit ist jedoch nicht gleichzusetzen mit Gefahrlosigkeit.
Die Selbstmedikation ohne Beteiligung des Arztes oder Apothekers kann die Früherkennung von Krankheiten erschweren oder verhindern.

Hausapotheke

Große Bedeutung hatte die Hausapotheke, solange die ärztliche Versorgung noch nicht so dicht und zuverlässig war wie heute. Die Hausapotheke besaß damals häufig sogar lebensrettende Eigenschaften, wenn durch ungünstige Witterung oder große Entfernungen ein Arzt oder Krankenhaus nicht in der notwendigen Zeit erreicht werden konnten.

Auch heute ist trotz des dichten Ärztenetzes eine Hausapotheke aus keinem Haushalt wegzudenken, weil nicht nur viele Beschwerden des Alltags, sondern auch häusliche Unfälle dazu zwingen, schnell zu helfen.

Eine gut ausgestattete Hausapotheke sollte folgende Grundausstattung enthalten:

Verbandmittel für Erste Hilfe

Mullbinden 6 cm breit
Mullbinden 8 cm breit
Verbandpäckchen klein, mittel, groß
Rolle Heftpflaster 1 m × 2,5 cm
Wundschnellverband in unterschiedlichen Breiten
elastische Binden 8 cm
Sicherheitsnadeln
Verbandklammern
Splitterpinzette
Verbandschere
Dreieck-Tücher
Wund- und Brandgel
Wunddesinfektionsmittel
Mittel gegen Insektenstiche

Arzneimittel

Mittel gegen Erkältungskrankheiten
Mittel gegen Halsschmerzen
Schmerztabletten und weitere vom Arzt verordnete Medikamente

Mittel der Hauskrankenpflege

Fieberthermometer
Mundspatel
Tupfer – Klemme
Schere
Einmal-Handschuhe
Watte
Verbandmull
Taschenlampe

Telefonverzeichnis

An der Innentür der Hausapotheke sind die Telefonnummern zu notieren, die für Notfälle wichtig werden können. Tragen Sie diese Rufnummern dort ein.

Hausarzt
___

Notarzt
___

Zahnarzt
___

Krankentransport
___

Feuerwehr
___

Sozialstation
___

Vergiftungszentrale
___

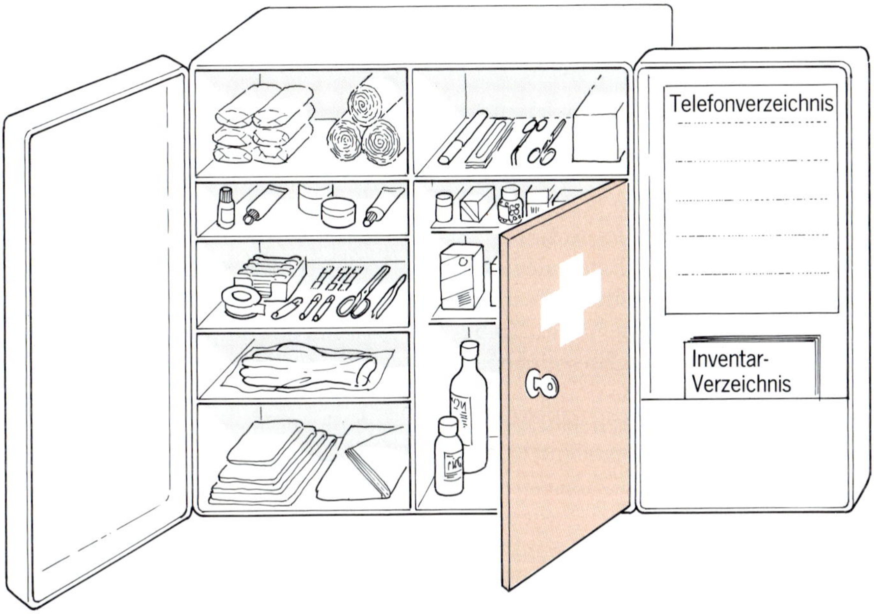

Beachte

- Keine Vorräte ansammeln.
- Vernichtung von Medikamenten: Nicht in die Toilette oder in den Mülleimer werfen, sondern in der Apotheke abgeben.
- Die vom Arzt für einen bestimmten Kranken verordneten Medikamente dürfen nicht von einer anderen Person verwendet werden.
- Medikamente sind trocken zu lagern.
- Die Gebrauchsinformation ist gewissenhaft zu lesen und zu beachten.
- Verbandmaterial kann auch außerhalb der Hausapotheke gelagert werden.
- Rostflecken an Schere, Pinzette, Sicherheitsnadeln machen diese unbrauchbar.
- Täglich benötigte (und ungefährliche) Medikamente müssen nicht unbedingt in der Hausapotheke aufbewahrt werden.
- Arzneimittel gehören niemals in Kinderhand.

Die »7 Richtigen« im Umgang mit Medikamenten:

- Der richtige Kranke
- Das richtige Medikament
- Die richtige Dosierung
- Der richtige Zeitpunkt
- Die richtige Dauer
- Die richtige Aufbewahrung
- Die richtige Vernichtung

Zusammenfassung

- Der Mensch nimmt Nahrung in Form von Nähr- und Aufbaustoffen (einschließlich einer ausreichenden Flüssigkeit) zu sich.
- Bei der Nahrungsaufnahme wird wichtig, daß der Energiebedarf des menschlichen Körpers durch »Lebensmittel« gedeckt wird, die energieliefernde und nicht-energieliefernde Nährstoffe in ausgewogenem Verhältnis enthalten. Dabei sind auch Kenntnisse des Energiebedarfs des Menschen notwendig.
- Die Ernährung des kranken oder alternden Menschen unterliegt besonderen Bedingungen. So kann die Zubereitung von Schonkost und Diät in angemessener Weise zur Verbesserung der Befindlichkeit oder der Genesung beitragen. Hierbei geht es auch um die Formen der Darreichung des Essens, um die Vorbereitungen und um die Maßnahmen während des Essens und nach den Mahlzeiten.
- Zur Überwindung von Krankheiten oder zur Erhaltung des gesunden menschlichen Organismus werden vom Arzt Medikamente verschrieben, die in der häuslichen Krankenpflege besonders sorgfältig und gewissenhaft eingesetzt und aufbewahrt werden müssen. Dies setzt auch Kenntnisse voraus, die vom Lesen des Beipackzettels über die Beschreibung der Wirkung der Medikamente bis hin zu ihrer Haltbarkeit und Aufbewahrung reichen.
- In den Haushaltungen hat die Hausapotheke zum Zwecke der übersichtlichen und gesicherten Aufbewahrung von Medikamenten und Pflegehilfsmitteln eine besondere Bedeutung.

7

Mit dem Kranken pflegehandeln

Allgemeine Hinweise zum Pflegehandeln

1. Ziel dieses Kapitels ist es, einen Standard von ausgewählten Pflegehandlungen, die für die Hauskrankenpflege wichtig werden, anzubieten und bereitzustellen.
2. Die ausgewählten Pflegehandlungen werden im Buch in Einzelschritten zerlegt beschrieben, so daß ihre Elemente deutlich erkennbar und exakt nachvollziehbar sind. Auf diese Weise können sie korrekt erarbeitet werden und sind zugleich überprüfbar. Dadurch erscheinen die beschriebenen Pflegehandlungen verfremdet, die Pflegesituation wirkt unwirklich.
3. Doch nur wenn die Pflegehandlungen sachlich richtig, in der richtigen Reihenfolge und vollständig von der Pflegeperson beherrscht werden, können sie auf einen realen und individuellen Arbeitsablauf übertragen werden.
4. Ist die Pflegeperson in der Durchführung solcher Pflegehandlungen sicher und kompetent, vermittelt sie damit zugleich auch das Gefühl der Zuverlässigkeit. Der kranke Mensch wird demnach eher bereit sein, sich einer solchen Pflegeperson anzuvertrauen und seine evtl. vorhandene Zurückhaltung und Ängstlichkeit abzubauen oder zu überwinden.
5. Je exakter, gründlicher und selbstverständlich die Pflegehandlungen von der Pflegeperson beherrscht werden, desto mehr wird sie sich dem Kranken als Person zuwenden können. Diese erwünschte »Souveränität« im pflegerischen Handeln darf zu keiner Bevormundung und Abhängigkeit des Kranken führen, sondern schafft Grundlagen für ein menschliches Umgehen miteinander. Erst dadurch werden Pflegeperson und Kranker frei zu Gesprächen und Mitteilungen während der Pflegesituation. Auf solche Weise werden die unerläßlichen Voraussetzungen für Zuwendung, Geborgenheit und Sicherheit für alle Beteiligten glaubhaft.
6. Beim Demonstrieren (Vormachen, Erklären) und Üben der pflegerischen Handlungen stehen diese im Mittelpunkt des Lernprozesses, nicht die Gespräche mit dem Kranken. Es geht also primär um das konkrete Erreichen von Zuwendungs- und Handlungsfähigkeit.
7. Beim Erlernen und Üben dieser ausgewählten Pflegehandlungen ist auch der Einbezug der im Buch beschriebenen Pflegehilfsmittel wichtig. Dadurch wird deutlich, daß die Hilfsmittel keine bloßen Gegenstände oder Materialien an sich sind, sondern in erster Linie für den kranken Menschen da sind. Sie erleichtern bestimmte Pflegesituationen. Alle Handlungen sind sorgfältig darauf zu prüfen, ob sie vom Kranken selbständig, mit seiner Unterstützung oder mit Einbeziehung von Hilfsmitteln ausgeführt werden.
8. Die Übungen sind so aufgebaut, daß eine »aktivierende Pflege« gewährleistet ist, so daß der Kranke seine noch verbliebenen Fähigkeiten einbringen kann und damit die Selbständigkeit des Kranken gefördert wird.
9. Einzelne Elemente der Kinästhetik und des Bobath-Konzepts wurden bei der Beschreibung der Handlungsabläufe – soweit integrierbar – berücksichtigt.

Rückenschonendes Arbeiten

An den Abbildungen auf der nächsten Seite können Sie ablesen, auf welche Weise bei der Pflegeperson, die am Krankenbett arbeitet, Belastungen an der Wirbelsäule auftreten.

Die obere Abbildung zeigt, wie die Pflegerin sich tief über das Bett herabbeugt und somit ihren Schwerpunkt über das Bett verlagert. Dabei wird die Wirbelsäule überspannt und das Gewicht des Oberkörpers lagert nur noch auf bestimmten Druckpunkten. Bereits diese Gewichtsverlagerung wirkt sich auf die Bandscheiben belastend aus.

Wird mit gebeugter Wirbelsäule eine Last angehoben, verstärkt sich der Druck auf die Bandscheiben.

Besonders in der Hauskrankenpflege sind Pflegende immer wieder in Situationen, z. B. Bett herrichten, Essen reichen, Heben und Höherlegen und Lagern u. v. a. m., bei denen sie ihre Wirbelsäule überdehnen. Dies kann zur dauerhaften Schädigung der Bandscheiben und schmerzhaften Erkrankungen der Wirbelsäule führen.

Die Abbildung S. 140 zeigt, wie der Helfer beim Herrichten des Bettes in die Hocke geht. Der Rücken des Helfers verbleibt dadurch fast in der Senkrechten, die Wirbelsäule wird dadurch stärker entlastet und die Bandscheibe geschont. Auf diese Weise könnte die Pflegeperson auch den Kranken leichter und rückenschonender anheben.

Rückenschonendes Arbeiten wird unterstützt durch die jeweils richtige Ausgangsstellung. So werden die Pflegepersonen bei allen Pflegehandlungen, die dem Aufrichten, Anheben und Höherlegen des Kranken dienen, eine Grätschstellung einnehmen und sich mit den Knien am Bettrand abstützen.

Bei der Verlagerung des Körpergewichtes kann eine zusätzliche Belastung der Wirbelsäule durch Vergrößerung der Standfläche ausgeglichen werden.

Grätschstellung, z. B. beim Heben und Höherlegen

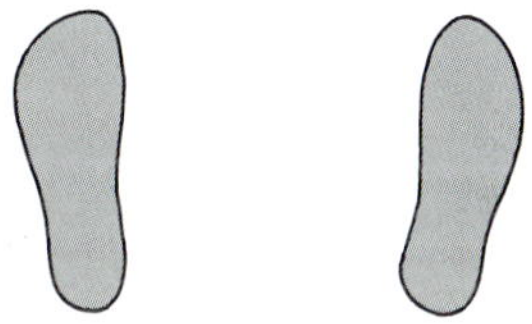

Fußstellung nach vorne und hinten versetzt, z. B. beim Nachthemdwechsel und Lagern des Kranken zur Seite

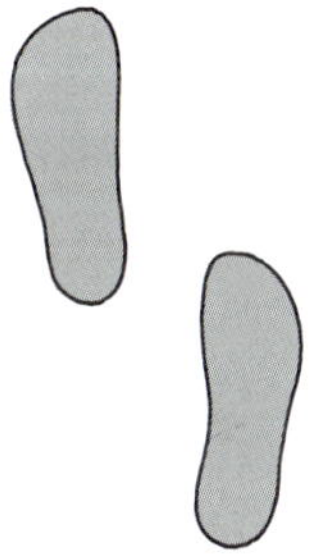

Beachte

Um die bei der Pflege besonders beanspruchte und gefährdete Wirbelsäule sinnvoll zu entlasten, müssen folgende Verhaltensregeln beachtet werden:

- geeignete Schuhe,
- richtige Ausgangsstellung,
- Rücken gerade halten,
- richtige Schwerpunktverlagerung,
- Anspannen der Bauch- und Rückenmuskulatur,
- regelmäßiges Atmen,
- koordiniertes Arbeiten.

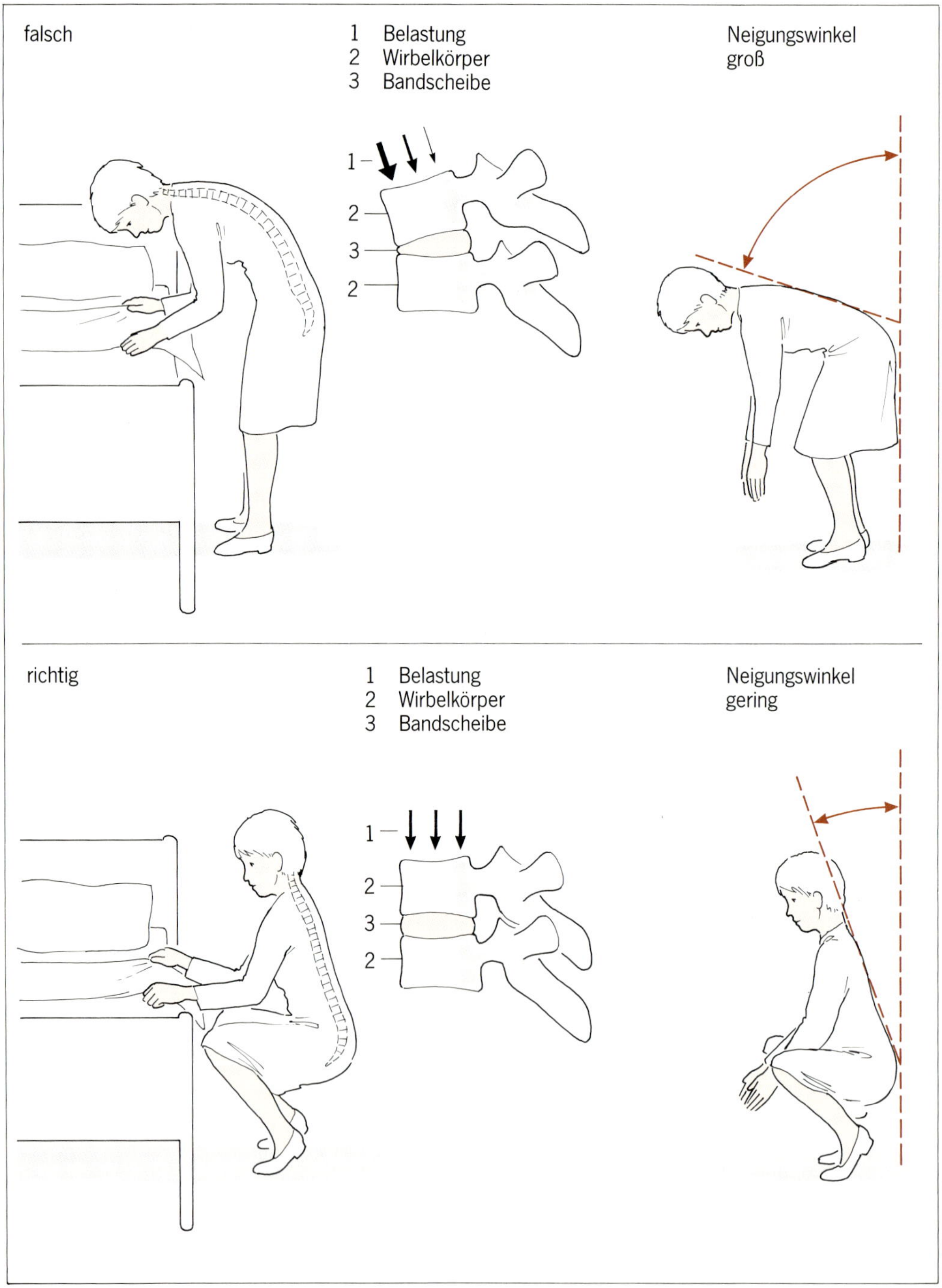
falsch
1 Belastung
2 Wirbelkörper
3 Bandscheibe
Neigungswinkel groß
1
2
3
2
richtig
1 Belastung
2 Wirbelkörper
3 Bandscheibe
Neigungswinkel gering
1
2
3
2

Grundsätzliche Forderungen

Bei den folgenden Übungen ist die »Pflegeperson« die Bezugsperson (z. B. Familienangehöriger), die den Kranken ständig zu Hause pflegt; der »Helfer« ist die Person (z. B. Nachbar), die bei der Pflege auf Anleitung mitwirkt. Pflegemaßnahmen, bei denen der Kranke nicht mehr mithelfen kann, sind im folgenden beschrieben mit »Pflegeperson und Helfer«; Pflegemaßnahmen, bei denen der Kranke noch mitwirken kann, sind gekennzeichnet mit »Pflegeperson«. Um die Übungen exakt erlernen und trainieren zu können, werden wichtige Griffe durch Wort und Bild in sog. *Handlungsschemata* überschaubar und durchsichtig gemacht. Bei dieser Programmfolge ist es empfehlenswert, daß Sie zunächst die Übungen auswählen, die Ihnen wichtig erscheinen und durch eigene Versuche zunehmend beherrschen lernen.

Beachte

Beim Erlernen und Üben der einzelnen Pflegehandlungen ist es wichtig, diese sachlich richtig und in der richtigen Reihenfolge auszuführen. Dabei ist zu beachten

- den Kranken stets aktiv einzubeziehen bzw. die Ressourcen des Kranken zu aktivieren,
- sich mit dem Kranken (oder der Pflegeperson) zu koordinieren,
- die Prophylaxen stets im Auge zu behalten und
- die Bedingungen der Hygiene zu erfüllen.

Bevor man als Pflegeperson an das Krankenbett tritt, sind **grundsätzlich** folgende Gesichtspunkte zu beachten:

Sich selbst vorbereiten:
- Schmuck und Uhr ablegen,
- gründlich die Hände waschen,
- Schutzkleidung anlegen,
- Schuhe tragen, die Standfestigkeit ermöglichen.

Sich auf den Kranken einstellen:
- den Kranken begrüßen,
- sich nach seinem Zustand erkundigen,
- ihn über die beabsichtigte Pflegemaßnahme informieren,
- den Kranken um die ihm mögliche Unterstützung bitten.

Pflege- und Hilfsmittel bereitstellen:
- Tablett für Medikamente und Pflegemittel herrichten,
- Eimer für die gebrauchte Wäsche bereitstellen,
- Stuhl und frische Bettwäsche vorbereiten.

Pflegehandlungen abschließen:
- sich überzeugen, daß der Kranke gut liegt,
- den Kranken nach seinen Wünschen fragen und mit ihm über den weiteren Tagesablauf reden,
- wenn der Kranke es wünscht, Fenster öffnen,
- außerhalb des Zimmers Schutzkleidung ablegen,
- Hände waschen,
- Schmuck und Uhr anlegen,
- evtl. Hinweise für den Arzt notieren.

Aufrichten des Kranken im Bett

Der Kranke kann mithelfen: *Stützgriff*

Anlässe: Sitzen im Bett
Nahrungsaufnahme
Kissen aufschütteln
Lesen, Schreiben, Zeichnen
Empfang von Besuchen
Körperpflege

Beachte
Je nach Anlaß und Situation des Kranken werden die entsprechenden Hilfsmittel eingesetzt (Bettaufrichtehilfe, Strickleiter).

Handlungsschritte

- Die Pflegeperson tritt an das Krankenbett;
- sie faltet die Bettdecke bis zur Taille zurück und
- richtet den Kranken mit Hilfe des »Stützgriffes allein« (Stützgriff I) auf:
  - sie faßt mit einer Hand von vorn unter der Achselhöhle des Kranken durch und unterfaßt die Schulter,
  - mit dem anderen Arm unterstützt sie den Rücken des Kranken und umfaßt mit der Hand das Schultergelenk.
- Sie richtet den Kranken vorsichtig auf.
- Nun bittet sie den Kranken, sich mit beiden Händen seitlich auf der Matratze abzustützen.
- Die Pflegeperson löst ihren Griff.
- Der Kranke wird aufgefordert, einige Male tief durchzuatmen (oder abzuhusten).
- Sie beobachtet den Kranken.
- Sie vergewissert sich, daß der Kranke angenehm und selbständig sitzt.

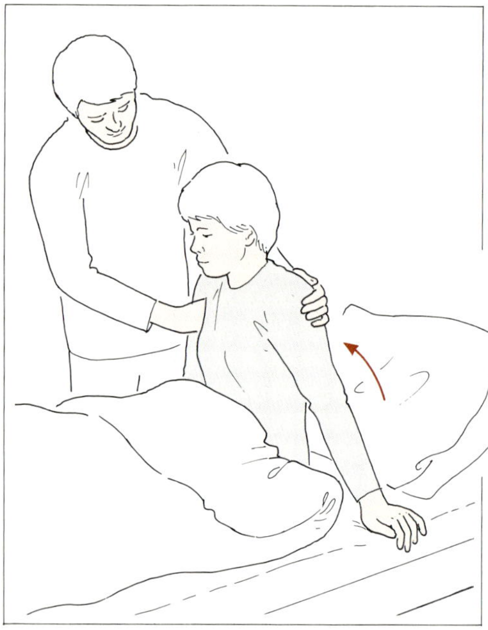

Verfolgen Sie im nachstehenden Handlungsschema die einzelnen Schritte.

Beachte	Handlungsschritte	
	Pflegeperson ▶◀	Kranker
	Pflegeperson informiert den Kranken und erbittet seine Mithilfe ▼	
	Pflegeperson tritt an Krankenbett und faltet die Bettdecke zurück ▼	
		Der Kranke ergreift die Strickleiter ▼
Grätschstellung	Die eine Hand unterfaßt die Schulter, ihr anderer Arm unterstützt den Rücken und umfaßt das Schultergelenk ▼	
Stützgriff I exakt anwenden	Kranken vorsichtig anheben und aufrichten ▼	Der Kranke zieht sich an der Strickleiter hoch und hebt dabei seinen Kopf an ▼
durchatmen lassen	Sie bittet den Kranken, die Strickleiter loszulassen und sich seitlich abzustützen ▼	Kranker stützt sich ab ▼
Sicherheit des Kranken	Sie läßt den Kranken los, beobachtet ihn und bittet ihn, tief durchzuatmen ▼	Der Kranke atmet durch ▼
		Der Kranke gibt Auskunft, ob er gut sitzt

Aufrichten des Kranken im Bett

Der Kranke kann nicht mithelfen: *Stützgriff II*

Anlässe: Sitzen im Bett
Nahrungsaufnahme
Kissen aufschütteln
Lesen, Schreiben, Zeichnen
Empfang von Besuchern
Körperpflege

Handlungsschritte

- Pflegeperson tritt an die eine,
- Helfer tritt an die andere Seite des Pflegebettes
- beide falten die Bettdecke bis zur Taille zurück.
- Gemeinsam richten sie den Kranken mit Hilfe des »Stützgriffes zu zweit« (Stützgriff II) auf:
  - Pflegeperson faßt mit der einen Hand von vorn unter der Achselhöhle durch und unterfaßt die Schulter, mit der anderen Hand stützt sie den Kopf des Kranken;
  - Helfer faßt mit der einen Hand von vorn unter der Achselhöhle des Kranken durch und unterfaßt die Schulter, mit der anderen Hand unterstützt er seinen Rücken;
  - gemeinsam richten sie den Kranken vorsichtig auf.
- Die Pflegeperson beobachtet das Aussehen des Kranken.
- Der Kranke wird aufgefordert, einige Male tief durchzuatmen (oder abzuhusten).
- Je nach Anlaß:
  - Kissen aufschütteln,
  - Kopfteil hochstellen,
  - Bettisch bereitstellen.
- Beide überzeugen sich, daß der Kranke sicher und angenehm sitzt.

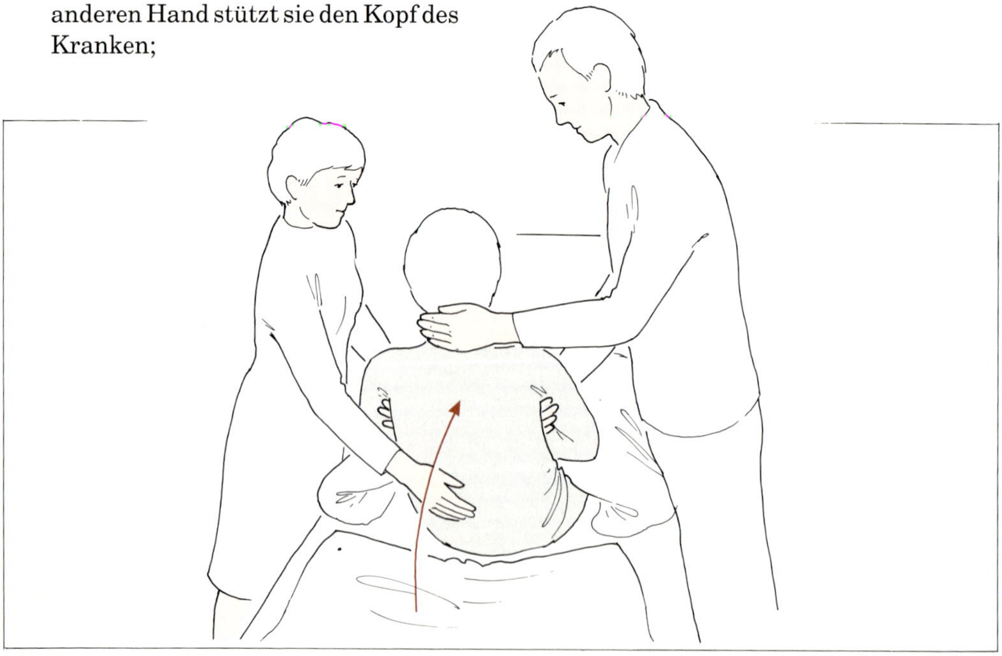

Verfolgen Sie im nachstehenden Handlungsschema die einzelnen Schritte.

Beachte / **Handlungsschritte**

Beachte	Pflegeperson	Helfer	Kranker
	Pflegeperson informiert den Kranken und erbittet seine Unterstützung	Helfer tritt an die gegenüberliegende Bettseite	
			Der Kranke äußert sich über sein Befinden
	Beiden falten die Bettdecke zurück (Taille)		
Grätschstellung **Stützgriff II exakt anwenden**	von vorn unter der Achsel durchfassen, Schulter unterfassen, andere Hand stützt den Kopf	von vorn unter der Achsel durchfassen, Schulter unterfassen, andere Hand stützt den Rücken	
			Der Kranke teilt mit, ob er den angewandten Stützgriff als angenehm empfindet
	Beide richten den Kranken gemeinsam auf		
durchatmen lassen	Pflegeperson bittet den Kranken, tief durchzuatmen und beobachtet sein Aussehen		Der Kranke atmet tief durch
Sicherheit des Kranken	Beide vergewissern sich, ob der Kranke sicher und angenehm sitzt		

Kissenaufschütteln

Der Kranke kann nicht mithelfen: *Stützgriff II*

Als Vorbereitung wird zum Ablegen der Kissen ein Stuhl bereitgestellt.

Zum Aufschütteln der Kissen wird der Kranke aufgerichtet (Handlungsfolge des Stützgriffs II, siehe Seite 144).

Handlungsschritte

Kissen entnehmen

- Helfer hält, um die Kissen entnehmen zu können, den Kranken allein:
- Er verändert den Griff und
  - führt die Hand vom Rücken an die gegenüberliegende Schulter des Kranken und umfaßt sie,
  - dabei wird darauf geachtet, daß der Kopf des Kranken durch die Ellenbeuge oder den Oberarm gestützt wird.
- Die Pflegeperson löst ihren Griff, entnimmt die Kissen und
- legt diese auf dem bereitgestellten Stuhl ab.
- Sie vergewissert sich, ob der Kranke noch länger in dieser Position sitzen und der Helfer ihn halten kann.
  Ist dies nicht möglich, wird der Kranke auf die Matratze zurückgelegt, sein Kopf mit einem kleinen Kissen gestützt und das Kopfteil des Bettes höher gestellt.
  oder
  Ist es für den Kranken möglich, in aufrechter Position zu bleiben, können seine Kniekehlen durch ein Lagerungskissen zusätzlich unterstützt werden.
- Der Helfer beobachtet den Kranken und bittet ihn, nochmals tief durchzuatmen.

Aufschütteln der Kissen

- Zum Aufschütteln der Kissen wendet sich die Pflegeperson grundsätzlich vom Kranken ab.
- Zum Auflockern der Federn wird das Kissen an den beiden gegenüberliegenden Ecken gefaßt und die Federn aus den Ecken herausgeschüttelt; dabei kommt es darauf an, viel Luft in die Federn zu bringen. Das Gleiche geschieht beim zweiten Kopfkissen und beim kleinen Stützkissen.
- Oberes und unteres Kissen werden jeweils ausgetauscht (unteres nach oben und umgekehrt).

Das Einlegen der Kissen

- Beim unteren Kissen wird darauf geachtet, daß die Knopfleiste seitlich ist, die Federn werden nach unten geschüttelt, daß der Lendenbereich des Kranken nicht hohl liegt;
- ebenso werden beim oberen Kissen die Federn nach unten geschüttelt und das Kissen so in das Bett gelegt, daß Kopf und Nacken gestützt werden. Auch hier liegt die Knopfleiste zur Seite.
- Das kleine Kissen unterstützt vornehmlich den Kopf des Kranken.
- Bevor der Kranke zurückgelegt wird, überzeugen sich beide, daß das obere Kissen faltenfrei ist und das Nachthemd im Rücken des Kranken keine Falten hat.
- Gemeinsam legen sie den Kranken wieder in die Kissen zurück.
- Beide überzeugen sich, daß der Kranke gut liegt und decken ihn zu.

Verfolgen Sie im nachstehenden Handlungsschema die einzelnen Schritte.

Beachte	Handlungsschritte: Pflegeperson ▶◀	Helfer ▶◀	Kranker
Stuhl bereitstellen	Pflegeperson informiert den Kranken und den Helfer ▼		
	Beide treten an das Krankenbett ▼	▼	
Grätschstellung Stützgriff II exakt anwenden	Beide falten die Bettdecke zurück (Taille) ▼	▼	
	Beide heben den Kranken an ▼	▼	
	Kopf stützen ▼	Rücken stützen ▼	
	Pflegeperson vergewissert sich, ob der Kranke noch länger sitzen kann ▼	greift um und stützt Kopf und Rücken ▼	Kranker gibt Auskunft über sein Befinden und bestätigt, daß er weiterhin aufrecht sitzen kann ▼
durchatmen lassen			
Schütteln aus den gegenüberliegenden Ecken	entnimmt die Kissen ▼	beobachtet den Kranken und bittet ihn, tief durchzuatmen ▼	Kranker atmet tief durch ▼
Knopfleiste zur Seite, Kissen glattstreichen	schüttelt sie auf ▼		
	legt die Kissen ein ▼		
	Beide legen den Kranken zurück ▼	▼	Der Kranke gibt Auskunft, ob er im Rücken und Kopfbereich durch die Kissen gut abgestützt liegt
	Beide überprüfen die Lage des Kranken ▼	▼	
	Beide decken den Kranken zu		

Den Kranken aus dem Bett heraussetzen

Der Kranke kann mithelfen

Handlungsschritte

Auf die Bettkante setzen
- Die Pflegeperson tritt an das Pflegebett.
- Sie faltet die Bettdecke so weit zurück, daß die Füße des Kranken freiliegen;
- anschließend zieht sie dem Kranken die Strümpfe an.
- Der Kranke hebt seine Beine an die Bettkante und winkelt sie leicht an.
- Die Pflegeperson unterstützt den Kranken unter- und oberhalb des Gesäßes mit den flachen Händen und bittet den Kranken, sich bis an die Bettkante vorzuschieben.
- Sie greift mit der einen Hand unter dem Nacken durch und umfaßt das Schultergelenk.
- Mit der anderen Hand greift sie über die Beine des Kranken und
- umfaßt seine Beine oberhalb des Kniegelenks.
- Mit einer Drehbewegung wird der Kranke auf die Bettkante gesetzt und
- der Kranke stützt sich mit seinen Händen am Bett ab.
- Die Pflegeperson fordert den Kranken auf, einige Male tief durchzuatmen.
- Dem Kranken werden die Hausschuhe angezogen.
- Die Pflegeperson vergewissert sich, daß der Kranke gut sitzt.

Anheben des Kranken von vorn:

- Der Kranke sitzt bereits auf der Bettkante.
- Die Pflegeperson stellt sich vor den Kranken und achtet darauf, daß die Füße des Kranken auf dem Boden aufstehen.
- Um ein Wegrutschen zu verhindern, stellt sie ihre Füße im rechten Winkel an die Füße des Kranken,

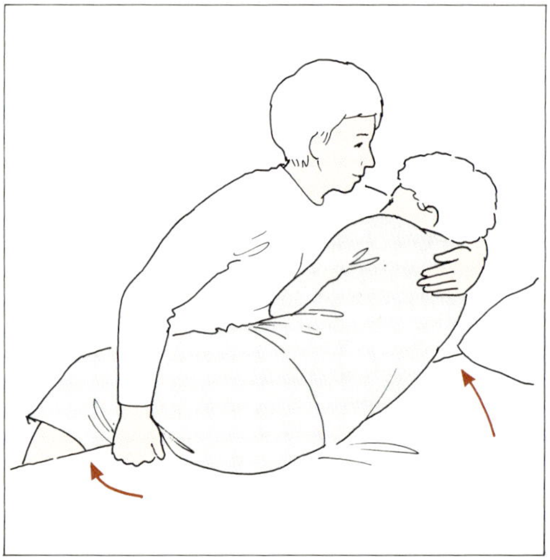

- die Knie der Pflegeperson stützen seine Knie ab.
- Der Kranke legt seine Hände um den Nacken der Pflegeperson,
- mit beiden Händen greift die Pflegeperson von vorn unter den Achseln durch und umfaßt die Schulterblätter;
- danach zieht sie den Kranken langsam hoch.

Auf einen Stuhl setzen
- Wenn der Kranke sicher steht,
  - dreht ihn die Pflegeperson vorsichtig zum Stuhl hin und
  - setzt ihn darauf ab.

- Die Pflegeperson stützt den Rücken des Kranken mit einem Kissen und
- legt um die Beine des Kranken eine Wolldecke.
- Sie vergewissert sich, daß der Kranke gut sitzt.
- Danach kann das Bett gerichtet werden.
- Nach dem Herrichten des Bettes wird der Kranke wieder in das Bett zurückgebracht (umgekehrte Reihenfolge der Handlung).

Beachte	**Handlungsschritte**	
	Pflegeperson ▶◀	**Kranker**
Vorbereitung: • **Stuhl am Ende des Bettes** • **Hausschuhe, Strümpfe** • **Wolldecke** • **Kissen**	Pflegeperson informiert den Kranken und bittet um Mithilfe ▼	
Füße des Kranken freimachen	Pflegeperson tritt an das Pflegebett und faltet die Bettdecke zurück ▼	
	Strümpfe anziehen ▼	Kranker hebt seine Beine an Bettkante ▼
Vorsichtiges Anheben	Pflegeperson unterstüzt mit flachen Händen unter- u. oberhalb des Gesäßes des Kranken ▼	Kranker schiebt sich an die Bettkante ▼
	Sie greift mit der einen Hand unter den Nacken und umfaßt das Schultergelenk ▼	
	Andere Hand greift über die Beine oberhalb des Kniegelenks ▼	
Hausschuhe anziehen	Mit Drehbewegung auf die Bettkante setzen ▼	Kranker stützt sich mit beiden Händen ab ▼
Füße des Kranken fest aufstellen	Pflegeperson stellt sich vor ihn ▼	Kranker atmet tief durch ▼
Wegrutschen verhindern	Sie stellt ihre Füße im rechten Winkel an die Füße des Kranken ▼	
	Knie der Pflegeperson stützt Knie des Kranken ▼	Kranker legt seine Hände um den Nacken der Pflegeperson ▼
Vorsicht und Sicherheit	Pflegeperson greift mit beiden Händen von vorn unter den Achselhöhlen des Kranken durch, Schulterblätter umfassen - - - - - - - - - - - - - - - - Kranken langsam hochziehen ▼	Kranker richtet sich auf
	Den Kranken mit Drehbewegung auf Stuhl setzen	

Anheben von der Seite und Führen von der Seite

Der Kranke kann mithelfen

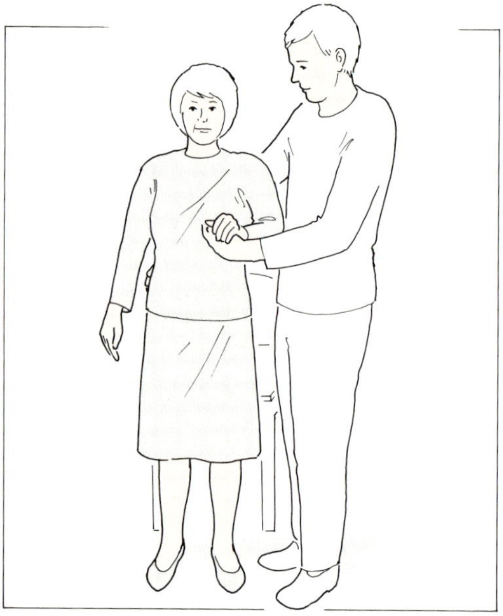

Handlungsschritte

- Der Kranke sitzt auf dem Stuhl.
- Die Pflegeperson tritt an die Körperseite des Kranken.
- Sie stellt einen Fuß quer vor die Füße des Kranken und verhindert dadurch ein Wegrutschen.
- Der Kranke legt seine Hand in die Hand der Pflegeperson, Daumen und Finger umschließen sich.
- Ihre andere Hand führt sie hinter dem Rücken bis oberhalb der Taille.
- Der Kranke stützt sich mit einer Hand auf der Sitzfläche ab.
- Vorsichtig hebt sie den Kranken vom Stuhl an und richtet ihn auf, dabei hilft der Kranke mit.
- Sie bittet den Kranken, mit einem Fuß einen Schritt nach vorne zu machen.
- Wenn der Kranke sicher steht, nimmt sie ihren quergestellten Fuß zurück.
- Die Pflegeperson macht gleichfalls einen Schritt nach vorne (im »Gleichschritt«).

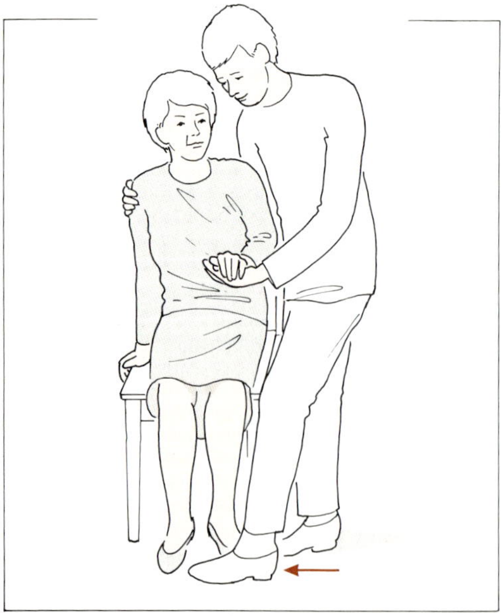

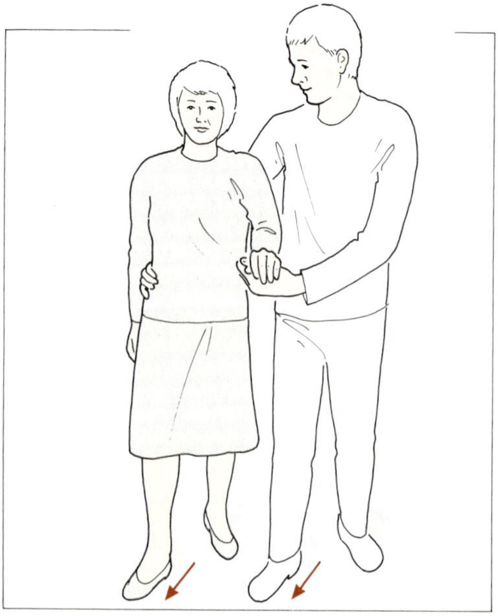

Verfolgen Sie im nachstehenden Handlungsschema die einzelnen Schritte.

Beachte	Handlungsschritte: Pflegeperson ▶◀	Kranker
	Pflegeperson informiert den Kranken und erbittet seine Unterstützung ▼	Kranker sitzt auf der Bettkante oder auf dem Stuhl ▼
	Pflegeperson tritt an die eine Körperseite ▼	
Wegrutschen verhindern	Sie stellt einen Fuß quer vor die Füße des Kranken ▼	
Daumen u. Finger umschließen sich	Die andere Hand wird hinter dem Rücken bis oberhalb der Taille geführt ▼	Kranker legt seine Hand in die Hand der Pflegeperson ▼
Vorsichtiges Anheben	Vorsichtig hebt sie den Kranken vom Stuhl oder Bett an und richtet ihn auf ▼	Kranker stützt sich mit einer Hand auf der Sitzfläche ab ▼
	Sie erfragt die Befindlichkeit des Kranken ▼	Der Kranke nimmt einen aufrechten und sicheren Stand ein und gibt Auskunft, ob er sicher steht ▼
	Pflegeperson nimmt quergestellten Fuß zurück ▼	Kranker macht einen Schritt nach vorne ▼
»Gleichschritt«	Pflegeperson macht gleichfalls einen Schritt nach vorne ▼	
	Auf diese Weise wird der Kranke zum Bett oder zum Stuhl geführt	

Anheben von vorn und Führen von hinten

Der Kranke kann mithelfen

Handlungsschritte

- Die Pflegeperson stellt sich vor den Kranken.
- Sie stellt ihre Füße im rechten Winkel an die Füße des Kranken, um ein Wegrutschen zu verhindern;
- die Knie der Pflegeperson stützen die Knie des Kranken.
- Der Kranke verschränkt seine beiden Hände hinter dem Nacken der Pflegeperson.
- Die Pflegeperson greift mit beiden Händen von vorn unter den Achselhöhlen bis an die Schulterblätter;
- dann zieht sie den Kranken langsam hoch.
- Wenn der Kranke sicher steht, öffnet sie den Winkel der Füße.
- Der Kranke löst die verschränkten Hände und läßt sie seitlich am Körper hängen.
- Die Pflegeperson löst die eine Hand und greift von vorn unter die gegenüberliegende Achselhöhle und löst den Griff der anderen Hand.
- Sie tritt hinter den Kranken und greift von hinten unter die Achselhöhle des Kranken.
- Der Kranke winkelt beide Unterarme an.
- Die Pflegeperson umgreift die beiden Unterarme und achtet darauf, daß die Daumen oben liegen.
- Sie fordert den Kranken zum ersten Schritt auf.
- Im »Gleichschritt« setzen sie jeweils ihren rechten, dann den linken Fuß nach vorne.

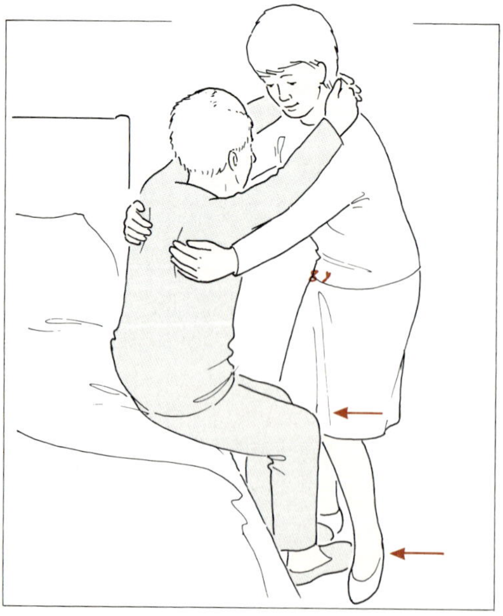

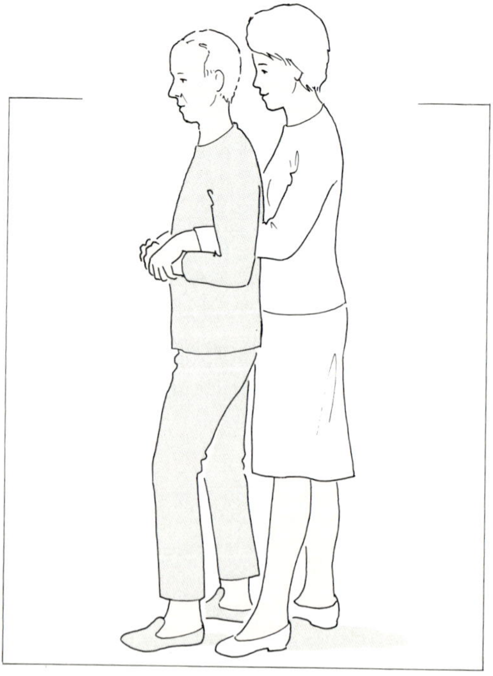

Beachte	Handlungsschritte	
	Pflegeperson ▶◀	**Kranker**
	Pflegeperson stellt sich vor den Kranken ▼	Der Kranke ist bereits von der Pflegeperson über die Pflegemaßnahmen informiert ▼
Wegrutschen verhindern	Sie stellt ihre Füße im rechten Winkel an die Füße des Kranken ▼	
Knie abstützen	Knie der Pflegeperson stützen die Knie des Kranken ▼	
	Pflegeperson greift mit beiden Händen von vorn unter den Achselhöhlen bis an die Schulterblätter ▼	Kranker verschränkt seine beiden Hände hinter dem Nacken der Pflegeperson ▼
Vorsichtiges Hochziehen	Pflegeperson zieht den Kranken langsam hoch ▼	
Sicherheit	Wenn der Kranke steht, öffnet sie den Winkel ihrer Füße ▼	
		Der Kranke löst seine verschränkten Hände und läßt sie seitlich am Körper hängen ▼
	Pflegeperson löst den Griff der einen Hand, greift von vorn unter die gegenüberliegende Achselhöhle und löst den Griff ihrer anderen Hand ▼	
		Der Kranke setzt einen Fuß vor ▼
Sicherheit geben	Pflegeperson tritt hinter den Kranken ▼	
		Der Kranke winkelt beide Arme an ▼
	Pflegeperson greift von hinten unter die Achselhöhle des Kranken ▼	
Beide Daumen liegen oben	Pflegeperson umgreift die beiden Unterarme ▼	
	Pflegeperson fordert den Kranken zum ersten Schritt auf	
»Gleichschritt«		Beide setzen jeweils ihren rechten, dann den linken Fuß nach vorn

Anheben und Aufrichten

Der Kranke kann nicht mithelfen: *Rautekgriff*

Der Rautek-Griff wird im allgemeinen bei der ersten Hilfe verwendet. Er dient dazu, einen Verletzten oder Bewußtlosen aufzurichten und zu bergen, z. B. bei einem Autounfall. In besonderen Fällen findet er auch in der Hauskrankenpflege Anwendung. Es könnte der Fall eintreten, daß ein Kranker stürzt und hilflos auf dem Boden liegt.

Hat sich die Pflegeperson davon überzeugt, daß keine schwerwiegende Verletzung vorliegt, kann der Kranke dann mit dem Rautek-Griff aufgerichtet und auf einen Stuhl gesetzt oder in das Bett gebracht werden.

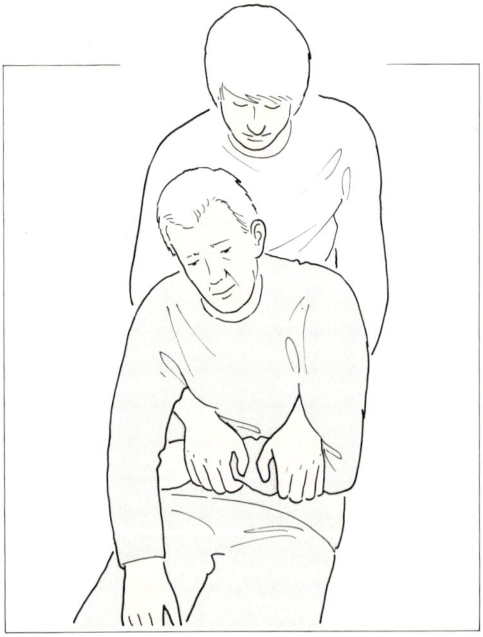

Handlungsschritte

- Die **Pflegeperson** überkreuzt zuerst die Füße des Kranken.
- Die **Pflegeperson** tritt von hinten an den Kranken heran, geht in Schrittstellung und/oder stützt sich auf ein Knie.
- Ihre flachen Hände schiebt sie dann unter Kopf und Nacken bis zu den Schultern des Kranken.
- Mit einem leichten Schwung richtet sie den Kranken auf und bringt ihn in Sitzhaltung.
- Sie stützt den Rücken des Kranken mit ihren Knien, um ein Zurückgleiten zu verhindern.
- Mit ihren freigewordenen Händen faßt sie von hinten unter den Achselhöhlen des Kranken durch.
- Mit den Daumen nach oben umgreift sie mit der einen Hand das Handgelenk, mit der anderen den Unterarm des Kranken, so daß der Arm angewinkelt wird.
- Indem die Pflegeperson sich aufrichtet, zieht sie den Kranken hoch und stützt ihn mit ihren Oberschenkeln ab.
- So kann sie den Kranken rückwärts fortziehen oder je nach Situation auf Bettkante oder Stuhl setzen.

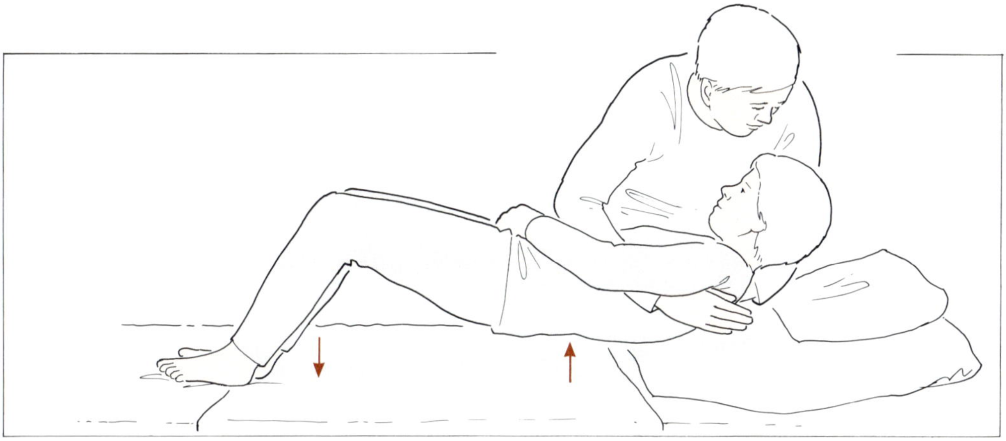

Hebegriff (siehe Seite 156)

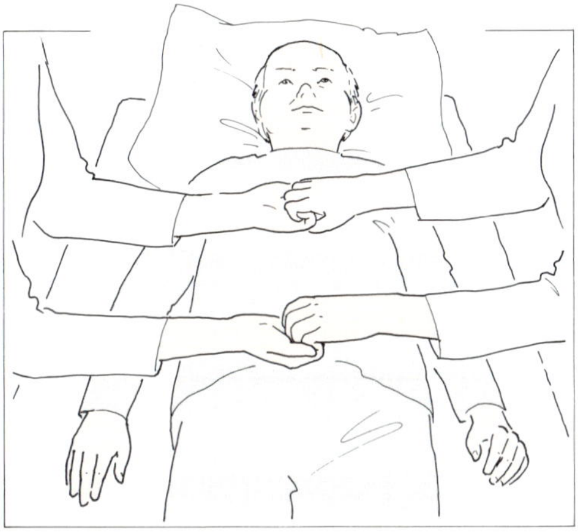

Hakengriff (siehe Seite 158)

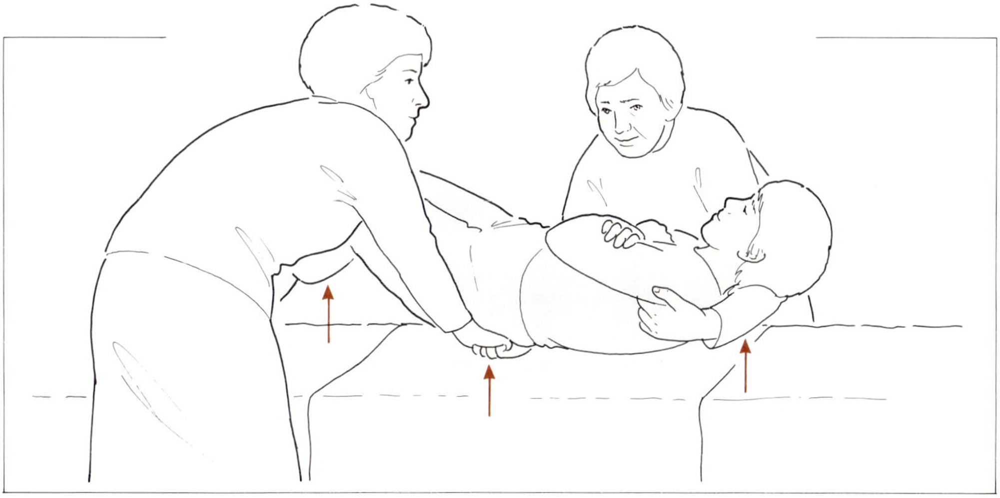

Haken-Stütz-Griff (siehe Seite 160)

Heben und Höherlegen des Kranken

Der Kranke kann mithelfen: *Hebegriff*

Handlungsschritte

- Die Decke wird so weit zurückgefaltet, daß die Füße des Kranken frei liegen.
- Die Pflegeperson bittet den Kranken, seine Beine anzuwinkeln und die Füße fest auf die Matratze zu stützen.
- Sie gibt dem Kranken die Anweisung, sich nach ihrer Aussage »Eins – zwei – Luft anhalten« mit den Füßen abzustoßen.
- Der Kranke wird mit Hilfe des *Hebegriffes* höhergelegt: Die Pflegeperson steht, wie auf der Abbildung gezeigt, an der rechten Seite des Kranken.

• Die Pflegeperson faßt mit der einen Hand von hinten parallel zum Kopf unter die rechte Achselhöhle des Kranken und winkelt den Arm an,
• mit der anderen Hand greift sie über den Körper des Kranken und führt sie von vorne so unter der Achselhöhle durch, daß die Achsel des Kranken auf dem Handgelenk (Daumenseite) ruht; die Handfläche unterfaßt das Schulterblatt.

- Die Pflegeperson steht in Kopfhöhe mit etwas gegrätschten Beinen und drückt ihre Knie fest gegen das Bett.
- Der Kranke hebt den Kopf an und neigt ihn nach vorn.
- Die Pflegeperson gibt den Hinweis: »Eins – zwei – Luft anhalten«.
- Die Pflegeperson hebt den Kranken nach oben, während dieser sich gleichzeitig mit seinen Füßen vom Bett abstößt.
- Der Kranke legt den Kopf zurück.
- Die Pflegeperson vergewissert sich, daß der Kranke richtig liegt und
- deckt ihn zu.

Beachte

Die Pflegeperson braucht nicht das Gewicht des Oberkörpers des Kranken anzuheben, sondern soll ihn lediglich »nach oben führen«, d. h. sie fängt beim Abstoßen die in den angewinkelten Beinen des Kranken gespeicherte kinetische Energie auf. Die Koordination zwischen beiden ist außerordentlich wichtig: Die Pflegeperson erkennt, daß der Kranke sich *jetzt* abstößt; der Kranke spürt, daß sein Körper *jetzt* nach oben geführt werden soll.

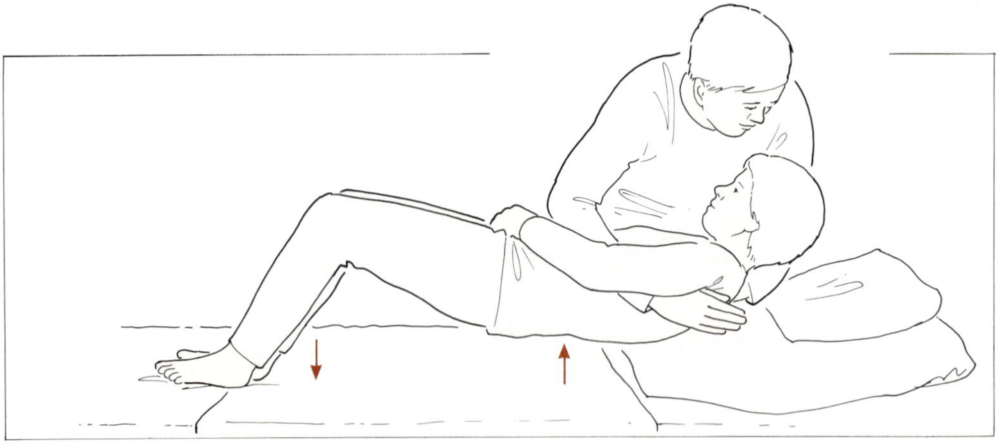

Verfolgen Sie im nachstehenden Handlungsschema die einzelnen Schritte und beachten Sie dabei den Hebegriff.

Beachte	Handlungsschritte: Pflegeperson ▶◀	Kranker
	Die Pflegeperson erklärt dem Kranken den Hebegriff und bittet um Mithilfe ▼	
	Pflegeperson tritt ans Krankenbett ▼	
Kommando 1–2–Luft anhalten vereinbaren	Bettdecke ganz zurückfalten oder entnehmen ▼	
		Der Kranke winkelt seine Beine an, stützt seine Füße auf der Matratze ab ▼
Sicherheit	In Kopfhöhe Grätschstellung einnehmen, die Knie gegen Bettkante stützen ▼	
Hebegriff exakt anwenden	Mit linker Hand von hinten parallel zum Kopf unter die rechte Achselhöhle des Kranken fassen; Arm anwinkeln; mit der rechten Hand über den Körper des Kranken von vorn unter der Achselhöhle des Kranken durchgreifen und das Schulterblatt unterfassen. Die Achsel des Kranken liegt auf seitlichem Handgelenk der Pflegeperson ▼	
Vorsicht und Sicherheit		Der Kranke hebt seinen Kopf an und ist bereit, sich abzustoßen ▼
	Pflegeperson gibt Kommando: »1-2-Luft anhalten« ▼	
Anheben und Abstoßen koordinieren	Kranken anheben ▼	Kranker stößt sich ab ▼
		Der Kranke senkt den Kopf ab ▼
	Pflegeperson richtet die Kissen ▼	
	Kranken zudecken	Der Kranke bestätigt, daß er gut liegt

Heben und Höherlegen des Kranken

Der Kranke kann nicht mithelfen: *Hakengriff*

Handlungsschritte

- Die Pflegeperson tritt an die eine, der Helfer an die andere Seite des Bettes.
- Sie falten die Decke ganz zurück oder entnehmen sie.
- Sie legen die Arme des Kranken überkreuzt auf seinen Körper.
- Zum Höherlegen des Kranken wird der sog. *Hakengriff* (siehe Seite 155) angewendet:
  - Beide verhaken die Hände ineinander; Handrücken flach.
  - Sie vereinbaren den Hinweis »Eins – zwei – Luft anhalten«, um den Kranken gemeinsam anzuheben.
  - Beide nehmen an der jeweiligen Bettseite in Taillenhöhe eine Grätschstellung ein, wobei jeweils der kopfwärts gerichtete Fuß in Schrittstellung steht.
- Der Kranke wird leicht angehoben, beide schieben die »oberen« Hände unter den Rücken des Kranken und verhaken sie unterhalb der Schulterblätter ineinander.
- Die »unteren« Hände von Pflegeperson und Helfer werden unterhalb des Gesäßes des Kranken geschoben und ebenfalls im Hakengriff vereinigt.
- Die Pflegeperson bittet den Kranken, seinen Kopf anzuheben.
- Sie gibt die Anweisung »Eins – zwei – Luft anhalten«, und gemeinsam heben sie den Kranken an und legen ihn höher.
- Der Kranke legt seinen Kopf wieder zurück. Pflegeperson und Helfer lösen zunächst ihren Griff und legen den ihnen zugewandten Arm an die Körperseite des Kranken zurück.
- Beide vergewissern sich, daß der Kranke richtig liegt und decken ihn wieder zu.

Alternative
Heben und Höherlegen von einer Seite (ohne Handlungsschema)

- Pflegeperson und Helfer stehen an der gleichen Bettseite (hier beide an der rechten Seite des Bettes vom Kranken aus gesehen).
- Die Arme des Kranken liegen bereits überkreuzt auf seinem Brustkorb.
- Die Pflegeperson unterstützt mit dem linken Arm Kopf und Nacken des Kranken im Stützgriff;
- den rechten Arm schiebt sie (Handfläche nach oben) unter den Rücken des Kranken.
- Der Helfer schiebt den linken Arm oberhalb des Gesäßes unter den Rücken des Kranken (Handfläche nach oben) und unterfaßt mit dem rechten Arm die Beine des Kranken unterhalb der Knie.
- Die Pflegeperson gibt den Hinweis »Eins – zwei – Luft anhalten«, und gemeinsam heben sie den Kranken an und legen ihn höher.

Beachte
Wenn der Kranke so geschwächt ist, daß er auch seinen Kopf nicht mehr selbst anheben kann, so ist zum Höherlegen der auf Seite 160 beschriebene Haken-Stütz-Griff anzuwenden.

Verfolgen Sie im nachstehenden Handlungsschema die einzelnen Schritte und beachten Sie dabei den Hakengriff.

Beachte	Handlungsschritte: Pflegeperson	Helfer	Kranker
	Pflegeperson informiert den Kranken und erbittet seine Unterstützung	Helfer tritt an die gegenüberliegende Bettseite	
	Beide falten Bettdecke ganz zurück oder entnehmen sie		
Grätschstellung Standort	Beide überkreuzen die Hände des Kranken		
Hakengriff	Beide fassen mit den »oberen« Händen im Hakengriff knapp unterhalb der Schulterblätter des Kranken; ihre »unteren« Hände verhaken sich kurz unterhalb des Gesäßes des Kranken		
Kommando 1-2-Luft anhalten vereinbaren	Kommando: »1-2-Luft anhalten!«		Der Kranke hebt den Kopf an
gemeinsam anheben	Beide heben den Kranken an und heben ihn höher		
	Beide lösen den Hakengriff		Der Kranke senkt den Kopf ab
	Beide legen die Arme des Kranken zurück		
Befindlichkeit des Kranken erfragen	Pflegeperson überprüft die Lage des Kranken		Der Kranke teilt mit, ob er gut liegt
	Beide decken den Kranken zu		

Heben und Höherlegen des Kranken

Der Kranke kann nicht mithelfen: *Haken-Stütz-Griff*

Der Haken-Stütz-Griff kommt zum Höherlegen in Betracht, wenn der Kranke seinen Kopf nicht mehr selbst anheben kann.

Handlungsschritte

- Die Arme des Kranken liegen bereits überkreuzt auf seinem Körper.
- Pflegeperson und Helfer stehen in versetzter Stellung am Bett: der Helfer in Oberschenkelhöhe, die Pflegeperson in Oberkörperhöhe des Kranken in Grätschstellung.
  - Pflegeperson und Helfer verhaken ihre rechten Hände im Hakengriff unter der Gesäßmitte des Kranken:
  - die Pflegeperson greift mit ihrem linken Arm hinter den Nacken des Kranken und umfaßt sein Schultergelenk,
  - der Helfer umfaßt mit dem linken Arm die Beine des Kranken unterhalb der Knie.
- auf den Hinweis »Eins – zwei – Luft anhalten« heben sie den Kranken gemeinsam und legen ihn höher.
- Pflegeperson und Helfer lösen ihren Griff und die überkreuzten Arme des Kranken.
- Beide vergewissern sich, daß der Kranke richtig liegt und decken ihn wieder zu.

Verfolgen Sie im nachstehenden Handlungsschema die einzelnen Schritte.

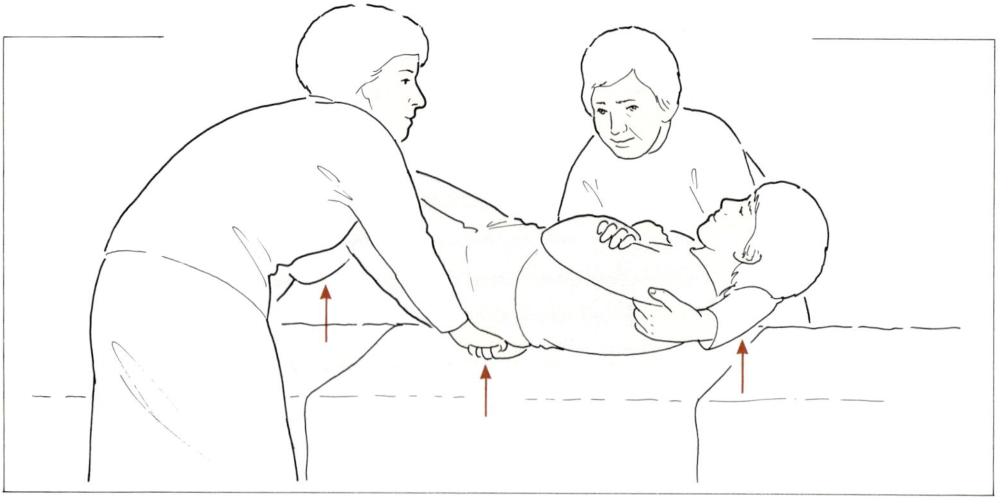

Beachte	Handlungsschritte		
	Pflegeperson ▶◀	**Helfer** ▶◀	**Kranker**
	Beide treten an das Pflegebett		
	Pflegeperson informiert den Kranken und Helfer über den Haken-Stütz-Griff		
	Beide falten Bettdecke ganz zurück (oder entnehmen sie)		
	Beide Arme des Kranken auf seinem Körper überkreuzen		
Grätschstellung Standort	Pflegeperson und Helfer: rechte Hände bilden Hakengriff und unterfassen die Gesäßmitte des Kranken		
			Der Kranke bestätigt, daß die Hände unter seinem Gesäß nicht drücken
Hakengriff + Stützgriff I = Haken-Stütz-Griff	Mit dem linken Arm unterstützt sie den Nacken des Kranken, die Hand umfaßt das Schultergelenk	Helfer umfaßt mit dem linken Arm die Beine des Kranken unterhalb der Knie	
gemeinsam höherlegen	Kommando: »1-2-Luft anhalten!«; Kranken heben und höher legen		
	Beide lösen den Haken-Stütz-Griff und die überkreuzten Arme des Kranken		
	Lage des Kranken überprüfen, Kissen richten		Der Kranke teilt mit, ob er gut liegt
	Den Kranken zudecken		

Wechseln der Unterlage

Der Kranke kann mithelfen

Vorbereitungen

Über die notwendigen Maßnahmen können Sie sich auf Seite 164 informieren.

Handlungsschritte

- Die Pflegeperson faltet die Bettdecke bis zur Taille zurück.
- Mit Hilfe des Stützgriffes allein wird der Kranke aufgerichtet,
- die Kopfkissen werden entnommen.
- Anschließend wird der Kranke wieder behutsam zurückgelegt;
- Decke ganz entnehmen und ablegen.
- Die Pflegeperson löst nun auf der einen Seite die Unterlage und rollt sie dicht an den Körper des Kranken heran.
- Die frische Unterlage legt man dicht an die gebrauchte heran und steckt sie fest ein.
- Die Pflegeperson bittet nun den Kranken, die Beine anzuziehen und eine »Brücke zu bauen«.
- Währenddessen schiebt sie mit beiden Händen die gebrauchte Unterlage und anschließend die frische unter dem Körper des Kranken durch.
- Der Kranke senkt sich wieder ab.
- Die Pflegeperson geht nun auf die andere Seite des Bettes.
- Auch hier löst sie die gebrauchte Unterlage und legt sie vorsichtig zusammen.
- Sie gibt die Unterlage in den bereitgestellten Eimer.
- Die Pflegeperson bittet den Kranken, wieder die Beine anzuziehen und eine »Brücke zu bauen«.
- Sie glättet, strafft Bettuch und Unterlage und steckt diese fest ein.
- Der Kranke senkt sich wieder ab.
- Die Pflegeperson geht zurück auf die andere Bettseite, schüttelt die Kissen auf.
- Zum Einlegen der Kopfkissen wird der Kranke wieder mit Hilfe des Stützgriffes allein aufgerichtet.
- Die Pflegeperson legt die Kissen ein.
- Der Kranke wird wieder zurückgelegt.
- Die Pflegeperson vergewissert sich, daß der Kranke gut liegt und deckt ihn zu.
- Der Eimer mit der gebrauchten Unterlage wird aus dem Zimmer genommen.

Verfolgen Sie im nachstehenden Handlungsschema die einzelnen Schritte und achten Sie besonders auf die Reihenfolge, die wegen der Länge der Übung höhere Anforderungen an die Pflegeperson stellt.

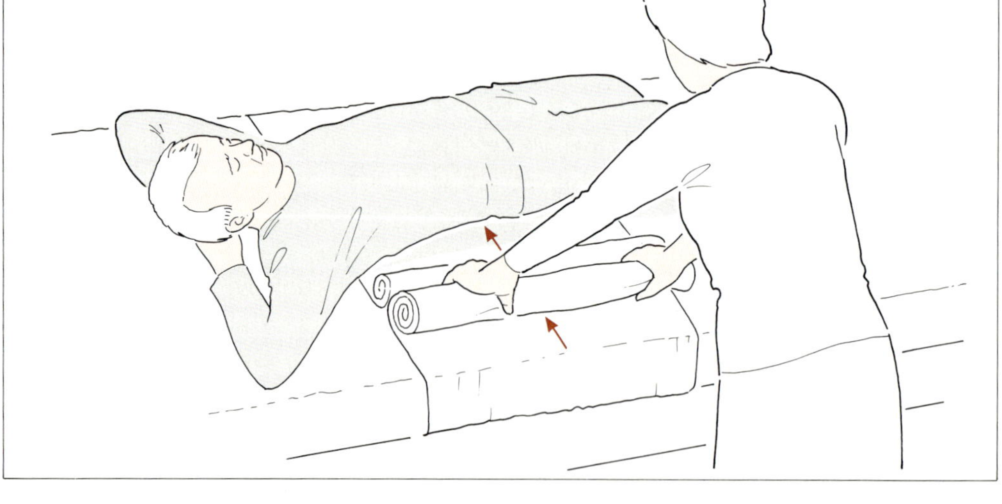

Beachte	Handlungsschritte: Pflegeperson ▶◀	Kranker
Vorbereitungen	Bettdecke zurückfalten (Taille)	Der Kranke hat um Wechsel der Unterlage gebeten und sichert seine Mithilfe zu
Stützgriff I exakt anwenden	Kranken aufrichten	Der Kranke stützt sich ab
	Kissen entnehmen, auf Stuhl legen	
	Kranken zurücklegen ▷ Decke entnehmen	
	Lösen der Unterlage an der einen Seite	
	Gebrauchte Unterlage an den Kranken heranrollen	
	Neue Unterlage einlegen, Ende fest einstecken	
		Der Kranke »baut Brücke«
	Beide Unterlagen unter Krankem durchschieben	
auf Krümel bzw. Puderreste achten.		Der Kranke senkt sich ab
	Pflegeperson geht auf die andere Seite	
	Gebrauchte Unterlage lösen und entfernen ▷ In Eimer ablegen	
	Bettuch straffen und Unterlage einstecken	Der Kranke »baut Brücke«
		Der Kranke senkt sich ab ▷ Kranken zudecken (Taille)
	Seitenwechsel der Pflegeperson	
	Kissen aufschütteln, griffbereit legen	
Stützgriff I exakt anwenden	Kranken anheben, Kissen einlegen	Der Kranke stützt sich ab
	Kranken zudecken	Der Kranke teilt mit, daß er gut liegt

Wechseln der Unterlage

Der Kranke kann nicht mithelfen

Vorbereitungen
Zur Durchführung wird eine frische Unterlage benötigt. Für die gebrauchte Unterlage wird ein Eimer am Fußende des Bettes abgestellt.

- Dazu entfaltet man die Unterlage zur vollen Länge und achtet darauf, daß sie nicht den Boden berührt.
- Mit beiden Händen wird die Unterlage von oben nach unten bis zur Hälfte aufgerollt und griffbereit abgelegt.

Zur Ablage der Kopfkissen stellt man einen Stuhl bereit. Zur Ablage der Bettdecke wird ein 2. Stuhl an das Fußende des Bettes gestellt.

Handlungsschritte

- Die Pflegeperson tritt an die eine, der Helfer an die andere Seite des Bettes.
- Beide falten die Bettdecke so weit wie nötig zurück.
- Mit Hilfe des Stützgriffes zu zweit wird der Kranke aufgerichtet.
- Während der Helfer den Kranken stützt, entnimmt die Pflegeperson die Kissen und legt sie auf den Stuhl.
- In der Zwischenzeit fordert der Helfer den Kranken auf, einige Male tief durchzuatmen.
- Gemeinsam wird der Kranke wieder zurückgelegt (Stützgriff/II).
- Bettdecke wird ganz zurückgefaltet und/oder entnommen.
- Beide lösen an den Seiten die Unterlage.
- Der Kranke wird zunächst auf die Seite des Helfers gedreht. Falls vom Kranken selbst nicht mehr möglich:
  - winkelt der Helfer den ihm zugewandten Arm des Kranken ab;
  - die Pflegeperson legt den anderen Arm des Kranken über dessen Körper; sie winkelt das ihr zugewandte Bein des Kranken an.

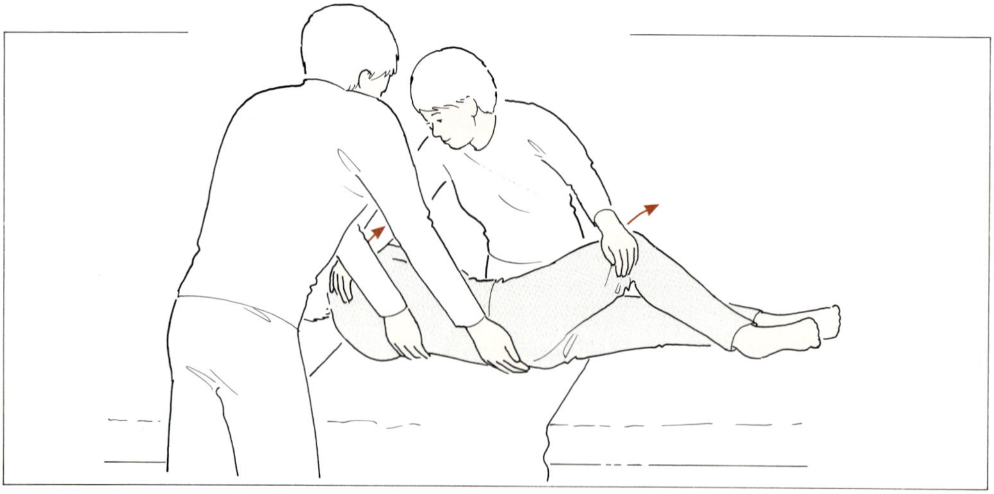

- Der Helfer übergreift den Körper des Kranken und unterfaßt mit der einen Hand das Schultergelenk, mit der anderen Hand umfaßt er den Oberschenkel oberhalb des Kniegelenkes;
- die Pflegeperson unterstützt Rücken und Gesäß und gemeinsam wird der Kranke auf die Seite des Helfers gedreht;
- der Helfer sichert den Kranken und beobachtet sein Aussehen.
- Die Pflegeperson streckt das untere Bein des Kranken und winkelt das obere Bein nach vorn an und verhakt die Zehen hinter der Ferse des anderen Fußes.

– Danach rollt die Pflegeperson die gebrauchte Unterlage bis an den Körper des Kranken heran. Sie glättet das Betttuch.
– Sie nimmt die vorbereitete Unterlage und legt sie an die gebrauchte Unterlage.
– Sie steckt die neue Unterlage an der Bettseite fest ein.
– Die Pflegeperson streckt nun das obere Bein des Kranken, stützt Gesäß und Rücken, und gemeinsam lassen sie den Kranken in Rückenlage zurückgleiten.
– Dem Kranken wird etwas Ruhe gewährt.
– Anschließend drehen beide den Kranken vorsichtig auf die andere Seite und achten darauf, daß der untere Arm des Kranken wieder abgespreizt und das oben liegende Bein angewinkelt wird.
– Während nun die Pflegeperson den Kranken beobachtet, entnimmt der Helfer die gebrauchte Unterlage und legt sie in den Eimer.
– Dann rollt er die frische Unterlage ganz auf, glättet, strafft Bettuch und Unterlage und steckt beide fest ein.
– Gemeinsam legen beide den Kranken vorsichtig in die Ausgangslage zurück.
– Der Kranke wird bis zur Taille zugedeckt.
– Zum Einlegen der Kissen wird der Kranke mit Hilfe des Stützgriffes zu zweit aufgerichtet.
– Nach dem Einlegen der Kissen wird das Nachthemd glattgestrichen.
– Der Kranke wird vorsichtig zurückgelegt.
– Die Pflegeperson vergewissert sich, daß der Kranke gut liegt und deckt ihn zu.
– Sie nimmt den Eimer mit der gebrauchten Unterlage aus dem Raum.

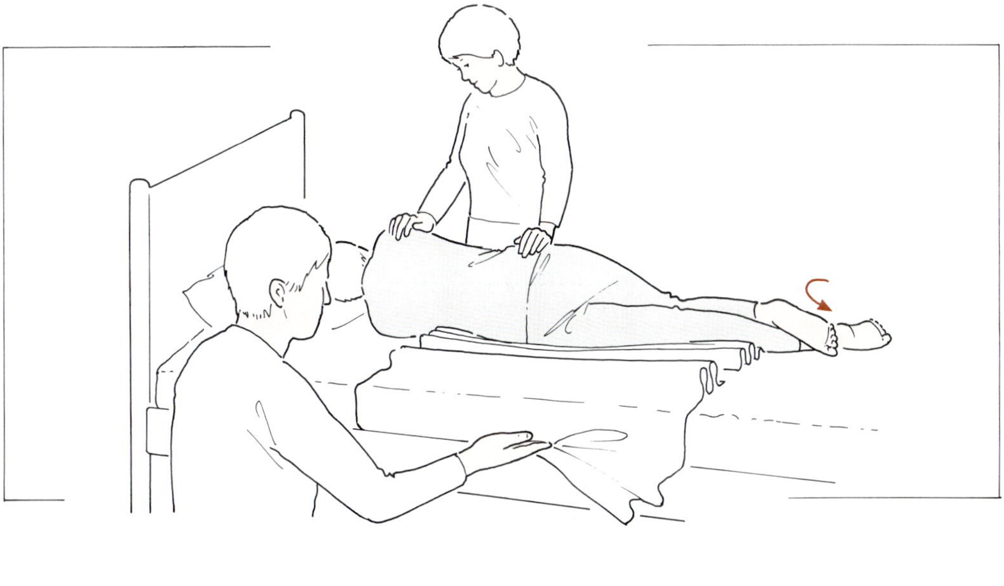

Verfolgen Sie die einzelnen Schritte und achten Sie besonders auf die Reihenfolge, die wegen der Länge der Übung höhere Anforderungen an die Pflegeperson stellt.

Beachte	**Handlungsschritte**			
	Pflegeperson	▶◀	**Helfer**	▶◀ **Kranker**
Vorbereitungen		Pflegeperson und Helfer treten an das Krankenbett ▼▼		Der Kranke stimmt zu, daß die Unterlage gewechselt wird ▼
		Beide falten die Decke zurück (Taille) ▼▼		
Stützgriff II exakt anwenden		Sie heben den Kranken an ▼▼		
	entnimmt Kissen ▼		stützt Kopf und Rücken ▼	
		Beide legen den Kranken zurück ▼▼		
		Lösen der Unterlage an beiden Seiten ▼▼		
	Pflegeperson legt anderen Arm des Kranken über dessen Körper, unterstützt an Rücken und Gesäß ▼		Helferin winkelt den ihr zugewandten Arm des Kranken ab, greift über den Körper des Kranken und faßt ihn an Schulter und Kniegelenk ▼	
Kranken festhalten		Beide drehen den Kranken zur Seite des Helfers ▼▼		Der Kranke teilt mit, daß er ohne Ruhepause auf die andere Seite gedreht werden kann ▼
Kranken beobachten	Gebrauchte Unterlage aufrollen ▼		Sie beobachtet und ermuntert ihn zum regelmäßigen Atmen ▼	
tief durchatmen	Vorbereitete Unterlage einlegen und einstecken ▼			

Fortsetzung nächste Seite

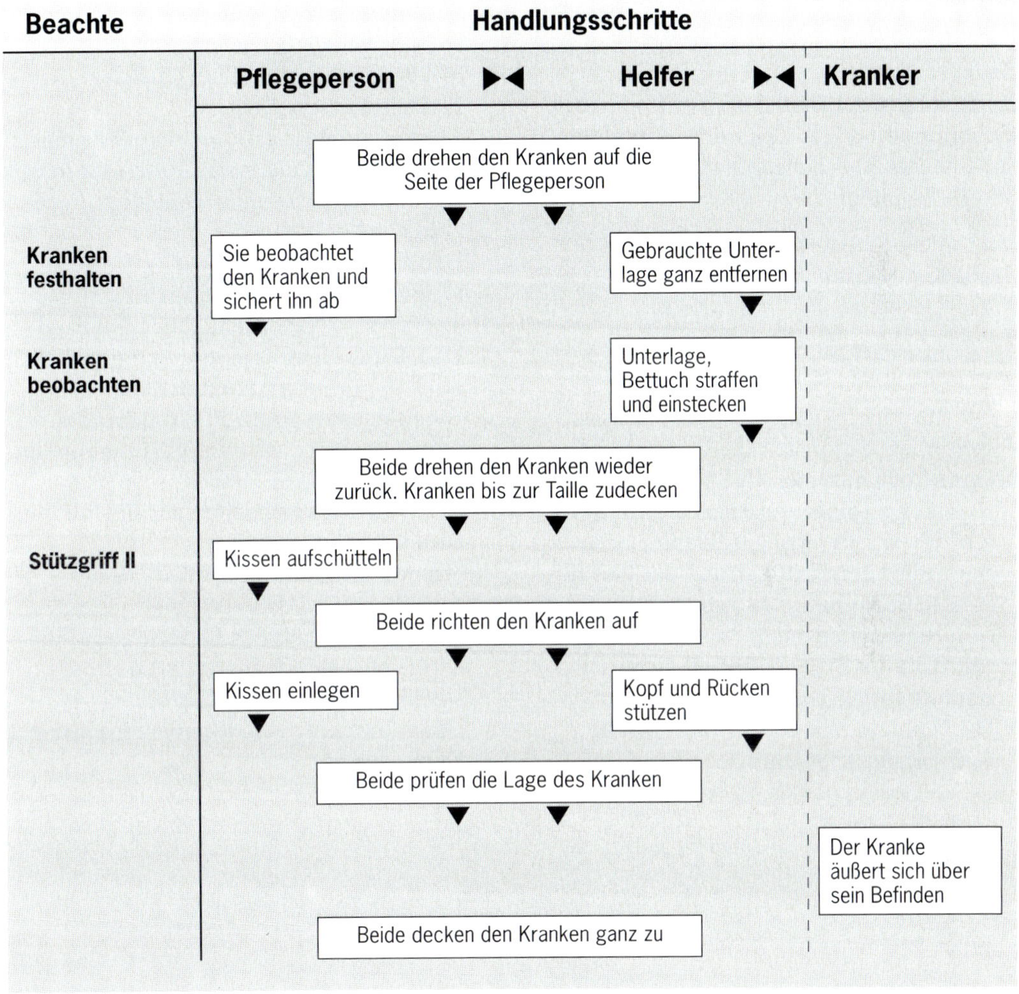
Beachte
Handlungsschritte
Pflegeperson
Helfer
Kranker
Beide drehen den Kranken auf die Seite der Pflegeperson
Kranken festhalten
Sie beobachtet den Kranken und sichert ihn ab
Gebrauchte Unterlage ganz entfernen
Kranken beobachten
Unterlage, Bettuch straffen und einstecken
Beide drehen den Kranken wieder zurück. Kranken bis zur Taille zudecken
Stützgriff II
Kissen aufschütteln
Beide richten den Kranken auf
Kissen einlegen
Kopf und Rücken stützen
Beide prüfen die Lage des Kranken
Der Kranke äußert sich über sein Befinden
Beide decken den Kranken ganz zu

Ausziehen des Nachthemdes

Halbseitig gelähmter Kranker kann mithelfen

Vorbereitungen
Ein frisches Nachthemd wird entfaltet, alle Verschlüsse des Hemdes werden geöffnet und mit dem Ausschnitt nach unten auf die Bettdecke gelegt.

Ein Eimer zur Aufnahme des gebrauchten Nachthemdes ist bereitzustellen.

Handlungsschritte

- Die Pflegeperson faltet die Bettdecke so weit wie nötig zurück (Taille).
- Dann knöpft sie das Nachthemd des Kranken an Hals und Ärmeln ganz auf (ggf. übernimmt das der Kranke selbst).
- Sie fordert den Kranken auf, das Gesäß etwas anzuheben, gleichzeitig zieht sie sein Nachthemd hoch.
- Mit Hilfe des Stützgriffes allein wird der Kranke aufgerichtet.
- Die Hand, welche die Schulter umfaßt, bleibt in dieser Stellung.
- Die andere Hand rafft das Nachthemd soweit wie möglich hoch.
- Mit dem Stützgriff allein wird der Kranke zurückgelegt.
- Er wird aufgefordert, mit seiner gesunden Hand die gelähmte Hand festzuhalten und diese, soweit wie möglich, hochzuheben.
- Der Kranke hebt den Kopf.
- Währenddessen streift die Pflegeperson das geraffte Nachthemd über den Kopf.
- Der Kranke legt Kopf und Arme zurück und läßt die gelähmte Hand los.
- Die Pflegeperson streift zunächst den Ärmel des Nachthemdes vom gesunden Arm ab.
- Dann legt sie die gelähmte Hand auf ihre Handfläche.
- Mit der anderen Hand streift sie den Ärmel vom kranken Arm bis zu ihrer Hand ab und hält den Unterarm mit dieser Hand fest. Mit der anderen Hand streift sie den Ärmel völlig ab.
- Das gebrauchte Nachthemd wird in den Eimer gelegt.

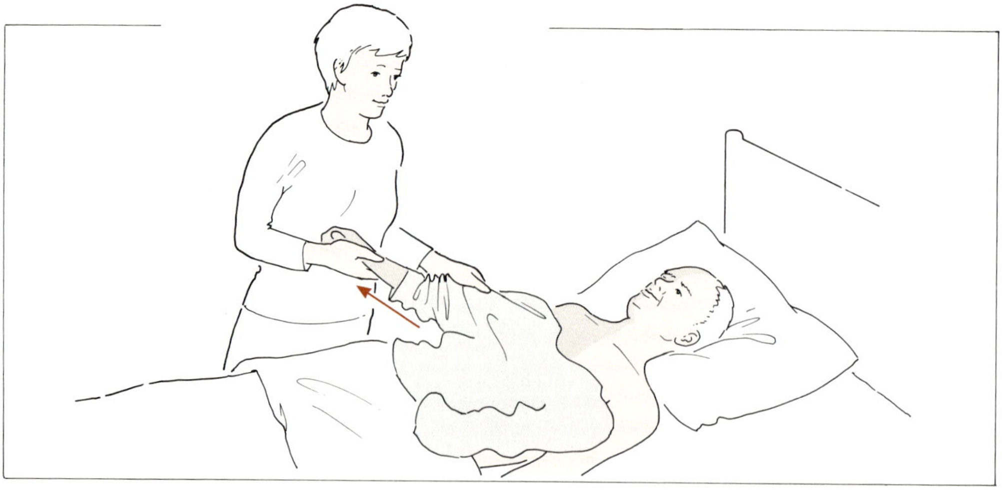

Verfolgen Sie im nachstehenden Handlungsschema die einzelnen Schritte und achten Sie besonders auf die Stelle, wo das Hemd über den Kopf des Kranken gezogen wird.

Beachte	**Handlungsschritte**	
	Pflegeperson ▶◀	**Kranker**
Vorbereitungen	Sie faltet Bettdecke bis zur Taille zurück	Der Kranke ist über die Pflegemaßnahme informiert und hat zugestimmt
Stellung der Pflegeperson: an gelähmter Körperseite	Sie knöpft das Nachthemd auf	
		Der Kranke hebt sein Gesäß an
Stützgriff I	Pflegeperson zieht das Nachthemd über das Gesäß hoch	
		Der Kranke senkt sich ab
	Sie setzt den Kranken auf	
	Die Hand, die die Schulter umfaßt, behält diese Stellung bei; die Hand, die den Rücken stützt, löst den Griff und rafft das Nachthemd bis an die Schultern hoch	Er stützt sich mit der gesunden Hand ab
	Sie legt den Kranken zurück	Der Kranke ergreift mit seiner gesunden Hand seine gelähmte Hand, hält beide Hände hoch und hebt seinen Kopf an
	Sie streift das Nachthemd über den Kopf des Kranken ab	Kranker legt Kopf und Hände zurück und läßt die gelähmte Hand los
		Der Kranke zieht seinen gesunden Arm aus dem Nachthemdärmel
	Pflegeperson legt gelähmte Hand auf ihre Handfläche, mit der anderen Hand streift sie den Ärmel vom kranken Arm bis zu ihrer Hand ab und hält den Unterarm mit dieser Hand fest	
	Sie zieht ihm ein frisches Nachthemd an	

Anziehen des Nachthemdes

Halbseitig gelähmter Kranker kann mithelfen

Handlungsschritte

Beim Anziehen beginnt die Pflegeperson mit dem gelähmten Arm des Kranken.

- Dazu rafft sie den entsprechenden Ärmel des Nachthemdes und das Nachthemd an der Seitennaht entlang zusammen,
- faßt mit der anderen Hand von vorn durch den Ärmel,
- legt die Hand des gelähmten Armes auf ihre Handfläche und umschließt sie.
- Dann streift sie den Hemdärmel mit der anderen Hand über den gelähmten Arm bis an die Schulter.
- Der gelähmte Arm wird seitlich an den Körper des Kranken zurückgelegt.
- Anschließend streift die Pflegeperson den anderen Ärmel über den gesunden Arm des Kranken bis an das Schultergelenk.
- Der Kranke wird aufgefordert, mit seiner gesunden Hand die gelähmte Hand zu ergreifen und, so weit wie möglich, hochzuheben.
- Der Kranke hebt den Kopf.
- Währenddessen streift die Pflegeperson das Nachthemd über den Kopf des Kranken.
- Der Kranke legt Kopf und Arme zurück und läßt die gelähmte Hand los.
- Mit Hilfe des Stützgriffes allein wird der Kranke aufgerichtet.
- Die Hand, welche die Schulter umfaßt, bleibt in dieser Stellung, die andere Hand streift das Nachthemd so weit wie möglich nach unten.
- Der Kranke wird mit dem Stützgriff allein zurückgelegt.
- Der Kranke hebt das Gesäß etwas an; gleichzeitig zieht die Pflegeperson das Nachthemd nach unten und achtet darauf, daß es glatt liegt.
- Der Kranke senkt sich ab.
- Das Nachthemd wird zugeknöpft.
- Die Pflegeperson überzeugt sich, daß der Kranke gut liegt.
- Der Kranke wird zugedeckt.
- Die Pflegeperson trägt den Eimer mit dem gebrauchten Nachthemd aus dem Zimmer.

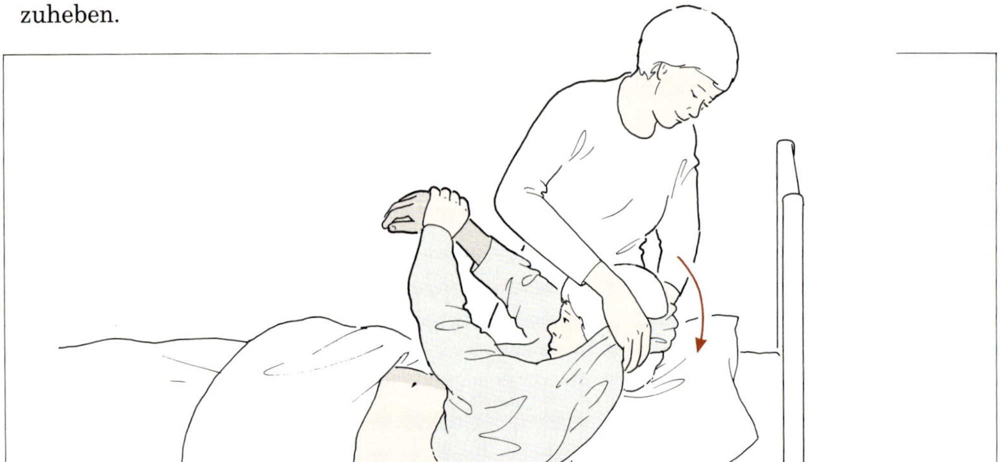

Beachte	Handlungsschritte	
	Pflegeperson ▶◀	**Kranker**
Handlungsbeginn: Bekleiden des gelähmten Armes	Sie greift von vorn durch den Ärmel und rafft das Hemd zusammen	
	Pflegeperson legt mit der anderen Hand die kranke Hand auf ihre Handfläche	
	Sie streift den gerafften Ärmel über den erkrankten Arm bis zur Schulter	
	Sie legt den kranken Arm zurück	
		Kranker greift mit seinem gesunden Arm durch den Ärmel des Nachthemds
		Er erfaßt mit der gesunden Hand den gelähmten Arm, hält ihn hoch und hebt den Kopf an
	Sie streift das geraffte Nachthemd über den Kopf	
		Kranker legt Kopf und Hände zurück und läßt die gelähmte Hand los
Stützgriff I	Die Pflegeperson richtet den Kranken auf	
	Die Hand, die die Schulter unterstützt, behält Stellung bei; die Hand, die den Rücken stützt, löst den Griff und streift das Nachthemd über den Rücken	
Stützgriff I	Sie legt den Kranken zurück	
		Der Kranke hebt sein Gesäß an
	Sie zieht das Nachthemd über das Gesäß nach unten	
		Der Kranke senkt sich ab
	Sie knöpft das Nachthemd zu	
	Sie deckt den Kranken zu	Der Kranke teilt mit, daß er angenehm liegt

Varianten zum Aus- und Anziehen des Nachthemdes

Kranke, die wegen Gelenkversteifung oder Schmerzen die Arme kaum hochheben können

Ausziehen

- Beim Ausziehen des Nachthemdes zieht man zunächst den Ärmel vom gesunden Arm, dann hebt man den Kopf des Patienten leicht an und zieht das Nachthemd über seinen Kopf.
- Zuletzt wird der Ärmel vom erkrankten Arm abgestreift.

Anziehen

- Beim Anziehen des Nachthemdes streift man zunächst den Ärmel über den kranken Arm, hebt dann den Kopf des Patienten leicht an und zieht das Nachthemd über seinen Kopf.
- Zuletzt streift man den Ärmel über den gesunden Arm.

Inkontinente Kranke

Bei bettlägerigen Kranken empfiehlt es sich, in Absprache mit ihm ein »offenes« Nachthemd anzuziehen. Verschiedene Ausführungen sind im Sanitätsfachhandel erhältlich.

Als Improvisation kann das Rückenteil des persönlichen Nachthemdes in der Mitte durchgeschnitten werden (bis etwa 10–15 cm unterhalb der Kragenkante und eingesäumt).

Lagerungen

Jede Lagerung von kranken Menschen muß folgenden Grundsätzen entsprechen: sie muß

- zur Entspannung und Erholung des Kranken beitragen,
- eine Entlastung bestimmter Körperstellen, z. B. der Gelenke, ermöglichen,
- eine zusätzliche Schädigung des Kranken vermeiden,
- einen Beitrag zu Erhalt und Förderung seiner Selbständigkeit leisten.

Werden diese Grundsätze berücksichtigt, trägt die Lagerung wesentlich zum Sichwohlfühlen des Kranken bei.

Flache Rückenlagerung

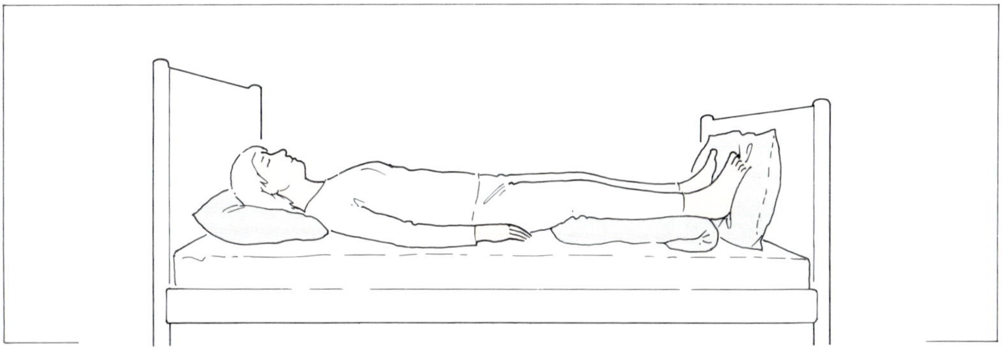

Sie dient zur allgemeinen Entspannung, zur Entlastung von Wirbelsäule und Bekken.

- Zur Erleichterung der Atmung und zur Muskelentspannung die Arme und Beine leicht anwinkeln,
- Unterschenkel und Kniekehlen durch Unterlegen eines Kissens so abstützen, daß die Fersen freiliegen und die Füße so abgestützt werden, daß kein Spitzfuß entstehen kann.

Beinhochlagerung

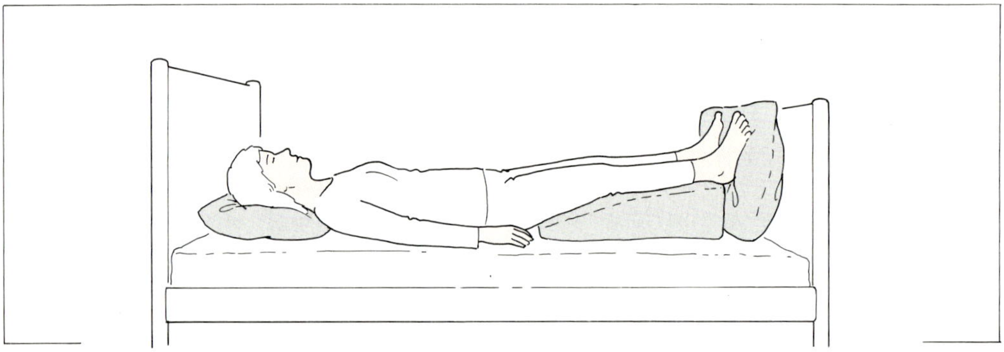

Sie verbessert den Rücktransport des Blutes aus den Venen zum Herzen. Damit dient sie der Thromboseprophylaxe und der Verringerung von Wasseransammlungen (Ödemen) in den Beinen.

- Beine auf keilförmig verlaufendem Kissen hochlagern,
- darauf achten, daß die Hochlagerung bereits im Oberschenkelbereich beginnt, die Fersen hohl gelagert und die Füße abgestützt sind.

Oberkörperhochlagerung

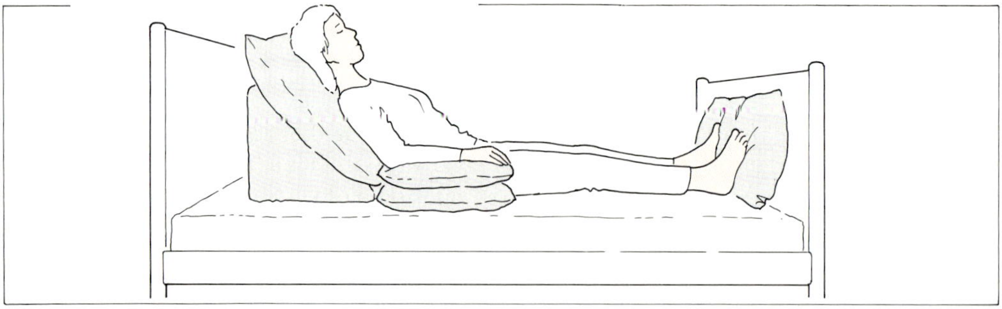

Sie ist hilfreich beim Essen, bei der Unterhaltung, zur Kreislaufbelebung, zur Erleichterung der Atmung, zur Prophylaxe der Lungenentzündung, zur Durchführung der Körperpflege.

- Falls das Kopfteil des Bettes nicht hochstellbar ist, mit »stabiler Rampe« und Kopfkissen für gewünschte Höhe und Rückenunterstützung sorgen. Darauf achten, daß die Wirbelsäule im Becken- und Hüftbereich (und nicht im Brustbereich) gekrümmt wird.
- Füße abstützen, damit der Kranke nicht abrutscht.
- Arme seitlich, etwa in Herzhöhe, lagern und gut abstützen.

Seitenlagerung

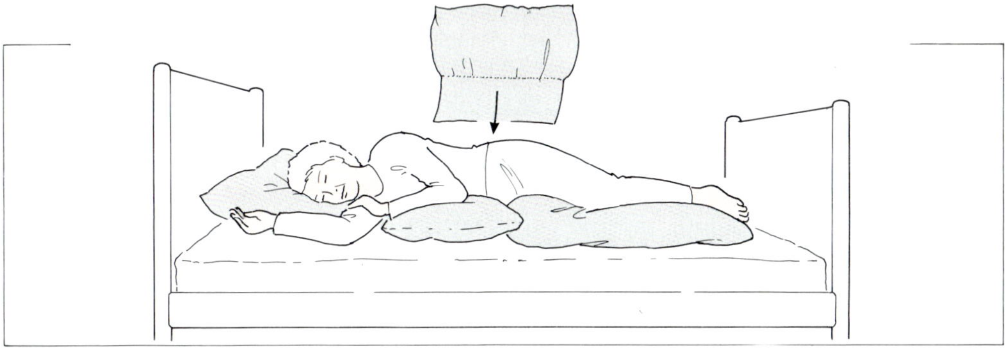

Die rechte Seitenlagerung dient zur besseren Durchlüftung der Lunge, falls Oberkörperlagerung nicht möglich ist. Die Seitenlagerung ist als Erste-Hilfe-Lagerung bei Bewußtlosigkeit besonders geeignet.

- Kranken zur Seite drehen und Rücken mit einem Kissen abstützen, um ein Zurückgleiten zu verhindern,
- unter den Kopf ein Stützkissen legen,
- das untere Bein strecken, das obere leicht nach vorne ziehen und auf einem Kissen lagern,
- die Armlagerung kann verschieden sein: Es empfiehlt sich, den unten liegenden Arm seitlich vor dem Körper zu lagern, den oben liegenden Arm zu beugen und mit einem Kissen abzustützen.

30-Grad-Schräglagerung

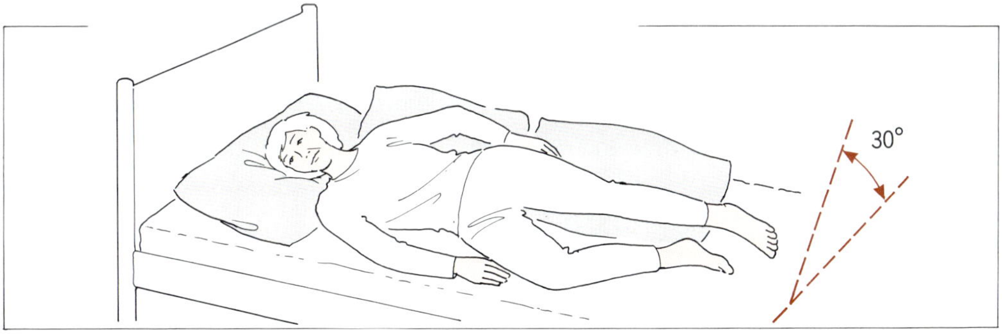

Sie gilt als die risikoärmste Lagerung und ist die zur Dekubitus-Prophylaxe am geeignetste Lagerung, weil dabei die am meisten gefährdeten Körperstellen optimal druckentlastet werden.

- Kopf mit kleinerem Kopfkissen gut stützen,
- durch seitliches Unterschieben von zwei weichen Kissen eine 30°-Schräglage herstellen; ggf. ist das andere Bein so abzu-

stützen, daß Knie, Unterschenkel und Knöchel druckentlastet werden; die Lagerung ist richtig, wenn sich die flache Hand der Pflegeperson leicht unter Kreuzbein und Hüftknochen schieben läßt,

– durch den Einsatz von Lagerungskeilen, die unter die Matratze geschoben werden, kann eine solche 30°-Lagerung auch erreicht werden.

135-Grad-Lagerung

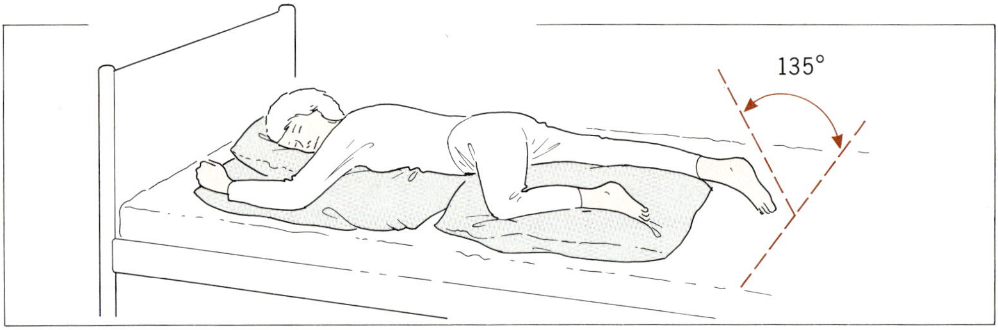

Mit dieser Lagerung kann die Bauchlage ersetzt werden, die ältere Kranke oft als unangenehm empfinden. Die 135°-Lagerung läßt sich anwenden, wenn beispielsweise ein Dekubitus im Rückenbereich zu behandeln ist.

– Ein großes, weiches Kissen so unter den Oberkörper bringen, daß der Beckenkamm gut abgestützt wird, ohne dabei schwer aufzuliegen,
– ein Stützkissen dient zur bequemen Lagerung des Kopfes,
– mit einem weiteren Kissen wird das oben liegende Bein abgestützt,
– ggf. ist der unten liegende Fuß mit einem kleinen Kissen zu unterstützen.

Pflegehandeln bei halbseitig gelähmten Kranken

Zum Erreichen der Selbständigkeit des Kranken mit Halbseitenlähmung ist bei der Pflege und Betreuung ein Zusammenwirken von ärztlicher Behandlung, Physiotherapie, Ergotherapie, Sprachtherapie und Pflege von größter Wichtigkeit, damit die einzelnen Therapie- und Hilfeleistungen sinnvoll in ein ganzheitliches Pflegekonzept integriert werden können.

Ein Hauptproblem von Kranken mit Halbseitenlähmung besteht darin, daß ihr Körpergefühl für die beeinträchtigte Seite mehr oder weniger stark gestört ist. Dadurch besteht die Neigung, alle Gegenstände, Personen oder Ereignisse, die auf dieser Seite stattfinden, zu ignorieren.

Pflegende sind in solchen Situationen oft geneigt, den Kranken nur von der gesunden Seite her »anzusprechen« und Pflegeverrichtungen auf dieser Seite durchzuführen. Um die geschädigte Seite zu trainieren, sind aber bei ihm alle Hilfeleistungen und Aktivitäten von der geschädigten Seite her auszuführen und zu steuern.

Dies wird an den nachstehenden Pflegehandlungen verdeutlicht.

Führen

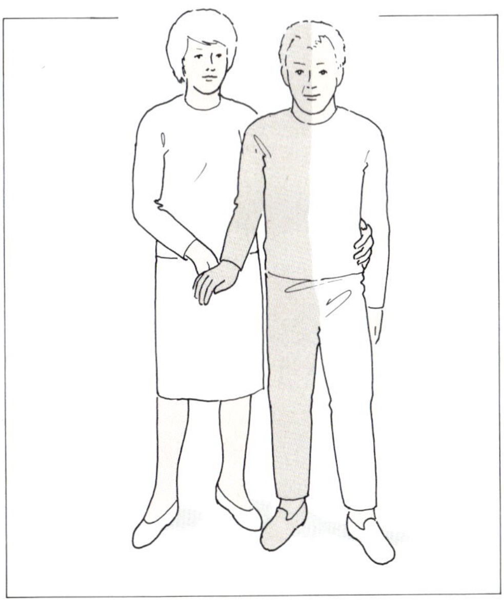

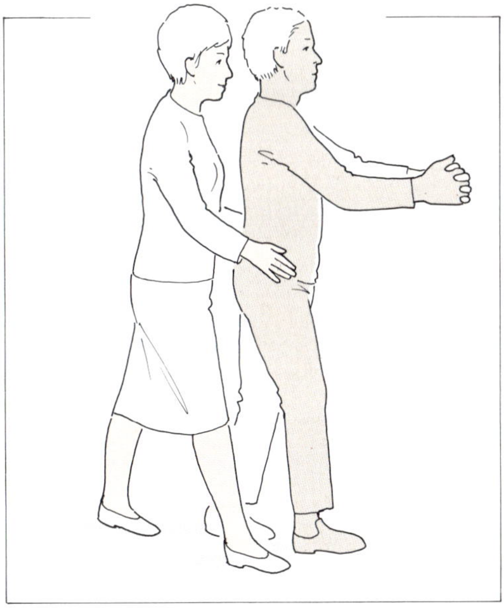

Aufrichten

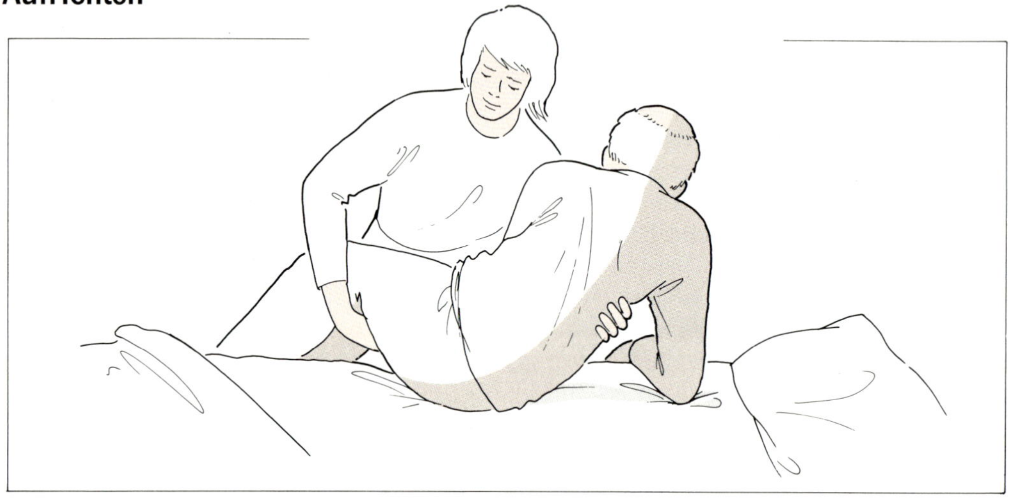

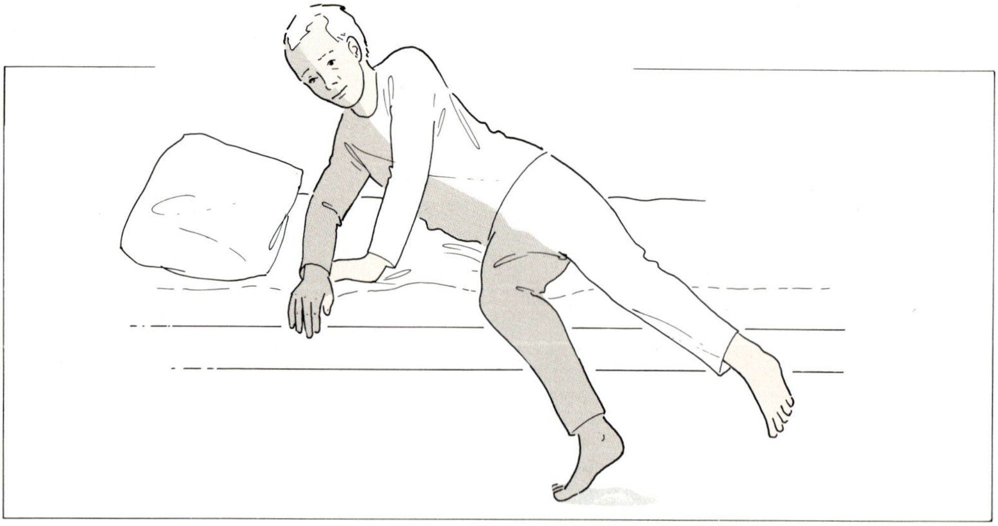

Liegen auf dem Rücken

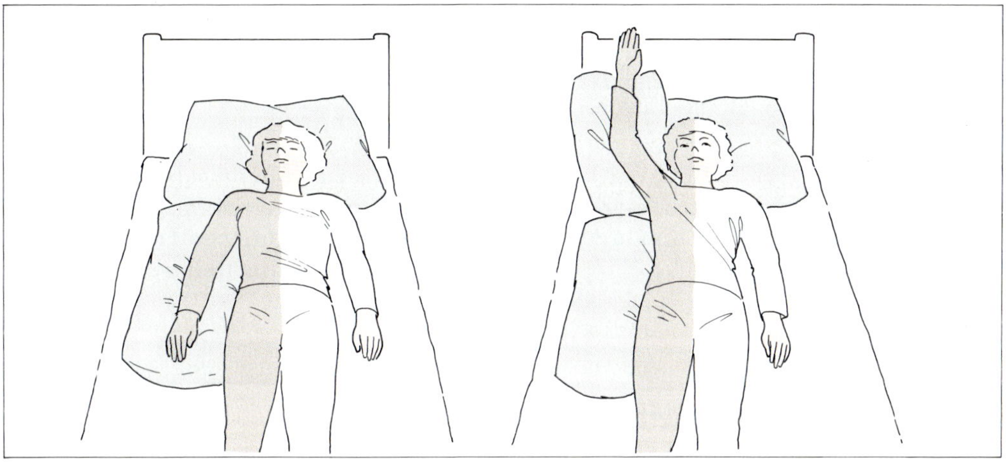

- Rumpf gerade, Kopf auf Kissen in Mittelstellung mit Blick nach kranker Seite lagern.
- Schulter und Arm der geschädigten Seite mit gestrecktem Ellbogen auf Kissen lagern, Hand und Finger sind geöffnet.
- Zugleich mit diesem Kissen Gesäß und Oberschenkel der kranken Seite so unterstützen, daß eine Außenrotation des geschädigten Beines verhindert wird.

Sitzen im Bett

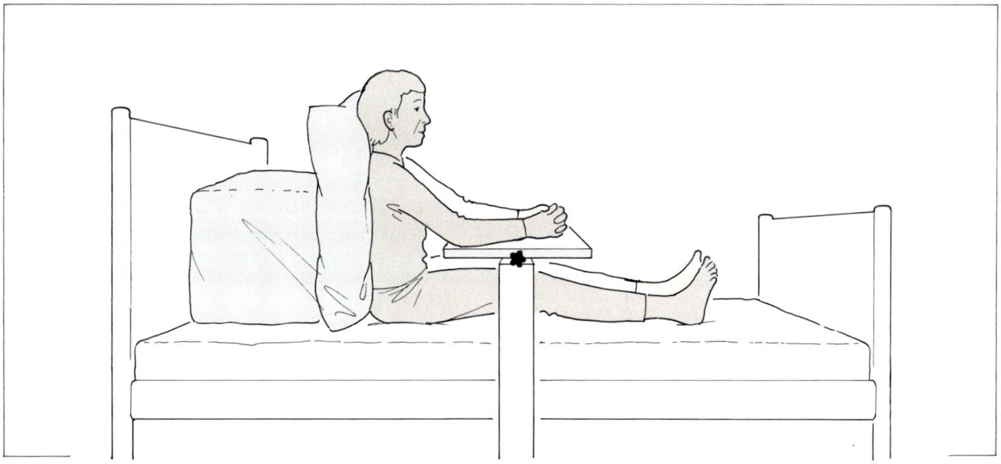

- Rücken mit Kissen so abstützen, daß der Oberkörper des Kranken gerade gehalten wird. Das Bett bleibt dazu flachgestellt.

- Wenn der Kranke aufrecht im Bett sitzen soll, ist auf folgende Sitzhaltung zu achten:
  - Der Oberkörper des Kranken ist aufrecht zu halten, dazu muß die Hüftabknickung im rechten Winkel (90°) erfolgen.
  - Diese Haltung gilt es durch einen Lagerungsblock, der auch den Kopf abstützt, und durch ein Kissen zu sichern.
- Zur Unterstützung des Gleichgewichtes wird vor den Kranken ein Bettisch geschoben, worauf er die Arme abstützen kann.
- Kniekehle und Füße werden mit weichen Kissen abgestützt.

Alternative zum Sitzen im Bett:
Wenn der Kranke ein stimmiges Pflegebett hat, läßt sich die aufrechte Haltung durch das hochgestellte Kopfteil erzielen.

Liegen auf der kranken Seite

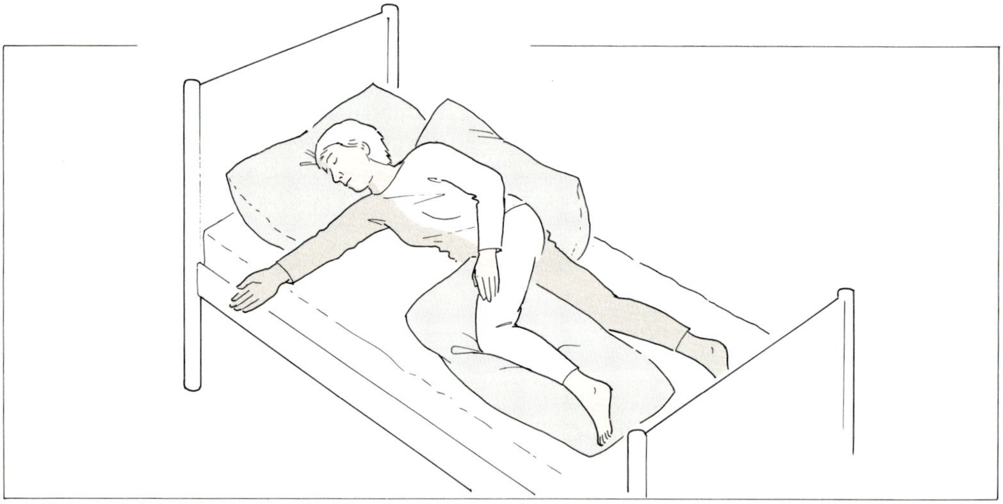

Da diese Lagerung das Gefühl des Kranken für diese Seite verbessert, sollte sie möglichst oft durchgeführt werden.

- Bett flach stellen. Der Kopf liegt gerade auf einem dicken Kissen,
- die geschädigte Schulter wird nach vorne gezogen,
- der Ellbogen ist gestreckt, die Handfläche schaut mit geöffneten Fingern nach oben,
- der Rücken wird mit Kissen abgestützt,
- das beeinträchtigte Bein ist im Hüftgelenk gestreckt, im Kniegelenk leicht gebeugt,
- das gesunde Bein wird vor dem gelähmten Bein auf einem weichen Kissen gelagert.

Liegen auf der gesunden Seite

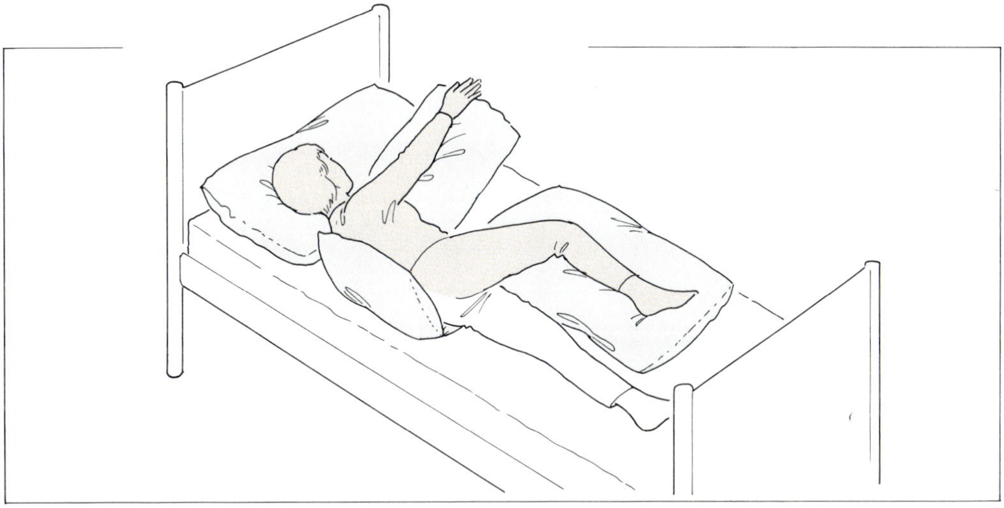

- Das Bett ist flachgestellt, der Kopf liegt gerade auf einem dicken Kissen,
- die beeinträchtigte Schulter wird nach vorne gezogen, der Arm wird mit gestrecktem Ellenbogen auf einem Kissen gelagert; der Handrücken mit geöffneten Fingern schaut nach oben,
- der Rücken wird abgestützt,
- das gesunde Bein wird ausgestreckt gelagert, das beeinträchtigte Bein wird mit leicht gebeugtem Knie nach vorne auf ein weiches Kissen gelegt.

8

Muskelkräfte des Kranken stärken

Muskeltraining für Langzeitkranke

Das Wort *Isometrik* ist griechischen Ursprungs und bedeutet etwa »gleiche Länge«. Während des Trainings wird der Muskel zwar angespannt, ohne jedoch sich in seiner Länge zu verändern. Die Methode fußt auf folgender Überlegung: wenn man einem Muskel größtmöglichen Widerstand entgegensetzt, wird er intensiv durchblutet und dadurch verstärkt mit Sauerstoff und Nährstoffen versorgt. Durch diesen Vorgang bleibt der Muskel leistungsfähig.

Dr. med. H. Cooper, Sportmediziner und Astronautentrainer, stellte bereits in den 70er Jahren die besondere Bedeutung des isometrischen Muskeltrainings für bettlägerige Patienten heraus: Der Hauptwert der Isometrik zeige sich jedoch nach wie vor in der Verwendbarkeit zur vorbeugenden Bekämpfung von Muskelschwund bei bettlägerigen Patienten. Er weist auch darauf hin, daß isometrische Übungen den Umfang und die Stärke der einzelnen Skelettmuskelpartien vermehren, ohne Lunge und Herz-Kreislauf-System zu belasten.

Für die Krankenpflege bedeutet die geringere Belastung von Lunge, Herz und Kreislauf einen Vorteil: Ohne ärztliche Anordnung kann mit den meisten Langzeitkranken ein schonendes Muskeltraining im Bett durchgeführt werden. Wichtig bei diesen Übungen ist es, daß die Pflegeperson den Kranken anleitet und anhält, die Übungen exakt durchzuführen. Werden die Übungen in ihrem Ablauf erst einmal gründlich beherrscht, kann der Kranke – je nach Gegebenheit – bestimmte Übungen selbst durchführen.

Isometrik als Prophylaxe

Prophylaktischer Wert

Die Muskeln arbeiten nach dem Zug- und Gegenzugsystem (siehe Seite 97), d. h. zieht sich eine Muskelgruppe zusammen, so wird die andere gedehnt. Wird dieses Zusammenspiel nicht ständig geübt, erschlafft die Muskulatur. Dieser Vorgang wird durch Bettlägerigkeit, Lähmungen oder durch Ruhigstellung von Gliedmaßen (z. B. durch Gipsverbände) begünstigt. Durch die mangelnde Betätigung verringern sich die Muskeln in ihrer Masse und verlieren an Funktionsfähigkeit. Werden Muskeln bewegt oder trainiert, erhält oder verbessert sich ihre Spannung (*Tonus*). Insbesondere bei chronischen Erkrankungen, die mit Bewegungseinschränkungen verbunden sind, wird durch dieses Training einer fortschreitenden Schwächung und Hilflosigkeit des kranken Menschen vorgebeugt und Abhängigkeiten entgegengewirkt.

Ein vielseitiges und gezieltes Training kann bestimmte Muskelgruppen durch sogenannte isometrische Übungen funktionsfähig halten, ohne daß Bewegungsleistungen des Kranken erforderlich sind.

Aufgabe

Versuch 1
Zählen Sie eine Minute lang Ihren Puls.

Legen Sie beide Handflächen leicht an die Seitenkanten Ihres Stuhls.

Versuchen Sie, den Stuhl mit beiden Handflächen zunehmend stärker zusammenzudrücken.

Messen Sie sich anschließend den Puls und vergleichen Sie diesen mit der Zahl der Pulsschläge vor dem Versuch.

Überlegen Sie, welche Feststellung und Beobachtung Sie gemacht haben.

Notieren Sie Ihr Ergebnis:

____

____

____

____

Versuch 2
Zählen Sie eine Minute lang Ihren Puls.

Steigen Sie fünfmal nacheinander auf den Stuhl und von ihm wieder herab oder machen Sie fünf Kniebeugen.

Messen Sie sich anschließend den Puls und vergleichen Sie diesen mit der Zahl der Pulsschläge vor dem Versuch.

Überlegen Sie, welche Feststellung und Beobachtung Sie gemacht haben.

Notieren Sie Ihr Ergebnis:

____

____

____

____

Ergebnis

Wenn Sie noch einmal die gemachten Erfahrungen unter besonderer Berücksichtigung von Atmung und Puls überblicken, so können Sie folgende Ergebnisse feststellen.

Versuch 1
Druck gegen Widerstand ohne wahrnehmbare Bewegung

Normale Atemaktivität

Normaler Puls

Keine belastende Beanspruchung von Herz und Kreislauf

Passive Aktivität

Versuch 2
Anstrengung mit Bewegung

Erhöhte Atemaktivität

Erhöhter Puls

Anforderung an Herz und Kreislauf

Beanspruchung des Bewegungsapparates

Beachte
Übungen, bei denen die im Versuch 1 genannten Merkmale auftreten, werden *isometrische* Übungen genannt.

Übungen, bei denen die im Versuch 2 genannten Merkmale auftreten, werden *isotonische* Übungen genannt.

Grundinformationen für die isometrischen Übungen

Für jede Übung gelten die Regeln, die Prof. Dr. med. TH. HETTINGER aufgestellt hat:

- Die einzelnen Muskelgruppen müssen gegen den jeweiligen Widerstand maximal angespannt und diese Anspannung etwa zwei bis drei Sekunden aufrechterhalten werden.
- Die Muskulatur darf nie ruckartig angespannt werden. Bei der Anspannung ist die Kraft jedoch zügig zu steigern.
- Bei der Muskelspannung darf keine sichtbare Bewegung ausgeführt werden.
- Während der einzelnen Übung keine Preßatmung durchführen. Den notwendigen Trainingserfolg für die einzelnen Muskeln erzielt man nur durch normales Atmen.
- Nach jeder Übung ist eine kurze Pause von einigen Sekunden einzulegen. Durch mehrere Übungen, die hintereinander ohne Pause durchgeführt werden, kann es vor allem bei herz- und kreislaufgeschwächten Personen zu einer Beeinflussung des Kreislaufes kommen. Pausen zwischen den einzelnen Übungen sind zu empfehlen.
- Man sollte nicht mehr als 15 Übungen während einer Übungsperiode durchführen. Das ist einschließlich der Pausen ein Zeitaufwand von etwa zwei Minuten.

Im folgenden werden Sie durch Bild und Text die einzelnen Übungen kennen und ausführen lernen, um später einen Kranken anleiten zu können.

Isometrisches Trainingsprogramm

Einzeltraining

Übung 1
Betrachten Sie das nachstehende Bild und nehmen Sie die entsprechende Ausgangsstellung ein.

1. Legen Sie die Fingerkuppen dachförmig gegeneinander und spreizen Sie dabei die gestreckten Finger.
2. Ihre Oberarme dürfen den Körper nicht berühren.
3. Ihre Finger sollen etwa 30 cm von der Brust entfernt sein.

Training

- Drücken Sie die gespreizten Fingerkuppen gegeneinander.
- Erspüren Sie, welche der in der Skizze angegebenen Muskelpartien auch bei Ihnen beansprucht werden.
- Führen Sie die Übung noch einige Male durch und achten Sie auf regelmäßige Atmung.

Während der Übung ist darauf zu achten, daß beim Gegeneinanderdrücken der Finger Widerstand und Atmung zunehmend koordiniert werden. Dieses Zusammenspiel von Widerstand und Atmung wird nicht sogleich gelingen, sondern erst durch mehrmaliges Üben möglich werden.

Die Übung kann auch in anderen Variationen durchgeführt werden, um andere Muskelpartien zu aktivieren. Sie läßt sich auch in Augenhöhe und über dem Kopf durchführen.

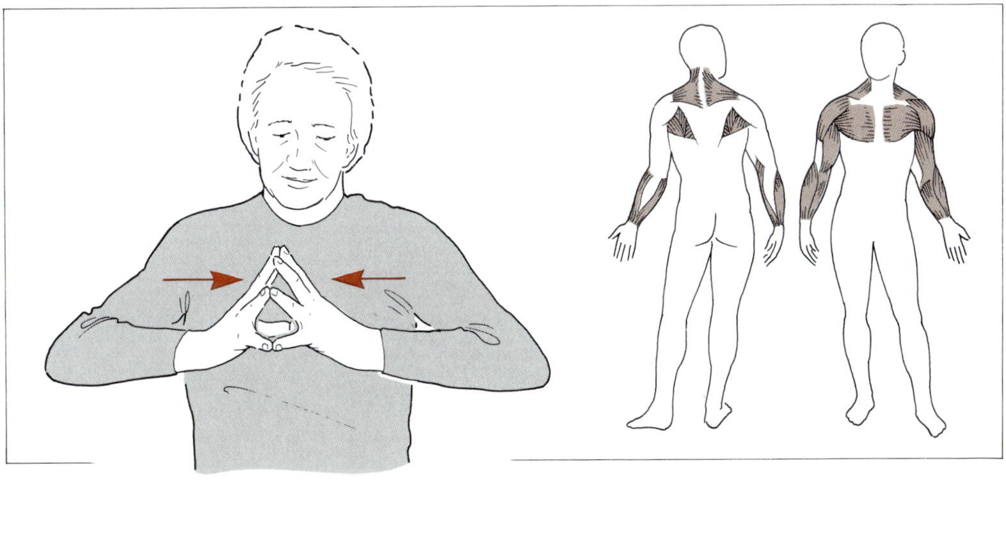

Übung 2

Betrachten Sie das untenstehende Bild und nehmen Sie die entsprechende Ausgangsstellung ein.

1. Verhaken Sie Ihre Finger (Hakengriff).
2. Die Oberarme dürfen den Körper nicht berühren.
3. Die Hände befinden sich in Brusthöhe.

Training

- Lassen Sie Ihre Finger fest verhakt und versuchen Sie mit aller Kraft, die Finger auseinanderzuziehen, ohne die Verklammerung zu lösen.
- Erspüren Sie, welche der in der Skizze angegebenen Muskelpartien auch bei Ihnen beansprucht werden.
- Führen Sie die Übung mehrere Male durch und achten Sie auf regelmäßige Atmung.

Auch diese Übung läßt sich in Augenhöhe und über dem Kopf durchführen.

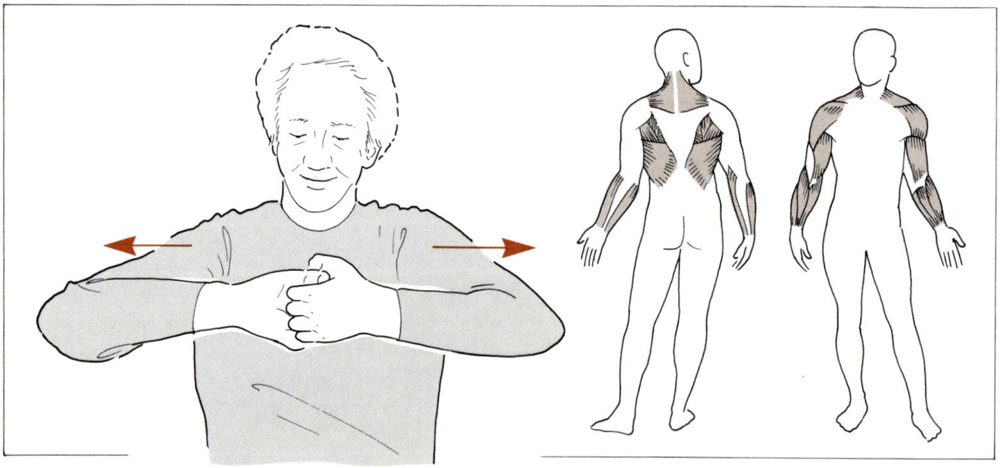

Übung 3
Betrachten Sie das untenstehende Bild und nehmen Sie die entsprechende Ausgangsstellung ein.

1. Strecken Sie Ihre Knie.
2. Legen Sie die linke Fußsohle auf den rechten Fußrücken.

Training

- Drücken Sie gleichzeitig Fußrücken und Fußsohle gegeneinander.
- Erspüren Sie wieder, welche der in der Skizze angegebenen Muskelpartien auch bei Ihnen beansprucht werden.
- Führen Sie die Übung noch einige Male durch.

Sie können die Ausgangsstellung wechseln, indem Sie die rechte Fußsohle auf den linken Fußrücken legen.

Die vorausgegangenen Übungen zeigen eindeutig, daß beim isometrischen Training auf Druck und Gegendruck sowie auf eine regelmäßige Atmung zu achten ist:

- Exakte Ausgangsstellung beobachten,
- Ziehen oder Drücken mit größtmöglicher Kraft,
- Muskelanspannung langsam und nicht ruckartig vollziehen,
- regelmäßig und normal durchatmen,
- Atempressen vermeiden.

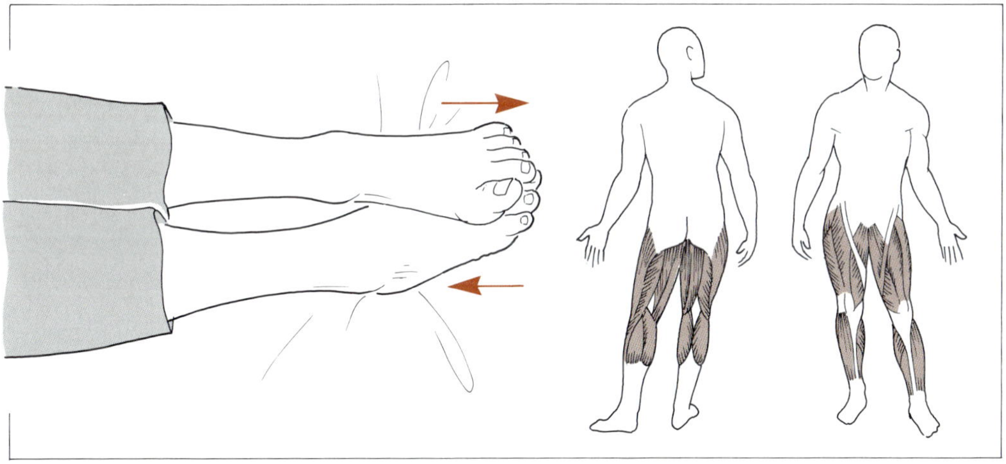

Beachte
Bei den Muskelkraftübungen ist darauf zu achten, daß Widerstand und Atmung koordiniert werden. Eine Kräftigung der Muskeln wird erst durch das Zusammenwirken von Zug oder Druck gegen Widerstand (ohne Bewegungen) und regelmäßiges Ein- und Ausatmen ermöglicht.

Die volle Wirkung wird bereits bei einer einmaligen Übung mit einer Dauer von 2–3 Sekunden (einmal tief ein- und ausatmen) erreicht.

Partnertraining

Bisher wurden Übungen empfohlen, die der Kranke selbst ohne fremde Hilfe durchführen kann. Es gibt aber zahlreiche Kranke, insbesondere Langzeitkranke, die infolge ihres geschwächten Zustandes isometrische Übungen nur noch mit Hilfe einer Pflegeperson ausführen können.

Durch das folgende Training soll die Pflegeperson durch Bild und Text befähigt werden, die isometrischen Übungen zunächst selbst zu erlernen *(Ihre Lernsituation)*, um sie später am Krankenbett *(Pflegesituation)* anwenden zu können.

Bei den Partnerübungen trainieren Pflegeperson und Kranker zusammen: In der Lernsituation üben Sie mit einem Partner, der die Rolle des Kranken einnimmt (»Kranker«); in der späteren konkreten Pflegesituation leiten Sie den Kranken zum Muskeltraining an und üben mit ihm.

Beachte

- Sie übernehmen die Rolle der Pflegeperson, der Übungspartner die des Kranken.
- Beachten Sie die jeweilige »Lage« des Kranken, wie sie aus dem Bild bzw. aus der Textbeschreibung hervorgeht.
- Geben Sie dem Kranken genaue Anweisungen zur Muskelanspannung.
- Erfühlen Sie den Druck des Kranken und erwidern Sie mit entsprechendem Gegendruck.

Übung 4

Betrachten Sie gemeinsam mit Ihrem Partner das untenstehende Bild und lesen Sie dazu die nachstehende Beschreibung der Übung.

Pflegesituation

Kranker	Pflegeperson
Ausgangsstellung • Er nimmt Rückenlage ein.	*Ausgangsstellung* • Sie stellt sich an das Kopfende des Bettes oder in Kopfhöhe neben das Bett, • legt beide Handflächen auf die Stirn des Kranken. *Aufforderung* »Versuchen Sie, mit Ihrer Stirn meine Hände nach oben wegzudrücken!«
Vorgang • Kranker drückt bei Aufforderung kräftig gegen die Hände der Pflegeperson.	*Vorgang* • Pflegeperson erfühlt den Druck des Kranken gegen ihre Hände, • dosiert ihren Gegendruck.

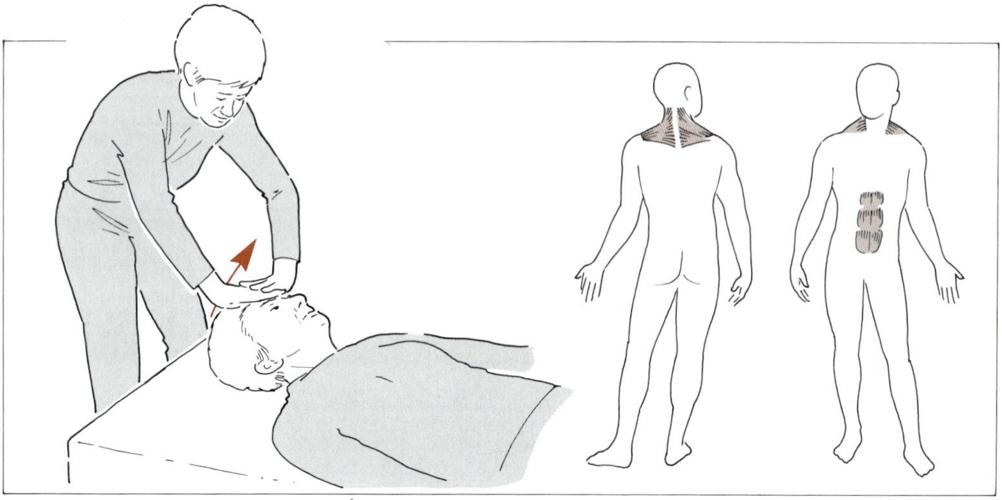

- Simulieren Sie die beschriebene Partnerübung.
- Tauschen Sie sich mit dem Partner (»Kranker«) aus, welche der in der Skizze angegebenen Muskelpartien bei ihm beansprucht wurden.
- Führen Sie die Übung noch einmal durch und achten Sie auf die regelmäßige Atmung des »Kranken«.
- Wechseln Sie Ihre »Rollen« und wiederholen Sie die Übung.

Übung 5

Betrachten Sie gemeinsam mit Ihrem Partner das untenstehende Bild und lesen Sie dazu die nachstehende Beschreibung der Übung.

Pflegesituation

Kranker	Pflegeperson
Ausgangsstellung • Er nimmt Rückenlage ein.	*Ausgangsstellung* • Sie stellt sich an das Kopfende des Bettes oder in Kopfhöhe neben das Bett, • legt beide Handflächen unter den Hinterkopf des Kranken.
	Aufforderung »Versuchen Sie, mit Ihrem Kopf meine Hände nach unten gegen das Bett zu drücken!«
Vorgang • Kranker drückt kräftig gegen die Hände der Pflegeperson.	*Vorgang* • Pflegeperson erfühlt den Druck des Kranken gegen ihre Hände, • dosiert ihren Gegendruck.

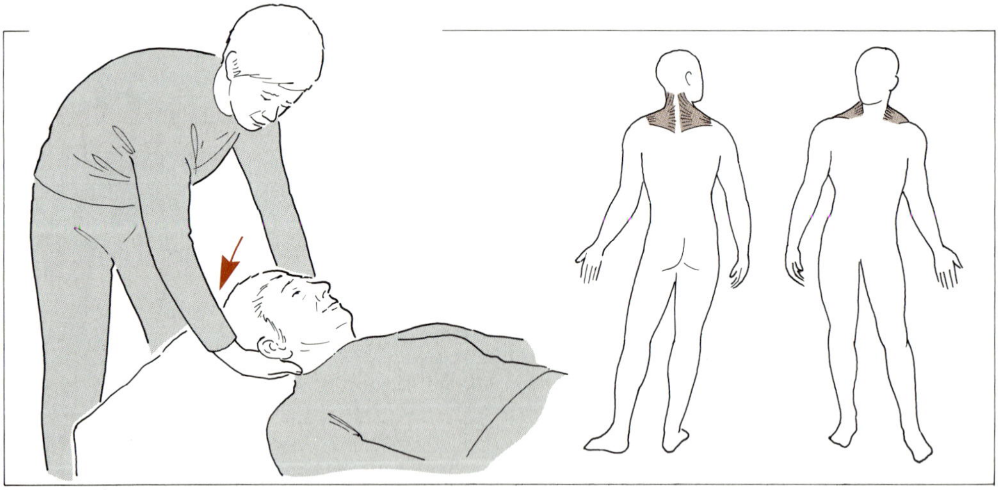

- Simulieren Sie die beschriebene Partnerübung.
- Tauschen Sie sich mit dem Partner (»Kranker«) aus, welche der in der Skizze angegebenen Muskelpartien bei ihm beansprucht wurden.
- Führen Sie die Übung noch einmal durch und achten Sie auf die regelmäßige Atmung des »Kranken«.
- Wechseln Sie Ihre »Rollen« und wiederholen Sie die Übung.

Übung 6

Betrachten Sie gemeinsam mit Ihrem Partner das untenstehende Bild und lesen Sie dazu die nachstehende Beschreibung der Übung.

Pflegesituation

Kranker ▶◀	Pflegeperson
Ausgangsstellung • Er nimmt Rückenlage ein, • Arm liegt gestreckt und vom Körper etwas abgespreizt auf der Hand der Pflegeperson.	*Ausgangsstellung* • Sie steht auf der einen Seite des Bettes oder sitzt auf dem Bettrand, • legt ihre Handfläche unter die Hand des Kranken. *Aufforderung* »Drücken Sie meine Hand nach unten!«
Vorgang • Kranker drückt kräftig seine Hand auf die Handfläche der Pflegeperson.	*Vorgang* • Pflegeperson erfühlt den Druck des Kranken gegen ihre Hand, • dosiert ihren Gegendruck.

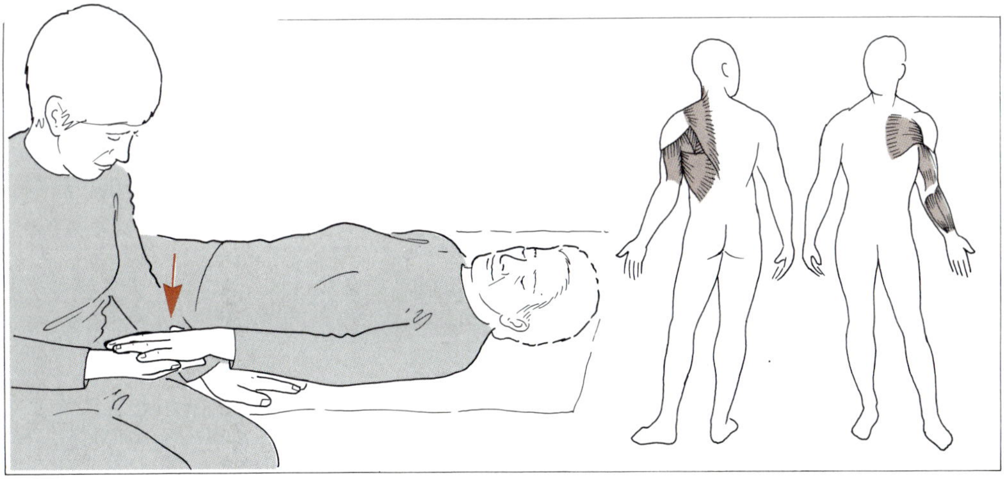

- Simulieren Sie die beschriebene Partnerübung.
- Tauschen Sie sich mit dem Partner (»Kranker«) aus, welche der in der Skizze angegebenen Muskelpartien bei ihm beansprucht wurden.
- Führen Sie die Übung noch einmal durch und achten Sie auf die regelmäßige Atmung des »Kranken«.
- Wechseln Sie Ihre »Rollen« und wiederholen Sie die Übung.

Übung 7

Betrachten Sie gemeinsam mit Ihrem Partner das untenstehende Bild und lesen Sie dazu die nachstehende Beschreibung der Übung.

Pflegesituation

Kranker ▶◀	Pflegeperson
Ausgangsstellung • Er nimmt Rückenlage ein, • beugt Knie und stellt die Füße auf die Unterlage.	*Ausgangsstellung* • Sie stellt sich auf eine Seite des Bettes, • umfaßt von oben her den Rumpf des Kranken so, daß ihre Hände unter den Rücken des Kranken kommen. *Aufforderung* »Drücken Sie mit aller Kraft meine Hände nach unten gegen das Bett!«
Vorgang • Kranker drückt bei Aufforderung kräftig gegen die Hände der Pflegeperson.	*Vorgang* • Pflegeperson erfühlt den Druck des Kranken gegen ihre Hände, • dosiert ihren Gegendruck.

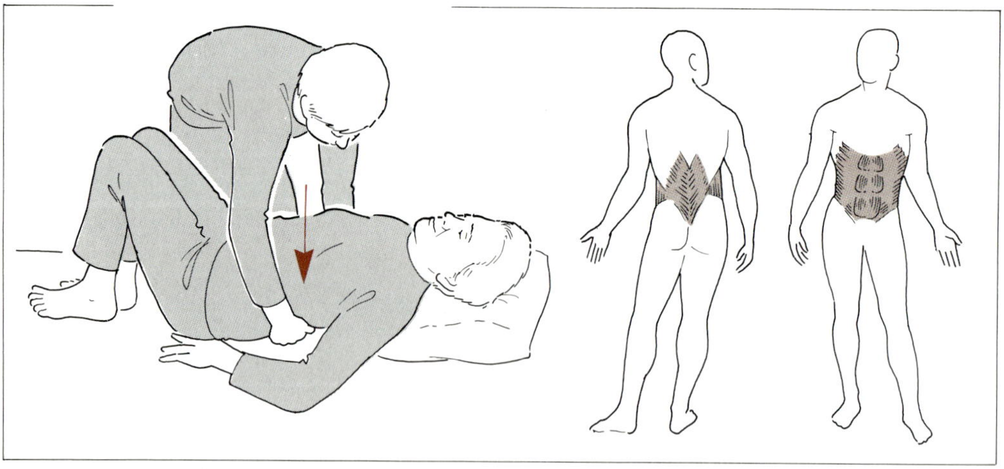

- Simulieren Sie die beschriebene Partnerübung.
- Tauschen Sie sich mit dem Partner (»Kranker«) aus, welche der in der Skizze angegebenen Muskelpartien bei ihm beansprucht wurden.
- Führen Sie die Übung noch einmal durch und achten Sie auf die regelmäßige Atmung des »Kranken«.
- Wechseln Sie Ihre »Rollen« und wiederholen Sie die Übung.

Übung 8

Betrachten Sie gemeinsam mit Ihrem Partner das untenstehende Bild und lesen Sie dazu die nachstehende Beschreibung der Übung.

Pflegesituation

Kranker	Pflegeperson
Ausgangsstellung • Er nimmt Rückenlage ein, • beugt Knie und stellt die Füße auf die Unterlage.	*Ausgangsstellung* • Sie stellt sich auf eine Seite des Bettes, • legt beide Hände auf die Bauchmuskulatur des Kranken.
	Aufforderung »Versuchen Sie, meine Hände nach oben wegzudrücken!«
Vorgang • Kranker drückt kräftig gegen die Hände der Pflegeperson und atmet normal weiter.	*Vorgang* • Pflegeperson erfühlt den Druck des Kranken gegen ihre Hände, • dosiert ihren Gegendruck.

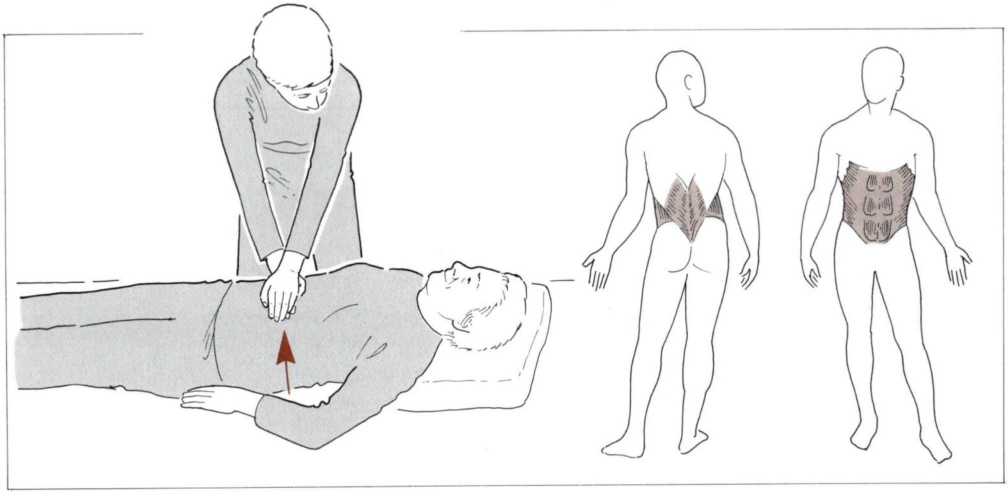

- Simulieren Sie die beschriebene Partnerübung.
- Tauschen Sie sich mit dem Partner (»Kranker«) aus, welche der in der Skizze angegebenen Muskelpartien bei ihm beansprucht wurden.
- Führen Sie die Übung noch einmal durch und achten Sie auf die regelmäßige Atmung des »Kranken«.
- Wechseln Sie Ihre »Rollen« und wiederholen Sie die Übung.

Übung 9
Betrachten Sie gemeinsam mit Ihrem Partner das untenstehende Bild und lesen Sie dazu die nachstehende Beschreibung der Übung.

Pflegesituation

Kranker	Pflegeperson
Ausgangsstellung • Er nimmt Rückenlage ein, • Beine sind gestreckt.	*Ausgangsstellung* • Sie stellt sich an das Fußende des Bettes, • legt ihre Handflächen gegen die Fußsohlen des Kranken. *Aufforderung* »Versuchen Sie, mit Ihren Fußsohlen meine Hände wegzudrücken!«
Vorgang • Kranker drückt kräftig gegen die Hände der Pflegeperson.	*Vorgang* • Pflegeperson erfühlt den Druck des Kranken gegen ihre Hände, • dosiert ihren Gegendruck.

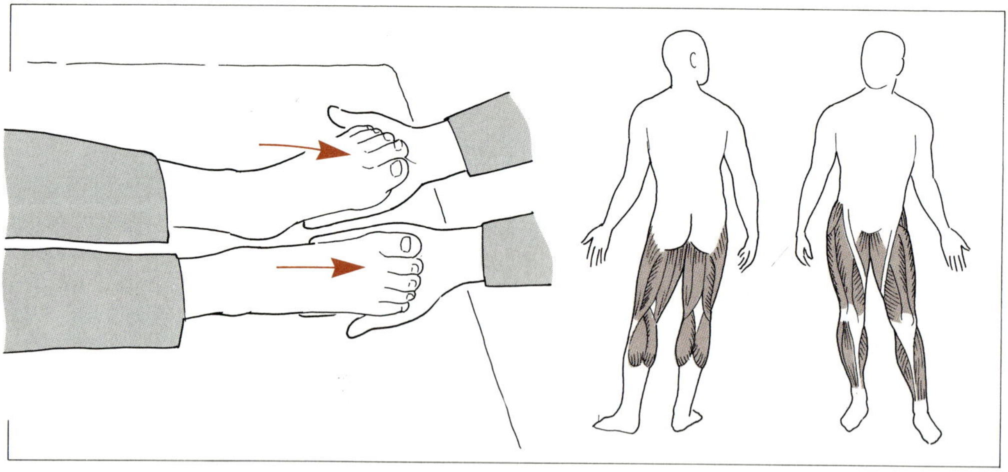

- Simulieren Sie die beschriebene Partnerübung.
- Tauschen Sie sich mit dem Partner (»Kranker«) aus, welche der in der Skizze angegebenen Muskelpartien bei ihm beansprucht wurden.
- Führen Sie die Übung noch einmal durch und achten Sie auf die regelmäßige Atmung des »Kranken«.
- Wechseln Sie Ihre »Rollen« und wiederholen Sie die Übung.

Übung 10
Betrachten Sie gemeinsam mit Ihrem Partner das untenstehende Bild und lesen Sie dazu die nachstehende Beschreibung der Übung.

Pflegesituation

Kranker ▶◀	Pflegeperson
Ausgangsstellung ● Er nimmt Rückenlage ein, ● Beine sind gestreckt.	*Ausgangsstellung* ● Sie stellt sich an das Fußende des Bettes, ● untergreift mit beiden Händen die Fußgelenke des Kranken und hebt dessen gestreckte Beine etwa 30 cm an.
	Aufforderung »Versuchen Sie, meine Hände nach unten gegen das Bett zu drücken!«
Vorgang ● Kranker drückt kräftig gegen die Hände der Pflegeperson.	*Vorgang* ● Pflegeperson erfühlt den Druck des Kranken gegen ihre Hände, ● dosiert ihren Gegendruck.

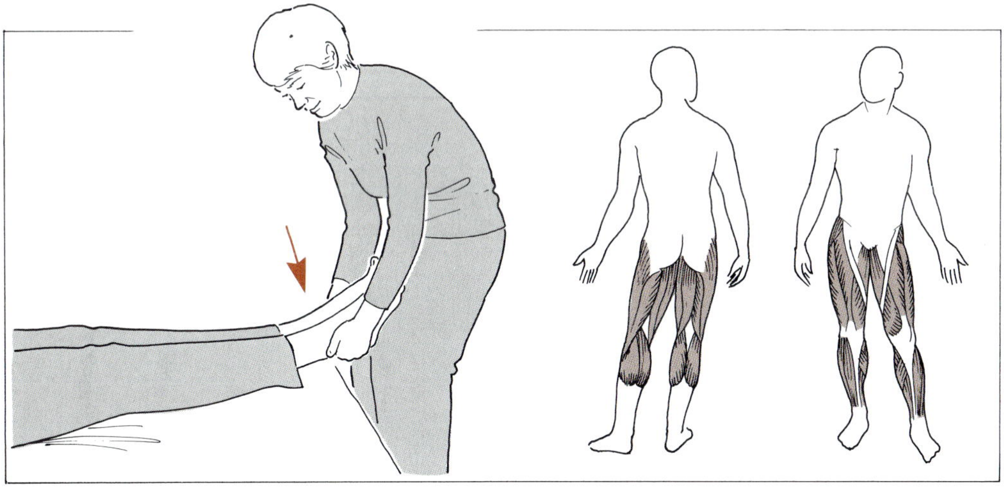

– Simulieren Sie die beschriebene Partnerübung.
– Tauschen Sie sich mit dem Partner (»Kranker«) aus, welche der in der Skizze angegebenen Muskelpartien bei ihm beansprucht wurden.
– Führen Sie die Übung noch einmal durch und achten Sie auf die regelmäßige Atmung des »Kranken«.
– Wechseln Sie Ihre »Rollen« und wiederholen Sie die Übung.

Übung 11
Betrachten Sie gemeinsam mit Ihrem Partner das untenstehende Bild und lesen Sie dazu die nachstehende Beschreibung der Übung.

Pflegesituation

Kranker ▶◀	Pflegeperson
Ausgangsstellung • Er nimmt Rückenlage ein, • Beine werden gestreckt und leicht gegrätscht auf die Unterlage gelegt.	*Ausgangsstellung* • Sie steht am Fußende des Bettes, • legt beide Handflächen gegen die Außenseite der Knöchel des Kranken. *Aufforderung* »Versuchen Sie, mit aller Kraft meine Hände nach außen wegzudrücken!«
Vorgang • Kranker drückt kräftig gegen die Hände der Pflegeperson.	*Vorgang* • Pflegeperson erfühlt den Druck des Kranken gegen ihre Hände, • dosiert ihren Gegendruck.

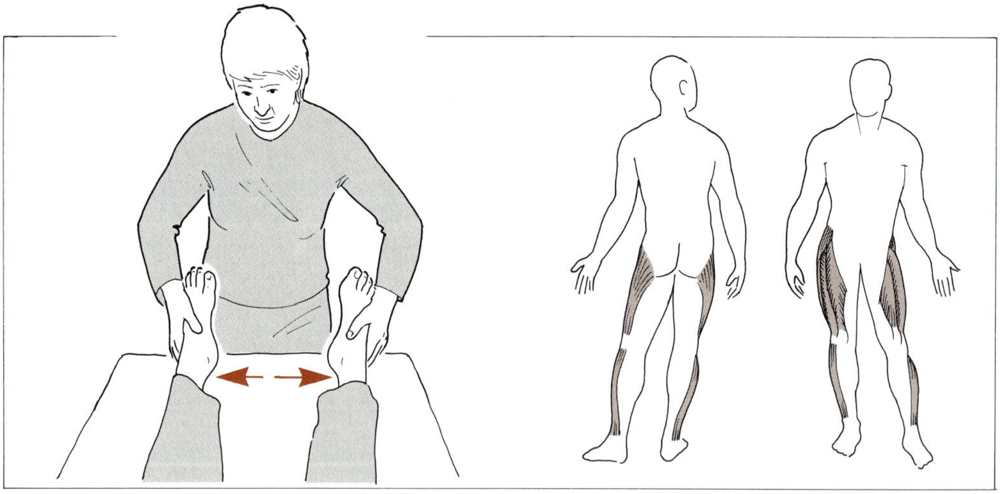

- Simulieren Sie die beschriebene Partnerübung.
- Tauschen Sie sich mit dem Partner (»Kranker«) aus, welche der in der Skizze angegebenen Muskelpartien bei ihm beansprucht wurden.
- Führen Sie die Übung noch einmal durch und achten Sie auf die regelmäßige Atmung des »Kranken«.
- Wechseln Sie Ihre »Rollen« und wiederholen Sie die Übung.

Übung 12
Betrachten Sie gemeinsam mit Ihrem Partner das untenstehende Bild und lesen Sie dazu die nachstehende Beschreibung der Übung.

Pflegesituation

Kranker	Pflegeperson
Ausgangsstellung • Er nimmt Rückenlage ein, • Beine werden gestreckt und leicht gegrätscht auf die Unterlage gelegt.	*Ausgangsstellung* • Sie steht am Fußende des Bettes, • legt beide Handflächen gegen die Innenseite der Knöchel des Kranken. *Aufforderung* »Versuchen Sie, mit aller Kraft meine Hände nach innen zu drücken!«
Vorgang • Kranker drückt kräftig gegen die Hände der Pflegeperson.	*Vorgang* • Pflegeperson erfühlt den Druck des Kranken gegen ihre Hände, • dosiert ihren Gegendruck.

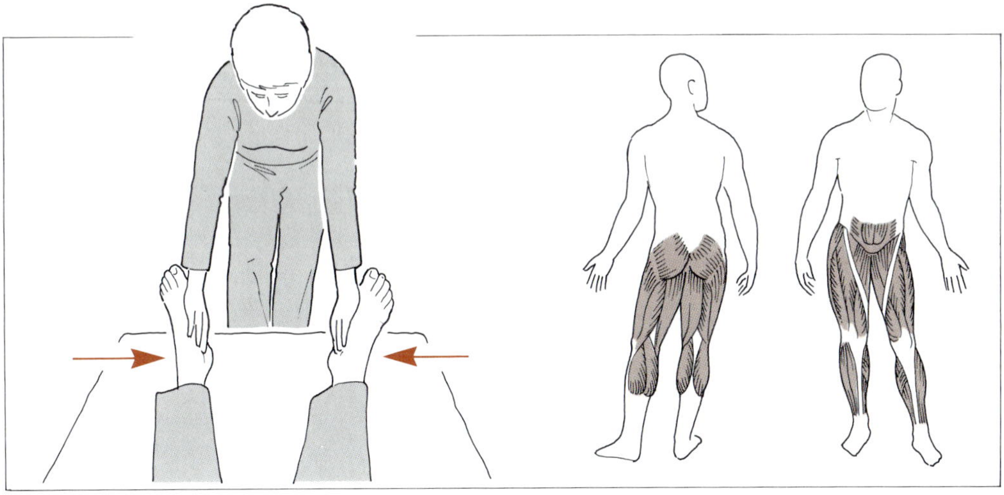

- Simulieren sie die beschriebene Partnerübung.
- Tauschen Sie sich mit dem Partner (»Kranker«) aus, welche der in der Skizze angegebenen Muskelpartien bei ihm beansprucht wurden.
- Führen Sie die Übung noch einmal durch und achten Sie auf die regelmäßige Atmung des »Kranken«.
- Wechseln Sie Ihre »Rollen« und wiederholen Sie die Übung.

Zusammenfassung

- Mit diesem Trainingsprogramm kann die Muskulatur einzelner Körperpartien durch isometrische Übungen gestärkt werden, ohne Herz und Kreislauf des Langzeitkranken zu belasten.
- Bei diesem Pflegehandeln tritt die Pflegeperson durch Berühren und Erfühlen in eine sehr persönliche Beziehung mit dem Kranken. Auch durch diese non-verbale Kommunikation fühlt sich der Kranke als ganzer Mensch angesprochen.
- Darüber hinaus ergibt sich die Möglichkeit, täglich über einen längeren Zeitraum mit dem Kranken in einer individuellen und zugleich abwechslungsreichen Weise in Kontakt zu bleiben.
- Durch die isometrischen Übungen bekommt der Kranke mehr Selbstvertrauen und Hoffnung auf Förderung seiner körperlichen Tüchtigkeit. Damit verbunden ist bei ihm das Gefühl, nicht mehr auf fremde Hilfe allein angewiesen zu sein. Er erkennt, daß auch er etwas für sich selbst tun kann.
- Zugleich aber vermittelt die Pflegeperson dem Kranken das Gefühl, ihm nicht nur helfen zu wollen, sondern ihm auch helfen zu können.

9

Sich dem Langzeitkranken zuwenden

Zuwendung zum langzeitkranken Menschen

Oft kann man die Klagen hören: »Keiner hat mehr Zeit für mich« oder »Wie selten findet man jemanden, der sich wirklich einmal Zeit nimmt, mir ruhig zuzuhören und mitzufühlen«. Die Klagen sind sicher berechtigt, denn die zwischenmenschlichen Beziehungen sind auch in der Familie manchmal rein sachlich, weniger persönlich und herzlich.

Auch die Krankenpflege ist von dieser Versachlichung der Beziehungen bedroht. Jeder kennt Beispiele von gut funktionierenden Krankenhäusern, in denen alles perfekt eingerichtet ist und ebenso perfekt abläuft; für die menschliche Zuwendung zum Kranken aber bleibt oft zu wenig Raum. In der Hauskrankenpflege besteht die Chance, mit der übernommenen Pflege viel stärker die persönliche Zuwendung zu verbinden. Für die Pflege der Schwerkranken ist die Zuwendung besonders dringlich, denn bei ihnen kommt zu den Leiden der Krankheit der oft schmerzliche Verlust von sozialen Beziehungen, die in gesunden Tagen selbstverständlich waren.

Das bedeutet, daß man für die Pflege mehr Zeit aufwenden muß; das heißt aber auch, die pflegerischen Handlungen sachgerecht und ohne Hast vorzunehmen. Der Kranke soll erfahren, daß die Pflegeperson sich auf ihn konzentriert, ruhig, und anteilnehmend für den Kranken da ist, sich für ihn Zeit nimmt.

Aufgabe

Die Abbildungen auf dieser und der nächsten Seite zeigen typische Situationen in der Hauskrankenpflege. Die erste Abbildung zeigt eine Pflegeperson bei der Haarpflege. Die zweite Abbildung zeigt, wie eine Pflegeperson einer Kranken behilflich ist. Beobachten Sie Form und Maß von Zuwendung und Nähe in den beiden Pflegesituationen.

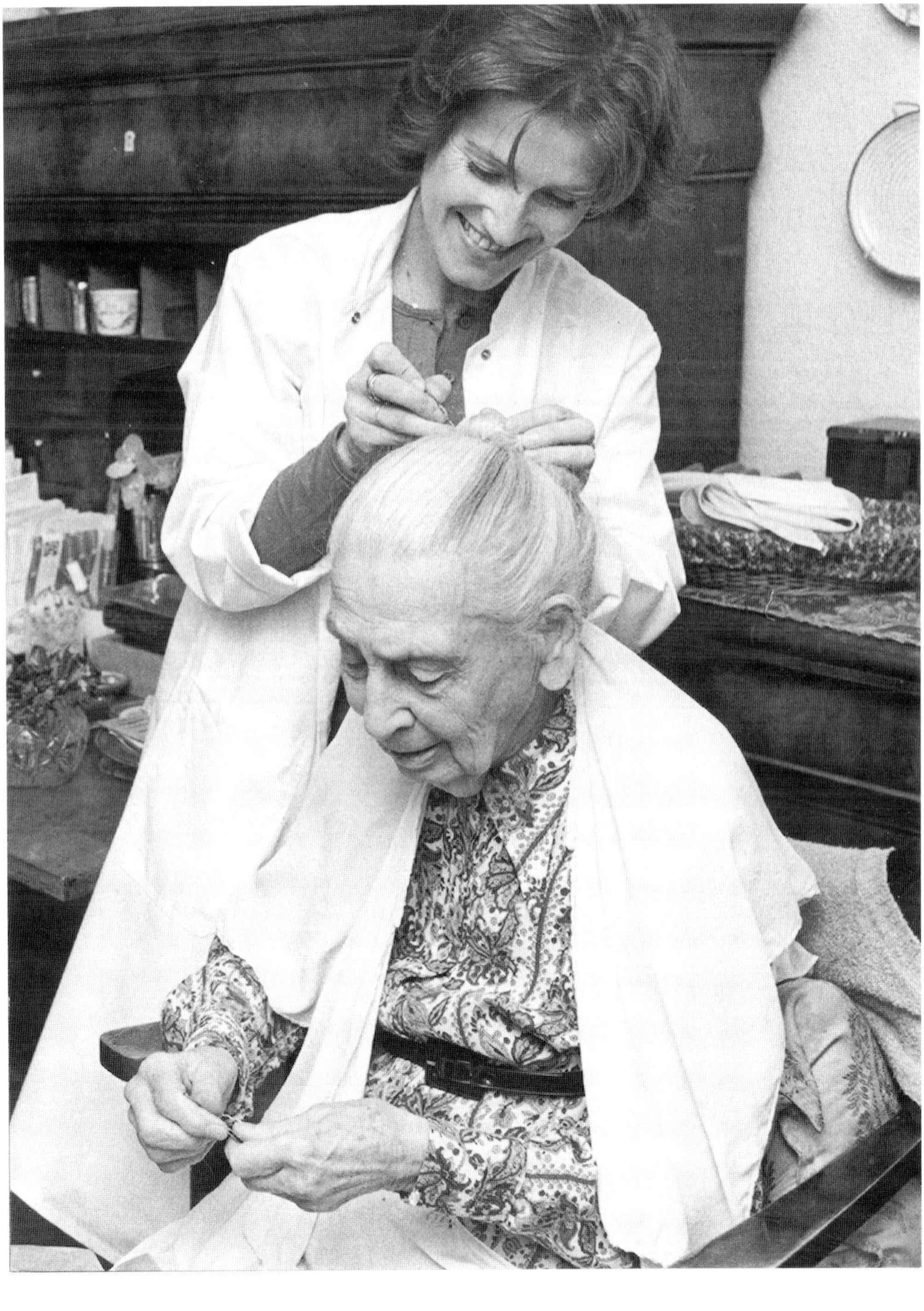

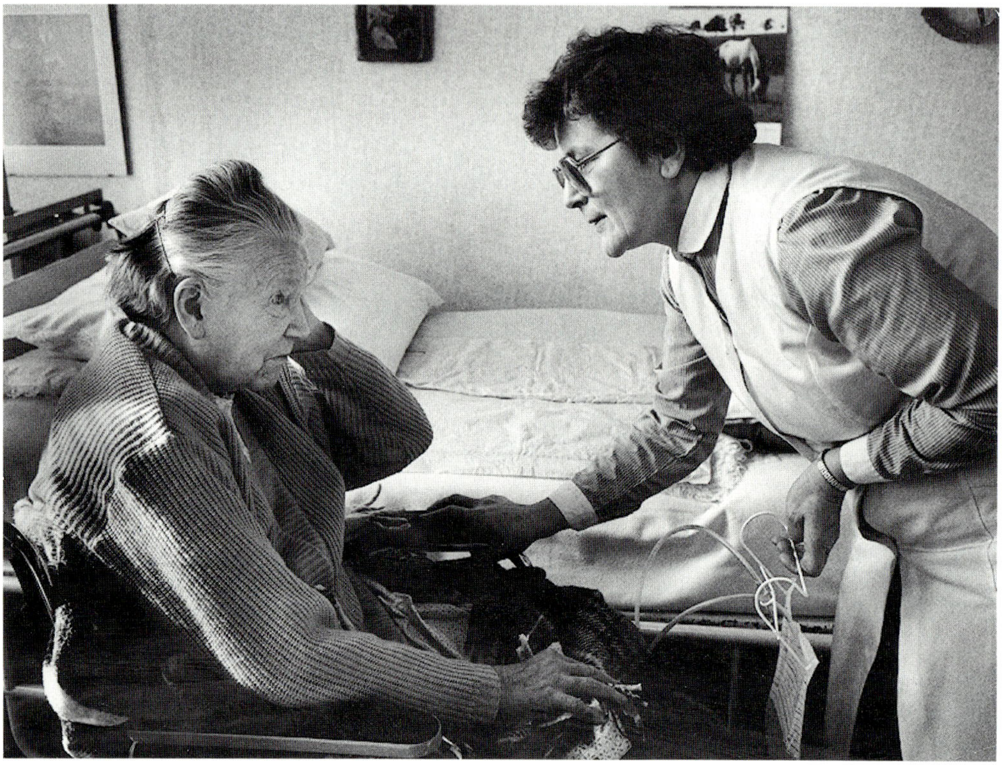

Ergebnis

Die beiden Situationen machen deutlich, wie sich diese Kranken durch die menschliche Nähe und Zuwendung aufgehoben und angenommen fühlen.

Kann eine Pflegeperson kein Vertrauensverhältnis aufbauen, so können leicht Spannungen auftreten, die das Verhältnis von Pflegeperson und dem kranken Menschen stören.

Besonders ein Schwerkranker wird empfindlich reagieren, wenn er im Verhalten der Pflegeperson mangelnde Achtung vor seiner Person zu erkennen glaubt.

Auch andere Formen von Fehlverhalten gegenüber Kranken können das Vertrauensverhältnis beeinträchtigen:

- Nichternstnehmen des Kranken,
- Unsicherheit,
- Gleichgültigkeit,
- Betriebsamkeit.

Nachstehend finden Sie noch weitere Beispiele für Verhaltensweisen, die ebenfalls das Verhältnis von Pflegeperson und Krankem belasten oder stören können:

- die **Pflegeperson** belastet den Kranken mit ihren eigenen Schwierigkeiten und Problemen;
- sie reagiert ihre eigenen Gefühle am Kranken ab;

- sie läßt ihre Launen, die sie sonst nicht äußern kann, am Kranken aus;
- sie fordert unbedingtes Gehorchen. Wenn der Kranke gehorcht und sich fügt, dann wird er gelobt; wenn er anderer Meinung ist, wird er gescholten;
- sie führt ihre Pflegemaßnahmen einmal so, das nächstemal wieder anders aus; dadurch wird der Kranke irritiert und verunsichert;
- der **Kranke** fordert, daß die Pflegeperson ausschließlich für ihn da ist;
- er übersieht, daß die Pflegeperson außer der Pflege noch andere Aufgaben hat;
- er sieht nur seine Schwierigkeiten und fordert, daß sich alles nach ihm richtet;
- er möchte nicht zur Last fallen und entwickelt eine Bescheidenheit, die ihn gefährdet, z. B. trotz großer Unsicherheit Aufstehen aus dem Bett, ohne Hilfe in Anspruch zu nehmen.

Solche Konflikte können vom Kranken oder auch von der Pflegeperson ausgehen. Für die Lösung derartiger Situationen wird es für alle Beteiligten notwendig, sich ihres eigenen Verhaltens bewußt zu werden und die möglicherweise entstandene Überforderung wahrzunehmen und nach Möglichkeit zu verringern.

Ein Fehlverhalten der Pflegeperson kann vermieden werden, wenn sie bereit ist, ihr Verhalten zu überdenken, nach Alternativen zu suchen und anzuwenden.

Aufgabe

Geben Sie an, wie Sie sich in den vorgegebenen Pflegesituationen bei bestimmten Tätigkeiten dem Kranken zuwenden werden.

Pflegesituation	Tätigkeiten des Pflegepersonals	Art der Zuwendung
beim Erbrechen	den Kopf stützen	behutsam
bei Erregung/Angstzustand	zureden	______
bei Krankheitszeichen	beobachten	______
bei hygienischen Maßnahmen	reinigen	______
bei Niedergeschlagenheit	trösten	______
beim Betten	Pflegemittel bereitstellen	______
beim Gespräch	zuhören	______
beim Lagern	Hilfsmittel anwenden	______

Vergleichen Sie Ihre Antworten mit den Angaben auf der nächsten Seite.

Ergebnis

Pflegesituation	Tätigkeiten des Pflegepersonals	Art der Zuwendung
beim Erbrechen	den Kopf stützen	behutsam
bei Erregung/Angstzustand	zureden	beruhigend
bei Krankheitszeichen	beobachten	aufmerksam
bei hygienischen Maßnahmen	reinigen	sorgfältig
bei Niedergeschlagenheit	trösten	mitfühlend
beim Betten	Pflegemittel bereitstellen	vorausplanend
beim Gespräch	zuhören	anteilnehmend
beim Lagern	Hilfsmittel anwenden	sach- und situationsgerecht

Die Pflege eines *Langzeitkranken* fordert den persönlichen Einsatz der Pflegeperson. Körperliche Leistungsfähigkeit und seelische Belastbarkeit werden unter Umständen bis zum äußersten beansprucht. Ein derartiger intensiver, oft monate- und jahrelanger Einsatz bei der körperlichen und seelischen Betreuung eines solchen Kranken kann nur durchgehalten werden, wenn die Pflegeperson

- sich *sensibilisiert* und dadurch fähig wird, den körperlichen Zustand und das seelische Befinden eines Langzeitkranken wahrzunehmen und darauf situationsgerecht zu reagieren, z. B. den Wunsch zu erspüren, besser gebettet zu werden, Mißfallensäußerungen überhören zu können, Beleidigungen nicht immer persönlich zu nehmen;
- sich *qualifiziert* und damit bereit wird, Entscheidungen in der Pflege verantwortungsvoll zu treffen und Pflegemaßnahmen gewissenhaft durchzuführen;
- sich mit der Pflegeaufgabe *identifiziert* und bereit ist, die Rolle als Pflegeperson zu übernehmen und die damit übernommenen Pflichten anzuerkennen und wahrzunehmen; dazu gehört auch die Beachtung bestimmter Sorgfaltspflichten, z. B. die Sorge für sich selbst und das Aufmerksammachen auf die Notwendigkeit, persönliche Anliegen zu regeln.

Beachte
Im Verlauf der Hauskrankenpflege können durchaus Situationen eintreten, durch die für eine überbeanspruchte Pflegeperson die Gefahr besteht, persönlich Schaden zu nehmen. In solchen Fällen hat sie das Recht und die Pflicht, auf die Erhaltung ihrer eigenen Gesundheit und/oder ihrer persönlichen Freiheit und Würde zu achten.

Pflegemaßnahmen

Sie haben bereits Pflegemaßnahmen und deren Notwendigkeit zur Vorbeugung gegen Gelenkversteifungen, Lungenentzündung, Thrombose und Dekubitus kennengelernt. Bei diesen Maßnahmen handelt es sich vor allem darum, mögliche Gefährdungen, die durch längere Bettlägerigkeit verursacht werden, zu vermeiden.

Darüber hinaus übernimmt die Pflegeperson auch Verantwortung für die tägliche Körperpflege. Je nach dem Grad der Erkrankung führt der Kranke diese Maßnahmen an sich selbst durch, in vielen anderen Fällen werden diese teilweise oder ganz von der Pflegeperson vorgenommen. Es versteht sich von selbst, daß die Pflegemaßnahmen und Handreichungen hygienisch einwandfrei und exakt durchgeführt werden. Die Pflegeperson hat dabei auch eine gesundheitserzieherische Aufgabe zu erfüllen, denn neben der gründlichen Durchführung der Körperpflege des Kranken hat sie Gelegenheit, in einem Gespräch auf die Notwendigkeit der Aktivierung zur Selbständigkeit hinzuweisen. Wenn sie dabei mit pädagogischem Geschick vorgeht, kann sie dem Kranken die Notwendigkeit von Pflegemaßnahmen wie tägliches Waschen, Wechseln der Wäsche, den Gebrauch von Pflegemitteln nahebringen und ihn zum Mittun bei der Körperpflege gewinnen.

Bereitstellung von Pflegemitteln und Gegenständen

Für die nachstehenden Pflegemaßnahmen sind jeweils bestimmte Mittel und Gegenstände unverzichtbar:

Ganzwaschung
Handtuch zum Schutz des Kranken bzw. des Bettes,
2 Waschlappen,
2 Handtücher,
Waschschüssel,
Wasser,
Waschlotion,
Hautpflegemittel, Kosmetika,
Kamm, Bürste, Spiegel,
evtl. Rasierzeug,
frisches Nachthemd, Leibwäsche,
frische Unterlage, Bettwäsche,
Handtuch,
Waschlappen;

Mund- und Zahnpflege
Zahnglas mit Wasser,
Zahnpaste,
Zahnbürste,
Nierenschale,
Handtuch,
Klemme und Mundpflegemittel;

Haarwäsche
Kopfwaschgarnitur oder 2 Gummitücher mit Waschschüssel,
2 Eimer (1. leer, 2. mit Wasser gefüllt),
Schöpfgefäß,
2 Handtücher,
1 Waschlappen,
Wäscheklammern,
Shampoo,
Kamm, Bürste, Spiegel, Fön,
Lagerungskissen zur Unterstützung von Nacken und Kniekehlen;

Fußbad
Gummituch,
Waschschüssel,
Waschlappen,
Waschlotion,
Handtuch,
Körperlotion;

Handbad
Handtuch zum Schutz des Krankenbettes,
Waschschüssel,
Seife,
Handtuch,
Handcreme,
Nagelbürste;

Bad
Wanne mit Wasser,
Badezusatz,
2 Handtücher,
2 Waschlappen,
Badebürste,
Hautpflegemittel,
Besteck für Maniküre und Pediküre,
Leibwäsche/Kleidung.

Beachte:
Aus hygienischen Gründen ist angezeigt, täglich frische Handtücher und Waschlappen zu verwenden.

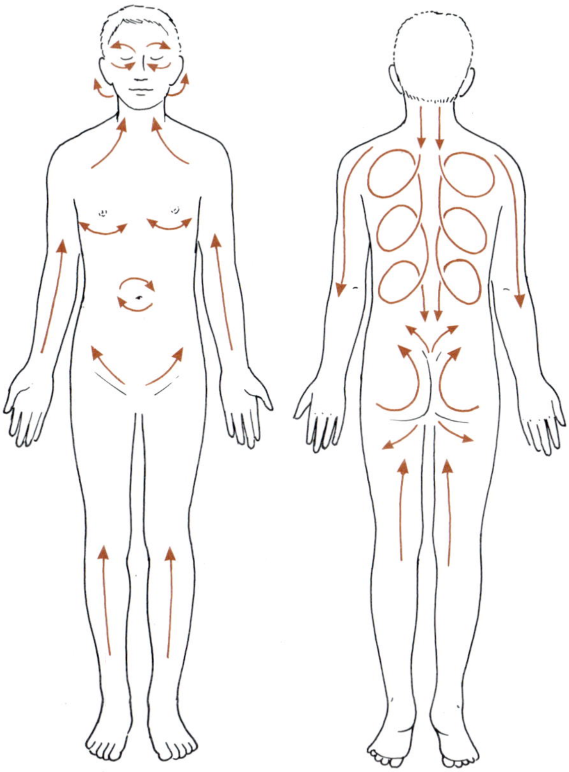

- individuelle Bedürfnisse und Gewohnheiten beachten
- Selbständigkeit erhalten bzw. fördern
- sorgfältig und schrittweise informieren
- Entscheidungen möglichst selbst treffen lassen
- zügig waschen und sorgfältig abtrocknen
- nicht unnötig entblößen
- Zugluft vermeiden
- auf körperliche und psychische Veränderungen achten

Ganzwaschung

Handlungsschritte

- Bettdecke bis zur Taille zurückfalten,
- evtl. ein Kopfkissen entnehmen,
- dem Kranken das Nachthemd oder Schlafanzugsjacke ausziehen,
- Schutzhandtuch unter Kopf und Schultern legen,
- Augen von außen (äußere Augenwinkel) nach innen (Nasengegend) waschen,
- dann das Gesicht waschen und trocknen,
- Ohren und Hals waschen und trocknen,
- Schutzhandtuch unter Kopf und Schultern entfernen, der Länge nach unter einen Arm legen,
- Unterarm, Oberarm, Schulter, Achselhöhle waschen und trocknen,
- Hand ins Wasser tauchen lassen, waschen und evtl. Handbad ermöglichen,
- besonders zwischen den Fingern gut abtrocknen,
- Schutzhandtuch entfernen,
- dieselben Verrichtungen am anderen Arm durchführen,
- Bettdecke bis zu den Knien zurückfalten,
- Nachthemd von der Brust entfernen,
- Bauch und Intimbereich des Kranken mit Schutzhandtuch bedecken,
- Brust und Bauch (Bauchnabel berücksichtigen) waschen und trocknen,

- evtl. Hautfalten pudern (dünn auftragen und gut verreiben),
- Brust und Bauch mit Nachthemd/Schlafanzugjacke bedecken (offenes Nachthemd überstreifen),
- Kranken zur Seite drehen (entweder zur Wand oder zur Seite der Pflegeperson, damit er nicht aus dem Bett fällt),
- Bett mit Schutzhandtuch vor Nässe schützen (der Länge nach dicht an den Körper des Kranken legen),
- Rücken bis zur Taille waschen und abtrocknen.

Wechsel von Handtuch und Waschlappen

- Gesäß, Gesäßfalte und After waschen und gut abtrocknen, auf Hautveränderungen achten,
- Rücken evtl. mit Körperlotion o. ä. einreiben,
- evtl. Gesäßfalte pudern,
- Schutzhandtuch entfernen,
- Kranken in Rückenlage zurückdrehen,
- Nachthemd/Schlafanzugjacke anziehen,
- den Kranken zudecken.

Wechsel von Waschwasser

Intimpflege bei Frauen

- Beine der Kranken anwinkeln und spreizen,
- Leistenbeugen waschen und trocknen (auf Hautveränderungen, besonders in den Leistenbeugen achten),
- Schamlippen spreizen und zum After hin waschen und trocknen,
- Oberkörper und Intimbereich der Kranken mit Badetuch oder leichter Wolldecke vor Auskühlung schützen.

Intimpflege bei Männern

- Vorhaut möglichst weit zurückschieben,
- Eichel vom angesammelten Sekret säubern,
- Vorhaut wieder ganz nach vorne schieben,
- Glied, Hoden und Leistenbeuge waschen und trocknen,
- Oberkörper und Imtimbereich des Kranken mit Badetuch oder leichter Wolldecke vor Auskühlung schützen.

- Schutzhandtuch unter das eine Bein legen,
- Unterschenkel, Oberschenkel waschen und trocknen,
- Fuß waschen, evtl. Fußbad ermöglichen,
- Fuß- und Zehenzwischenräume gut trocknen,
- Füße und Beine eincremen;
- Schutzhandtuch entfernen.

- Bett des Kranken in Ordnung bringen,
- Haarpflege durchführen (kämmen oder bürsten, Spiegel reichen),
- evtl. Nagelpflege,
- Pflegemittel aufräumen und versorgen.

Beachte
Der Kranke gewöhnt sich bei der täglichen Ganzwaschung an eine bestimmte Reihenfolge, diese ist von der Pflegeperson zu berücksichtigen.

Mund- und Zahnpflege

Kann sich der Kranke die Zähne noch selbst putzen, wird man ihm die notwendigen Hilfsmittel bereitstellen. Nötigenfalls gibt die Pflegeperson erforderliche Hilfestellungen.

Bei Schwerkranken oder bewußtlosen Kranken muß eine sorgfältige und gewissenhafte Mundpflege erfolgen. Geringe Veränderungen der Mundschleimhaut und der Zunge, z. B. durch Trockenheit oder eine Rötung, sind als Alarmzeichen zu bewerten. Sie können zur Ursache einer Erkrankung im Bereich der Mundhöhle werden. Besonders gefährdet sind

- Kranke mit hohem Fieber,
- alte Menschen oder Kranke mit verringertem Gesundheitszustand,
- Schwerkranke oder Bewußtlose, die durch den Mund atmen.

Die gründliche und gezielte Mundpflege bewirkt eine saubere und feuchte Mundschleimhaut, eine belagfreie Zunge und einen borkenfreien Rachenraum.

Durchführung bei hilfsbedürftigen Kranken

- Den Kranken mit *»Stützgriff allein«* aufrichten,
- Kopfteil des Pflegebettes höherstellen,
- Handtuch um den Hals des Kranken legen,
- Kopf im Nacken unterstützen,
- die Zähne gründlich putzen.

Die Pflegeperson erkundigt sich vorweg beim Kranken nach der Intensität des Bürstens. Sie beginnt rechts an der oberen Kaufläche und führt mit der Zahnbürste kleine, kreisende Bewegungen durch, vom hinteren Zahn bis zum Eckzahn nach vorn, dann oben links von hinten nach vorn. Die gleiche Verrichtung führt sie an den unteren Kauflächen durch. Die Außen- und Innenflächen der Zähne werden in gleicher Weise versorgt: am hinteren Zahn beginnend, von hinten oben rechts nach vorn, von hinten oben links nach vorn. Die gleiche Verrichtung wiederholt sie bei den unteren Zähnen.

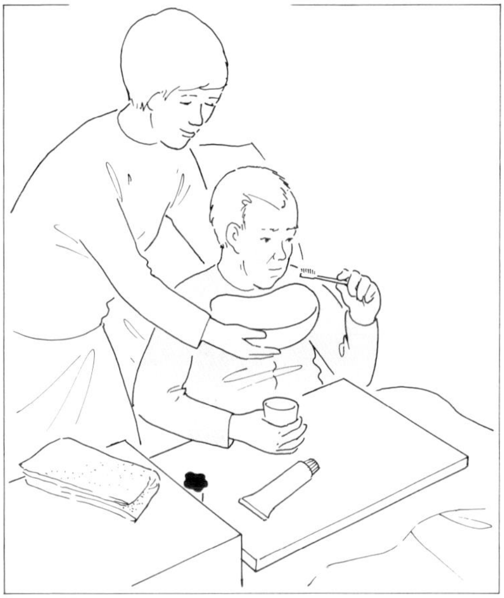

- Dem Kranken Wasser (evtl. mit Zusatz) zum Ausspülen reichen,
- Nierenschale reichen und ihn ausspuken lassen,
- der Kranke wischt sich den Mund mit Waschlappen ab und trocknet das Gesicht,
- Pflegemittel aufräumen und versorgen.

Durchführung bei schwerkranken oder bewußtlosen Kranken

Vorbereitungen

- 1 Handtuch zum Abdecken des Bettes,
- Tupferträger (Einmal- oder Metallklemme), Mulltupfer,
- 2 Becher oder Gläser für Lösungen,
- spezielle Lösung, evtl. vom Arzt verordnet, zum Auswischen der Mundhöhle,

- Lösung zum Nachwischen: Kamillentee, Zitronenwasser, Kochsalzlösung,
- Nierenschale für gebrauchte Tupfer,
- fettende Salbe für die Lippen, z. B. Vaseline oder Lippenfettstift,
- Lemon-Tupfer.
- Tupfer so in die Klemme einspannen, daß sie ringsherum gepolstert ist,
- spezielle Lösung in ein Glas oder Becher geben,
- Tupferträger eintauchen und auf dem Bettisch bereitstellen.

Durchführung
- Handtuch, zum Bettrand hin, unter den Kopf des Kranken legen,
- Kopf des Kranken auf die Seite drehen, evtl. mit einer Hand den Kopf unterstützen,
- mit Tupferträger Mundhöhle, Zunge und besonders den Raum zwischen Zahnreihe und Wange gut reinigen (öfters den Tupfer wechseln),
- mit Kamillentee o. ä. nachwischen,
- Lippen besonders bei Kranken, die durch den Mund atmen, einfetten,
- Kopf des Kranken bequem lagern,
- Pflegemittel aufräumen und versorgen.

Beachte
Die Prothesen werden immer unter fließendem Wasser mit einer Bürste gereinigt und anschließend in einem mit Wasser gefüllten Becher unter Zusatz einer Reinigungstablette gereinigt aufbewahrt.

Vor der Reinigung soll Wasser in das Waschbecken gegeben werden, um bei einem eventuellen Herabfallen der Prothese diese nicht zu beschädigen.

Haarwäsche

Bei dieser Pflegemaßnahme wird eine Kopfwaschgarnitur verwendet. Deshalb ist kaum die Mithilfe des Kranken erforderlich.

Vorbereitungen
- Pflege- und Hilfsmittel bereitstellen: einen Eimer mit warmem Wasser gut erreichbar auf die Seite der Pflegeperson auf einen Stuhl stellen und Schöpfgefäß dazugeben, einen leeren Eimer auf die andere Seite für das gebrauchte Wasser stellen.
- Bettdecke soweit wie nötig zurückfalten,
- Kranken aufrichten,
- Kopfkissen entfernen und dieses auf bereitstehenden Stuhl legen,
- Handtuch um Hals und Schultern des Kranken legen,
- Kopfwaschgarnitur einlegen, Nackenbereich durch Kissen unterstützen,
- Lagerung des Kopfes des Kranken auf dem verbreiterten Auflagerand dieser Garnitur,
- Abflußrohr in bereitstehenden Eimer leiten,
- Augen des Kranken mit Waschlappen abdecken,
- Kniekehlen durch Kissen unterstützen.

Vorwäsche

- Haare anfeuchten,
- Shampoo auftragen und auf dem Haar verteilen,
- Haare waschen,
- Haare abspülen: mit der einen Hand die Haare lockern, mit der anderen Hand das Wasser vorsichtig übergießen.

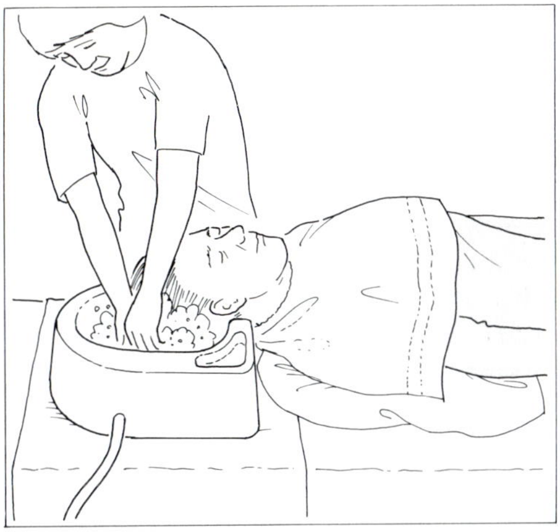

Hauptwäsche

- Shampoo erneut auftragen, verteilen,
- die Kopfhaut mit den Fingerkuppen massieren,
- sorgfältig spülen, bis alle Schaumreste beseitigt sind.

Haare trocknen

- Frottiertuch um die nassen Haare legen,
- Waschlappen von den Augen nehmen,
- Kranken aufsetzen,
- Kopfwaschgarnitur entnehmen und abstellen,
- Kranken bequem lagern,
- Haare gut trocknen, fönen und kämmen,
- Kissen aufschütteln und einlegen,
- Spiegel reichen,
- Krankenzimmer aufräumen und Pflegehilfsmittel versorgen.

Beachte

Bei der Abfolge der Haarwäsche sind besonders die individuellen Gewohnheiten zu berücksichtigen. Von der Beschaffenheit des Haares und der Häufigkeit der Haarwäsche hängt ab, ob eine Vorwäsche erforderlich ist.

Fußbad und Nagelpflege im Bett

Fußbad und Nagelpflege bedeuten für den Langzeitkranken immer eine Wohltat.

Zur *Vorbereitung* werden neben den Gegenständen die beim Fußbad im Bett notwendig sind, eine Nagelzange und Nagelfeile benötigt.

Durchführung

- Kranken mit *»Stützgriff allein«* aufrichten,
- Kopfteil des Krankenbettes höherstellen und Kranken bequem lagern,
- Knie des Kranken durch Knierolle unterstützen,
- evtl. Matratzenteil am Fußende entnehmen,
- Gummituch einlegen,
- Waschschüssel mit Wasser und evtl. Badezusatz darauf stellen,
- Füße des Kranken ins Wasser tauchen,
- nach dem Fußbad Handtuch um die Füße des Kranken legen,
- Waschschüssel aus dem Bett nehmen und abstellen,
- Füße, besonders zwischen den Zehen, gut trocknen und pudern,
- Gummituch und Knierolle entfernen,
- Kopfteil des Krankenbettes herunterstellen,
- Kranken bequem lagern und zudecken,
- Krankenzimmer aufräumen und Pflegemittel versorgen.

Bei Bedarf wird nach dem Fußbad die Nagelpflege durchgeführt. Die Nägel werden *gerade* geschnitten. Dabei achtet die Pflegeperson besonders darauf, daß die Haut nicht verletzt wird.

Die Behandlung von Hühneraugen und extremer Hornhautbildung gehören zur speziellen Fußpflege. Sie sollte deshalb von einer Fußpflegerin durchgeführt werden.

Handbad

Auch außerhalb der Ganzwäsche ist es notwendig, dem Kranken ein Handbad zu ermöglichen. Hand- und Fußbad gehören zu den Pflegemaßnahmen, die auf den Kranken besonders wohltuend wirken. Außerdem kann bei Kranken mit gelähmten Gliedern, z. B. nach einem Schlaganfall oder mit deformierten Gliedern, z. B. bei Rheuma- und Gichtkranken, eine bessere Beweglichkeit der Finger erreicht werden.

Vorbereitungen
Auf einem Bettisch oder Stuhl werden alle Pflegemittel griffbereit zurechtgestellt.

Durchführung
- Kranken bequem lagern,
- evtl. mit *»Stützgriff allein«* aufrichten und Kopfteil des Krankenbettes höherstellen,
- auf den Bettrand zum Schutz des Bettes ein Handtuch legen,
- Waschschüssel darauf stellen, evtl. die Waschschüssel auf einen Bettisch stellen,
- eine Hand oder, wenn möglich, beide Hände des Kranken zugleich in das Wasser tauchen,
- dem Kranken die Seife reichen, evtl. mit den eigenen, eingeseiften Händen die Hände des Kranken waschen.
- Nach dem Handbad Handtuch um die Hände des Kranken legen,
- Waschschüssel aus dem Bett nehmen und abstellen,
- Hände des Kranken selbst abtrocknen lassen, besonders zwischen den Fingern,
- Hände eincremen lassen,
- Handtuch aus dem Bett entfernen,
- Kranken bequem lagern,
- Pflegemittel aufräumen und versorgen.

Bei Kranken mit gelähmten oder deformierten Fingern übernimmt die Pflegeperson das sorgfältige Abtrocknen und Eincremen der Finger und Hände. Dabei achtet sie auf evtl. Druckstellen zwischen den Fingern.

Baden

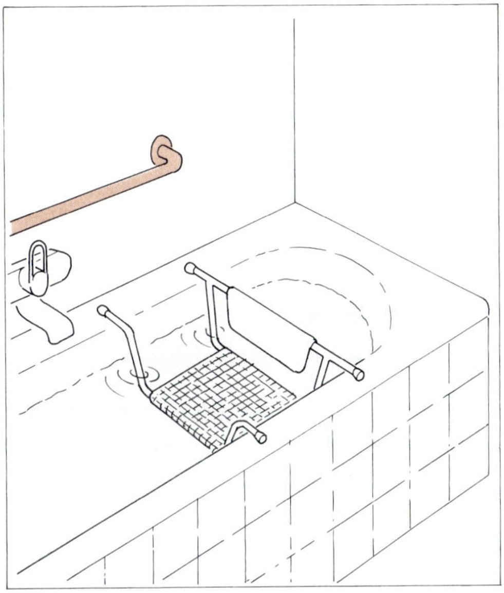

Vorbereitungen im Badezimmer

- Fenster schließen,
- Raumtemperatur bei 24 °C,
- frische Wäsche, evtl. angewärmt, bereitlegen,
- Sitzgelegenheit zurechtstellen, dabei ist die Höhe des Badewannenrandes zu berücksichtigen,
- rutschfeste Matte vor und in die Badewanne legen,
- Badewannensitz einhängen,
- weitere Hilfsmittel wie Badewannenverkürzer, Haltegriff, Kopfstütze (Saugkissen) können hilfreich sein,
- Badewasser einlaufen lassen, Temperatur: 34–37 °C,
- wenn keine Mischbatterie vorhanden, zur Vermeidung von Dampfentwicklung zuerst kaltes Wasser, dann warmes Wasser einlaufen lassen.

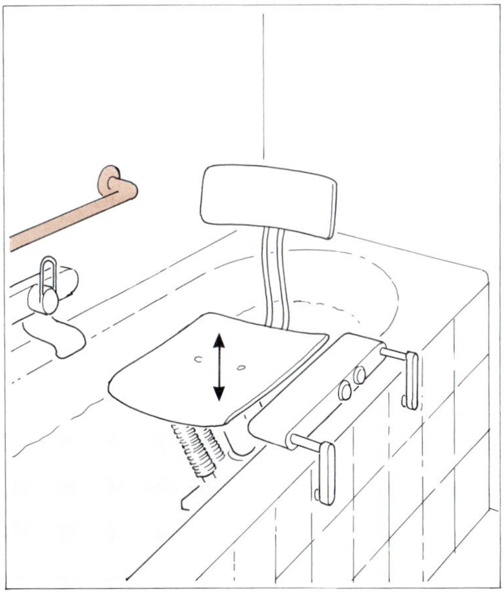

Vorbereitung des Kranken

- den Kranken informieren und ermutigen,
- von der Notwendigkeit des Bades überzeugen und auf Wohlbefinden durch das Baden hinweisen.

Transport des Kranken zur Badewanne

Je nach Gesundheitszustand wird der Kranke

- geführt,
- getragen oder
- gefahren (mit fahrbarem Sessel, Rollstuhl oder Krankenlifter, siehe Seite 224 ff.).

Während des Transports ist auf Wärmeschutz zu achten und Zugluft zu vermeiden.

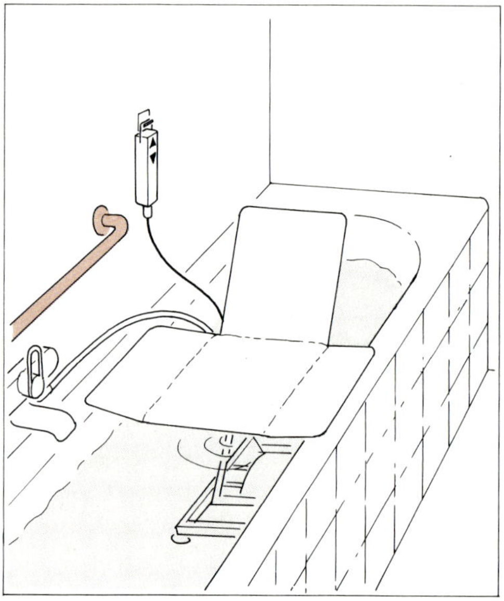

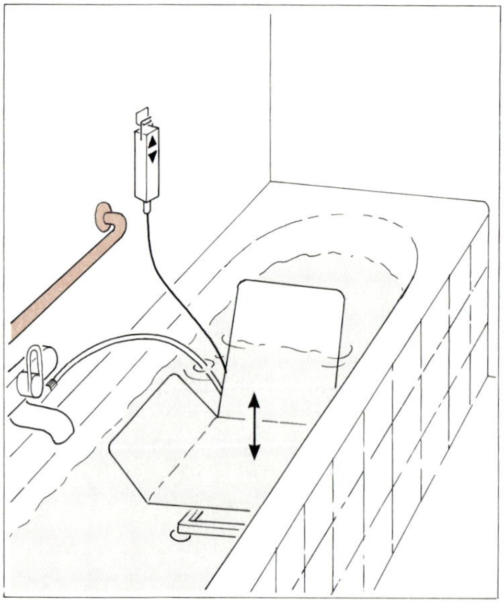

Die in den Abbildungen dargestellten Hilfsmittel können die Pflegeperson entlasten und dem Kranken selbst Sicherheit geben.

Während des Badens sollte (nach Möglichkeit) von einem Helfer das Bett gerichtet und frisch bezogen werden.

Reihenfolge des Badens

- Den Kranken entkleiden,
- beim Aufrichten vom Stuhl den Kranken unterstützen,
- vom Stuhl aus zunächst auf den Wannenrand setzen und dann vorsichtig in die Wanne gleiten lassen,
- den Kranken von oben nach unten waschen,
- ihm aus der Wanne helfen, je nach Zustand Stützgriff oder Rautek-Griff anwenden (evtl. mit Helfer),
- den Kranken zunächst auf den Wannenrand, dann auf den Stuhl setzen,
- abfrottieren und ihm frische Wäsche anziehen,
- den Kranken in das Zimmer zurückführen bzw. -fahren,
- Nagelpflege von Händen und Füßen,
- Ruhepause für den Kranken einlegen.

Nach Beendigung des Bades sind die Hilfsmittel zu versorgen und das Badezimmer aufzuräumen.

Beachte

Herzkranke oder sehr geschwächte Menschen dürfen nur nach Rücksprache mit dem Arzt gebadet werden; wenn ein Vollbad für den Kranken zu anstrengend ist, ist ein Abduschen vorzuziehen.

Vor allem sollte beachtet werden,

- den Kranken nicht mit vollem Magen zu baden (ca. 2 Std. nach dem Essen),
- den Kranken vor dem Baden zum Wasserlassen aufzufordern,
- während des Badens den Kranken zu beobachten,
- bei Gefahrensituationen sofort das Wasser abfließen zu lassen.

Handreichungen

Je hilfe- und pflegebedürftiger der kranke, alte oder behinderte Mensch ist, desto mehr werden auch die körperlichen Kräfte der Pflegeperson beansprucht. Sie sollte deshalb bemüht sein, mit ihren Kräften hauszuhalten und über Möglichkeiten der Entlastung nachzudenken (z. B. Betten und Lagern zu zweit). Für die sachgerechte Durchführung und Erleichterung der Pflege ist eine Vielzahl von Geräten und Hilfsmitteln entwickelt worden: »Lifter«, u. a. (siehe Seite 224 ff.).

Erleichterung für den Kranken und die Pflegeperson bei den täglich notwendigen Verrichtungen bringen aber auch Schnabeltasse, Stechbecken und Urinflasche.

Gebrauch der Schnabeltasse

Abfolge der Handreichungen
- Den Kranken aufrichten oder das Kopfteil hochstellen oder den Kopf im Nacken mit der einen Hand stützen,
- mit der anderen Hand Schnabeltasse zum Mund (an die Lippen) führen,
- sofern möglich, den Kranken auffordern, die Tasse so zu halten, daß er selbst die Schluckmenge dosieren kann,
- Tasse kippen, dabei Schluckmenge dosieren,
- sich vergewissern, ob Schluckbewegungen zu beobachten sind,
- mehrmaliges Wiederholen des Trinkens,
- Tasse absetzen,
- Kranken vorsichtig in die ursprüngliche Lage bringen,
- den Mund abwischen.

Umgang mit Stechbecken und Urinflasche

Die Handreichungen mit Stechbecken (Schieber) und Urinflasche sollen mit besonderer Vorsicht und Umsicht ausgeführt werden, da mögliche Fehler für alle Beteiligten unangenehm wären. Wenn für diese Handreichungen nur eine Pflegeperson zur Verfügung steht, sollte der Kranke mithelfen können. In schwierigen Fällen wird ein zusätzlicher Helfer nötig, wobei dafür gesorgt werden muß, daß das Bett von beiden Seiten zugänglich ist.

Bei den folgenden Handlungsabläufen wird jedoch davon ausgegangen, daß das Bett in der Ecke des Krankenzimmers steht, nur die Pflegeperson handelt und der Kranke mithelfen kann.

Stechbecken

Vorbereitungen

- Stechbecken auf einen Stuhl stellen,
- auf einem Nachttisch werden bereitgestellt:
  Toilettenpapier oder Zellstoff,
  Waschschüssel,
  Waschlappen, Seife, Handtuch,
  Pflegemittel.

Durchführung

Kranker kann mithelfen

- Decke an einer Seite zurückfalten,
- Deckel des Stechbeckens mit der Innenseite nach oben auf den Stuhl legen,
- den Kranken auffordern, eine »Brücke zu bauen«,
- mit der einen Hand das Hemd des Kranken hochraffen und Rücken unterstützen,
- mit der anderen Hand das Stechbecken unterschieben,
- richtige Lage des Kranken kontrollieren,
- Beine spreizen und ausstrecken,
- den Kranken zudecken,
- wenn möglich, den Kranken in sitzende Stellung bringen,
- Klingel bereitlegen,
- Zimmer verlassen.
- Nach dem Klingelruf des Kranken Decke soweit wie nötig zurückfalten,
- dem Kranken Toilettenpapier reichen,
- mit der einen Hand das Stechbecken festhalten,
- beim Entnehmen des Stechbeckens mit der einen Hand dabei helfen, sich zur Seite zu drehen,
- der Kranke reinigt sich selbst.
- Das Stechbecken entnehmen, zudecken und auf dem Stuhl abstellen,
- ein Handtuch in Höhe des Gesäßes in das Bett einlegen,
- After von vorn nach hinten mit warmem Wasser und Seife gründlich reinigen,
- gut abtrocknen und versorgen,
- den Kranken richtig lagern,
- ihm eine Schüssel mit Wasser zum Händewaschen reichen und anschließend abtrocknen lassen,
- den Kranken sorgfältig zudecken,
- den Raum lüften und aufräumen,
- Stechbecken reinigen und desinfizieren.

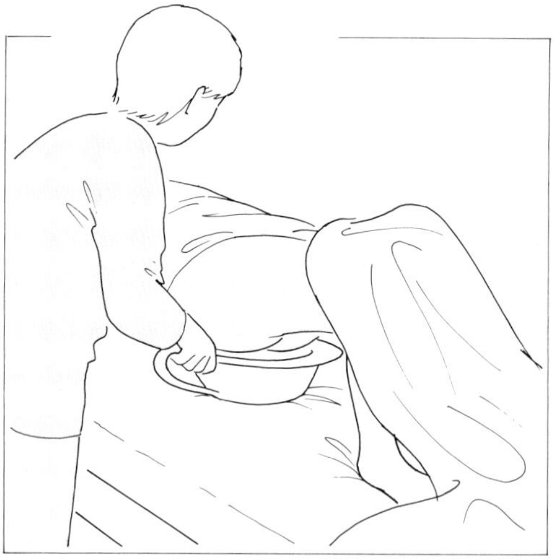

Kranker kann nicht mithelfen

- Decke an einer Seite zurückfalten,
- Deckel des Stechbeckens mit der Innenseite nach oben auf den Stuhl legen,
- den Kranken mit beiden Händen zur Seite drehen und mit einer Hand an der Hüfte festhalten,
- mit der anderen Hand das Stechbecken in Höhe des Gesäßes fest gegen die Matratze drücken und soweit als möglich den Rand bereits unter das Gesäß schieben und weiter festhalten.
- Beim Zurückrollen das Stechbecken noch weiter durchschieben.
- Mit der einen Hand den Kranken so zurücklegen, daß das Gesäß in die Mitte des Stechbeckens zu liegen kommt,
- richtige Lage des Kranken kontrollieren,
- Beine spreizen und ausstrecken (bei Männern: Urinflasche anlegen),
- den Kranken zudecken,
- Klingel bereitlegen,
- Zimmer verlassen.
- Nach dem Klingelruf des Kranken Decke soweit wie nötig zurückfalten,
- äußere Genitalien mit Toilettenpapier abwischen.
- Mit der einen Hand das Stechbecken festhalten,
- mit der anderen Hand den Kranken zur Seite drehen,
- After und Gesäß mit Toilettenpapier reinigen.
- Das Stechbecken entnehmen, zudecken und auf dem Stuhl abstellen,
- ein Handtuch in Höhe des Gesäßes in das Bett einlegen,
- Gesäß mit warmem Wasser gründlich reinigen,
- gut abtrocknen und versorgen,
- den Kranken richtig lagern,
- sorgfältig zudecken,
- den Raum lüften und aufräumen,
- Stechbecken reinigen und desinfizieren.

Urinflasche

Männer benutzen zum Wasserlassen eine Urinflasche, die einfach zu handhaben ist. In der Regel ist eine Hilfestellung nicht notwendig.

Die Urinflasche soll

- verschließbar sein,
- regelmäßig geleert, gereinigt (Flaschenbürste) und desinfiziert werden,
- griffbereit am Krankenbett aufbewahrt werden.

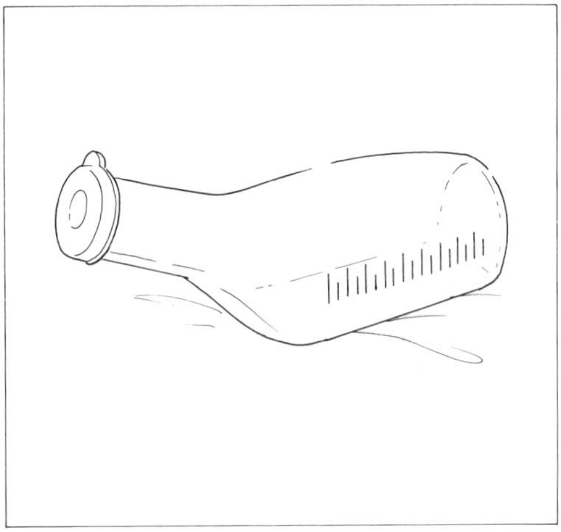

Hilfe für inkontinente Menschen

Es ist bekannt, daß in Deutschland über vier Millionen Menschen von Inkontinenz betroffen sind. Diese Zahl wird durch die steigende Lebenserwartung noch zunehmen. An dieser Störung leiden vornehmlich alte Menschen, aber auch Menschen in der Lebensmitte zählen dazu. Unter Inkontinenz versteht man das Unvermögen, Urin und Stuhl zu halten bzw. kontrolliert abzugeben (Urin-/Stuhlinkontinenz). Frauen und Männer sind gleichermaßen von dieser Störung betroffen. Die Inkontinenz kann in verschiedenen Formen auftreten:

- Streß-/Anstrengungsinkontinenz bei Husten, Pressen und Bücken aufgrund eines ungenügenden Harnröhrenverschlusses;
- Dranginkontinenz als intensiver Harndrang: Urin geht unkontrolliert und unfreiwillig ab. Bei dieser Form wird zwischen sensorischer (etwa bei Blasenentzündungen) und motorischer Dranginkontinenz (ausgelöst z. B. durch Einnahme von Medikamenten oder bei Schlaganfall, Alzheimer Krankheit) unterschieden;
- Reflexinkontinenz als unfreiwilliger Harnverlust ohne Harndrang (z. B. bei Querschnittslähmung);
- Überlaufinkontinenz als Abflußbehinderung der Harnröhre (z. B. bei Prostata-Leiden, Diabetes insipidus).

Neben den körperlichen Ursachen können psycho-soziale Faktoren wie Umgebungswechsel oder Erzwingen von Aufmerksamkeit Auslöser einer Inkontinenz sein. Die Inkontinenzformen können in unterschiedlicher Stärke und Zeit (leicht, mittel, schwer; nachts) auftreten.

Hilfen bei Inkontinenz

Für die von diesen Störungen betroffenen Menschen wurden unterschiedliche Hilfsmittel entwickelt.

Dabei wird zwischen harnaufsaugenden und harnableitenden Systemen unterschieden. Aus der Vielzahl der entwickelten Hilfsmittel sind einige geeignete Inkontinenz-»Vorlagen« ausgewählt.

Aufsaugende Materialien

Vorlagensysteme werden in verschiedener Größe und Form angeboten: von den Endloswindeln, den gebrauchsfertigen Tag- und Nachteinlagen, die zum Teil körpergerecht geformt sind, bis hin zu Windelhosen und Inkontinenz-Slips (»Pampers« für Erwachsene). Die Fixierung der Vorlagen ist mit einem Schlüpfer oder einem Netzhöschen möglich.

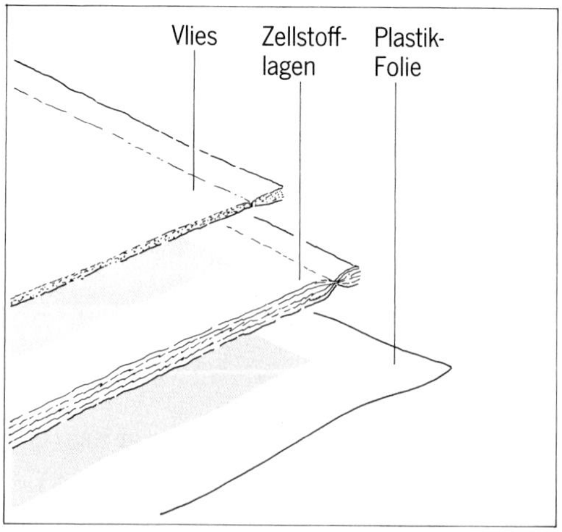

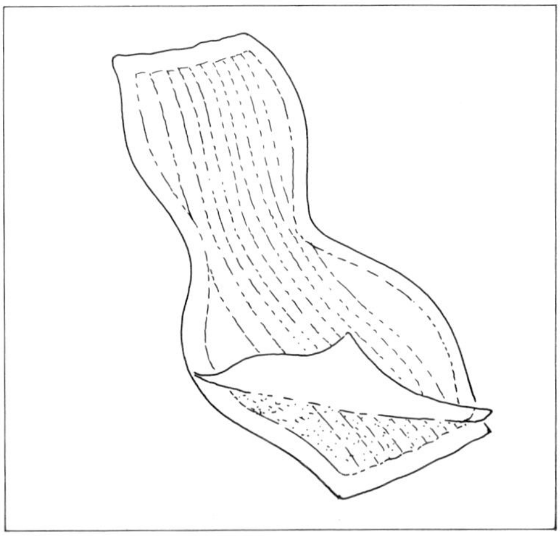

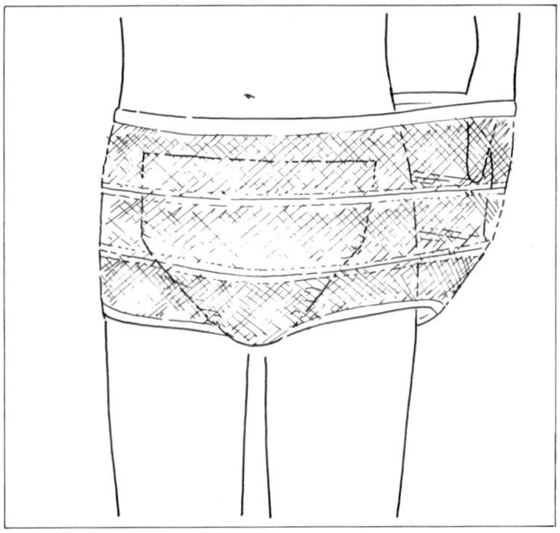

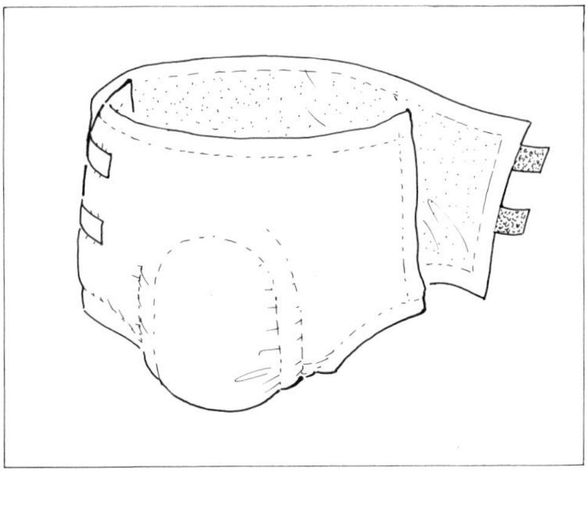

Ableitende Hilfsmittel

Zu nennen sind für Männer Kondom-Urinale. Bei mobilen Menschen werden diese mit Beinbeuteln verbunden, die am Ober- oder Unterschenkel befestigt werden. Während der Nacht wird an den Beinbeutel problemlos ein Nachtbeutel angeschlossen. Beim Bettlägerigen wird ein Bettbeutel verwendet.

Bei Frauen wird über einen Urinableiter der Urin in den Bein- und/oder Bettbeutel abgeleitet.

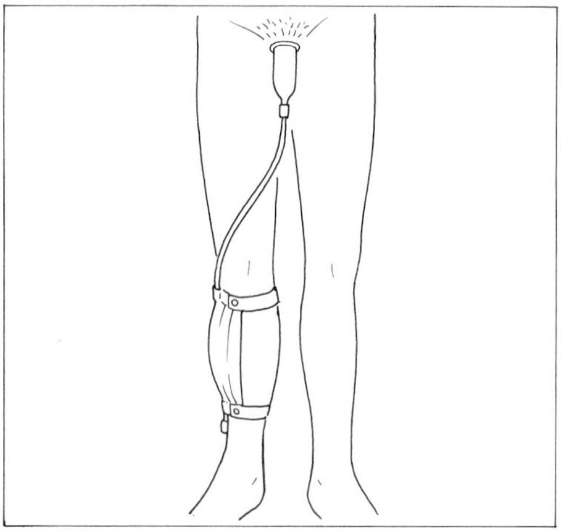

Im Vergleich zu der Harninkontinenz ist die Stuhlinkontinenz selten, aber für die Betroffenen sehr belastend. Für stuhlinkontinente immobile Patienten wird der Stuhl über einen sog. Fäkalkollektor in einen Auffangbeutel geleitet.

Im Fachhandel wird eine große Zahl moderner und zweckmäßiger Inkontinenzmittel angeboten. Damit ist eine individuelle Beratung verbunden. Es ist erstaunlich, daß trotz dieses vielfältigen Angebots sehr viele inkontinente Menschen nur unzureichend mit Hilfsmitteln versorgt sind. Ein Grund liegt zweifellos darin, daß der

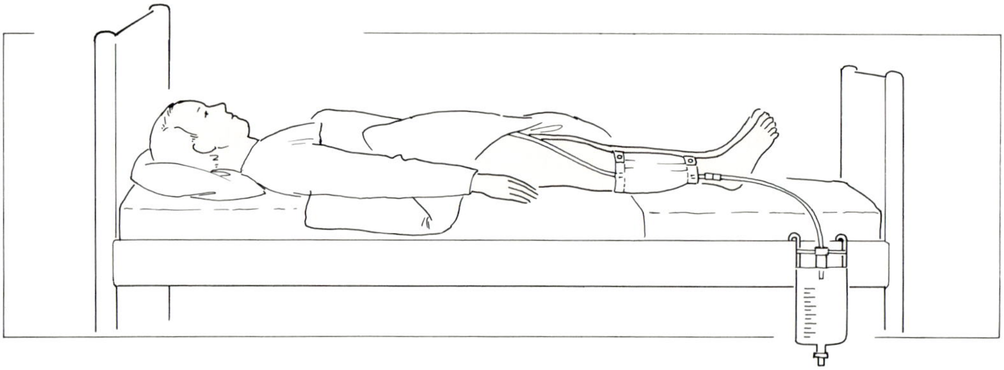

Umgang mit Ausscheidungen bis heute in der Gesellschaft tabuisiert ist. Dabei wäre eine gute Inkontinenzversorgung und -pflege für den betroffenen Menschen und für seine Umgebung von großem Wert.

Spezielle Pflegemaßnahmen bei Inkontinenz sind

- die Hautpflege für die stark belastete Haut:
  - Reinigung und Pflege des Intimbereichs sollen mehrmals täglich mit Wasser und pH-hautneutraler Waschlotion, evtl. durch Zugabe von etwas Essig oder Zitronensaft erfolgen;
  - die Haut muß von allen Waschzusätzen mit klarem Wasser gereinigt werden;
  - bei der Hautpflege sind alle die Haut austrocknenden Maßnahmen (z. B. Einreiben von Franzbranntwein) zu unterlassen.
- gezielter Einsatz der vielfältigen Pflegehilfsmittel bei Inkontinenz,
- *Kontinenztraining* in zwei Formen:
  - Blasentraining
    Ziel ist es, das Fassungsvermögen der Blase zu erweitern und die Blase vollständig entleeren zu können.
  - Toilettentraining
    Beim Trainingsprogramm wird versucht, die Toilettengänge an die individuellen Ausscheidungsgewohnheiten anzupassen, d. h. durch Üben die Abstände der Toilettengänge zu vergrößern. Das Training hat zum Ziel, den Toilettengang durchzuführen, bevor der Betroffene ausscheidet.

Beachte
Die Durchführung des Kontinenztrainings bedarf der Anleitung durch eine Pflegefachkraft. Informationen sind über die »Inkontinenzhilfe« e. V., 34125 Kassel, Mönchebergstr. 41/43 zu erhalten.

Ganzheitliche Pflege bei Inkontinenz

Eine sorgsame Auswahl der geeigneten Hilfsmittel ist zu einem hohen Maße ausschlaggebend für die erfolgreiche Pflege eines inkontinenten Menschen. Diese darf sich nicht auf die Versorgung mit Hilfsmitteln allein beschränken, sondern muß vielfältige Maßnahmen der ganzheitlichen Pflege einschließen. Außenstehende können nur erahnen, wie schwierig die Situation der Betroffenen aufgrund ihrer Erziehung und des Verlusterlebnisses sein muß; denn jede Pflege bei Inkontinenz bedeutet ein Eindringen in die Intimsphäre eines Menschen. Deshalb wird von den Angehörigen ein hohes Einfühlungsvermögen und ein großes Taktgefühl verlangt. Wichtige Gesichtspunkte sind

- die Achtung der persönlichen Würde,
- die Stabilisierung seines Selbstwertgefühls durch vertrauenbildende und offene Gespräche,
- die Wahrung seiner Intimsphäre,
- die Aufklärung der Familienangehörigen,
- die Kontakte mit Gleichbetroffenen (Selbsthilfegruppen) und nicht zuletzt
- die unauffällige sorgfältige Handhabung der Pflegehilfsmittel.

Inkontinenz ist keine »unheilbare Krankheit«. In vielen Fällen ist sie heilbar oder so beeinflußbar, daß die Betroffenen in relativem Wohlbefinden mit dieser Störung leben und ihre verminderte Lebensqualität steigern können.

Ausgewählte technische Hilfen zur Pflege Langzeitkranker

»Pflegetechniken« und »technische Hilfsmittel« zur Pflege werden heute häufig abwertend eingeschätzt. Dabei wird leider übersehen, daß es seit jeher zur Pflege (= Kultur) der Menschen gehört, mit Verfahren und Kunstgriffen das Leben in dieser Welt zu gestalten. Nur dort, wo sie sich vom Menschen entfernt und von ihm losgelöst hat, ist Technik problematisch zu bewerten. Für die Pflege gewinnt diese an Bedeutung, da sie nicht nur zur Entwicklung von Geräten und technischen Hilfsmitteln geführt hat, sondern auch zur Ausbildung von Handlungsfähigkeiten, die den verantwortlichen Einsatz und Umgang mit diesen Geräten garantieren. Diese Sichtweise ermöglicht die Einsicht, daß technische Hilfen zur Verbesserung der Pflegesituation erforderlich sind, d. h. den kranken Menschen und die Pflegeperson entlasten sollen. So kann z. B. die Verwendung eines Toilettenstuhls eine große Erleichterung für den Kranken sein. Die Pflegeperson sollte deshalb erkennen, daß der Einsatz von technischen Hilfsmitteln die Pflegesituation entscheidend verbessern und sie sich selbst dadurch entlasten kann. Technische Hilfsmittel sind deshalb nicht nur anzuschaffen, sondern auch gezielt und sinnvoll einzusetzen.

Für typische Pflegesituationen eines Langzeitkranken wurden einige technische Hilfen ausgewählt:

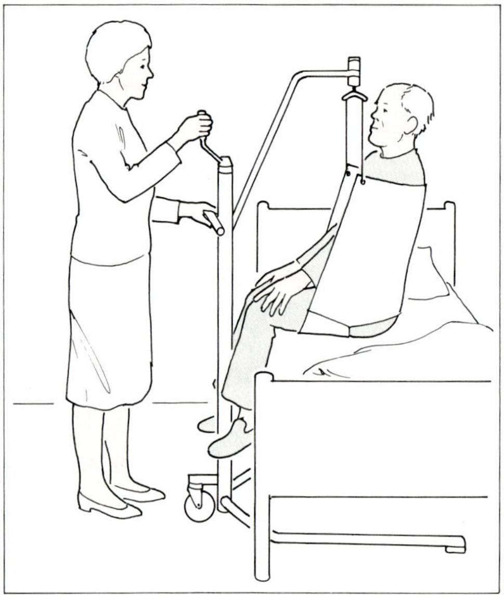

Krankenlifter

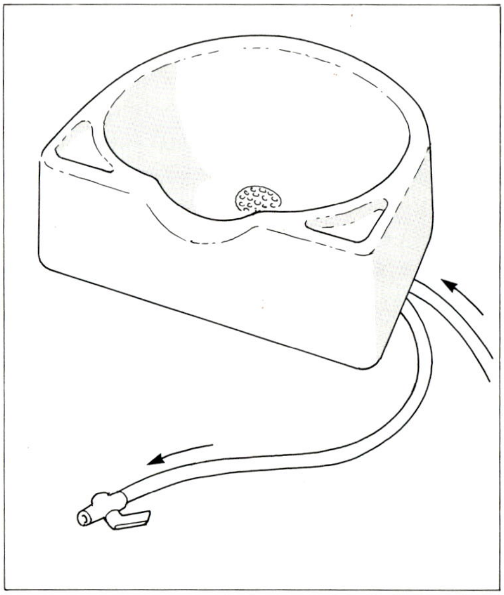

Haarwaschwanne

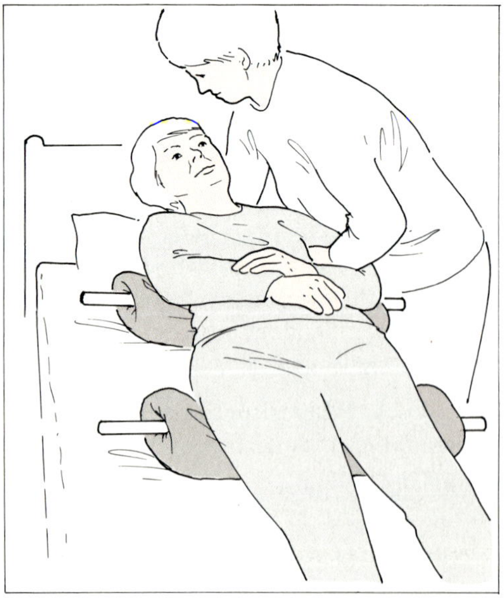

Gleitende Hebekissen

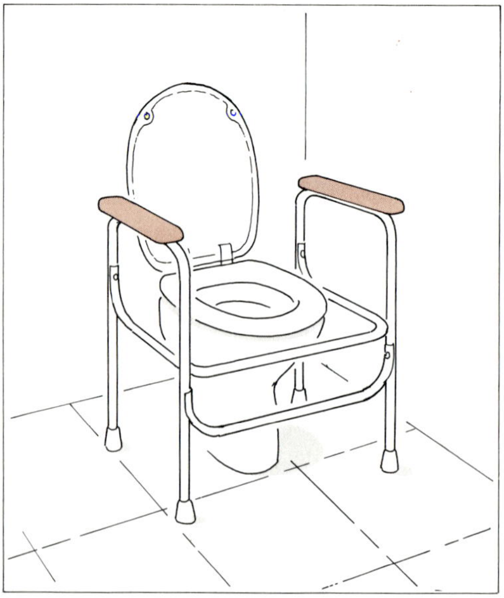

Toilettensitz mit Armlehne

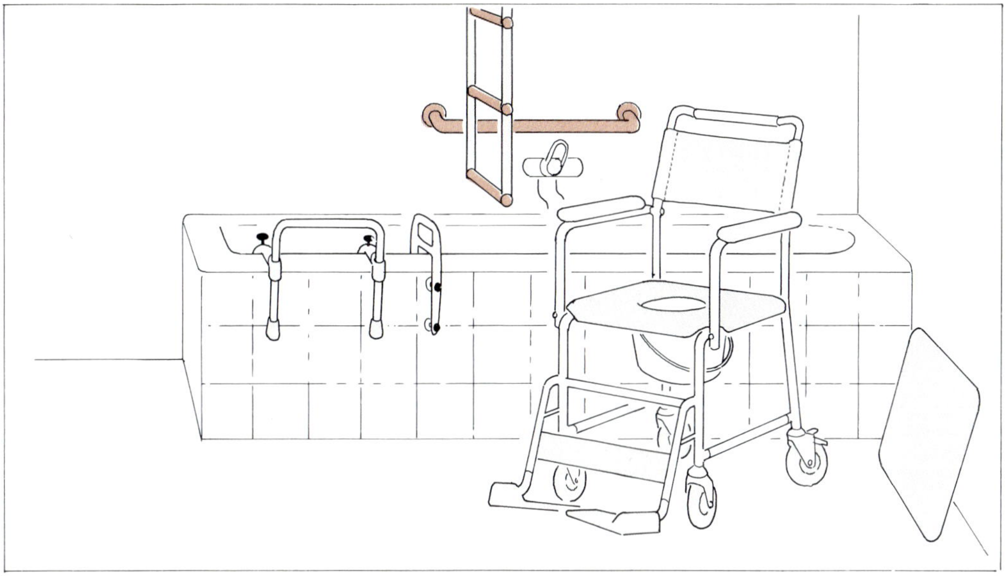

Fahrbarer Toilettenstuhl und Sicherheitsgriffe im Bad

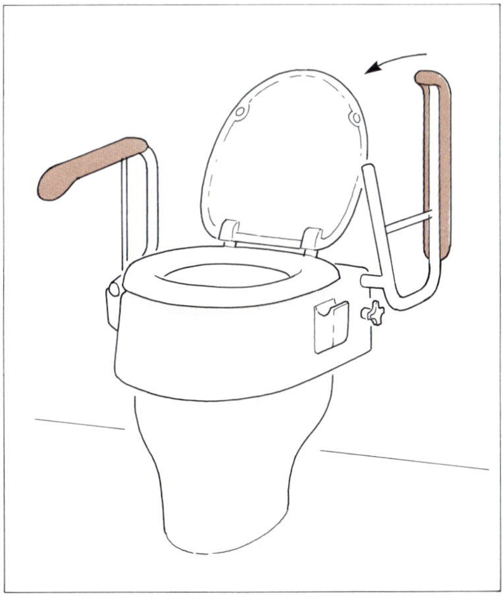

Toilettenerhöhung

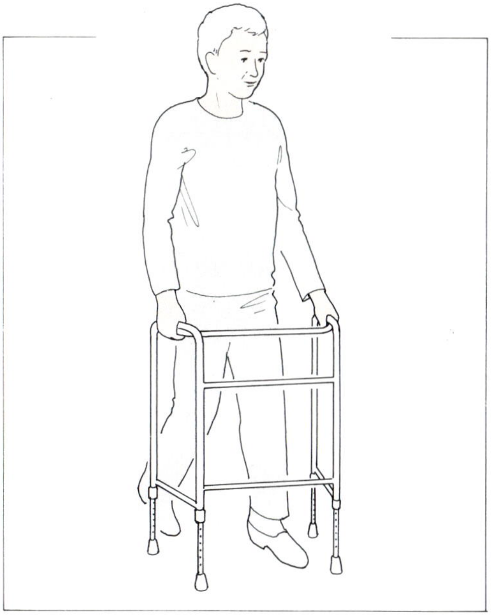

»Große« Gehhilfe

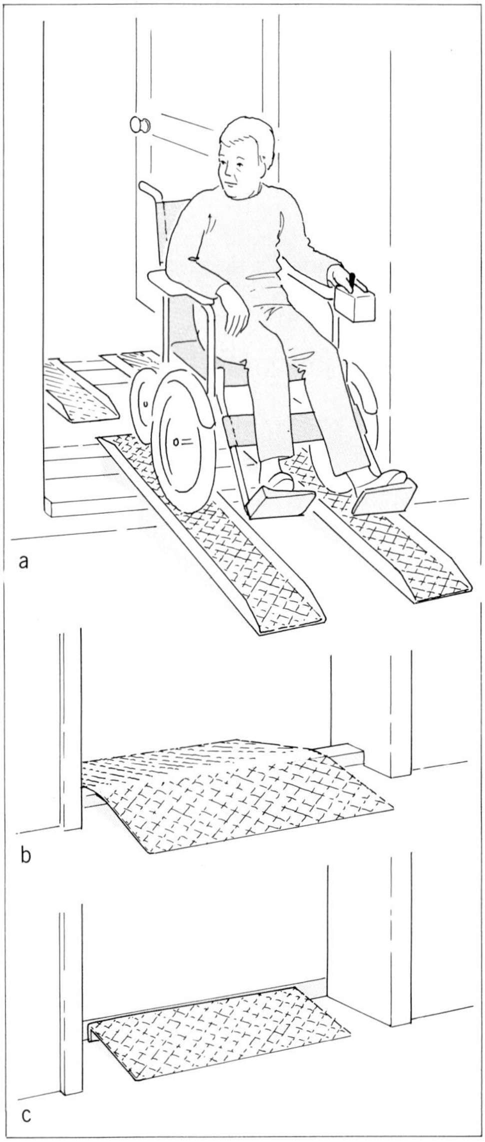

a) Teleskop-Rampe
b) u. c) Türschwellenbrücke

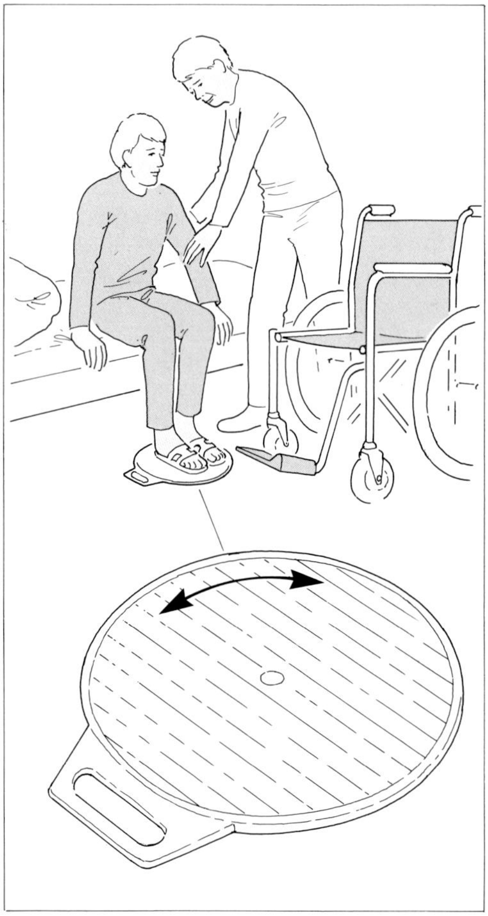

Drehscheibe

Beachte
Beim Einsatz technischer Hilfen ist zu beachten:

- Die Pflegeperson kennt die besondere Situation des Kranken und plant ihre Pflegemaßnahmen vorausschauend.
- Die Pflegeperson überprüft vor dem Einsatz das Gerät auf seine Funktionstüchtigkeit und Sicherheit.
- Die Pflegeperson bereitet den Pflegebedürftigen auf ihre Handlungen vor:

- sie führt ihm das Hilfsmittel vor,
- sie überzeugt ihn von der Sicherheit des Hilfsmittels und vom beiderseitigen Nutzen
- die Pflegeperson achtet auf die hygienischen Vorschriften,
- die Pflegeperson wartet nach dem Gebrauch das pflegetechnische Hilfsmittel.

Pflegegrundsätze

Bei der Vorbereitung und Durchführung der einzelnen Pflegemaßnahmen erfuhren Sie, wie notwendig ihre exakte Durchführung ist. Zudem wird Ihnen die Vielfalt der möglichen Hilfen bei der Hauskrankenpflege aufgefallen sein. Erfahrungsgemäß ist es schwierig, über alle Einzelheiten und verschiedenen Abläufe in einer bestimmten Situation sofort zu verfügen. Um dennoch eine sachgerechte Pflege des Langzeitkranken zu Hause zu gewährleisten, wird es notwendig sein,

- vor Beginn der Pflege noch einmal die Abfolge der einzelnen Schritte mit Hilfe des Buches durchzugehen,
- gewissenhaft alle Vorbereitungen zur Pflege zu treffen und
- bestimmte Grundsätze zu beachten, die sich aus der besonderen Pflegesituation des Kranken ergeben.

Vor allem sind folgende Grundsätze zu beachten:

1 Information und Motivation des Kranken vor Beginn der Pflegemaßnahme
2 Qualität der Durchführung
3 Lückenlose und exakte Abfolge der Pflegeschritte
4 Verständnis für besondere Verhaltensweisen des Kranken (Empfindlichkeit, Ängstlichkeit, Schamgefühl)
5 Taktvolle und liebevolle Zuwendung
6 Schutz der Person (Menschenwürde, Beachtung der Persönlichkeitsrechte)
7 Äußere Gegebenheiten der Pflegesituationen (wie Raumtemperatur, Zugluft, Sichtschutz).

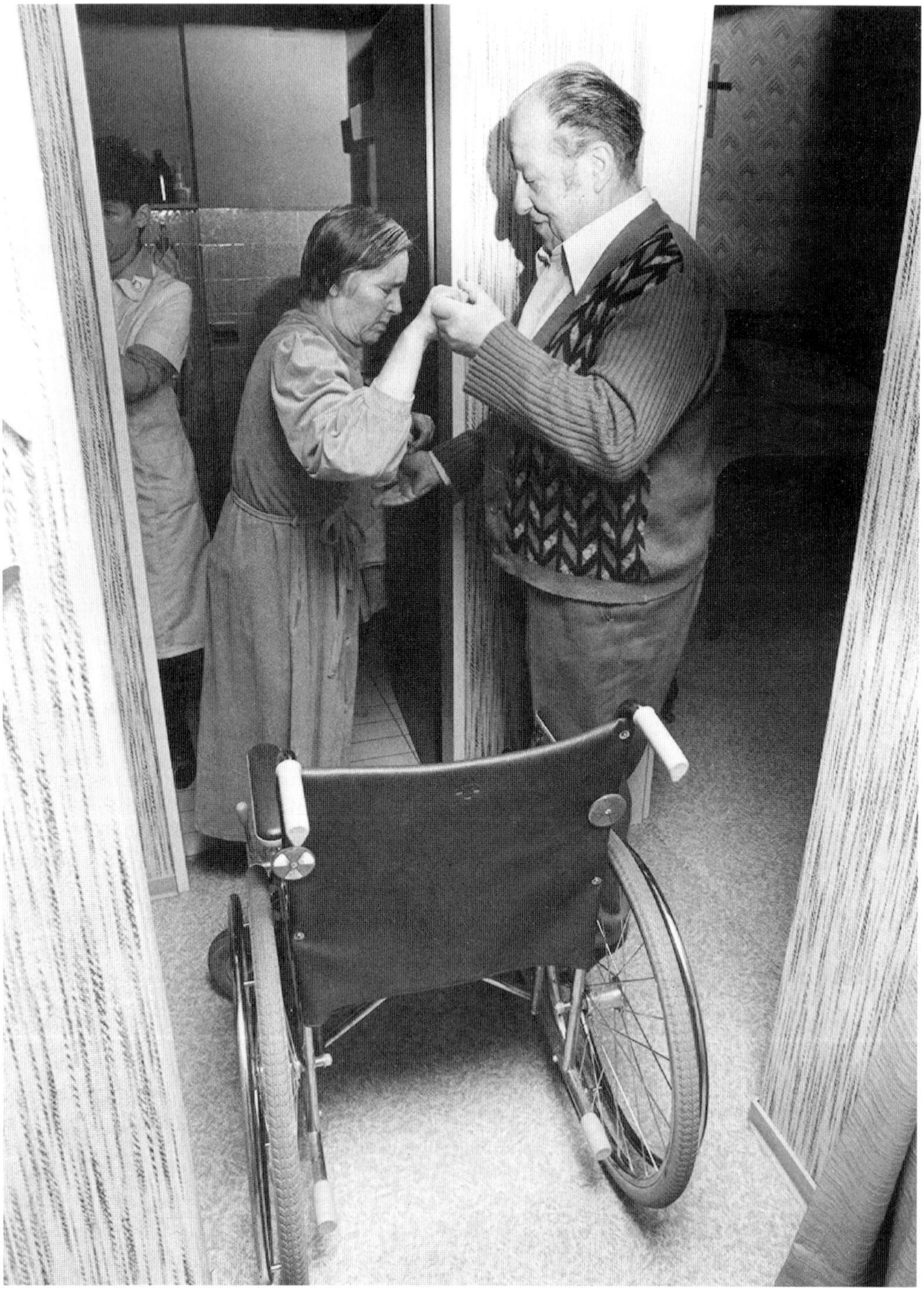

Aufgabe

Gegen welche Grundsätze wird bei den folgenden Pflegesituationen verstoßen? Ordnen Sie diese Grundsätze dem einzelnen Beispiel zu, indem Sie die Zahl des für Sie wichtigsten Grundsatzes in die Kästchen eintragen.

Pflegesituation

Beispiel 1	Bei einem Kranken wird eine Ganzwäsche durchgeführt. Ein Familienmitglied tritt unerwartet hinzu. Der Kranke ist den Blicken des Eintretenden schutzlos ausgeliefert.	☐
Beispiel 2	Ein Kranker wird über den Flur in das Badezimmer geführt. Das Flurfenster steht offen.	☐
Beispiel 3	Die Pflegeperson nimmt ohne Erklärung täglich am Abend die Zahnprothese aus dem Mund des Kranken und legt diese in einen Becher.	☐
Beispiel 4	Die Pflegeperson tritt unvermittelt an das Krankenbett und beginnt, ohne die Hilfsmittel bereitgelegt zu haben, mit den Vorbereitungen zur Haarwäsche.	☐
Beispiel 5	Ein Kranker wird auf den Rand der Badewanne gesetzt und klammert sich ängstlich an den Oberarm der Pflegeperson. Diese weist ihn ärgerlich zurecht.	☐
Beispiel 6	Nach dem Reinigungsbad wird der Kranke abgetrocknet, einige Körperfalten und die Achselhöhle bleiben feucht.	☐
Beispiel 7	Bei der Ganzwaschung entfernt die Pflegeperson mehr als notwendig die Bettdecke und läßt den Kranken beim Waschen nackt liegen.	☐
Beispiel 8	Ein Kranker weigert sich, Besucher zu empfangen. Die Pflegeperson führt den Besucher dennoch in das Krankenzimmer.	☐

Überprüfen Sie auf der nächsten Seite die Richtigkeit Ihrer Angaben. Mit diesem Vergleich erfahren Sie unter der Spalte Empfehlungen, was Sie im Einzelfall tun können, um den Pflegegrundsätzen zu entsprechen.

Ergebnis

Beispiele	Grundsätze	Empfehlungen
Beispiel 1	4/6	Für Sichtschutz sorgen.
Beispiel 2	7	Für gleichbleibende Temperatur in allen Räumen sorgen; Türen und Fenster schließen, Zugluft vermeiden.
Beispiel 3	1/2 4/5	Sensible und exakte Durchführung der Mund- und Zahnpflege.
Beispiel 4	1/3	Informieren über die Notwendigkeit; Dauer und Wirkung der Pflegemaßnahmen.
Beispiel 5	4/5	Durch Zuspruch und Ermutigung ein Gefühl der Sicherheit vermitteln.
Beispiel 6	2/3	Sorgfältig abtrocknen; lückenlose und exakte Abfolge der Pflegeschritte.
Beispiel 7	4/5/6	Bettdecken nur so weit wie nötig zurückfalten.
Beispiel 8	4/6	Beim Besucher um Verständnis für die Wünsche des Kranken bitten.

Zusammenfassung

- Zu Hause besteht bei der Pflege des Schwer- und Langzeitkranken die Chance, mit der korrekten Pflege die persönliche Zuwendung stärker zu verbinden. Da zu den Leiden der Krankheit der Verlust der sozialen Beziehung dazukommt, hat diese Pflege eine besondere Bedeutung.
- Die Pflege des Schwer- und Langzeitkranken kann zu Überforderung und körperlicher Schädigung führen. Die Pflegeperson hat dann das Recht und die Pflicht, auf die Erhaltung ihrer eigenen Gesundheit und ihrer persönlichen Freiheit und Würde zu achten.
- Die Pflege des Schwer- und Langzeitkranken erfordert umfangreiche Pflegemaßnahmen: Ganzwaschung und spezielle Pflegen, aber auch Handreichungen.
- Eine ganzheitliche Pflege schließt auch die Pflege des inkontinenten Schwer- und Langzeitkranken ein. Sie versucht, durch die Auswahl qualifizierter Hilfsmittel seine Befindlichkeit zu verbessern und für die Umgebung ertragbar zu machen.
- Eine gewissenhafte Beachtung der Pflegegrundsätze am Krankenbett kann die Lebensqualität des Schwer- und Langzeitkranken erheblich verbessern und den Schutz der Personwürde garantieren.

10

Alten kranken Menschen daheim helfen

Fremdbild und Selbstbild des alten Menschen

Beispiel

- »Na heute schauen Sie aber besser aus der Wäsche!«
- »Man darf nichts mehr sagen, er ist eben alt.«
- »Sie benehmen sich wie ein alter Tattergreis.«
- »Diese alten Leutchen sind nicht mehr ernst zu nehmen.«
- »Mit ihnen kann man nicht mehr rechnen.«
- »Lassen wir ihm noch die paar Jährchen.«

Solche Redensarten werden von Personen oft dann gebraucht, wenn sie zu Menschen sprechen, die von ihnen abhängig sind und deren Stellung im Leben nicht mehr geachtet erscheint. Sie sind Ausdruck einer Mißachtung und Geringschätzung, nach der alte Menschen und damit das Alter abgewertet werden. Dadurch wird unterstellt, der alte Mensch verfüge über wenig Energie und Schaffenskraft, stelle sich langsam auf Neues ein, sei weniger anpassungsfähig und sei auf die Hilfe Dritter angewiesen; er sei vergangenheitsorientiert und wirklichkeitsfremd. In Spottliedern und Witzen werden den alten Menschen bestimmte Verhaltensweisen und Eigenschaften (z. B. Bartwuchs bei Frauen, Hilflosigkeit im öffentlichen Verkehr) zugesprochen, die das Fremdbild vom alten Menschen in der Gesellschaft ebenfalls widerspiegeln. Wo ältere Menschen nicht mehr als vollwertig anerkannt werden, besteht die Gefahr, daß sich diese zunehmend stärker aus dem Leben zurückziehen. Dieser Rückzug aus dem Leben beginnt oft, wenn Menschen aus dem Arbeitsleben ausscheiden und damit für viele als unbrauchbar eingeschätzt werden.

Allerdings liegt es auch am alten Menschen selbst, sich dagegen zu »stemmen« und ein gesundes Selbstwertgefühl zu entwickeln. Dies setzt voraus, daß der alte Mensch

- zu sich selbst »Ja« sagt,
- sich selbst mit seinen Stärken und Schwächen annimmt,
- sich über seine Fähigkeiten und Möglichkeiten im klaren ist, aber auch seine Grenzen erkennt.

Es ist deshalb wichtig, daß der ältere Mensch zu seinem Alter steht. Für ihn gilt es, ein Selbstwertgefühl zu entwickeln, das Anfechtungen und Belastungen aushält. In diesem Sinn ist jeder Mensch aufgefordert, ein positives Selbstbild von seinem Altsein zu entwerfen und zu verwirklichen. Dies gilt für alle Lebenslagen, ob der Mensch gesund oder krank, behindert oder mobil ist. In der Arbeit an seiner Person kann er Einmaligkeit und Lebenssinn erfahren.

Altern als Entwicklung

Die Entwicklung des Menschen läßt sich als Auseinandersetzung mit neuen Lebensaufgaben verstehen, die sich aus der körperlich-geistigen Situation eines Menschen, den Erwartungen der Umwelt und den eigenen Erwartungen und Wertvorstellungen ergeben. Das heißt, biologische Veränderungen können niemals allein eine Entwicklung erklären, sondern stehen jeweils in wechselseitigen Beziehungen mit sozialen Veränderungen.

Körperliche Veränderungen

Den körperlichen Alterungsprozeß, dem jeder Mensch von Jugend an unterworfen ist, kann man sich als zunehmende Austrocknung der Gewebe vorstellen. Die Gewebe werden dadurch kleiner und verlieren an Beweglichkeit. Schlacken sammeln sich langsam an, die nicht mehr vollständig ausgeschwemmt werden können; in den durch die Schrumpfung entstandenen Lükken ist Bindegewebe eingelagert. Diese Vorgänge führen dazu, daß alle Körpergewebe an Elastizität verlieren (wie die von älteren Menschen), die Leistungsfähigkeit der Organe sinkt. Neben den Veränderungen der äußeren Gestalt kommt es zu einer Verlangsamung aller Lebensvorgänge bei gleich großer Kraftanstrengung. Die Anforderungen an das Herz werden immer größer, das außergewöhnlichen Belastungen kaum mehr gewachsen ist. Besonders einschneidend werden die Beeinträchtigungen der Sinnesorgane erlebt.

Die wichtigsten Sinnesorgane sind das Auge und das Ohr. Die Augen können sich nicht nur schlechter auf näherliegende Punkte konzentrieren, sondern das Gesichtsfeld wird auch enger, d. h. man sieht weniger von dem, was um einen herum vor sich geht.

Zum Hören, besonders auch der höheren Töne, müssen die Gehörknöchelchen mitschwingen; wenn diese an Elastizität verlieren, können höhere Töne nicht mehr wahrgenommen werden; verschiedene Geräusche, wie z. B. mehrere Stimmen gleichzeitig, lassen sich schlechter unterscheiden und verstehen. Durch diese Einschränkungen werden nicht nur die Erfahrungsmöglichkeiten eines Menschen eingeengt, sondern er kann auch leicht mißtrauisch werden und das Gefühl bekommen, daß etwas »hinter seinem Rücken« unternommen wird. Dies kann einerseits zum Gefühl der Isolierung und zu depressiven Stimmungen führen, andererseits aber auch dazu, daß andere glauben, der alte Mensch passe »absichtlich« nicht auf. Allerdings können diese Einschränkungen zum großen Teil durch technische Hilfsmittel wie Brillen und Hörgeräte aufgefangen werden. Voraussetzung dafür ist, daß sie rechtzeitig und unter fachlicher Beratung angepaßt werden.

Die Bewegungsabläufe werden langsamer, sie verlieren an Schwung, ihr Rhythmus verändert sich; der beim jungen Menschen so auffällige unermüdliche Bewegungsantrieb geht zurück. Besonders die Funktion des Bewegungsapparates ist stark von der Aktivität und Übung eines Menschen abhängig.

Leistungsveränderungen

Im Unterschied zu den rein körperlichen Funktionen, die mit dem Alter zunehmend beeinträchtigt sein können, spielen bei der Intelligenz und Leistungsfähigkeit eines Menschen Lernen und Erfahrung eine große Rolle, die beide mit dem Alter zunehmen können. Der abnehmenden Beweglichkeit und Reaktionsgeschwindigkeit steht ein größerer Erfahrungsschatz zur Lösung auch neuer Aufgaben gegenüber. So ist der ältere Mensch durchaus in der Lage, Neues zu lernen; er muß nur genügend Zeit zur Verfügung haben, seine erprobten Lerntechniken anzuwenden, ohne Störungen zu arbeiten und weniger auswendig, sondern mehr mit Verständnis zu lernen. Die intellektuellen Leistungen eines Menschen brauchen mit dem Alter daher nicht geringer zu werden, sie werden nur anders. Sie scheinen auch weniger von den Kalenderjahren eines Menschen abhängig, sondern vielmehr von der Begabung, der Übung, der Gesundheit, dem Beruf und der gesamten Lebenssituation eines Menschen.

Der Höhepunkt der körperlichen Leistungsfähigkeit und Belastbarkeit liegt bei 20 bis 40 Jahren, ihre Abnahme wird aber oft nicht spürbar, weil viele Bewegungsabläufe so eingespielt sind, daß sie fast automatisch ablaufen (z. B. beim Autofahren).

Bei manchen Tätigkeiten können jedoch im Laufe der Zeit die geringere Belastbarkeit und Reaktionsgeschwindigkeit nicht mehr vollständig ausgeglichen werden, besonders wenn die Tätigkeiten erst relativ spät gelernt wurden; der Betreffende merkt das oft selbst nicht, das kann zu persönlichen Schwierigkeiten und Gefährdungen führen.

Voraussetzung dafür, daß sich die Leistungsfähigkeit mit dem Altern nicht verringert, ist allerdings, daß sich der Betreffende entsprechend seinen sich verändernden Fähigkeiten betätigen kann und diese auch von anderen respektiert werden (z. B. seine oft größere Übersicht, Genauigkeit und Zuverlässigkeit). Schwierig kann es auch dann werden, wenn der Betreffende das Gefühl bekommt, nicht mehr das leisten zu können, was er will, wenn er nicht mehr das leisten darf, was er kann, wenn von ihm Leistungen verlangt werden, die nicht mehr seinen veränderten Fähigkeiten entsprechen.

Persönlichkeitsveränderungen

Für den Charakter oder die gesamte Persönlichkeit eines Menschen gilt in noch stärkerem Maße als für die obengenannten Bereiche, daß Veränderungen zwar auch mit dem Alter eintreten, aber andere Einflüsse wie Schulbildung, sozialer Status, Zufriedenheit mit der Lebenssituation und Anregungen von außen einen entscheidenden Einfluß haben.

Oft ist der Unterschied zwischen einzelnen älteren Menschen größer als zwischen jungen und alten Menschen. Mit diesen Einschränkungen lassen sich einige Punkte nennen, die für das Altern kennzeichnend sein können:

Häufig ist Altern dadurch gekennzeichnet, daß weniger Energiereserven zur Verfügung stehen. Dies kann zu einem größeren Gleichmaß im Gefühlsleben führen (weniger intensive Gefühlsaufwallungen, eher Resignation), zu der Suche nach dem Beständigen in der Umwelt (Ungewohntes wird oft gar nicht mehr wahrgenommen) und zu einer bewußten Beschränkung auf wenige soziale Kontakte.

In der Erfahrung der meisten älteren Menschen scheint die Zeit viel schneller als früher abzulaufen (weil die Lebensvorgänge langsamer ablaufen, weil Bekanntes oft schneller vorbeizugehen scheint, oder auch, weil die Zeitabschnitte im Vergleich zum bisherigen Leben einen kleineren Teil ausmachen).

Das Älterwerden kann so positive und negative Züge tragen, zur Vereinfachung und Beschränkung auf das Wesentliche, aber auch zur Vergröberung und Abstumpfung führen; neben Gelassenheit, Lebensweisheit, innerer Ruhe können auch Gleichgültigkeit und Interesselosigkeit stehen; Klugheit kann zur Besserwisserei und Starrköpfigkeit führen; aus dem Bedürfnis, Bewährtes zu bewahren, können auch Geiz und eine fast krankhafte Sucht werden, sich nichts entgehen zu lassen.

Bevor man solche Entwicklungen dem Altern zuschreibt, sollte man sich fragen, wieweit sie nicht Reaktionen auf die äußeren Umstände sind. Häufige Enttäuschungen machen es z. B. schwerer, sich für etwas zu begeistern und lassen leicht Mißtrauen entstehen; wenn das Geld das einzige ist, was einem noch einigermaßen Ansehen verschafft, muß man besonders gut darauf achten; wenn man draußen wegen seiner Gebrechlichkeit oder seiner Schwierigkeiten, sich in neuen Situationen zurechtzufinden, nur noch mitleidig angesehen oder gerade noch geduldet wird, schließt man sich um so eher in seine eigenen vier Wände ein; wenn man schließlich sein ganzes Leben nur das tun durfte, was einem von anderen vorgeschrieben wurde, ohne eigene Entscheidungsmöglichkeit, ist es jetzt schwer, eigene Gedanken und Initiativen zu entwickeln.

Die Veränderungen im körperlichen und psychischen Bereich werden zudem beeinflußt durch Veränderungen in der äußeren Situation wie

- dem Ende der Berufstätigkeit mit dem 60. bzw. 65. Lebensjahr; in den meisten Fällen gehen damit auch liebgewordene soziale Kontakte mit Berufskollegen und Bekannten verloren;
- das Selbständigwerden der Kinder, die oft räumlich getrennt wohnen und sich von den Eltern unabhängige Lebensbereiche geschaffen haben. (Nach M. Eisenbach.)

Verwirrtsein im Alter

In unserer Gesellschaft werden oft Menschen als »verwirrt« bezeichnet, ohne daß der Beurteiler eine genaue Vorstellung von dem Begriff hat oder eine präzise Beschreibung dieser Veränderung geben kann. Für die häusliche Krankenpflege kann eine solche vordergründige und unqualifizierte Aussage nicht genügen. Eine präzise Klärung wird daher notwendig.

Hinter dem Begriff »verwirrt« verbergen sich psychische Störungen und krankhafte Veränderungen (psychopathologische Vorgänge). Hier werden nur drei Arten unter pflegerischem Aspekt vorgestellt:

Verwirrtheit,

Demenz,

Depression.

Verwirrtheit

Verwirrtheit kann nicht als einheitliches Krankheitsbild beschrieben, sondern nur über bestimmte Beobachtungen erkannt werden. Solche Anzeichen können sein:

- Gedächtnisstörungen,
- Orientierungsstörungen,
- unklare Denkabläufe,
- Halluzinationen,
- motorische Unruhezustände,
- Umtriebigkeit,
- Erzählung meist zufälliger Gedanken,
- Bewußtseinsstörungen in unterschiedlichen Ausprägungen.

Chronische Verwirrtheit
Sie erscheint als eine zeitliche, örtlich-situative und persönliche Orientierungsstörung (Desorientierung). Zuerst wird die Orientierung zur Zeit, später zum Ort und zur Situation und schließlich in bezug auf die eigene Person gestört. Dabei bleibt die Bewußtseinslage des so verwirrten Menschen voll erhalten.

Akute Verwirrtheit
Sie ist durch ähnliche Merkmale gekennzeichnet, jedoch mit Bewußtseinseintrübungen verbunden. Die Dauer der akuten Verwirrtheit kann zwischen Minuten und Stunden schwanken. Entsprechend lang ist die darauf folgende Erinnerungslücke.

Demenz

Demenz beschreibt ein Krankheitsbild, das sich allgemein als Irresein äußert, ohne daß eine Bewußtseinseintrübung zu beobachten ist. Die Weltgesundheitsorganisation (WHO) beschreibt Demenz als erworbene globale Beeinträchtigung der höheren Hirnfunktionen einschließlich des Gedächtnisses, der Fähigkeit, Alltagsprobleme zu lösen, der Ausführung sensomotorischer und sozialer Fertigkeiten, der Sprache und Kommunikation sowie der Kontrolle emotionaler Reaktionen ohne ausgeprägte Bewußtseinstrübung. Meist ist der Prozeß progredient (fortschreitend), jedoch nicht notwendigerweise irreversibel (nicht umkehrbar). Die Altersdemenz (senile Demenz) nimmt unter den psychischen Alterserkrankungen eine besondere Bedeutung ein, da sie fortschreitend und in zunehmendem Maße zur pflegerischen Abhängigkeit führt. Der Krankheitsprozeß beginnt meist schleichend und wird vom Betroffenen und von den Angehörigen kaum bemerkt. Die Krankheit zeigt unter anderem folgende Merkmale:

- Gedächtnisausfälle, verlangsamte Denkabläufe,
- Auffassungs-, Konzentrationsstörungen,
- Reduzierung von Kritik- und Urteilsvermögen,
- erschwerte Entscheidungsfindung,
- allgemeine Verlangsamung und Umstellungsschwierigkeit,
- Neigung zu raschem Weinen oder unbegründetem Lachen,
- Euphorie, Aggressivität, Apathie und Unempfindlichkeit,
- Neigung zu vertraulichem Plaudern,
- Distanzlosigkeit,
- Abstumpfung,
- Neigung zur Gewalttätigkeit,
- sexuelle Enthemmung,
- ständiges Wiederholen gleicher Gedankeninhalte.

Insbesondere die Demenz vom Alzheimer-Typ, auch als Alzheimer Krankheit bekannt, belastet durch den langjährig fortschreitenden Krankheitsverlauf in erheblichem Maße die pflegenden Angehörigen. Die Krankheit verläuft in drei Stadien. Das nachstehende Beispiel zeigt ein Bild über den Krankheitsverlauf und die zunehmende Schwere der Belastungen für die Angehörigen.

Beispiel

Stadium I

Frau H. (63 Jahre) lebte zusammen mit ihrem Ehemann und der unverheirateten, berufstätigen Tochter in harmonischen Familienverhältnissen. Seit einiger Zeit fielen ihr selbst und ihren Angehörigen eine zunehmende Vergeßlichkeit, Unsicherheit und Ängstlichkeit in bestimmten Situationen auf. Das Einkaufen wurde z. B. zum Problem, da sie sich in den Geschäften und auf der Straße nicht mehr zurechtfinden konnte. Die Angehörigen vermieden es daher nach Möglichkeit, sie allein aus dem Haus gehen zu lassen. Auffallend war auch ihr plötzlicher Interesseverlust am Tagesgeschehen und an ihren Hobbys (Blumenpflege und Handarbeiten). Obwohl Frau H. früher sehr viel gelesen hatte, saß sie mehr und mehr untätig vor sich hinblickend im Sessel. Auch die Tageszeitung blieb unberührt liegen.

Stadium II
In den folgenden Jahren (65.–68. Lebensjahr) wurden die Auffälligkeiten immer schwerwiegender, so daß der Familienalltag ständig neu organisiert werden mußte. Frau H., die früher sehr viel Wert auf ein gepflegtes Äußeres gelegt hatte, vernachlässigte zunehmend ihre Körperpflege, man mußte sie geradezu drängen, ab und zu zum Friseur zu gehen, ihre Kleidung in Ordnung zu halten und ihre Körperpflege durchzuführen. Im Gespräch bezogen sich ihre Antworten meist nicht mehr auf das jeweilige Thema, oft reagierte sie mit »floskelhaften«, unverbindlichen Redewendungen. Die Ängstlichkeit außerhalb der gewohnten Umgebung geriet sehr leicht zur Panik, ihr Gang wurde immer unsicherer.

Nächtliche Verwirrtheits- und Unruhezustände entwickelten sich als besonders großes Familienproblem. Nur durch abwechselnde Betreuung in der Nacht konnten Ehemann und Tochter damit einigermaßen zurechtkommen, zumal die Tochter ja tagsüber konzentriert in ihrem Beruf arbeiten mußte.

Stadium III
In allerjüngster Zeit (nach dem 69. Lebensjahr) erkannte Frau H. manchmal ihre eigenen Angehörigen nicht mehr, ihre sprachlichen Äußerungen wurden unartikuliert und meist unverständlich. Ihr Interesse an der Umwelt ging völlig verloren, apathisches Verhalten beherrschte den Gesamteindruck. Trotz gutem Appetit (wobei ihr das Essen ganz eingegeben werden mußte) kam es zu einem zunehmenden Kräfteverfall, eine Harn- und Stuhlinkontinenz erschwerten die häusliche Versorgung.

Schweren Herzens und selbst psychisch und körperlich erschöpft, mußten sich die Angehörigen um einen Heimplatz bemühen.

Bald nach dem Einzug ins Pflegeheim starb Frau H. an einer Bronchopneumonie im Alter von knapp 71 Jahren. (Nach E. Gnamm.)

Depression

Die Lebensgestaltung eines Menschen wird wesentlich auch von dem Lebensgefühl bestimmt, das sich als Stimmungslage äußert. Die normale Schwankungsbreite bewegt sich zwischen hoch (gehoben) und tief (bedrückt). Bei extremen Schwankungen spricht man von einem Stimmungstief (Depression) und von einem Stimmungshoch (Manie). Nach E. Grond ist die Depression im Alter mit meist länger anhaltendem Verlauf neben der Demenz die häufigste psychiatrische Erkrankung. 15% aller Frauen und 10% aller Männer über 60 Jahre sind davon betroffen.

Die Entwicklung von Depressionen wird durch folgende Faktoren begünstigt:

- Vereinsamung durch den Tod von Verwandten, Freunden und Altersgenossen,
- Multimorbidität (Vielzahl von Erkrankungen, Schlafstörungen, Hör- und Sehminderung, chronische Erkrankungen, Vergeßlichkeit, rasche geistige Ermüdbarkeit),
- Verlust an Mobilität und Selbständigkeit durch körperliche Einschränkungen,
- Fehlen von Aufgaben und Pflichten,
- Verlust von Ansehen und sozialer Rolle, Mißachtung des Alters, finanzielle Sorgen,
- Entwurzelung durch Umzug (zu Angehörigen oder in ein Heim),
- Fehlen einer frühzeitigen Pflege von Interessen und
- Kontaktpflege.

Nach E. Gnamm können die Kranken weder Freude empfinden noch Interesse für ihre Umgebung aufbringen. Sie fühlen sich kraftlos, ihre Gedanken kreisen immer wieder um dieselben, wenigen Themenbereiche, meist um das eigene Befinden. Früher problemlos erledigte Tätigkeiten (wie z. B. Hausarbeiten) werden als bedrückende Last empfunden. Die eigene Person wird in vielen Fällen als minderwertig bezeichnet, harmlose äußere Anlässe oft als beängstigend und sogar bedrohlich erlebt. Frühere biographische Ereignisse werden in Form heftiger Selbstvorwürfe bis zu wahnhaften Schuldgefühlen nacherlebt. Aus einer depressiven Stimmungslage heraus können sich oft suizidale (zur Selbsttötung neigende) Gedanken herausbilden. Alte Menschen mit ihren veränderten Lebensperspektiven, Verlusten an Leistungsfähigkeit und mitmenschlichen Beziehungen sind besonders gefährdet.

Begleitung und Zuwendung

Die Darstellung der psychischen Störungen und Erkrankungen alter Menschen hat verdeutlicht, daß Versorgung, Unterstützung und Zuwendung für diese Menschen in besonderem Maße erforderlich sind. Gerade für diese Kranken wird Pflege lebensnotwendig, im Sinne von »Not-wenden«, für die Pflegeperson »überlebensnotwendig«. Diese existentielle Beziehung gilt es in der häuslichen Pflege zu gestalten und zu bewältigen.

Zuwendungen bei »Verwirrtheit«

- Erhalten der selbständigen Lebensgestaltung z. B. Körperhygiene selbst durchführen zu lassen, gegebenenfalls Hilfestellung geben,
- Selbstbestimmte Wahl von Tagesaktivitäten
  z. B. Wahl der Kleidung,
- Information zur eigenständigen Orientierung
  z. B. über Datum, Jahreszeit, Veranstaltungen,
- Körpernähe und Kontakt
  z. B. bei stark ausgeprägter äußerer und innerer Unruhe,
- Persönliche Kommunikation
  z. B. durch namentliche Anrede, vertraute Gesten, Aufnahme von Blickkontakt,
- Übersichtliche Raumgestaltung
  z. B. optische Kennzeichnung des Badezimmers und WC, Kennzeichnung der Ruhe- und Sitzecke,
- Schaffen von Bewegungsmöglichkeiten und Vermeidung von Gefahrenquellen
  z. B. in der Wohnung für Bewegungsraum sorgen.

Aufgabe

Eine 65jährige Bäuerin lebt in der Familie ihres Sohnes. Jeden Abend beim Zubettgehen äußert sie die Bitte, man solle doch den Hühnerstall schließen. Wie würden Sie sich dieser Bitte gegenüber verhalten?

Ergebnis

Familienangehörige können antworten:

»Du kannst ruhig schlafengehen, ich kümmere mich darum.«

Auf diese Weise würde die Bäuerin innerlich zur Ruhe kommen und ruhig einschlafen können.

Zuwendungen bei Demenzen
Bei allen Demenz-Erkrankungen ist die Gestaltung eines ganzheitlichen Pflegekonzepts unabdingbar. In dieses sind Maßnahmen wie Gymnastik, Musik und Arbeitstherapie einzubeziehen.

Als Zuwendungsmöglichkeiten sind zu nennen:

- Wachsein für Mitteilungen des Kranken über seine momentane Befindlichkeit auch durch Gestik und Mimik
  z. B. das Zusammenpressen der Lippen als Mitteilung des »Nicht-trinken-wollens«,
- entsprechende Reaktionen auf die momentane Befindlichkeit des Kranken
  z. B. Beruhigen des Kranken durch Körperkontakt,
- Kontrolle der Sprache und der Stimme
  z. B. keine Ungeduld im Klang der Stimme mitschwingen lassen,
- Aufmerksamsein auf nachlassende praktische Fähigkeiten und angemessenes Reagieren darauf
  z. B. beim Essen und Trinken,
- Aushalten von extremen Belastungen ohne Hoffnung auf Besserung
  z. B. bei zunehmender Stuhlinkontinenz.

Es ist für Angehörige psychisch sehr belastend, die Veränderungen des Kranken zu akzeptieren und die Gedanken über das »Zu-Ende-gehen« dieses schweren Lebens auszublenden.

Zuwendungen bei Depressionen
Jeder depressiv Kranke braucht ein hohes Maß an persönlicher Zuwendung des Angehörigen. Es ist wichtig, dem Kranken das Gefühl zu vermitteln, für ihn dazusein und in seiner Traurigkeit ernst genommen zu werden.

Als Formen der Zuwendungen sind zu empfehlen:

- dem Kranken immer wieder zu versichern, daß er nicht Schuld an seinem Zustand hat,
- die Äußerungen des Kranken ernst zu nehmen und ihm das Gefühl zu geben, als Mensch für ihn wichtig zu sein,
- die unter Umständen erheblichen Nebenwirkungen der Medikamente zu besprechen und die regelmäßige Einnahme sicherzustellen,
- über etwaige Selbstmordgedanken offen zu sprechen und das Versprechen abzunehmen, daß man sich auf ihn verlassen kann,
- den Kranken nicht für längere Zeit allein im Einzelzimmer zu lassen, sondern häufig in das Familiengeschehen zu integrieren,
- keine belastende Informationen weiterzugeben,

– für regelmäßige Mahlzeiten und genügende Flüssigkeitszufuhr zu sorgen; den Zustand der Unterzuckerung bei Diabetes zu vermeiden.

Beachte
Die persönliche Identifikation mit einem depressiv Kranken darf nicht so weit gehen, daß man gefährdet wird, selbst depressiv zu werden.

Bei der Pflege des Schwer- und Langzeitkranken können Situationen eintreten, bei denen zwischen Sicherheitsüberlegungen und Freiheitsschutz abgewogen werden muß, z. B. das Anbringen von Bettgittern, das Abschließen der Türe des Krankenzimmers. Bei freiheitsentziehenden Maßnahmen sollte grundsätzlich versucht werden, das Einverständnis des Kranken zu erreichen (siehe Seite 254).

Pflegende Angehörige äußern oftmals Schuldgefühle, weil sie meinen, zu wenig gegen das Fortschreiten der Krankheit getan zu haben. Um die Angehörigen von dem oft selbst auferlegten Leidensdruck zu entlasten und die Pflege »Rund-um-die-Uhr« ertragbar zu machen, haben sie selbst oder andere für sie *Angehörigengruppen* gegründet, die Hilfe und Informationsaustausch geben. Anschriften von Angehörigengruppen und *Alzheimer Gesellschaften* werden vom Sozialdienst der Gesundheitsämter, von Beratungsstellen der Wohlfahrtsverbände und von Sozialämtern vermittelt.

Mit der allgemein steigenden Lebenserwartung nehmen insbesondere die psychischen Veränderungen und Erkrankungen alter Menschen zu und führen zu erheblichen Belastungen und Spannungen in der Familie. Bei den Pflegenden kann ein Zustand der völligen Erschöpfung eintreten, der die Einweisung des Kranken in ein Pflegeheim erzwingt. Einer solchen Situation kann jedoch durch gezielte Information, häufigen Erfahrungsaustausch, aber auch durch eingeplante Phasen der Entlastung von der Pflege (z. B. durch Urlaubspflege) entgegengewirkt werden.

Selbstgestaltetes Leben im Alter

So bedrückend das Leben mit Krankheiten im Alter sein kann, so birgt das Alter auch eine Fülle von Möglichkeiten, diese Lebensphase eigenständig, bewußt und aktiv zu gestalten. So können alte Menschen

- sich selbst neue Ziele setzen und diese auch verfolgen,
- Neues lernen,
- Kontakte suchen und pflegen.

Konkret bedeutet dies:

- Die Erhaltung und Verbesserung der Wohnsituation → ermöglichen Selbständigkeit und Aktivität.
- Ein gesichertes und angemessenes Einkommen → erhält die Unabhängigkeit.
- Flexible Handhabung der Altersruhegrenze → ermöglicht einen freien Spielraum für berufliche Aktivitäten im Alter.
- Die Schaffung von Kontaktmöglichkeiten → führt zu neuen Beziehungen und Erlebnissen.
- Die Selbstbestimmung und eigenverantwortliche Gestaltung des Lebens → fördern Selbständigkeit und das Selbstwertgefühl.
- Die Beteiligung älterer Menschen an der Weiterbildung → stärkt Lernbereitschaft und Lernaktivität.
- Die Rückschau auf geglückte und mißglückte Lebensereignisse, auf Verdienst und Schuld → bietet die Chance zur Sinnfindung.
- Das Miteinanderleben von Jung und Alt → führt zu einer stärkeren Bindung an die Familie und zur Einbindung in weitere soziale Bezüge.
- Die Teilnahme an Familienfeiern → verstärkt Lebensfreude und Familientradition.

Aufgabe

Lesen Sie die Fragen und Feststellungen durch. Machen Sie sich Gedanken über die Bedeutung der vorgeschlagenen Aktivitäten für den alten Menschen. Prüfen Sie, ob diese Vorschläge geeignet sind, den alten Menschen aktiv am Leben teilnehmen zu lassen.

Fragen und Feststellungen	Aktivitäten
1. Wann waren Sie das letzte Mal spazieren?	Spaziergang, Schaufensterbummel
2. Wer weniger wiegt, hat mehr vom Leben.	Bewegungstraining
3. Wechselbäder bringen Ihren Kreislauf in Schwung.	Baden, Duschen, Kneippen
4. Auch Ihre Haut freut sich über regelmäßige Pflege.	Haut-, Körperpflege; Interesse an gepflegtem Aussehen
5. Bleiben sie in Bewegung: »Faulenzer-Herzen« schlagen nicht so lange.	Schwimmen, Gymnastik, Sport
6. Je mehr Sie Ihren Kopf trainieren, desto länger und besser bleiben Sie geistig rege.	Gesellschaftspiele, Rätsel
7. Mit dem Steckenpferd nehmen Sie auch im Alter alle Hürden.	Hobbys: Gartenarbeit, Handarbeit, Malen
8. Auch für Sie gibt es viele Möglichkeiten, nette Leute kennenzulernen.	Café, Altenclubs, Telefonketten, Altentreffen
9. Gestalten Sie Ihre Abende abwechslungsreicher.	Fernsehen, Theater, Konzert, Museen
10. Gehen Sie mit guten Beispiel voran: – schreiben Sie, – rufen Sie an.	 Briefwechsel, Fotoaustausch, Telefon, Telefonkette
11. Ein neues Wohngefühl: mehr Platz, mehr Wohnung, mehr Bequemlichkeit.	Umräumen der Wohnung, modernisieren
12. Für Leute, die sich Zeit nehmen, gibt es immer wieder interessante Dinge.	Veränderung feststellen (neue Gebäude, neue Straßennamen)
13. Wann suchten Sie das letztemal einen Friedhof auf?	Besuch der Gräber von Eltern oder Freunden
14. Die Kirche macht auch für Sie Angebote.	Teilnahme an Altengottesdiensten, Einkehr- und Besinnungstagen, Wallfahrten; Altenbegegnung
15. Wer sich gründlich informiert, kann andere informieren.	Zeitung, Illustrierte, Bibliotheken
16. Urlaub auch für Sie!	Gesellschaftsreisen, Altenerholung, Altenurlaub.

So sinnvoll eine Aktivierung des alten Menschen sein mag, so deutlich muß gesagt werden, daß der alte Mensch auch die Freiheit haben muß, sich in Ruhe und Behaglichkeit zurückzuziehen und ohne große Aktivitäten zu leben. Nicht jeder, der die Ruhe liebt, ist ein vereinsamter und isolierter Mensch, den man mit möglichst vielen Angeboten der Erwachsenenbildung oder der offenen Altenhilfe in die Aktivität locken muß. Die Ruhe, die erst einen Rückblick auf das Erlebte und eine Verarbeitung der Eindrücke erlaubt, muß ebenso vorhanden sein, wie das Sammeln neuer Erfahrungen im Zusammensein mit Menschen aller Altersgruppen.

Mehr als in einem anderen Lebensalter erfährt der alte Mensch die Begrenztheit menschlichen Lebens. Der Tod steht näher als früher. Dieses Wissen zwingt ihn, nach den Antworten auf die letzten existentiellen Fragen des Lebens zu suchen.

Beispiel

»Die Menschen altern nur dadurch, daß sie ihren Idealen untreu werden. Die Jahre mögen die Haut welken lassen, aber wer seine Ziele preisgibt, der läßt die Seele welken. Ein Mensch ist so jung, wie sein Glaube und so alt wie seine Zweifel; so jung wie sein Selbstvertrauen und so alt wie seine Bedenken; so jung wie seine Hoffnung und so alt wie seine Verzweiflung.« (D. MacArthur)

Hilfen für ein selbstbestimmtes Leben im Alter

Auftrag der Freien Wohlfahrtspflege

Die Bundesrepublik Deutschland als sozialer Rechtsstaat garantiert die Würde des einzelnen Menschen sowie einzelner benachteiligter Gruppen durch zahlreiche soziale Hilfen. In partnerschaftlicher Zusammenarbeit mit staatlichen Stellen bieten die Wohlfahrtsverbände (Freie Wohlfahrtspflege) in ihren Einrichtungen und Diensten eine Vielzahl von sozialen Hilfen an. Mit diesen sollen die Würde des einzelnen Menschen, seine Freiheit und die Entfaltung der Persönlichkeit in den unterschiedlichsten Lebenssituationen und Lebensabschnitten ermöglicht werden. Ihre Leistungen haben einen Vorrang vor der öffentlichen Wohlfahrtspflege.

Die Freie Wohlfahrtspflege gliedert sich in sechs Spitzenverbände, die durch unterschiedliche weltanschauliche Zielvorstellungen und Motive geleitet sind:

- Arbeiterwohlfahrt (AWO)
- Deutscher Caritasverband (DCV)
- Deutscher Paritätischer Wohlfahrtsverband (DPWV)
- Deutsches Rotes Kreuz (DRK)
- Diakonisches Werk der Evangelischen Kirche in Deutschland (DW)
- Zentralwohlfahrtsstelle der Juden in Deutschland (ZWST).

Die Arbeit aller Wohlfahrtsverbände umfaßt vor allem:

- Erkennen und Beseitigen von Ursachen individueller Not,
- Hilfe bei sozialen Notlagen und Förderung in bestimmten Lebenssituationen und

– Öffentlichkeitsarbeit zur Stärkung des gesellschaftlichen Bewußtseins für soziale Notlagen.

Gemeinsam ist allen, daß sie unmittelbar an die Verantwortung aller anknüpfen und auf die Hilfsbereitschaft und die Solidarität der Bevölkerung angewiesen sind. Diese Aufgabe nimmt der Deutsche Caritasverband im Auftrag der katholischen Bischöfe wahr. Insbesondere will die Caritas

– den einzelnen in seiner individuellen Situation wie Alter, Behinderung oder Krankheit über die Möglichkeit sozialer Hilfe aufklären,
– Hilfsbedürftige und Arme bei der Bewältigung persönlicher und familiärer Probleme beraten und betreuen,
– Nöte bestimmter Personen und Gruppen sowie Defizite der Hilfe in der Öffentlichkeit bewußt machen und vertreten,
– der Diskriminierung einzelner Menschen wegen ihrer Nationalität, Hautfarbe, Kultur oder Religion, aber auch wegen ihrer Arbeitslosigkeit öffentlich entgegentreten,
– ihre soziale Arbeit auf der Grundlage des christlichen Menschenbildes gestalten.

Auch die Diakonie als Wohlfahrtsverband der Evangelischen Kirche hat diese unverwechselbare christliche Ausrichtung in der Wahrnehmung ihrer Aufgaben.

In ihren Einrichtungen und Diensten bieten die Verbände u. a. Hilfen für folgende Gruppen an:

– Kinder und Jugendliche,
– Mütter und Familien,
– alte Menschen,
– geistig, körperlich und seelisch behinderte Menschen,
– kranke und sterbende Menschen,
– Arbeitslose und Menschen in besonderen sozialen Schwierigkeiten,
– ausländische Arbeitnehmer und deren Familie sowie Asylsuchende,
– ehrenamtliche Helfer.

Vorrangiges Ziel aller Hilfen ist es, den Menschen die Selbständigkeit in der jeweiligen Lebenssituation so lange wie möglich zu erhalten und zu fördern. Für die *Pflege* alter, kranker und behinderter Menschen ergibt sich daraus die Verpflichtung, in ihre konkrete Arbeit besonders Gesichtspunkte der Prävention (Vorbeugung), Aktivierung und Rehabilitation (Wiederherstellung) einzubeziehen.

Für die Erhaltung der Selbständigkeit älterer, kranker und behinderter Menschen bieten die Wohlfahrtsverbände, Länder und Kommunen sowie gewerbliche Institutionen ambulante, teilstationäre und stationäre Hilfe und Unterstützung an.

Arbeiterwohlfahrt caritas PARITÄT DEUTSCHES ROTES KREUZ Diakonie ZWST

Beachte
Der ältere Mensch kann wählen, ob er die Hilfe des öffentlichen Trägers (Sozialamt) oder die eines freien Wohlfahrtsverbandes oder eines sonstigen Anbieters in Anspruch nehmen will.

Ambulante Dienste und stationäre Einrichtungen

Ambulante Dienste

Sozialstationen
Sozialstationen werden auch als Zentralstationen, Caritas-Pflegestationen oder Diakonie-Stationen bezeichnet. Sie erbringen ambulante Dienste im Bereich der häuslichen Kranken-, Haus-, Familien- und Altenpflege. Sie entstanden als Nachfolgeeinrichtungen der traditionellen Gemeindepflege und unterscheiden sich von diesen vor allen Dingen durch ein breitgefächertes Leistungsangebot. In der Regel sind dort mehrere hauptamtlich beschäftigte Fachkräfte unterschiedlicher pflegerischer Berufe tätig.

Gemeinde-, Altenpflegedienste
Diese Dienste führen überwiegend Alltagsdienste und Altenpflege durch.

Haus- und Familienpflegestationen
Die Stationen bieten Familien und Einzelpersonen nach Bedarf häusliche Dienste und die Versorgung des Haushalts an.

Mobile Soziale Hilfsdienste
Diese Dienste bieten mit Hilfe von Zivildienstleistenden und ehrenamtlichen Kräften hauswirtschaftliche Dienste, Hol- und Bringdienste sowie Fahr- und Begleitdienste an.

Mahlzeitendienste
Mahlzeitendienste bieten entweder einen Mittagstisch, zu dem die hilfsbedürftigen Menschen hingehen, oder beliefern diese mit Essen in ihrer Wohnung (»Essen auf Rädern«).

Besuchsdienste
Diese Dienste sollen alten, kranken und behinderten Menschen Kontakte zur Umwelt erhalten bzw. neue aufbauen helfen.

Selbsthilfegruppen
Zur Wahrnehmung ihrer besonderen Interessen und aus ihrer Betroffenheit heraus haben sich Behinderte und an bestimmten Krankheiten Leidende zu Selbsthilfegruppen zusammengeschlossen: Rheuma-Liga, Anonyme Alkoholiker, Kreuzbund, Aidshilfe, u. a. (siehe Seite 287 f.).

Telefonketten
Mit selbstorganisierten Telefonketten nehmen Menschen zueinander Kontakt auf.

Haus-Not-Ruf
In einer für sie bedrohlichen Situation können bettlägerige Kranke einen Notruf auslösen, wenn sie einen Telefonanschluß besitzen.

Teilstationäre und kurzzeitige Einrichtungen

Tagesklinik
Die Tageskliniken dienen der teilstationären Versorgung von Patienten, die nicht oder nicht mehr der vollstationären Versorgung bedürfen, aber noch die Pflege und spezielle Therapie des Arztes benötigen.

Tagespflege
Die Tagespflege ist darauf ausgerichtet, pflegebedürftigen Menschen, die keiner

vollstationären Pflege bedürfen, ärztliche Hilfe, aktivierende Pflege und Therapie mit dem Ziel zu bieten, verbliebene Fähigkeiten zu erhalten, verlorene wieder zu gewinnen und die Selbsthilfekräfte zu fördern. Die Einrichtungen der Tagespflege sind meist an stationäre Einrichtungen angebunden.

Kurzzeitpflege
Kurzzeitpflege bietet die Möglichkeit, pflegebedürftige ältere Menschen, die zu Hause gepflegt werden, für einen vorher geplanten begrenzten Zeitraum in Einrichtungen stationär aufzunehmen.

Kurzzeitpflege zielt auf die

- Sicherstellung einer notwendig gewordenen, zeitlich befristeten Pflege und/oder gezielten Aktivierung der Pflegebedürftigen durch entsprechende Fachkräfte,
- Vermeidung oder Verkürzung von Krankenhausaufenthalten,
- Nachsorge nach schweren Krankheiten,
- Entlastung pflegender Angehöriger, um Urlaub und Erholung zu ermöglichen und bei deren Erkrankung und sonstigen Verhinderungen Pflege zu garantieren.

Stationäre Einrichtungen

Mit den ambulanten Diensten allein – und mögen sie noch so modern, umfangreich und wirksam ausgestaltet sein – lassen sich die Probleme der alten kranken Menschen nicht lösen. So werden alte Menschen immer auch auf die Unterbringung und Pflege in stationären Einrichtungen angewiesen sein.

Die Gründe, in ein Heim zu ziehen, sind sehr unterschiedlich: gesundheitliche Verschlechterung, körperliche Beschwerden, Krankheiten und Vereinsamung machen es oft notwendig, in einem Heim versorgt und von den täglichen Arbeiten entlastet zu werden sowie sozial in einer Gemeinschaft integriert zu sein. Ein Heimaufenthalt gibt dazu noch die Sicherheit, im Notfall oder bei vorübergehender Hilfsbedürftigkeit rechtzeitig Pflege zu haben. Mitunter führen auch unzureichende Wohnverhältnisse dazu, daß ein Heimaufenthalt notwendig wird.

Altenwohnheime
In diesen Heimen können Alleinstehende und Ehepaare einen eigenen Haushalt führen, im Bedarfsfall Pflege, Verpflegung und andere Dienstleistungen erhalten. Die Unterbringung erfolgt in abgeschlossenen Appartements mit eigener Kochmöglichkeit und sanitären Anlagen. Gemeinschaftseinrichtungen unterschiedlicher Art stehen in der Regel zur Verfügung.

Alten- und Pflegeheime
Diese Heime übernehmen die volle Versorgung und Betreuung von alten Menschen, die zur Führung eines eigenen Haushalts nicht mehr in der Lage sind. Die Unterbringung in Ein- oder Zweibettzimmern wird seit längerem gefordert.

Gesetzliche Hilfen

Älteren Menschen die Hilfe zukommen zu lassen, deren sie bedürfen, ist eines der ältesten sozialen Anliegen. Auch in unserem sozialen Rechtsstaat bleibt die Sorge für ältere, kranke und behinderte Menschen ein ständig weiterzuentwickelnder Auftrag. Mit der Krankenversicherung, Rentenversicherung der Arbeiter und Angestellten, Unfallversicherung, Arbeitslosenversicherung und der Sozialhilfe wurde eine soziale Sicherung geschaffen, die Menschen vor Not im Alter schützen soll.

Sozialhilfe

Das Bundessozialhilfegesetz (BSHG) sieht Hilfen in sämtlichen Lebenssituationen vor. Nach § 1 BSHG ist es Aufgabe der Sozialhilfe, dem Hilfeempfänger die Führung eines Lebens zu ermöglichen, das der Würde des Menschen entspricht. Ein nicht immer erreichtes Ziel der Sozialhilfe ist, den Hilfeempfänger zu befähigen, unabhängig von ihr zu leben. Das Eintreten der Sozialhilfe ist abhängig vom Vorliegen einer Notlage, gleichgültig, ob diese selbstverschuldet ist oder nicht und der Realisierung aller Möglichkeiten der Selbsthilfe (Einsatz von Einkommen und Vermögen, Arbeitskraft, Leistungsansprüche gegenüber anderen). Deshalb ist das Sozialamt verpflichtet, die Einkommens- und Vermögensverhältnisse des Hilfesuchenden zu prüfen und festzustellen, ob Leistungsansprüche gegenüber anderen Sozialleistungsträgern oder Versicherungen bestehen und es unterhaltspflichtige Angehörige gibt. Viele ältere Menschen sind von Notlagen betroffen, wie z. B. geringe Rente, Pflegebedürftigkeit, Behinderungen. Können sie nicht aus eigenen Kräften bewältigt werden, besteht ein Anspruch auf Sozialhilfe. Diese wird als persönliche Hilfe sowie als Sach- und Geldleistung gewährt. Unter persönlicher Hilfe ist insbesondere die Beratung der Hilfesuchenden in Fragen der Sozialhilfe und anderer sozialer Anliegen zu verstehen. Ältere Menschen sollten den »Weg« zum Sozialamt nicht scheuen, wenn sie in eine Notlage geraten sind; denn die Sozialämter sind zur Beratung in Fragen der Sozialhilfe gesetzlich verpflichtet. Auch andere Beratungsstellen, z. B. der Wohlfahrtsverbände und Kirchen, können in Fragen der Sozialhilfe Auskunft geben.

Unterschieden wird im BSHG zwischen der Hilfe zum Lebensunterhalt und der Hilfe in besonderen Lebenslagen.

Hilfe zum Lebensunterhalt

Die Hilfe zum Lebensunterhalt umfaßt die

- Sicherstellung des notwendigen Lebensunterhaltes,
- Übernahme von Krankenversicherungsbeiträgen und Beiträgen zur Alterssicherung,
- Hilfen zur Sicherung der Unterkunft,
- Übernahme von Bestattungskosten.

Aufgabe der Hilfe zum Lebensunterhalt ist es, die allen Menschen eigenen Grundbedürfnisse des täglichen Lebens zu decken. Dies sind insbesondere

- Nahrung,
- Unterkunft,
- Kleidung,
- Körperpflege,
- Hausrat,
- Strom und Heizung.

Hilfe in besonderen Lebenslagen

Hilfe in besonderen Lebenslagen können Personen erhalten, die in einer bestimmten Lebenssituation (z. B. Krankheit, Behinderung, Pflegebedürftigkeit, Alter) auf eine weitergehende Unterstützung angewiesen sind, als sie die Hilfe zum Lebensunterhalt vorsieht.

Hilfe zur Pflege ist Personen zu gewähren, die infolge Krankheit oder Behinderung so hilflos sind, daß sie nicht ohne Wartung und Pflege bleiben können. Zusätzlich zum Pflegegeld sieht die Hilfe zur Pflege auch die Erstattung von Aufwendungen für eine besondere Pflegekraft und die Beschaffung von Hilfsmitteln, die zur Erleichterung der Beschwerden und Pflege beitragen, vor.

Hilfe zur Weiterführung des Haushalts wird Personen mit eigenem Haushalt gewährt, wenn keiner der Haushaltsangehörigen den Haushalt führen kann und die Weiterführung des Haushalts geboten ist.

Krankenhilfe ist Kranken zu gewähren. Zur Krankenhilfe gehören neben der ärztlichen Behandlung, Versorgung mit Arzneimitteln, Krankenhausbehandlung, auch zahnärztliche Behandlung und Zahnersatz. Dabei besteht freie Arztwahl.

Blindenhilfe erhalten Blinde und Personen, deren Sehschärfe ganz wesentlich beeinträchtigt ist, um ihre durch die Blindheit bedingten Mehraufwendungen auszugleichen.

Eingliederung für Behinderte können auch ältere Menschen bei Behinderung beanspruchen (ärztliche Behandlung, Versorgung mit orthopädischen Hilfsmitteln zur »Milderung der Behinderung«).

Altenhilfe
Über diese Hilfearten hinaus hat das Gesetz in einem besonderen Abschnitt »Altenhilfe« (§ 75) eine Reihe von Sonderbestimmungen zusammengefaßt, die dazu beitragen sollen, Schwierigkeiten, die durch das Alter entstehen, zu überwinden und Vereinsamung im Alter zu verhüten. Diese Bestimmungen sind nicht zuletzt deshalb von Bedeutung, weil sie die Altenhilfe über die rein wirtschaftliche Hilfe hinaus erheblich ausweiten und auch Hilfe gewähren, um alten Menschen Beziehungen zur Umwelt und die Teilnahme am kulturellen Leben zu ermöglichen.

Als Maßnahmen der Hilfe kommen nach § 75 in vertretbarem Umfang vor allem in Betracht:

1. Hilfe zu einer Tätigkeit des alten Menschen, wenn sie von ihm erstrebt wird und in seinem Interesse liegt.
2. Hilfe bei der Beschaffung von Wohnungen, die den Bedürfnissen alter Menschen entsprechen sowie zur Erhaltung bestehenden Wohnraums.
3. Hilfe zum Besuch von Veranstaltungen oder Einrichtungen, die der Geselligkeit, der Unterhaltung oder den kulturellen Bedürfnissen alter Menschen dienen.
4. Hilfe, die alten Menschen die Verbindung mit nahestehenden Personen ermöglicht.

Oft wird aber geklagt, daß diese Möglichkeiten gar nicht von den Betroffenen ausgenutzt werden. Viele, die Hilfe brauchen, scheuen den Weg zu den Sozialämtern und erleben eine »Schwellenangst«. Sie fürchten sich vor einer anonymen Verwaltung, wo sie nicht mehr als Menschen angesehen, sondern als Aktennummern so oder so verwaltet werden. Die Sozialämter und Wohlfahrtsverbände haben auf der Grundlage des Sozialgesetzbuches (SGB) die Aufgabe, diese Scheu abzubauen und den Hilfesuchenden über sein in der Verfassung garantiertes Recht auf ein menschenwürdiges Leben zu informieren, aufzuklären und zu beraten.

Der Hilfesuchende ist z. B. zu informieren, daß er das Recht hat zu *wählen,*

- von wem er sich beraten läßt,
- wer ihn pflegen und betreuen soll,
- zu welchem Arzt er geht,
- welches Krankenhaus er aufsucht,
- für welches Erholungs- oder Genesungsheim er sich entscheidet,
- in welchem Alten- oder Pflegeheim er wohnen will.

Beachte
Altenhilfe kann ohne Rücksicht auf vorhandenes Einkommen oder Vermögen gewährt werden, soweit im Einzelfalle persönliche Hilfe erforderlich ist.

Gesetzliche Krankenversicherung

Die Krankenversicherung hat die Aufgabe, die Gesundheit der Versicherten zu erhalten, wiederherzustellen oder ihren Gesundheitszustand zu bessern. Versicherte sind für ihre Gesundheit mit verantwortlich; sie sollen durch eine gesundheitsbewußte Lebensführung, durch frühzeitige Beteiligung an gesundheitlichen Vorsorgemaßnahmen sowie durch aktive Mitwirkung an Krankenbehandlung und Rehabilitation dazu beitragen, den Eintritt von Krankheit und Behinderung zu vermeiden oder ihre Folgen zu überwinden. Die Krankenkassen haben den Versicherten dabei durch Aufklärung, Beratung und Leistung zu helfen.

Leistungen bei Krankheit
Versicherte haben Anspruch auf Krankenbehandlung, wenn sie notwendig ist, um eine Krankheit zu erkennen, zu heilen, ihre Verschlimmerung zu verhüten oder Krankheitsbeschwerden zu lindern. Die Krankenbehandlung umfaßt

- ärztliche Behandlung,
- zahnärztliche Behandlung einschließlich der Versorgung mit Zahnersatz,
- Versorgung mit Arznei-, Verband-, Heil- und Hilfsmitteln,
- häusliche Krankenpflege und Haushaltshilfe,
- Krankenhausbehandlung,
- medizinische und ergänzende Leistungen zur Rehabilitation sowie Belastungserprobung und Arbeitstherapie.

Häusliche Krankenpflege erhalten Versicherte in ihrem Haushalt oder ihrer Familie neben der ärztlichen Behandlung durch geeignete Pflegekräfte, wenn Krankenhausbehandlung geboten, aber nicht ausführbar ist oder sie durch die häusliche Krankenpflege vermieden oder verkürzt wird. Die häusliche Krankenpflege umfaßt die im Einzelfall erforderliche Grund- und Behandlungspflege sowie hauswirtschaftliche Versorgung. Der Anspruch besteht bis zu vier Wochen je Krankheitsfall. In begründeten Ausnahmefällen kann die Krankenkasse die häusliche Krankenpflege für einen längeren Zeitraum bewilligen.

Versicherte erhalten in ihrem Haushalt oder ihrer Familie häusliche Krankenpflege als Behandlungspflege, wenn sie zur Sicherung des Ziels der ärztlichen Behandlung erforderlich ist.

Durch eine Regelung in ihrer Satzung kann die Krankenkasse zur Sicherung der ärztlichen Behandlung zusätzlich zur Behandlungspflege auch Grundpflege und hauswirtschaftliche Versorgung erbringen.

Der Anspruch auf häusliche Krankenpflege besteht nur, soweit eine im Haushalt lebende Person den Kranken in dem erforderlichen Umfang nicht pflegen und versorgen kann.

Haushaltshilfe erhalten Versicherte, wenn ihnen wegen einer Krankenhausbehandlung, Vorsorgekur, Rehabilitation oder häuslicher Krankenpflege die Weiterführung des Haushalts nicht möglich ist. Voraussetzung ist, daß im Haushalt ein Kind lebt, das bei Beginn der Haushaltshilfe das zwölfte Lebensjahr noch nicht vollendet hat oder das behindert und auf Hilfe angewiesen ist.

Hilfsmittel können Versicherte beanspruchen, wenn sie erforderlich sind, um den Erfolg der Krankenbehandlung zu sichern oder eine Behinderung auszugleichen.

Leistungen bei Schwerpflegebedürftigkeit

Häusliche Pflegehilfe
Die häusliche Pflegehilfe soll die Pflege und Versorgung schwerpflegebedürftiger Versicherter in ihrem Haushalt oder dem ihrer Familie ergänzen. Sie ist darauf auszurichten, daß Pflegebedürftige möglichst dort verbleiben können und die stationäre Pflege vermieden wird. Sie umfaßt die im Einzelfall notwendige Grundpflege und hauswirtschaftliche Versorgung bis zu einer Stunde je Pflegeeinsatz und bis zu 25 Pflegeeinsätzen je Kalendermonat. An einem Tag können mehrere Pflegeeinsätze in Anspruch genommen werden. Die Aufwendungen der Krankenkassen für diese Leistungen dürfen im Einzelfall DM 750,– je Kalendermonat nicht übersteigen (siehe Seite 253).

Geldleistung
Sollte ein Schwerpflegebedürftiger die Hilfe einer Pflegekraft nicht in Anspruch nehmen wollen, besteht die Möglichkeit, einen Geldbetrag von DM 400,– je Kalendermonat zu erhalten.

Urlaubspflege
Kann die Pflege und Versorgung schwerpflegebedürftiger Versicherter wegen Erholungsurlaubs oder anderweitiger Verhinderung der Pflegepersonen zeitweise nicht erbracht werden, wird die häusliche Pflegehilfe ergänzt, wenn die Pflegeperson den Schwerpflegebedürftigen vor ihrer Verhinderung mindestens 12 Monate gepflegt hat. Die Aufwendungen der Krankenkasse für längstens vier Wochen dürfen im Einzelfall DM 1800,– nicht überschreiten. Während dieser Zeit können die Versicherten auch außerhalb ihres Haushaltes oder ihrer Familie gepflegt werden (Kurzzeitpflege). Die Krankenkasse übernimmt jedoch die dadurch entstehenden Kosten nur bis zu der Höhe des Betrages, den sie bei Pflege und Versorgung der Versicherten in ihrem Haushalt oder ihrer Familie aufzuwenden hätte.

Schwerpflegebedürftig sind die Versicherten, die nach ärztlicher Feststellung wegen einer Krankheit oder Behinderung so hilflos sind, daß sie für die gewöhnlichen und regelmäßig wiederkehrenden Verrichtungen im Ablauf des täglichen Lebens auf Dauer in hohem Maße der Hilfe bedürfen. Grundsätzlich handelt es sich dabei um Personen, die sich in ihrem Alltag nahezu in allen Bereichen nicht selbst versorgen können, sondern auf ständige, intensive Pflege und in der Regel auch auf hauswirtschaftliche Versorgung angewiesen sind. Anspruchsberechtigte Personen sind diejenigen, die in sehr hohem Maße dauernd der Hilfe und Unterstützung bei folgenden Verrichtungen bedürfen:

- An- und Auskleiden, Waschen, Baden, Kämmen, Rasieren,
- Essen, Zerkleinern der Speisen, Trinken,
- Verrichten der Ausscheidungen,
- Bewegen im Raum und außerhalb des Hauses,
- Aufsetzen, Hinsetzen, Hinlegen und Betten.

Eine Unfähigkeit zur Ausübung der genannten Verrichtungen reicht nicht aus, um die Schwerpflegebedürftigkeit zu begründen. Die Krankenkassen haben das Vorliegen der Schwerpflegebedürftigkeit durch den Medizinischen Dienst prüfen zu lassen.

Beachte

Die Leistungen der gesetzlichen Krankenversicherung bei Schwerpflegebedürftigkeit werden mit dem Inkrafttreten der Pflegeversicherung durch diese abgelöst.

Pflegeversicherung

Unter dem Dach der gesetzlichen Krankenversicherung wird eine Pflegeversicherung als neuer eigenständiger Zweig der Sozialversicherung eingeführt. Die Pflegeversicherung soll dazu beitragen, die Absicherung des Risikos der Pflegebedürftigkeit umfassend zu verbessern und die aus der Pflegebedürftigkeit entstehenden finanziellen Belastungen zu mildern. Hilfe sollen die Pflegebedürftigen erfahren, die wegen der Schwere der Pflegebedürftigkeit auf solidarische Unterstützung angewiesen sind. Die Leistungen der Pflegeversicherung werden stufenweise eingeführt: die Leistungen bei häuslicher Pflege vom 1. April 1995, die Leistungen bei stationärer Pflege vom 1. Juli 1996 an.

Leistungen der Pflegeversicherung sind Dienst-, Sach- und Geldleistungen. Art und Umfang der Leistungen richten sich nach dem Umfang der Pflegebedürftigkeit und danach, ob häusliche, teilstationäre oder vollstationäre Pflege in Anspruch genommen wird. Mit der Pflegeversicherung wird die Situation der pflegebedürftigen Menschen im häuslichen wie auch im stationären Bereich deutlich verbessert. Eine umfassende Versicherung, die bedarfsdeckende Leistungen vorsieht, wird die Pflegeversicherung aber nicht sein.

Leistungen bei häuslicher Pflege

Die Leistungen in der häuslichen Pflege orientieren sich nach dem Grad der Pflegebedürftigkeit. Außerdem richten sie sich danach, ob der Versicherte Sach- oder Geldleistung in Anspruch nimmt.

Bei häuslicher Pflege stellt die Pflegekasse monatlich folgende Leistungen bereit:

Pflegestufe I		
Pflegegeld	DM	400
Sachleistung	bis zu DM	750
Pflegestufe II		
Pflegegeld	DM	800
Sachleistung	bis zu DM	1 800
Pflegestufe III		
Pflegegeld	DM	1 300
Sachleistung	bis zu DM	2 800

In besonderen Härtefällen kann die Sachleistung für Schwerstpflegebedürftige bis zu DM 3 750,– betragen. Pflegegeld und Pflegesachleistung können auch kombiniert in Anspruch genommen werden. Bei Verhinderung der Pflegeperson übernimmt die Pflegekasse einmal jährlich die Kosten bis zu DM 2 800,– für eine Ersatzpflegeperson.

Als weitere Leistungen sind vorgesehen:

- Tages- und Nachtpflege je nach Pflegestufe bis zu DM 2 100,–,
- Bereitstellung von Pflegehilfsmitteln,
- Zuschüsse zu pflegebedingtem Umbau der Wohnung bis zu DM 5 000,– je Maßnahme,
- unentgeltliche Pflegekurse für Angehörige und ehrenamtliche Pflegepersonen,
- soziale Sicherung der Pflegeperson durch Beitragszahlungen zur Rentenversicherung.

Leistungen bei stationärer Pflege

Bei stationärer Pflege übernimmt die Pflegeversicherung die pflegebedingten Aufwendungen bis zu DM 2 800,– monatlich.

Für Schwerstpflegebedürftige stehen zur Vermeidung von Härtefällen bis zu DM 3 300,– zur Verfügung.

Betreuungsgesetz

Das Bürgerliche Gesetzbuch (BGB) unterstützt die Verwirklichung der Selbstbestimmung geistig und psychisch behinderter Menschen und stärkt ihre Rechtsstellung in der Gesellschaft. Nach § 1896 BGB kann für Volljährige, die aufgrund einer psychischen Krankheit oder einer körperlichen, geistigen oder seelischen Behinderung ihre Angelegenheiten ganz oder teilweise nicht besorgen können, auf eigenen Antrag oder von Amts wegen ein Betreuer vom Vormundschaftsgericht bestellt werden. Der Betreuer wird vom Vormundschaftsgericht in seine Aufgaben eingeführt, beraten und kontrolliert. Bei gravierenden Entscheidungen, z. B. ärztlichen Eingriffen, freiheitsentziehenden Unterbringungen oder freiheitseinschränkenden Maßnahmen, die den Betroffenen daran hindern sollen, seinen Aufenthaltsort zu verlassen (Sitzgurt, Bettgitter, Trickschloß), benötigt der Betreuer die Genehmigung des Vormundschaftsgerichtes.

Es geht vorrangig darum, die Interessen des Betroffenen zu vertreten. Darum haben weder Ärzte noch Pflegekräfte das Recht, gegen den Willen des Betroffenen Medikamente zu verabreichen oder andere therapeutische Maßnahmen durchzuführen. Dies gilt auch für das Legen von Sonden oder Dauerkathetern. Eine Genehmigung dieser Maßnahmen durch das Vormundschaftsgericht ist nicht erforderlich, wenn der Betroffene einwilligt (wobei er einwilligungsfähig sein muß), wenn er zur willkürlichen Fortbewegung unfähig ist oder die freiheitsentziehende Maßnahme nur einmal und vorübergehend notwendig ist.

Zusammenfassung

- Das Bild vom alten Menschen in der Gesellschaft ist immer noch negativ besetzt. Als Fremdbild erscheint das Alter abgewertet.
- Altenarbeit und Altenpflege wollen ein gesundes Selbstwertgefühl beim alten Menschen entwickeln, das Belastungen und Anfechtungen aushält.
- Altern zeigt sich in körperlichen und geistig-seelischen Veränderungen. Wie die Veränderungen vom alten Menschen bewältigt werden, ist wesentlich von der Gestaltungskraft der Persönlichkeit bestimmt.
- Besonders im Alter können psychische Veränderungen zu, vor allem Verwirrtheit, Demenz, Depressionen zunehmen. Diese Erkrankungen erfordern ein hohes Maß an Begleitung und Zuwendung.
- Das Alter birgt auch eine Fülle von Möglichkeiten, diese Lebensphase eigenständig, bewußt und aktiv zu gestalten.
- Die weitaus größte Zahl der alten kranken Menschen wird in den Familien durch Angehörige, Nachbarn oder Bekannte, zum Teil unter Mithilfe ambulanter Pflegedienste versorgt.
- Für die Erhaltung der Selbständigkeit älterer und kranker Menschen bieten die Wohlfahrtsverbände und die Träger der öffentlichen Wohlfahrtspflege ambulante, teilstationäre und stationäre Hilfe an.
- Die finanziellen Aufwendungen für Pflege und Betreuung werden aufgrund gesetzlicher Bestimmungen in begrenztem Umfang erstattet.

11

Dem Sterbenden beistehen

Der Weg zum Tode

Sterben ist ein persönliches Ereignis: Jeder Mensch muß seinen eigenen Weg zu seinem Tode gehen. Für den Sterbenden ist es eine bedeutsame Hilfe, wenn er auf diesem Weg von einem Menschen begleitet wird, der bereit ist, ihm zu helfen und beizustehen. Sterbehilfe und Sterbebeistand bedeuten, dem anderen in einer Weise nahe zu sein, die ihn befähigt, die verbliebenen Lebensmöglichkeiten so weit wie möglich persönlich zu gestalten und seinen eigenen Tod zu sterben. Sterbehilfe umfaßt daher alle ärztlichen und pflegerischen Hilfeleistungen in der letzten Lebensphase und jede geistig-seelische Hilfe des den Sterbenden begleitenden Menschen. Dies erfordert von jedem Begleiter, daß er die Bedürfnisse und Beschwerden, die Gefühle und Gedanken, die Gesten und Signale der Sterbenden wahrnimmt und auf sie angemessen antwortet.

E. Kübler-Ross hat die Gefühlsäußerungen von unheilbar Krebskranken im Verlaufe ihres weiteren Lebens beobachtet und in bestimmten Phasen beschrieben.

Nichtwahrhabenwollen bei Kranken und Begleitern

Wenn ein Todkranker die Diagnose mitgeteilt bekommt oder die Wahrheit über sein Befinden schrittweise selber entdeckt, macht er eine Phase des Schocks durch, die vom Nichtwahrhabenwollen gekennzeichnet ist. Er reagiert mit der Illusion von Gesundheit und Wohlbefinden: »Nein, nein, mit mir kann es nichts zu tun haben! Ich doch nicht, das ist ja gar nicht möglich.« Diese Reaktion hilft dem Kranken, den Schock, den die Erkenntnis des bevorstehenden Endes auslöst, zu dämpfen und sich allmählich auf diese Situation einzustellen.

In einem späteren Stadium wird das Nichtwahrhabenwollen durch Isolierung der Gefühle ersetzt. Dann spricht der Sterbende über seine Gesundheit und seine Krankheit, seinen Tod und seine Unsterblichkeit, als ob er gefühlsmäßig damit nichts zu tun hätte.

Wie den Sterbenden, so trifft auch seine Angehörigen der Schock. Sie entdecken, wie leer ihre Worte sind, wie unrealistisch ihre Erwartungen wirken und wie sie selber dazu neigen, die Augen vor dem Tod zu verschließen. Sie werden in dasselbe Nichtwahrhabenwollen verstrickt und verstärken damit ihr Bedürfnis, sich nicht auf die Wirklichkeit einzustellen. Oft halten sie auch dann noch an der Leugnung der Realität fest, wenn der Sterbende sich bereits darauf einrichtet. Sterbende gehen gelegentlich auf diese Bedürfnisse ihrer Begleiter ein und geben in ihrer Gegenwart vor, die Wirklichkeit nicht anzuerkennen, obwohl sie bereits anfangen, sich mit ihr bewußt auseinanderzusetzen. Manche Menschen bewältigen ihre erste Begegnung mit einem Sterbenden nur, indem sie sich von ihm ganz zurückziehen. Diese Erfahrungen zeigen, wie wichtig es ist, daß die Begleiter sich über ihre eigene Stellung zu Tod und Sterben klar werden, wenn sie Sterbenden beistehen wollen.

Emotionen, Auflehnung

Dem Nichtwahrhabenwollen folgt eine Phase der Emotionen. Der Sterbende wird von einer Flut von Gefühlen überwältigt. Er bricht in Wut und Ärger aus: »Warum muß das gerade mir passieren?« Der Zorn kann sich gegen den nächsten Angehörigen, den Arzt, die Schwester, den Pfarrer oder gegen Gott richten. Er entzündet sich oft an kleinen Anlässen und ist meist gar nicht persönlich gemeint. Oft kann der Sterbende seinen Ärger jedoch nicht ausdrücken, da er durch äußere und innere Kontrollen daran gehindert wird. Die äußeren Kontrollen werden durch die Begleiter ausgeübt, die keine negativen Gefühle zulassen, da sie den freundlichen und beherrschten Kranken vorziehen. Viele Menschen haben starke innere Kontrollen gegen negative Gefühle, weil sie sie für unchristlich halten und ihren Ärger nicht auszudrücken wagen.

In dieser Phase haben es diejenigen Begleiter besonders schwer, die die Zornesausbrüche der Sterbenden persönlich nehmen. Wenn sie die Frage »Warum muß mir das widerfahren?« nicht als Ausdruck von Angst und Qual verstehen, werden sie nach einer einleuchtenden Antwort suchen, die sie gar nicht geben können. An die Stelle einfühlsamen Zuhörens treten dann viele Worte, die den Sterbenden in seiner Not nicht erreichen und ihn daran hindern, seine Gefühle auszudrücken. Wenn der Begleiter sich umgekehrt so sehr in die Gefühle des Sterbenden versetzt, daß er kaum noch Abstand halten kann, wird er den Gefühlsstrom des Kranken nur noch verstärken, bis er darin untergeht. In dieser Phase brauchen die Sterbenden Begleiter, die bereit sind, ihnen zuzuhören und manchmal auch unbegründeten Zorn hinzunehmen. Sie wissen, daß es den Sterbenden hilft, wenn sie ihren Ärger nicht hinunterschlucken müssen. Begleiter die ihre Gefühle und die der Kranken verstehen, können ihnen helfen, nicht in Depressionen zu enden.

Verhandeln um das Überleben

Nach Nichtwahrhabenwollen und Gefühlsausbrüchen folgt eine Phase des Verhandelns. So wie ein Kind sich der Ablehnung einer Bitte zuerst mit wütendem Protest widersetzt und sie später mit geschickten Manövern zu umgehen versucht, so können Sterbende mit Gott um einen Aufschub feilschen. Oft bieten sie als Preis an, ihr Leben Gott zu weihen und sich in den verbleibenden Jahren ihres Lebens dem Dienst der Kirche zu widmen. Auf jeden Fall ist solches Feilschen sehr menschlich und normal.

Wie für den Sterbenden die Phase des Verhandelns im geistigen und geistlichen Ausverkauf enden kann, so entdecken auch manche Begleiter ihren eigenen Bankrott. Sie finden ihre Antworten nicht nur für die Sterbenden, sondern auch für sich selber unangemessen. Wenn sie sich an dem Feilschen der Sterbenden beteiligen, geraten sie in die Gefahr, die Illusionen der Kranken zu verstärken, ohne sich noch als verständnisvolle Zuhörer zu begreifen. Das Ringen mit der Hoffnung, noch einen Ausweg zu finden, kann ja für den Sterbenden nur hilfreich sein, wenn es ihn bereit macht, den Weg in die nächste Phase zu gehen.

Depression, Hoffnung

Die Phase des Verhandelns dauert selten lange, da der Fortgang der Krankheit und die Methoden der Behandlung den Sterbenden erkennen lassen, in welcher Lage er sich befindet. Er kann auf diese Erkenntnis mit realistischer Hoffnung oder Verzweiflung reagieren. Hoffnung hat dann nicht mit Besserung oder Genesung zu tun, sondern mit dem Prozeß des Sterbens und dem Leben nach dem Tode. Es geht dann um Fragen wie den Verzicht auf künstliche Lebensverlängerung um jeden Preis, die Aussicht auf Schmerzfreiheit oder die Möglichkeit, einen anderen Menschen in der Sterbestunde bei sich zu haben. Wenn der Sterbende die Vergeblichkeit seines Verhandelns erlebt hat, bleibt ihm kaum eine andere Reaktion als die Verzweiflung, die sich als Bitterkeit oder mit Symptomen der Depression zeigen kann. Die Depression erscheint in zwei Formen. Die erste Art ist

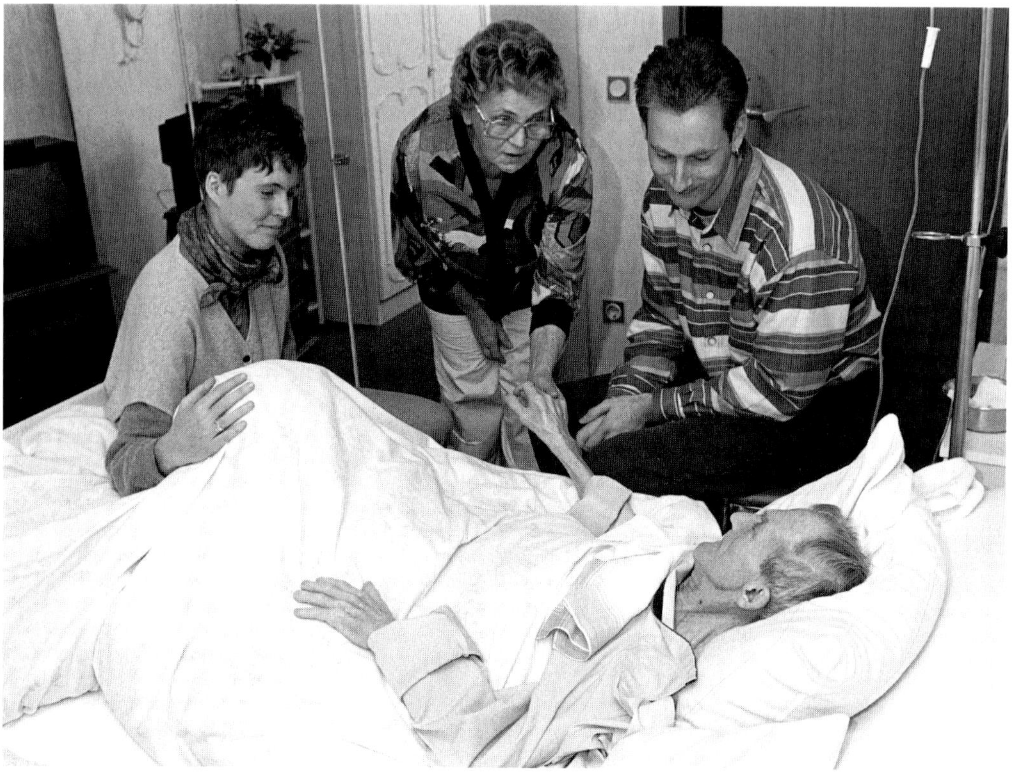

die Reaktion auf den erlittenen Verlust, nämlich die Veränderung durch die Krankheit, die Unfähigkeit, begangene Fehler wiedergutzumachen, und die Hilflosigkeit, seinen Verpflichtungen – etwa gegenüber der Familie – nicht mehr nachkommen zu können. Die andere Art Depression entsteht durch den drohenden Verlust des Lebens und der geliebten Menschen. Sie dient der Vorbereitung auf die endgültige Annahme des Todes. Sie verläuft meistens sehr still, im Gegensatz zur ersten, wenn der Sterbende vieles mitzuteilen, zu besprechen und anzuordnen hat. Wenn es gelingt, einen Sterbenden in dieser Phase der Erkenntnis zu begleiten, ergeben sich verschiedene Möglichkeiten der Hilfe im Kampf gegen die Depression. Voraussetzung ist, daß der Begleiter seiner eigenen Ängsten und Befürchtungen Herr wird. Der Sterbende sucht jetzt deutlich von sich aus die menschliche Nähe des Begleiters, um sich zu vergewissern, weder jetzt noch in der Zukunft alleingelassen zu werden. Er befindet sich nun an der Schwelle von Fragen nach der Vergangenheit und solchen nach der Zukunft. Der Begleiter kann ihm helfen, Familienprobleme zu behandeln und wirtschaftliche und finanzielle Angelegenheiten zu regeln. Er kann auf die Fragen nach dem Sinn des Lebens eingehen und sich bereithalten, mit dem Sterbenden zu beten.

Annahme und Abschied

In der letzten Phase, der Zustimmung zu seinem Schicksal, ist der Sterbende meist müde und schwach. Wenn er seine Gefühle aussprechen konnte und seine Trauerarbeit (siehe Seite 273) geleistet hat, wächst das Bedürfnis nach Ruhe und Schlaf. Er hat ein gewisses Maß an Frieden und Gleichmut erreicht, und sein Interessenkreis verengt sich. Er kann zustimmend sagen: »Ja, jetzt ist meine letzte Stunde gekommen.« Die intellektuelle Einsicht in das Ende verbindet sich mit der gefühlsmäßigen Bereitschaft, den Tod anzunehmen, falls nicht die Verzweiflung zur Resignation und dem Gefühl der Hilflosigkeit geführt hat. Der Sterbende nimmt in diesem Fall den Tod als das Ende seiner Verlassenheit und Verzweiflung an. (Nach W. Becker.)

Beachte

Die Beschreibung der Phasen dürfen nicht so verstanden und verwendet werden, daß das Modell auf das Sterben eines jeden Menschen übertragen wird. Vielmehr soll dieses Modell eine Hilfe sein, sich besser in die psychische Welt eines Sterbenden hineinzufühlen, die Bedeutung seines Verhaltens und seiner Äußerungen zu verstehen und angemessen zu handeln.

Sterbebeistand

Für viele gehört es zu den schwersten Aufgaben, einem Menschen zu helfen, der vor dem Tode steht. Man sollte versuchen, dem Todkranken die letzten Stunden zu erleichtern durch sorgfältige Pflege und das Bemühen, ihm menschlich beizustehen. Es gibt keine Rezepte, wie man einem Sterbenden gut beistehen kann. Wichtig ist vor allem, *daß* man es tut: die eigene Unbeholfenheit und Angst überwindet und bei ihm bleibt.

Wenn es gelingt, in Ehrfurcht und Verständnis eine positive Einstellung zum Sterben eines Menschen zu bekommen, so kann unsere Gegenwart eine Hilfe für den Sterbenden bedeuten und manchmal auch für uns selbst.

Formen des Helfens

Eine erste Form der Sterbehilfe besteht in einer guten *Pflege:*

- Für den Sterbenden hat die Raumtemperatur eine besondere Bedeutung: Bei bewußtlosen Sterbenden sollte die Raumtemperatur über der sonst üblichen Temperatur liegen, bei hochfiebernden Sterbenden ist die Raumtemperatur abzusenken.
- Der Tagesrhythmus sollte nach Möglichkeit eingehalten werden. Der Kranke darf nicht das Gefühl haben, bereits »abgeschrieben« zu sein.
- Bei der Körperpflege muß jede Bewegung besonders behutsam durchgeführt werden:
  Die Mundhöhle muß vor Austrocknung geschützt werden. Bei Borken- und Schleimbildung werden die Schleimhäute regelmäßig mit Tee oder einer Kamillosan-Lösung abgetupft. Dazu braucht man eine Klemme mit Mulltupfer. Um Verletzungen mit der Klemme zu vermeiden, sollte die Spitze der Klemme voll in den Mulltupfer eingeschlossen werden. Dabei können die Lippen angefeuchtet werden. Zusätzlich sind die Lippen mit einem Lippenfettstift in kürzeren Abständen zu pflegen. Die Zahnprothese entfernt man am besten. Die Augen sollen vor Austrocknung geschützt werden, da durch den Lidschlag die Augäpfel nicht mehr genügend befeuchtet sind.
  Mit dem Zeigefinger zieht man das Augenlid herunter und träufelt mit einer Pipette Augentropfen auf die Augenschleimhaut.
- Die Nase ist frei und sauber zu halten.

Schlaf:
Schlaf bedeutet Erholung. Soweit der Schlaf-Wach-Rhythmus gestört ist, sollten dem Sterbenden angemessene Phasen des Schlafens und Ruhens zugestanden werden. Manchmal sind auch nur wenige Minuten Schlaf erholsam.

Ernährung:
Der Appetit bei Sterbenden nimmt stark ab oder ist kaum noch vorhanden. Die Appetitlosigkeit ist besonders von den pflegenden Angehörigen schwer zu ertragen. Die Wünsche des Sterbenden sind aber maßgebend für die Ernährung. Niemals darf ein Sterbender zum Essen oder Trinken gezwungen werden! Jedoch sind auch außerhalb der normalen Essenszeiten – je nach Bewußtseinslage – kleine Portionen, eventuell in Breiform oder in flüssiger Form, zu reichen und bis zuletzt anzubieten.

Lagerung:
Sterbende sollen sich soweit wie möglich wohlfühlen können. Um Druckstellen zu vermeiden, ist eine »Superweichlagerung«

oft hilfreich; die 30°-Schräglagerung bringt Entlastung; bei Atemnot ist auf die Hochlagerung des Oberkörpers zu achten.

Wenn der Kranke nicht mehr trinken kann, wird die Flüssigkeit mit einem Teelöffel oder einer Pipette in den Mund getropft. Falls der Kranke nicht mehr schlucken kann, dann können ihm Zunge und Lippen mit Wasser benetzt werden; bei Fiebernden können gefrorene Getränke, z. B. Tee, Wein vermischt mit Wasser in kleinen Eissplittern zur Erfrischung auf die Zunge gelegt werden.

Eine zweite Form der Sterbehilfe besteht in der Bekämpfung körperlicher Leiden und Schmerzen. Schmerzen beeinträchtigen bei Sterbenden oft sehr stark das subjektive Befinden. Sie beeinflussen Schlaf, Nahrungsaufnahme, Beweglichkeit und die Möglichkeit zu Gesprächen. Der Sterbende sollte so wenig wie möglich unter Schmerzen leiden müssen. Der Arzt soll durch Anwendung von Medikamenten die Schmerzen weitgehend vermindern.

Seelische Not kann manchmal schlimmer sein als körperlicher Schmerz. Zur Sterbehilfe gehört es deshalb, seelische Not so gut wie möglich zu lindern, indem man durch Freundlichkeit und Herzlichkeit im Umgang mit dem Sterbenden eine gute Atmosphäre schafft. So ist es wichtig zu wissen, daß der Sterbende auch bei scheinbarer Teilnahmslosigkeit noch hören und fühlen kann; deshalb soll man ruhig mit ihm sprechen, aber nicht in seiner Gegenwart flüstern. Auch sollte man ihn immer wieder anrühren und ihn durch Gesten der Zuwendung fühlen lassen, daß man bei ihm ist. Für den Sterbenden kann es hilfreich sein, ihm vertraute Gebete wiederholt vorzusprechen.

Wahrheit am Krankenbett

Die Frage nach der Wahrheit am Krankenbett ist eng verknüpft mit der Verbundenheit von Sterbendem und seinem Begleiter. Es geht um die Frage, wie beide dieses Geschehen mittragen und ertragen. Die unmittelbar in das Sterbegeschehen eingebundenen Personen sollen durch ein Team von Arzt, Krankenschwester/Altenpfleger und Seelsorger unterstützt werden, die nach Möglichkeit eine gemeinsame Einstellung zum Problem der Wahrheit haben.

Beispiel

Als ein Pfarrer einen Schwerkranken besuchte, kam es zu folgendem Gespräch: »Herr Pfarrer, ich weiß, daß ich sehr krank bin, aber ich muß wissen, wie krank. Ich kann von keinem hier irgendeine offene Antwort bekommen. Wenn ich sterben werde, muß ich das wissen. Dieses Schattenboxen ist etwas Furchtbares. Sie würden mich nicht anlügen, Herr Pfarrer, nicht wahr? Wie steht es um mich?«

Der Pfarrer antwortete: »Ja, Sie sind sehr krank. Aber die Frage, die Sie gestellt haben, ist eine medizinische Frage, für deren Beantwortung ich nicht zuständig bin. Ich weiß jedoch, wie wichtig die Antwort für Sie sein muß. Ich denke, ich werde mit Dr. W. darüber sprechen, um zu hören, was er sagt.«

Der Pfarrer fand den Arzt im Krankenhaus und berichtete ihm von seinem Gespräch mit dem Kranken. Der Arzt dachte eine Zeitlang nach und sagte dann: »Es ist wohl besser, wenn wir mit Herrn T. sprechen. Kommen Sie mit, ich werde mit ihm reden.« Am Bett des Kranken bezog Dr. W. sich ganz offen auf das Gespräch mit dem Pfarrer und die Fragen, die der Kranke gestellt hatte. Dann sagte er: »Ich habe mit Ihnen nicht ausführlich über Ihre Aussichten gesprochen, weil es bei Ihrer Krankheit verschiedene Dinge gibt, die mir rätselhaft sind. Sie haben eine hartnäckige Nierenentzündung, die auf keines unserer üblichen Arzneimittel angesprochen hat; Ihr Blut sieht jedoch trotzdem recht gut aus, und Ihr Herz wird mit der zusätzlichen Belastung sehr gut fertig. In einem Fall wie dem Ihren können unvorhergesehene Dinge geschehen, die sich in der einen oder anderen Richtung auswirken können. Wir stecken gemeinsam in dieser Sache drin, und wir behandeln diese Infektion auf jede Art, die wir kennen. Ich habe Ihnen jetzt alles gesagt, was ich weiß, und ich werde Sie in Kenntnis setzen, sobald es irgendwelche bedeutenden Veränderungen Ihres Körperzustandes gibt. In der Zwischenzeit können Sie und Ihr Pfarrer uns hierbei alle nur mögliche Hilfe leisten, wir brauchen sie nämlich. Fragen Sie mich, was immer Sie wollen, und ich werde Ihnen so ehrlich wie nur möglich antworten, einverstanden? Ich werde öfter vorbeischauen.« Nachdem der Arzt gegangen war, sagte der Kranke zu seinem Pfarrer: »Was für eine Erleichterung ist es doch, wenn man weiß, wie die Dinge stehen. Es ist furchtbar, wenn man das nicht weiß und einfach daliegt und sich die ganze Zeit Gedanken macht. Man hat doch ein Recht zu wissen, was mit einem los ist, oder nicht?« Nachdem sie sich noch eine Zeitlang unterhalten hatten, sprach der Pfarrer ein Gebet für den Arzt und den Kranken. Der Kranke schlief und sein Befinden besserte sich. Die Redlichkeit im Gespräch hat ihn von seiner Angst befreit und ihm wohlgetan.

Der Gesprächsablauf zeigt die Redlichkeit der Beteiligten im Umgang mit der Wahrheit auf. Der Kranke ist beruhigt, obwohl alle Fragen offen sind.

In seinem Roman »Der Tod des Ivan Iljitsch« beschreibt Leo Tolstoi die unehrliche Situation auf folgende Weise: »Die Hauptqual für Ivan Iljitsch war die Lüge – ... daß man nicht eingestehen wollte, was alle wußten und was auch er wußte, daß man ihn über seine entsetzliche Lage mit Lügen hinwegtäuschen wollte und ihn selbst zwang, diese Lüge mitzumachen ... Und so am Rande des Abgrunds mußte er allein leben, ohne einen Menschen zu haben, der ihn verstanden und bedauert hätte.« Andererseits ist zu bedenken, daß eine harte Aussage über den tatsächlichen Zustand des Kranken zu einem Zusammenbruch des Lebenswillens führen kann.

Die Wahrheit am Krankenbett hat viele Gesichter; jedes davon kann so gezeigt werden, wie es erforderlich ist. Auch darf die Wahrheit unter diesen Umständen nicht jeden Hoffnungsstrahl gänzlich auslöschen. Die Hoffnung auf eine Besserung geht nie verloren, selbst wenn eine Heilung unmöglich ist. Wahrheit und Hoffnung schließen einander nicht aus.

Sterben im Glauben

Geborgenheit in der Verlassenheit

Im Sterben zeigt sich besonders deutlich, wie sehr Menschen auf die liebende Zuwendung durch andere angewiesen sind. Sterbende sehnen sich nach Gemeinschaft und Geborgenheit. Das Sterben ist schwer, weil es das Ende der Bindungen an andere Menschen bringt. Im Sterben löst sich der Mensch von den Menschen, die ihm verbunden waren. Er verliert seinen Nächsten und sich selber. Oft besteht die größte und stärkste Hilfe darin, ihm das Gefühl zu geben, in der Liebe verbunden zu bleiben, gerade wenn ihn das Sterben an den Rand der Verlassenheit trägt. Schon in den letzten Tagen und Stunden lebt ein Mensch von der Liebe, die er zu spüren bekommt. Hilfe besteht darin, ihm die Gemeinschaft nicht zu versagen, auch wenn sie am Ende nicht mehr in Worten Ausdruck findet, sondern nur noch in der Anwesenheit besteht. Vielleicht beginnt die Liebe zu ihm damit, daß auf die Frage nach dem Sinn von Leid und Tod eine Antwort gesucht wird.

Es war immer die Gefahr, vom Tod mehr zu sagen als man darf und das Rätsel des Todes lösen zu wollen. Die andere Gefahr ist, weniger zu sagen, als man sagen muß. Die Bibel redet dort am eindringlichsten vom Tod, wo sie auf den Todesschrei hinweist, der ohne Antwort geblieben zu sein scheint. Das Sterben Jesu ist deshalb die glaubwürdigste Antwort auf die Frage nach unserem Tod und Sterben, weil es das Rätsel des Todes nicht zu lösen vorgibt, und weil es sich schnelle Antworten versagt. Jesus hat sich in seinem Sterben zu denen begeben, die nicht durch Worte der Liebe und Zeichen der Gemeinschaft begleitet werden, zu denen, die in ihrem Sterben keinen Sinn sehen können. In seinem Sterben ist jedes Sterben durchlitten. In seinem Sterben hat er sich aber auch in der Verlassenheit der Liebe Gottes anvertraut und an seinen Vater gewandt: »Mein Gott, warum hast du mich verlassen?« Dieser Gott hat ihn nicht verlassen. Über unser eigenes Sterben erfahren wir nicht mehr, als wir vom Leben und Sterben Jesu wissen. Jesus ist den Kreuzestod gestorben, weil Gott ihn dorthin geführt hat. Mit Gott wußte er sich auch dann noch eins, als er zu schweigen schien. Durch ihn ist die harte Wirklichkeit des Sterbens nicht verschleiert, aber erträglich geworden, weil wir in unserem Sterben an der Verlassenheit Jesu teilhaben. Dann sind wir nicht uns selbst überlassen, sondern gewinnen in der Hoffnung und Zuversicht auf die Auferstehung Geborgenheit in Gott. (Nach M. K. Bowers.)

Aufgabe

Lesen Sie in der folgenden Meditation die Beschreibung des Ringens mit Gott. Zugleich will der Text die Möglichkeit aufzeigen, wie ein Mensch in der Verlassenheit des Sterbens in die Geborgenheit Gottes gelangen kann.

Bild-Gedanken

An einem Grenzfluß ringt Jakob mit einem unbekannten Mann. Der künftige Erzvater bestreitet einen nächtlichen Kampf auf Leben und Tod. Am Hüftnerv getroffen, haftet er sich an sein Gegenüber ahnungsvoll und sehnsüchtig, kämpferisch und trotzig: »Ich lasse dich nicht, du segnest mich denn.« Da lüftet der Unbekannte sein Inkognito – es ist Gott selbst. Jakob hat mit Gott gerungen. Hinkend, aber dennoch gesegnet zieht er seines Weges. Über ihm geht die Sonne auf. Dankbar bekennt Jakob: »Ich habe Gott von Angesicht gesehen und meine Seele ist genesen.«

Immer wieder erleben und erleiden wir unsere Grenzen. Wir erfahren die Grenze unserer Belastungs- und Leistungsfähigkeit. Alter und Krankheit sind bittere Grenzstationen, oft mutterseelenallein durchlitten. Wir ängstigen uns vor der letzten Grenze des Todes. An Grenzen kann man sich verhärten und verschließen; an Grenzen wird verwundet und getötet; an Grenzen wird geflucht, aber auch gesegnet; an Grenzen kann man wachsen und reifen. Es gibt eben nicht nur Grenzen des Wachstums, es gibt auch ein Wachstum an der Grenze im Ringen mit Gott.

Wenn wir in Grenzsituationen nicht mehr über uns hinaussehen, lohnt es, hinter sich zurückzusehen. Jakob hatte den Segen Gottes schon hinter sich. Wir können dankbar registrieren, daß wir schon vielfach gesegnet sind mit materiellen Gütern, mit Brot und Wein des Heiligen Mahles, mit dem Wort der Bibel, gesegnet mit dem Zeichen des Kreuzes bei unserer Taufe, bei jedem Gottesdienst. Dankbar können wir sagen: »Wir lassen dich nicht, denn du hast uns gesegnet.« Dankbarkeit an der Grenze für eine gesegnete Vergangenheit erhellt die dunkle Gegenwart.

An den Grenzen gibt Gott uns Rätsel auf und kann uns selbst zum Rätsel werden, wie hinter einer fremden, unbekannten Maske verborgen. Wir vermögen oft nicht mehr zu beten: »Dein Wille geschehe.« Mit Gott ringend, fragen und klagen wir »Warum?«. Statt Demut, Geduld und Ergebenheit melden sich Aufbegehren, Opposition und Trotz zu Wort. Oft bleibt uns nur, mit Gott ringend und kämpfend, uns vor ihm zu beschweren und zu opponieren, ihn anzufragen und anzuklagen. Oft mag das die letzte Möglichkeit sein, noch mit Gott in Kontakt zu bleiben, statt mit allem, was man sonst verloren hat, auch ihn noch zu verlieren. Und das wäre der größte Verlust. Immerhin hat auch Christus an der Grenze seines Todes mit dem Vater gerungen: »Mein Gott, mein Gott, warum hast du mich verlassen?« Erst später konnte er gesegnet beten: »Vater, in deine Hände befehle ich meinen Geist.«
Gott will in einem trotzigen »Dennoch« behaftet werden, wie einst von Jakob: »Ich lasse dich nicht, du segnest mich denn.« So nageln wir Gott fest, indem wir auf den Mann sehen, der festgenagelt am Kreuz hängt. Er ist der Segen in Person. In ihm lösen sich die Rätsel. In ihm lüftet der verborgene Gott seine Maske. Bei ihm schlägt das Herz des Vaters, das Herz einer grenzenlosen Liebe, die auch mitten im Leide noch Gutes mit uns im Sinn hat. Trotz allem, was uns begrenzt und an die Nerven geht, geschlagen und hinkend, sind wir dennoch gesegnet und sehen sein Angesicht über uns leuchten. Gesegnet geht uns die Sonne auf, »die Sonne, die uns lachet, das ist der Jesus Christ.« Gesegnet erahnen wir jenseits der letzten Grenze den Morgenglanz der Ewigkeit. (Th. Glaser)

Religiöse Hilfen für den Sterbenden

Die Christen vertrauen auf die biblischen Zusagen, daß Gott für jeden Menschen persönlich da ist und mit ihm durch das Leben geht. Er begleitet jeden Menschen, ob gläubig, weniger gläubig oder nicht-gläubig, auch und gerade in der Ohnmacht des nahenden Todes. Die Zusicherung Gottes, dem Menschen zur Seite zu stehen, ebenso wie beim Sterben und Tode Jesu, gibt dem gläubigen Sterbenden die Kraft und die Zuversicht, daß er Angst und Leid durchstehen und mit Jesus Christus auferstehen wird.

> »Wißt ihr denn nicht, daß wir alle, die wir auf Christus Jesus getauft wurden, auf seinen Tod getauft worden sind? Wir wurden mit ihm begraben durch die Taufe; und wie Christus durch die Herrlichkeit des Vaters von den Toten auferweckt wurde, so sollen auch wir als neue Menschen leben. Wenn wir nämlich ihm gleich geworden sind in seinem Tod, dann werden wir mit ihm auch in seiner Auferstehung vereinigt sein.«
> (Röm 6,3–5)

Die Botschaft des mitgehenden Gottes ist in der Begleitung dem gläubigen Sterbenden durch liebende Pflege erfahrbar zu machen. Durch die Nähe des begleitenden Menschen kann der Sterbende die verborgene Nähe des mitgehenden Gottes ahnen und sich in seiner Ohnmacht Gott anvertrauen. Es gehört deshalb zu den besonderen Aufgaben der pflegenden Angehörigen und Begleiter, dem Sterbenden auch durch Gebete und sakramentale Hilfen religiösen Beistand zu geben.

Gebete

Das *Gebet* als Ausdruck des Glaubens an Gott gibt es in verschiedenen Formen: Grundgebete, Psalmen, Liedertexte. Gebete können still – für sich oder leise, allein oder gemeinsam, in freier oder festgefügter Form am Sterbebett gesprochen werden. Das katholische Gebetbuch »Gotteslob« und das evangelische »Kirchengesangbuch«, aber auch die Bibel bieten zahlreiche Gebete und Psalmen an, die vielen Sterbenden und Angehörigen beider Konfessionen vertraut sind.

Das für beide Konfessionen gemeinsame *»Vaterunser«* und *Glaubensbekenntnis* sowie ausgewählte *Psalmen*

> »Vater unser im Himmel, geheiligt werde Dein Name. Dein Reich komme.
> Dein Wille geschehe, wie im Himmel so auf Erden. Unser tägliches Brot gib uns heute.
> Und vergib uns unsere Schuld, wie auch wir vergeben unseren Schuldigern.
> Und führe uns nicht in Versuchung, sondern erlöse uns von dem Bösen.
> Denn Dein ist das Reich und die Kraft und die Herrlichkeit in Ewigkeit.«

> »Ich glaube an Gott, den Vater, den Allmächtigen,
> den Schöpfer des Himmels und der Erde,
> und an Jesus Christus, seinen eingeborenen Sohn, unseren Herrn,
> empfangen durch den Heiligen Geist,
> geboren von der Jungfrau Maria,
> gelitten unter Pontius Pilatus, gekreuzigt, gestorben und begraben,
> hinabgestiegen in das Reich des Todes,
> am dritten Tage auferstanden von den Toten,
> aufgefahren in den Himmel; er sitzt zur Rechten Gottes, des allmächtigen Vaters; von dort wird er kommen, zu richten die Lebenden und die Toten.
> Ich glaube an den Heiligen Geist, die heilige christliche Kirche, Gemeinschaft der Heiligen, Vergebung der Sünden, Auferstehung der Toten und das ewige Leben.
> Amen.«

»Aus der Tiefe rufe ich, Herr, zu dir: Herr höre meine Stimme! Wende dein Ohr mir zu, achte auf mein lautes Flehen! Würdest du, Herr, unsere Sünden beachten, Herr, wer könnte bestehen? Doch bei dir ist Vergebung, damit man in Ehrfurcht dir dient. Ich hoffe auf den Herrn, es hofft meine Seele, ich warte voll Vertrauen auf sein Wort.« (*Psalm 130,1–5*)

»Ich bin die Auferstehung und das Leben. Wer an mich glaubt, der wird leben, ob er gleich stürbe; und wer da lebet und glaubet an mich, der wird nimmermehr sterben.« (*Joh 11,25–26*)

»Denn ich bin gewiß, daß weder Tod noch Leben, weder Engel noch Fürstentümer noch Gewalten, weder Gegenwärtiges noch Zukünftiges, weder Hohes noch Tiefes noch keine andere Kreatur kann uns scheiden von der Liebe Gottes, die in Christus Jesus ist, unserem Herrn.« (*Röm 8,38–39*)

»Fürchte dich nicht, ich bin bei dir, weiche nicht, denn ich bin dein Gott. Ich stärke dich, ich helfe dir auch, ich halte dich durch die rechte Hand meiner Gerechtigkeit.« (*Jes 41,10*)

Gebete und Texte für den katholischen Christen

Das »Ave-Maria«
»Gegrüßet seist du Maria, voll der Gnade, der Herr ist mit dir. Du bist gebenedeit unter den Frauen, und gebenedeit ist die Frucht deines Leibes, Jesus.
Heilige Maria, Mutter Gottes, bitte für uns Sünder jetzt und in der Stunde unseres Todes. Amen.«

»Der Rosenkranz«
Nach einigen einleitenden Gebeten folgen fünf Abschnitte, die aus je einem Vaterunser und zehn Ave-Maria bestehen. In der Mitte von jedem »Ave-Maria« wird ein Satz eingefügt, der an ein Ereignis aus dem Leben Jesu erinnert. Dabei verwendet der Gläubige einen Rosenkranz. Die fünf Abschnitte, auch Gesätze genannt, sind durch die Perlen markiert.

Rufe
»Zu Dir, Herr, erhebe ich meine Seele.«
»Der Herr ist mein Licht und mein Heil.«
»Herr, in deine Hände leg ich voll Vertrauen meinen Geist.«
»Herr Jesus, nimm meinen Geist auf.«
»Jesus, Maria, Josef, steht mir bei im letzten Kampf.«

Gebet unmittelbar nach dem Verscheiden
»A Kommt herzu, ihr Heiligen Gottes / eilt ihm (ihr) entgegen, ihr Engel des Herrn. / Nehmt auf seine (ihre) Seele / und führt sie hin vor das Antlitz des Allerhöchsten.
V Christus nehme dich auf, der dich berufen hat, und in das Himmelreich sollen Engel dich geleiten.
A Nehmt auf seine (ihre) Seele / und führt sie hin vor das Antlitz des Allerhöchsten.
V Herr, gib ihm (ihr) die ewige Ruhe, und das ewige Licht leuchte ihm (ihr).
A Nehmt auf seine (ihre) Seele / und führt sie hin vor das Antlitz des Allerhöchsten.
V Lasset uns beten: Herr, unser Gott, wir empfehlen dir unsern Bruder (Schwester). In den Augen der Welt ist er (sie) tot. Laß ihn (sie) leben bei dir. Und was er (sie) aus menschlicher Schwäche gefehlt hat, das tilge du in deinem Erbarmen. Durch Christus, unsern Herrn.
A Amen.«

Gebete und Texte für den evangelischen Christen

Gebet am Krankenbett
»Herr, wir kommen zu dir und bitten dich für den Kranken ... Erbarme dich seiner. Verlaß ihn nicht. Lindre die Schmerzen. Herr, tue ihm Gutes, wir bitten dich. In dunklen Stunden behüte ihn. Herr, gib ihm Geduld, die Krankheit zu tragen, und ist es dein Wille, so mach ihn gesund. Denn du bist unsere Zuversicht. Du bist der Gott, auf den wir hoffen. Amen.«

Segensspruch
»Der Herr segne und behüte uns. Der Herr lasse sein Angesicht leuchten über uns und sei uns gnädig. Der Herr hebe sein Angesicht über uns und gebe uns Frieden. Amen.«

Liedverse aus dem Kirchengesangbuch
»Wenn ich einmal muß scheiden, so scheide nicht von mir. Wenn ich den Tod muß leiden, so tritt du dann herfür. Wenn mir am allerbängsten wird um das Herze sein, so reiß mich aus den Ängsten kraft deiner Angst und Pein.«

»Christus, der ist mein Leben,
Sterben ist mein Gewinn;
dem tu ich mich ergeben,
mit Fried fahr ich dahin.«

Sakramente
Die sakramentalen Hilfen für die katholischen Christen sind das Bußsakrament, die Krankensalbung und die Eucharistiefeier, für die evangelischen Christen das Abendmahl.

Im folgenden wird mit einigen Auszügen aus dem Text der katholischen Bischöfe »Menschenwürdig und christlich sterben« näher auf die Sakramente eingegangen, die die katholische Kirche dem sterbenden Gläubigen anbietet.

Das Bußsakrament
Im Evangelium wird uns zugesagt, daß Gott die Last unseres Lebens und unserer Lebensgeschichte mitträgt. Dabei wird die Vergangenheit des einzelnen nicht ausgelöscht oder das Geschehene rückgängig gemacht, sondern er wird angenommen in seiner Situation, so wie er ist, weil Gott ihm Vertrauen schenkt. Diese Erfahrung kann den Menschen, der um seine Schuld weiß, ermutigen, sich selbst mit seiner konkreten Lebensgeschichte und Schuld anzunehmen und so neue Möglichkeiten für seine Zukunft zu eröffnen.

... In den verschiedenen Formen der Buße – vor allem im Bußsakrament und in der Bußfeier – bietet die Kirche dem einzelnen eine Möglichkeit an, seine Umkehr zeichenhaft und leibhaftig auszudrücken. Die Beichte stellt dabei die Höchstform der Buße dar, weil im persönlichen Bekenntnis und im Wort der Vergebung der zur Umkehr Bereite erfährt, daß er von Gott angenommen ist und ihm dadurch die Möglichkeit eines neuen Anfanges und die Hoffnung auf Zukunft eröffnet wird.

Die Krankensalbung
Die Neuordnung der Krankensalbung hat das ursprüngliche Verständnis dieses Heilszeichens wieder deutlich werden lassen ... Über viele Jahrhunderte war ein einseitiges Verständnis der Krankensalbung vorherrschend, insofern man sie in der Todesstunde spendete ... Wenn die Krankensalbung als Zeichen der Aufrichtung und Stärkung in der Krise des Leidens verstanden wird, ergibt es sich von selbst, daß sie nach Möglichkeit nicht auf die letzten Augenblicke des Lebens verschoben werden soll ...
Die Krankensalbung wird in der Regel bei einer Verschlechterung des Gesundheitszustandes gespendet. Sie ist eine sakramentale Feier, an der auch Angehörige und Nachbarn teilnehmen können. Mit dem Kranken ist im Gespräch zu klären, ob er die Krankensalbung empfangen will. Für die Krankensalbung können folgende Vorbereitungen getroffen werden: ein Tisch, weiße Decke, Kerze, ein Kreuz, ein religiöses Symbol, ein Bild, das der Schwerkranke besonders gern hat, eventuell Weihwasser und Blumen. In einer kleinen Schale befinden sich einige Wattetupfer, die der Priester benutzen kann, um das Salböl abzutupfen. Der Krankensalbung kann sich auch die Eucharistiefeier anschließen, in der die heilige Kommunion dem Schwerkranken als »Wegzehrung« gereicht wird. Das eigentliche Sakrament angesichts des Todes ist die heilige Kommunion (Eucharistie) in Verbindung mit einem vorausgehenden Schuldbekenntnis.

Die Eucharistie
Das eigentliche Sakrament des Heimganges für den Glaubenden ist nach alter Tradition der Kirche nicht die Krankensalbung, sondern die Wegzehrung (Viaticum). In der letzten Stunde ist die hl. Eucharistie für den glaubenden Menschen die Speise, die ihm für das letzte Wegstück Kraft gibt. In ihr ist Jesus gegenwärtig in seiner Passion, und er ist somit solidarisch mit dem Leidenden, der in der Not seines Leidens und Sterbenmüssens nicht nur Anteil hat an Jesu Leiden und Sterben, sondern auch an seiner Auferstehung.

Ein Betender kann dem Sterbenden mit dem Daumen ein kleines Kreuzzeichen auf die Stirn zeichnen. Trost können auch religiöse Symbole wie ein kleines Kreuz, ein Rosenkranz oder ein kleines religiöses Bild vermitteln, das dem Sterbenden in die Hände gegeben wird. Dem Gläubigen helfen solche Hinweise auf die Liebe Gottes und seine Nähe.

Die evangelische Kirche kennt das Abendmahl, die Beichte als Vorbereitung zum Abendmahl und den »Valet-Segen«.

Das Abendmahl
Es ist ein Fest des Gedächtnisses an Jesus Christus und das Mahl der Gemeinschaft der Christen. Sichtbare Zeichen beim Abendmahl sind Brot und Wein. Die durch das Abendmahl vermittelten unsichtbaren Gnadengaben sind die Festigung der Gemeinschaft mit Gott und Christus, die Vergebung der Sünden und die Stärkung des Glaubens.

Der »Valet«-Segen
Er ist in manchen Gegenden der Abschiedssegen des Pfarrers als seelsorgerlicher Dienst am Sterbenden.

»Es segne dich Gott der Vater, der dich nach seinem Ebenbild geschaffen hat. Es segne dich Gott der Sohn, der dich durch sein Leiden und Sterben erlöst hat. Es segne dich Gott der Heilige Geist, der dich zu seinem Tempel bereitet und geheiligt hat. Der treue und barmherzige Gott wolle dich durch seine Engel geleiten in das Reich, da seine Auserwählten ihn ewiglich preisen. Unser Herr Christus sei bei dir, daß er dich beschütze. Der Heilige Geist sei in dir, daß er dich erquicke. Der dreieinige Gott sei dir gnädig im Gericht und segne dich zum ewigen Leben. Amen.«

Für die evangelischen Christen hat auch ihr Konfirmationsspruch eine besondere Bedeutung.

Beachte
Gebete und Schriftlesungen können für Sterbende hilfreich sein, jedoch müssen immer die Wünsche des einzelnen respektiert werden.

Die Berücksichtigung religiöser Bedürfnisse gehört zur ganzheitlichen Pflege eines Sterbenden.

Orte des Sterbens

In unserer mobilen Gesellschaft wird überall gestorben. Auf der Straße, am Arbeitsplatz, in der Klinik, in einem Hospiz, zu Hause ... Jeder dieser Sterbeorte hat seine eigene Atmosphäre. Sie reicht vom anonymen, unpersönlichen Sterben bis hin zu einem Sterben in Würde und menschlicher Begleitung. Das Sterben ist auch eingebettet in Kulturräume sowie in religiöse und weltanschauliche Gemeinschaften. Nicht zuletzt wird es auch durch die jeweilige Situation beeinflußt: plötzliches Sterben (Herzinfarkt, Verkehrsunfall) oder ein Sterben in einem überschaubaren Zeitraum von mehreren Tagen oder ein Sterben als langjähriges Siechtum. Die Deutschen Bischöfe haben das Sterben im Krankenhaus, im Hospiz und zu Hause vom christlichen Standpunkt näher erläutert:

Sterben im Krankenhaus

Aus unserer abendländischen Geschichte wissen wir, daß das Krankenhaus einst als »Hôtel du bon Dieu«, d. h. als Herberge des guten Gottes verstanden wurde. Es galt damals als Zufluchtstätte für Menschen, die sozial, physisch und psychisch hinfällig geworden waren und stellte eine wichtige Station auf deren Lebens- und Heilsweg dar. Gemessen an unseren medizinischen Möglichkeiten konnte damals für die Kranken wenig getan werden. Aber der gesamtmenschliche Aspekt war die Grundlage für die Versorgung der Kranken und Sterbenden.

Die Zunahme der medizinischen Möglichkeiten ließ den gesamtmenschlichen Aspekt mehr und mehr in Vergessenheit geraten. Es ist unmöglich, das Rad der Geschichte zurückzudrehen. Es ist auch unverantwortlich, Technik und Mitmenschlichkeit gegeneinander auszuspielen. Vielmehr kommt es bei der Versorgung kranker und sterbender Menschen darauf an, daß die Möglichkeiten der Therapie nicht dazu verführen, vor der Begegnung mit dem Kranken, vor dem Kontakt mit seinem Leid in eine perfekte technische Behandlung zu fliehen. Nur wenn der Mensch als Ganzer mit seinen Leiden, Wünschen und Bedürfnissen ernstgenommen wird, kommen Heilung und Heil wieder zusammen, verhelfen die einzelnen Dienste dem Kranken zu einem menschenwürdigen Leben oder Sterben.

... An dieser Stelle wird noch einmal deutlich, daß die großen Möglichkeiten der modernen Medizin, das Leben zu verlängern, uns alle vor die Frage stellen, wie wir die letzte Lebensphase eines jeden von uns auch menschenwürdig gestalten können. Immer mehr werden unsere modernen Krankenhäuser durch ihre vielfältigen Aufgaben überfordert, eine persönliche Sterbebegleitung zu garantieren, wie sie hier skizziert worden ist. In gleichem Maß nimmt wieder die Verantwortung des einzelnen als Nachbar, als Angehöriger, als ehrenamtlicher Mitarbeiter in der Gemeinde zu, sich der persönlichen Sterbebegleitung des einzelnen zu Hause wie im Krankenhaus anzunehmen.

Sterben im Hospiz

Das Hospiz als für alle Betroffenen und Beteiligten überschaubare Einheit von Lebens- und Arbeitsvorgängen versteht sich als Haus fürsorglicher Geborgenheit für jene Schwerstkranken und Sterbenden, die anderwärts keine ihrer persönlichen Situation entsprechende umfassende Hilfe erhalten können: für Menschen, deren Familie – zumindest zeitweilig – mit der Pflege und Fürsorge überfordert ist; für Menschen, die nach menschlichem Ermessen unheilbar Langzeitkranke sind und nicht im Krankenhaus bleiben können; für junge pflegebedürftige Menschen, die auf Dauer nicht in anderen Einrichtungen persongerecht untergebracht sind.

Sterben zu Hause

Zu Hause sterben können: dieser fast vergessene Wunsch wird heute aus vielerlei Gründen wieder wach. Einerseits steigt die Lebenserwartung der Menschen unserer Gesellschaft ständig an, andererseits ist die Krankheitsanfälligkeit in fortgeschrittenem Alter höher geworden. Die Behandlungsmöglichkeiten haben sich im ambulanten Bereich stark erweitert (Heimdialysen, Herzschrittmacher). Durch die Verkürzung des Krankenhausaufenthaltes wird der Patient nicht selten frühzeitig in einer labilen gesundheitlichen Verfassung entlassen. Dringend notwendig ist daher der Ausbau der ambulanten Pflegedienste geworden, eine Aufgabe, der sich die Kirchen gerade in den letzten Jahren in unseren Gemeinden, besonders durch Krankenpflegestationen, stark angenommen haben. Weithin ist die pflegerische Betreuung der Kranken im häuslichen Bereich sichergestellt. Dem Wunsch vieler Langzeitkranker, den letzten Abschnitt ihres Lebens zu Hause zu verbringen, kann deshalb durchweg entsprochen werden.

In dem Maße, wie die Gemeindekrankenpflegestationen/Sozialstationen die Pflege sterbender Menschen übernehmen können, besteht die Möglichkeit, daß wir als Menschen unserer Tage nicht unter den Funktionszwängen eines modernen Krankenhauses sterben müssen, sondern die Möglichkeit haben, die letzte Lebensphase in einer vertrauten Umgebung mit weitaus größeren Möglichkeiten einer persönlichen Lebensgestaltung zu verbringen. Gerade dadurch wird der Anspruch an unsere Gemeinden noch deutlicher, daß der einzelne durch die Sakramente, insbesondere durch die Taufe, nicht nur Glied einer Gemeinde ist, sondern auch als Glied einer Gemeinde stirbt. Dadurch entsteht die Frage, wer von uns in der eigenen Familie, in der Nachbarschaft, im Krankenbesuchsdienst der Gemeinde die Begleitung von Sterbenden übernimmt, besonders wenn deren Familien von dieser Aufgabe überfordert sind. Auch wird hier die Aufgabe der Gemeinde deutlich: sie muß dafür sorgen, daß die Sterbenden der Gemeinde jeweils einen Begleiter haben, daß die helfenden Angehörigen seelisch und/oder materiell unterstützt werden und vor allem, daß Gemeindekrankenpflegestationen in lebendigem Austausch mit diesen Helfern stehen.

Hospizbewegung

Die Hospizbewegung möchte – wie der Name »hospitium« sagt – eine Station der Gastfreundschaft auf der letzten Wegstrecke des Menschen in eine neue Existenz sein. Sie lehnt hierbei den Einsatz von Mitteln zur Herbeiführung des Todes, also die aktive Euthanasie ab. Vielmehr ermöglicht und fördert sie helfende Zuwendung, etwa durch die Ausschöpfung aller Möglichkeiten medizinischer Schmerztherapie, die das Bewußtsein nicht wesentlich einengen müssen. In dieser grundlegenden Ansicht unterscheidet sich die Hospizbewegung von anderen Gruppierungen und deren Zielsetzungen, wie z. B. der »Deutschen Gesellschaft für humanes Sterben«.

Die Hospizbewegung stellt somit eine durchgängige Perspektive der Begleitung von Sterbenden und deren Angehörigen bzw. Freunden dar, wo auch immer der Mensch stirbt oder um Verstorbene trauert. Sie lebt von der Kraft der Hoffnung auf Sinnerfüllung vom Leben im Tod, von der persönlichen Bereitschaft der Zuwendung zum Sterbenden und dessen Nahestehenden sowie dem Zusammenwirken aller Personen, die von Sterben und Tod eines Menschen direkt oder indirekt betroffen sind. Somit steht und fällt die Hospizidee – wenn auch in unterschiedlichen Aktions- und Kooperationsweisen – mit dem Zusammenwirken von Arzt, Pflegepersonal, beratendem Dienst, Seelsorge, ehrenamtlichen Mitarbeiterinnen und Mitarbeitern, der Angehörigen und Freunde des Schwerstkranken oder Sterbenden, der Nachbarschaft, der kirchlichen Gemeinde, eines Förderkreises und nicht zuletzt – soweit möglich – des Schwerstkranken oder Sterbenden selbst.

Thesen zu einem menschenwürdigen und christlichen Sterben

- Wie der Mensch ein Recht auf Lebenshilfe hat, so hat er auch ein Recht auf Sterbehilfe. Beide Hilfen sind eigentlich identisch, jedenfalls in der Motivation und in der Zielsetzung. Lebenshilfe und Sterbehilfe wollen den Mitmenschen zu seiner ganz eigenen Vollendung führen. Die Sterbehilfe im besonderen hat die Absicht, den Sterbenden dahin zu führen, daß er auch diese letzte, mühsame Strecke seines Lebensweges als sinnvoll und lebenswert ansieht und annimmt. Das Sterben hat seine ernste Würde. Niemand darf den Menschen ausgerechnet in dieser Situation zum Gegenstand des Experimentes und der medizinischen Manipulation machen, wie es oft geschieht. Der Natur ihren Lauf zu lassen, ist dann erlaubt und sittlich geboten, wenn Hilfsmaßnahmen zur Rettung des Lebens nach menschlichem Ermessen sinnlos geworden sind. Die »aktive« Euthanasie, das bewußte Herbeiführen des Todes, wird von den christlichen Kirchen abgelehnt.
- Jeder Mensch hat ein Recht auf sein eigenes Sterben. Es wäre kein angemessenes Verhalten, wollte man durch unkluge, lieblose oder gar fanatische Zudringlichkeit einem Sterbenden das Modell vom »christlichen Sterben« aufnötigen, z. B. die Sakramente, die Bekehrung, das Gebet. Es gibt viele Wege zur menschlichen Vollendung. Wir holen helfend den Sterbenden dort ab, wo er steht und gehen mit ihm seinen Lebensweg zu Ende. Das allein entspricht dem Glauben an das Handeln Gottes in jedem Menschenleben.

- Dem Recht auf Hilfe im Leben und im Sterben entspricht die Pflicht, eine solche Hilfe zu leisten. Die Zuständigkeit für uns erstreckt sich nicht nur auf die Mitchristen, sondern im obigen Sinne auf jeden Sterbenden, der uns nicht zurückweist.
- Sterben kann eine Situation schwerster Anfechtungen und Krisen sein, vom Zweifel an Gottes Güte bis zum Abfall vom Glauben. Ungeborgenheit auf allen Ebenen des Lebens, Sinnfragen, Probleme entstehen oft. Es wäre ein unangemessenes Verhalten, wollte man redselig und besserwissend fertige Lösungen zur Hand haben. Es ist besser, gemeinsam mit dem Sterbenden nach Antworten zu suchen.
  Stirbt ein besonders nahestehender Mensch, so ist man oft in schwereren Anfechtungen als der Sterbende selbst. Nicht selten erfährt man, daß einem die Hilfe vom Sterbenden entgegenkommt.
- Man spricht von der Ohnmacht der Information. Viele Ärzte wollen den Sterbenden bis zum Ende in der Illusion erhalten, es stehe um ihn nicht schlimm. Angehörige, Pfleger, Freunde, oft auch der Priester umgeben den Sterbenden mit einer erstaunlichen Solidarität der Lüge und betrügen ihn eventuell um seine letzte Entscheidung und verstoßen ihn dadurch in Ungewißheit und Einsamkeit. Ob man die Wahrheit sagt, wann und wie man sie sagt, wer sie mitteilt, ist individuell verschieden. Im allgemeinen beruhigt das Wissen um die Wahrheit den Sterbenden. Freilich soll die Information nicht schockierend wie ein Block vor ihn hingeworfen werden. Man streut sie besser behutsam an seinen Weg, damit er mit der Wahrheit nicht dauernd und unausweichlich konfrontiert ist, sondern sich in schweren Stunden abwenden kann. Auch hier kommt die Hilfe oft vom Kranken selbst, der den eigenen Tod ankündigt.
- Das eigentliche Sterbesakrament ist die Eucharistie oder das Abendmahl. Die Krankensalbung ist kein Sterbesakrament. Sie kann trotzdem Sterbenden gespendet werden, weil das Sterben begleitet werden kann von jenen Krisen, für deren Lösung die Krankensalbung gestiftet wurde. Die Intention, christlich zu sterben, genügt zum wirksamen Empfang. Dazu kommt das Verlangen der Kirche, Heil zu spenden.
- Auf die Atmosphäre im Sterbezimmer ist zu achten. Man hat das zu tun, was dem Sterbenden hilft, ihn erleichtert, ihm gemäß ist. Manche wollen allein sein, andere wünschen die Gegenwart von Familie, Verwandtschaft und Freunden. Manche wollen, daß bei ihnen gebetet wird, andere werden durch jedes laute Wort belastet.
- Die Sorge um die Angehörigen, wenn solche da sind, gehört ebenfalls zur Sterbehilfe. Man spricht von *»Trauerarbeit«*, von dem gemeinsamen Durchleben des Abschieds.
- Trauerarbeit soll geleistet werden

– durch den Sterbenden selbst, indem er sich mit der Unabänderlichkeit seines Sterbens auseinandersetzt und »Ja«-sagt zu seinem gelebten Leben und Hoffen auf Gott;
– durch die Angehörigen, indem sie den Sterbenden durch die einzelnen Phasen seines Sterbens begleiten und den Verlust durch Trösten und Beistand ertragen;
– von einer würdevoll gestalteten Trauerfeier kann Trost und Ermutigung ausgehen;
– durch die Gemeinde in der Sorge um die Trauernden (Gottesdienst, Begräbnis, Besuche).

Versorgung des Verstorbenen

Der eingetretene Tod ist zu erkennen an den Todeszeichen wie Atemstillstand, Pulslosigkeit und Leichenblässe. Sichere Todeszeichen sind Leichenstarre (Eintritt ca. 1 Stunde nach dem Tode) und Leichenflekken. Wegen der einsetzenden Leichenstarre ist es gut, den Verstorbenen bald pflegerisch zu versorgen: Man schließt die Augen, indem man für kurze Zeit einen feuchten Wattebausch auf die Augenlider legt. Damit der Mund geschlossen bleibt, kann man den Unterkiefer mit einer Mullbinde hochbinden oder stützt ihn mit einem zusammengerollten Tuch. Der Verstorbene wird gewaschen, angezogen, mit einem Leinentuch bedeckt und geschmückt.

Die Mithilfe eines Angehörigen bei der Versorgung des Verstorbenen kann die Trauerarbeit unterstützen. Die Entscheidung über die Mithilfe bleibt dem Angehörigen vorbehalten.

Regelungen nach dem Tode

Für die Hinterbliebenen tritt bei einem Sterbefall oft neben Trauer auch noch Ratlosigkeit hinzu, die sich vor allem bei der Erledigung von Formalitäten erschwerend auswirkt. Folgende Maßnahmen sind möglichst rasch einzuleiten:

- Benachrichtigung des *Arztes*
  Ein Arzt, möglichst der zuletzt behandelnde Arzt, ist sofort zu benachrichtigen. Dieser stellt den Tod fest und füllt den *Totenschein* aus.
- Benachrichtigung des *Standesamtes*
  Der Todesfall muß sofort beim Standesamt gemeldet werden. Für die Anzeige beim Standesamt sind folgende Urkunden nötig: Totenschein, Geburtsurkunde/Familienstammbuch, Personalausweis des Verstorbenen. Das Standesamt stellt die *Sterbeurkunde* aus.
- Kontaktaufnahme mit einem *Bestattungsunternehmen*
  Städtische oder private Bestattungsunternehmen führen gegen Berechnung die Bestattung durch und erledigen auf Wunsch alle Formalitäten (Traueranzeige, Trauerfeier u. a.).
- Benachrichtigung der *Krankenkasse*
  Pflicht- und Ersatzkasse zahlen beim Tod ihrer Mitglieder an denjenigen, der die Bestattung bezahlt, ein Sterbegeld. Voraussetzung ist, daß dieser mit dem Verstorbenen zur Zeit des Todes in häuslicher Gemeinschaft gelebt hat.
- Benachrichtigung des *Arbeitgebers*
  Beim Arbeitgeber sind Personalpapiere, Lohnsteuerkarte und das Versicherungsnachweisheft der Rentenversicherung anzufordern. War der Verstorbene Rentner, so muß innerhalb von 20 Tagen ein Antrag auf Auszahlung der bisherigen Rente für die nächsten drei Monate bei der zuständigen Rentenzahlstelle oder beim Postamt gestellt werden.
- Weitere Einrichtungen sind, falls erforderlich, zu benachrichtigen: Bank/Sparkasse, Lebensversicherung, Finanzamt, Nachlaßgericht, Versorgungsamt, sonstige Versicherungen (Zusatzversicherungen, Kraftfahrzeugversicherung u. a.), Pfarramt.

Beachte
Bei allen Benachrichtigungen ist möglichst als beglaubigte Abschrift die Sterbeurkunde beizufügen.

Es ist sinnvoll, frühzeitig alle wichtigen Unterlagen und Dokumente in einer Dokumentenmappe zusammenzustellen. Sie sollte enthalten:

Geburtsurkunde, Heiratsurkunde, Familienstammbuch, Arbeitsverträge, Zeugnisse; Wertpapiere, Kaufverträge, Grundbuchauszüge, Konten, Sparbücher. Testament, Nachweise über Renten oder Pensionen; Versicherungs-, Mietverträge, Pachtverträge.

Zusammenfassung

- Jeder Mensch muß seinen eigenen Weg zu seinem Tode gehen. Sterben ist ein persönliches Ereignis.
- Sterben ereignet sich in Phasen. Das Sterben erfolgt jedoch nicht in der strengen Abfolge der beschriebenen Phasen. Es können einzelne Phasen ausbleiben oder der Prozeß kann rückläufig sein.
- Bei der Pflege des Sterbenden ist besonders auf eine individuell abgestimmte Körperpflege, prophylaktische Maßnahmen, Ernährung und Schlaf zu achten.
- Körperliche und psychische Belastungen, Leid und Schmerzen verbinden den Sterbenden und den Begleiter und berühren die Frage nach der Wahrheit am Krankenbett. Hier wird eine besondere Verantwortung vom Begleiter abgefordert.
- Neben persönlicher Anwesenheit und Liebe kann der Sterbende in seiner Verlassenheit letztlich nur im Glauben an Gott Geborgenheit finden.
- Religiöse Hilfen in unaufdringlicher Form können dem Sterbenden eine Angst überwindende Weghilfe sein und ihm den Weg zu Gott eröffnen.
- Auch das Sterben in den Krankenhäusern sollte nicht anonym sein. Eine individuellere Sterbebegleitung ist im Hospiz und in noch stärkerem Maße zu Hause möglich.
- Zur Trauerarbeit des Sterbenden und des Angehörigen gehören neben dem schmerzlichen Abschiednehmen auch die Regelung der »weltlichen« Angelegenheiten.
- In der sich entwickelnden multikulturellen Gesellschaft sind gerade bei Sterben und Tod die Gebote und Gebräuche der jeweiligen Religion oder Weltanschauung zu beachten.

12

Pflegekompetenz nachweisen können

Aufgaben

Sie haben das Buch mit Interesse und Freude durchgearbeitet. Vielleicht haben Sie den Wunsch, für sich allein oder mit anderen den Erfolg Ihres Lernens zu überprüfen.

Nachfolgend finden Sie ausgewählte Aufgaben zur Überprüfung Ihres Wissens. Falls Sie sich noch einmal vergewissern wollen, können Sie sich in den einzelnen Themenbereichen orientieren.

Das Zimmer des Kranken

Mit welchen Gegenständen würden Sie als Pflegeperson das Zimmer des Kranken einrichten?
Welche Gegenstände würden Sie als Kranker zur Einrichtung ihres Zimmers auswählen?
Kreuzen Sie an!

Gegenstände	Sichtweise als Kranker	Sichtweise als Pflegeperson
Bett		
Couch		
Teppich		
Blumen		
Nachttisch		
Schrank		
Stuhl/Sessel		
Tisch		
Bettvorleger		
Bücherregal		
Bilder, Fotos		
religiöse Symbole, z. B. Kreuz		
Beleuchtung		
Spiegel		
Radio-/Fernsehapparat		
Klingel/Rufanlage		
Waschbecken/Dusche		
Sicht- und Sonnenschutz		
Bettisch		
Fußbank (Schemel)		
Telefon		

Vergleichen Sie Ihre Angaben mit den Informationen auf Seite 23.

Der Standort des Pflegebetts

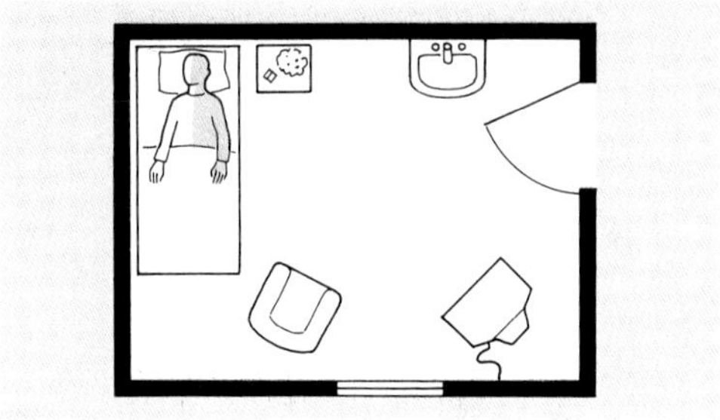

Der Standort des Bettes E im Krankenzimmer ist nicht besonders günstig. Im Buch sind vier Gründe angegeben, z. B.
a) nicht zugfrei
b) nur von einer Seite zugänglich

c) ______________________________

d) ______________________________
Schreiben Sie die übrigen Gründe in Zeile c) und d).

Vergleichen Sie Ihre Angaben mit den Informationen auf Seite 34.

Die Höhe des Pflegebetts

Ein Pflegebett soll ein bestimmte Höhe haben.
Kreuzen Sie die richtige Höhe an:
30 cm ☐ 60 cm ☐ 80 cm ☐

Vergleichen Sie Ihre Angaben mit den Informationen auf Seite 36.

Das »improvisierte« Pflegebett

Benennen Sie die abgebildeten Hilfsmittel und geben Sie an, wofür sie verwendet werden.

	Bezeichnung	Verwendungszweck
Bild 1 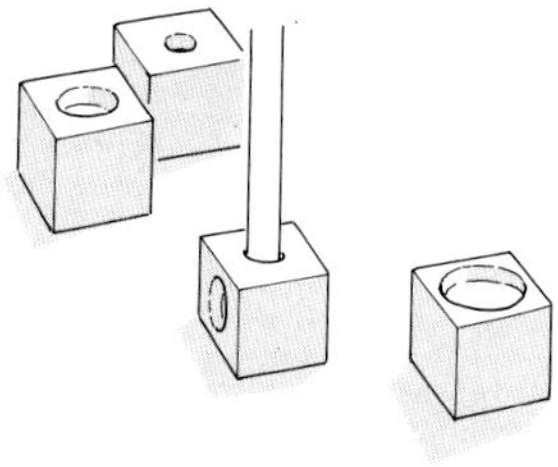		
Bild 2 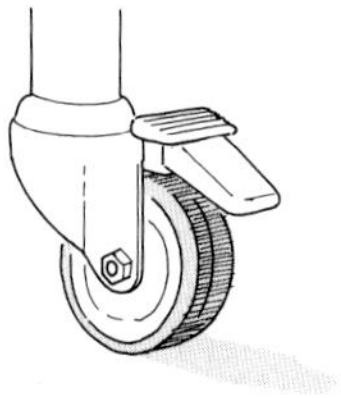		
Bild 3 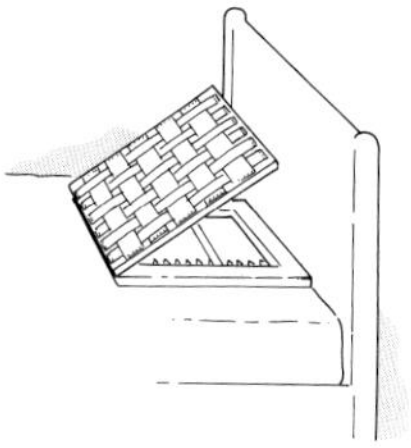		
Bild 4 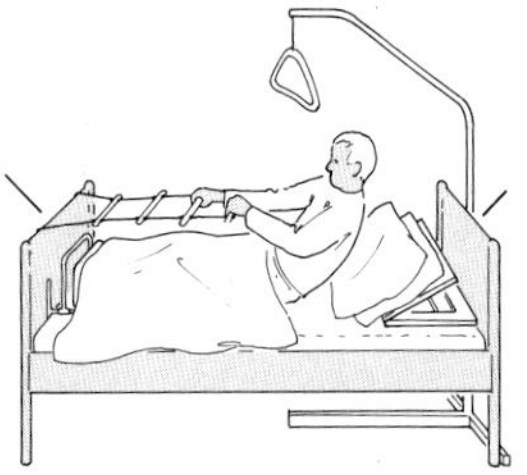		
Bild 5 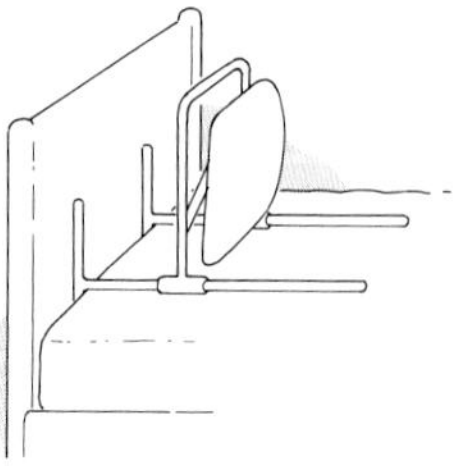		

Vergleichen Sie Ihre Angaben mit den Informationen auf Seite 37.

Liegen und Sitzen im Bett

Beschreiben Sie die Schwierigkeiten des kranken Menschen bei nachstehenden Tätigkeiten, wenn er diese im Bett liegend oder sitzend ausführen muß.

Ausgewählte Tätigkeiten des täglichen Lebens	Schwierigkeiten bei der Durchführung
sich waschen	
sich frisieren	
sich rasieren	
essen, trinken	
lesen	
fernsehen	
Besuche empfangen	

Vergleichen Sie Ihre Angaben mit den Informationen auf Seite 46.

Haut

Die Haut erfüllt lebenswichtige Aufgaben. Nennen Sie diese!

Vergleichen Sie Ihre Angaben mit den Informationen auf Seite 54.

Körpertemperatur

Ordnen Sie die folgenden Meßwerte den Temperaturen zu und tragen Sie diese in die entsprechende Spalte ein:
37°; 39,8°; 36,2°; 38,5°; 37,7°; 38°; 35,9°; 38,3°; 37,4° C.

Untertemperatur	Normale Temperatur	Erhöhte Temperatur	Fieber	Hohes Fieber

Vergleichen Sie Ihre Angaben mit den Informationen auf Seite 76.

Kreislauf

- Nennen Sie die beiden Kreislaufsysteme:

  1. ____________________

  2. ____________________

- Verfolgen Sie im Körperkreislauf den Weg des Blutes von der linken Herzkammer zu den Kapillaren und zeichnen Sie den Weg des arteriellen Blutes farbig ein.

Vergleichen Sie Ihre Angaben mit den Informationen auf Seite 65.

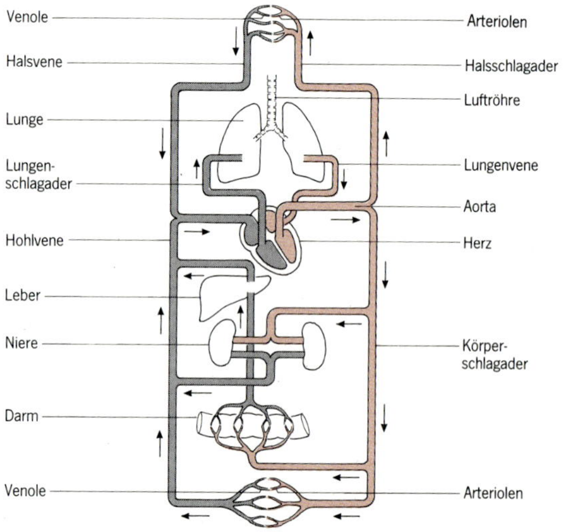

Puls

Geben Sie an, um welchen Puls es sich jeweils in den nachstehenden Abfolgen der Pulsschläge handelt:

•••••••• ____________________ Puls

•• ••• •• ____________________ Puls

Vergleichen Sie Ihre Angaben mit den Informationen auf Seite 69.

Druckgeschwür

Nennen Sie vorbeugende Maßnahmen, die eine Entstehung von Druckgeschwüren verhindern.

1. ______________________________

2. ______________________________

3. ______________________________

Nennen Sie einige wichtige Hilfsmittel zur Druckentlastung gefährdeter Körperstellen.

____

____

____

Vergleichen Sie Ihre Angaben mit den Informationen auf Seite 86 ff.

Lungenentzündung

Nennen Sie fünf typische Erkennungszeichen für eine Lungenentzündung:

1. ______________________________

2. ______________________________

3. ______________________________

4. ______________________________

5. ______________________________

Vergleichen Sie Ihre Angaben mit den Informationen auf Seite 91 ff.

Thrombose

Sie sehen drei Abbildungen: »normale Vene«, »geschädigte Vene« und eine »durch eine elastische Binde gestützte Vene«. Tragen Sie in die Abbildungen jeweils mit Pfeilen die Strömungsrichtung des Blutes ein.

Vergleichen Sie Ihre Angaben mit den Informationen auf Seite 93 ff.

Eß- und Trinkhilfen

Nennen und beschreiben Sie einige Eß- und Trinkhilfen für bettlägerige Menschen.

____

____

____

____

Vergleichen Sie Ihre Angaben mit den Informationen auf Seite 118 ff.

Beipackzettel

Im Beipackzettel-Lexikon finden Sie die Aufzählung wichtiger Fachausdrücke: Was bedeutet z. B.

– Apoplexie ______________________

– Hypertonie ______________________

– Anus praeter ______________________

– Insuffizienz ______________________

– Oedem ______________________

Vergleichen Sie Ihre Angaben mit den Informationen auf Seite 127.

Hausapotheke

In Ihrer Hausapotheke sollten wichtige Rufnummern angebracht sein. Notieren Sie die für Sie zuständigen Telefonnummern.

Hausarzt:

Adresse: ______________________

Telefon: ______________________

Ärztlicher Notdienst:

Adresse: ______________________

Telefon: ______________________

Nächstes Krankenhaus:

Adresse: ______________________

Telefon: ______________________

Sozialstation:

Adresse: ______________________

Telefon: ______________________

Hautpflege bei Inkontinenz

Nennen Sie besondere Maßnahmen zur Hautpflege bei inkontinenten Kranken.

____

____

____

Vergleichen Sie Ihre Angaben mit den Informationen auf Seite 220 ff.

Aktivierung des alten Menschen

Unterstreichen Sie einige Ihnen wichtig erscheinende Maßnahmen zur Aktivierung von alten Menschen.

- Spaziergang, Schaufensterbummel
- Bewegungstraining
- Baden, Duschen, Kneippen
- Haut und Körper pflegen
- Interesse an gepflegtem Aussehen wekken
- Schwimmen, Gymnastik oder Sport treiben
- Gesellschaftsspiele durchführen
- Rätsel lösen
- im Garten arbeiten
- handarbeiten, handwerken, basteln
- malen
- fernsehen, Radio hören
- Briefe schreiben
- die Wohnung umräumen
- Gräber besuchen
- an Gottesdiensten teilnehmen
- Zeitung lesen
- Bibliotheken aufsuchen
- Urlaub planen

Vergleichen Sie Ihre Angaben mit den Informationen auf Seite 244.

Pflege Sterbender

Worauf ist bei der Pflege Sterbender besonders zu achten?

Vergleichen Sie Ihre Angaben mit den Informationen auf Seite 260 ff.

Wohlfahrtsverbände

– Nennen Sie die Namen der Wohlfahrtsverbände.

Arbeiterwohlfahrt

caritas

PARITÄT

DEUTSCHES ROTES KREUZ

Diakonie

ZWST

Vergleichen Sie Ihre Angaben mit den Informationen auf Seite 245.

Quellennachweis

Die vor den einzelnen Quellen stehenden Ziffern geben die Seite an, auf die sich der Nachweis bezieht.

186 Hettinger, Th.: Fit sein – fit bleiben, TRIAS Stuttgart 1989

106 Schlieper, C. A.: Ernährung heute. Neubearbeitung, 5. durchgesehene Auflage. Verlag Dr. Felix Büchner – Handwerk und Technik. Hamburg 1992, S. 15, 133, 135, 17, 18, 20, 23, 26
Deutsche Gesellschaft für Ernährung (Hrsg.): Empfehlungen für die Nährstoffzufuhr, Frankfurt 1986
Duden: Das Wörterbuch medizinischer Fachausdrücke. Thieme-Verlag Stuttgart 1985

233 ff Eisenbach, M.: Altern heute: Tatsachen, Probleme, Aufgaben. Informationen des Bischöflichen Ordinariats. März 1973, Nr. 3, S. 50 f

238 f Köther, J.; Gnamm, E.: Altenpflege in Ausbildung und Praxis. 2. Auflage. Thieme-Verlag Stuttgart 1993, S. 637 f

256 f Becker, W.: Phasen des Sterbens. Hife für Sterbende. Diakonie 1972, Nr. 5, S. 16 f

262 f Bowers, M. K.: Wie können wir Sterbenden beistehen? Kaiser-Grünwald-Verlag, München 1971, S. 106 f, 157

263 f Glaser, Th.: Ringen mit Gott. In: Schober, Th.: Helfer im Leiden. Claudius-Verlag München 1985, S. 15 f

269 Arndt, M.: Leben, Leid, Sterben, Trauer. Lambertus-Verlag Freiburg 1990, S. 68

265 ff Barden, J.: Glauben, Leben, Pflege im Judentum, Christentum und Islam. Lambertus-Verlag Freiburg 1992, S. 57

270 ff Die deutschen Bischöfe: Schwerstkranken und Sterbenden beistehen – Menschenwürdig sterben und christlich sterben. Hirtenschreiben. Bonn 1991. Nr. 47, S. 10 ff

Bundesverbände der Freien Wohlfahrtspflege

Deutscher Caritasverband e. V.
Karlstr. 40
79104 Freiburg
Telefon: (07 61) 2 00-0

Diakonisches Werk der Evangelischen Kirche in Deutschland e. V.
Stafflenbergstr. 76
70184 Stuttgart
Telefon: (07 11) 21 59-0

Deutsches Rotes Kreuz e. V. (DRK)
Friedrich-Ebert-Allee 71
53113 Bonn
Telefon: (02 28) 5 41-0

Arbeiterwohlfahrt-Bundesverband e. V. (AWO)
Marie-Juchacz-Haus
Oppelner Str. 120
53119 Bonn
Telefon: (02 28) 6 68 50

Der Paritätische Wohlfahrtsverband – Gesamtverband e. V. (PARITÄT)
Heinrich-Hoffmann-Str. 3
60528 Frankfurt
Telefon: (0 69) 67 06-0

Zentralwohlfahrtsstelle der Juden in Deutschland e. V. (ZWST)
Hebelstr. 6
60318 Frankfurt
Telefon: (0 69) 43 02 06 und 49 10 36

Selbsthilfegruppen und Verbände

Bundesarbeitsgemeinschaft Hilfe für Behinderte e. V.
Kirchfeldstr. 149
40215 Düsseldorf
Telefon: (0211) 31006-0

Deutsche Krebshilfe e. V.
Thomas-Mann-Str. 40
53111 Bonn
Telefon: (0228) 729900

Deutsches Katholisches Blindenwerk e. V.
Eschstr. 12
52351 Düren
Telefon: (02421) 51155

Fraternität der Körperbehinderten und Langzeitkranken – Bundesleistungsteam
Kastellstr. 14
65183 Wiesbaden
Telefon: (0611) 524247

Kreuzbund e. V.
Selbsthilfe- und Helfergemeinschaft für Suchtkranke
Münsterstr. 25
59065 Hamm
Telefon: (02381) 67272-8

Verband ambulanter Behandlungsstellen für Suchtkranke/Drogenabhängige e. V.
Karlstr. 40
79104 Freiburg
Telefon: (0761) 200-303

Allergiker- und Asthmatikerbund e. V.
Hindenburgstr. 110
41061 Mönchengladbach
Telefon: (02161) 183024

Arbeitsgemeinschaft Spina bifida und Hydrocephalus e. V.
Feldstr. 31
58708 Menden
Telefon: (02373) 67576

Bundesverband der Kehlkopflosen e. V.
Obererle 65
45897 Gelsenkirchen
Telefon: (0209) 592282

Deutsche Alzheimer Gesellschaft e. V.
Mauerkircherstr. 21
81679 München
Telefon: (089) 986623

Deutsche Gesellschaft zur Bekämpfung der Mukoviscidose e. V.
Bendenweg 101
53121 Bonn
Telefon: (0228) 661026 und 661027

Deutsche Ileostomie-Colostomie-Urostomie-Vereinigung e. V.
Kepserstr. 50
85356 Freising
Telefon: (08161) 84911

Deutsche Morbus Crohn/Colitis ulcerosa Vereinigung
Rosental 5/IV, II. Aufgang
80331 München
Telefon: (089) 2608058

Deutsche Parkinson-Vereinigung Bundesverband e. V.
Kurt-Huber-Str.3
41466 Neuss
Telefon: (02101) 470441

Deutsche Rheuma-Liga e. V.
Rheinallee 69
53173 Bonn
Telefon: (0228) 355425

Deutsche Vereinigung Morbus Bechterew e. V. (DVMB)
– Geschäftsstelle –
Metzgergasse 16
97421 Schweinfurt
Telefon: (09721) 22033

Deutscher Diabetiker-Bund e. V.
P. A. Zentrum für jugendliche Diabetiker
Danziger Weg 1
58511 Lüdenscheid
Telefon: (0 23 51) 8 50 53

Bundesselbsthilfeverband Schlaganfallbetroffener und gleichartig Behinderter (BSB e. V.)
Altenessener Str. 32
45141 Essen
Telefon: (02 01) 35 00 21 und 35 00 22

Deutsche AIDS-Hilfe e. V.
Bundesverband der regionalen AIDS-Hilfen.
Nestorstr. 8–9
10709 Berlin

Bundeszentrale für gesundheitliche Aufklärung (BZgA). 5

Inkontinenzhilfe e. V.,
Mönchebergstr. 41/43
34125 Kassel

Buchtips und Leseempfehlungen

AIDS-Hilfe Schweiz – Bundesamt für das Gesundheitswesen (Hrsg.): Menschen mit HIV und AIDS zu Hause pflegen. Bern 1992. Bestellbar: AIDS Info Docu Schweiz, Postfach, 3001 Bern.

Anemüller, H.: Vollwerternährung – aber richtig. TRIAS Stuttgart 1991

Birkmayer, W.; Danielczyk, W.: Die Parkinson-Krankheit. TRIAS Stuttgart 1992

Barden, I.: Glauben–Leben–Pflege im Judentum, Christentum und Islam. Lambertus-Verlag Freiburg 1992

Brantschen, J. B.: Warum läßt der gute Gott uns leiden? Herder-Verlag Freiburg 1992

Bundesarbeitsgemeinschaft Hilfe für Behinderte-Aphasie, Heft 240 der Reihe: Kommunikation zu Partnern. Kostenlos bestellbar Telefon 02 11/31 00 60

Bundesarbeitsgemeinschaft für Rehabilitation. Folgende Arbeitshilfen sind kostenlos bestellbar:
Walter-Kolb-Straße 9–11, 60594 Frankfurt

- Arbeitshilfe für die Rehabilitation Koronarkranker (Langfassung), Heft 2/1987
- Zur Arbeitshilfe für die Rehabilitation Koronarkranker – Ablaufdiagramm mit Erläuterungen (Kurzfassung)
- Arbeitshilfe für die Rehabilitation von an Asthma bronchiale erkrankten Kindern und Jugendlichen, Heft 3/1989
- Arbeitshilfe für die Rehabilitation von Schlaganfallpatienten, Heft 4/1989
- Arbeitshilfe für die Rehabilitation von Rheumakranken, Heft 5/1989
- Arbeitshilfe für die Rehabilitation bei älteren Menschen, Heft 6/1990
- Arbeitshilfe für die Rehabilitation Krebskranker, Heft 7/1991
- Arbeitshilfe für die stufenweise Wiedereingliederung in den Arbeitsprozeß, Heft 8/1992
- Arbeitshilfe für die Rehabilitation psychisch Kranker und Behinderter, Heft 9/1992

Bundesarbeitsministerium: Leitfaden für Behinderte. Kostenlos bestellbar: Postfach 14 02 80, 53057 Bonn

Bundesministerium für Gesundheit: Die Krankenversicherung. Kostenlos bestellbar: Postfach 20 01 29, 53131 Bonn

Die deutschen Bischöfe: Schwerstkranken und Sterbenden beistehen – Menschenwürdig sterben und christlich sterben. Hirtenschreiben. Bonn 1991. Nr. 47

Duden: Das Wörterbuch medizinischer Fachausdrücke. Thieme Stuttgart 1985

Düffort, R.: Ratgeber für Spieler und Ihre Angehörigen. Lambertus-Verlag Freiburg 1986

Fischer, E.: Warum ist das gerade mir passiert? Herder-Verlag Freiburg 1993

Füsgen, J.: Im Alter umsorgt. TRIAS Stuttgart 1992

Gastiger, S.: Freiheitsschutz und Haftungsrecht in der stationären und ambulanten Altenhilfe. Lambertus-Verlag Freiburg 1993

Geißler, D.: Atem holen. TRIAS Stuttgart 1991

Gotved, H.: Harninkontinenz ist überwindbar. TRIAS Stuttgart 1993

Hedtke-Becker, A.: Die Pflegenden pflegen. Lambertus-Verlag Freiburg 1990

Heyden, S.; Brand, G.: Gesunde Kost – gesundes Herz. TRIAS Stuttgart 1991

Kindermann, W.: Drogenabhängigkeit bei jungen Menschen. Ein Ratgeber für Eltern, Geschwister und Freunde. Lambertus-Verlag Freiburg 1989

Kindermann, W.: AIDS. Ratgeber für Betroffene, Gefährdete und Angehörige. Lambertus-Verlag Freiburg 1987

Kirchenamt der evangelischen Kirche in Deutschland und das Sekretariat der Deutschen Bischofskonferenz (Hrsg.): Gott ist ein Freund des Lebens. Paulinus-Verlag Trier 1989

Köther, J.; Gnamm, E.: Altenpflege in Ausbildung und Praxis. Thieme Stuttgart. 2. Auflage 1993

Krämer, G.: Alzheimer Krankheit. TRIAS Stuttgart 1992

Krämer, G.: Dem Schlaganfall vorbeugen. TRIAS, Stuttgart 1993

Kraus, L.; Carstens, J.: Heilpflanzen. TRIAS Stuttgart 1993

Kübler-Ross, E.: Interview mit Sterbenden. Kreuz-Verlag Stuttgart 1984

Langlotz-Weis, M.: Ratgeber bei Eßstörungen. Lambertus-Verlag Freiburg 1986

Lehmann, A.; Gruner, W.: Abhängig vom Alkohol. Wege aus einer Krankheit – Ein Ratgeber für Betroffene, Gefährdete und Angehörige. Lambertus-Verlag Freiburg 1989

Mäurer, H. Ch.; Mäurer, R.: Der Schlaganfall. Ursachen, Vorbeugung, die Behandlung im Krankenhaus, Rehabilitation und Rückkehr in den Alltag. Ein Ratgeber für Patienten und Angehörige. TRIAS Stuttgart 1991

Pitschel-Walz, G.: Ratgeber für Raucher, die sich entschlossen haben, endgültig das Rauchen aufzugeben. Lambertus-Verlag Freiburg 1985

Poser, W.; Roscher, D.; Poser, S.: Ratgeber für Medikamentenabhängige und ihre Angehörigen. Lambertus-Verlag Freiburg 1991

Schlieper, C. A.: Ernährung heute. Neubearbeitung, 5. durchgesehene Auflage. Verlag Dr. Felix Büchner – Handwerk und Technik Hamburg 1992

Sporken, P.: Mein Weg zurück ins Leben. Herder-Verlag Freiburg 1992

Sachverzeichnis